U0942444

《從書影看香港文學》前言

香港新文學發展至今已有近百年歷史，如果要正正經經的寫部嚴肅的《香港新文學史》，工程相當浩大，決非一人可獨力完成；即使勉強成事，想必也冷硬無趣，難受學者以外人士歡迎。筆者忽發奇想另闢蹊徑，以書話形式寫部別開生面的類《香港新文學史》，定名《從書影看香港文學》。

集文三百篇的《從書影看香港文學》上下卷，書名已明確指出重點在「書影」和「香港文學」，內容則以個人收藏的各年代舊版新文學書為主。「書影」是個總稱，包括了書影、版權頁和前代書主的留言等。「書影」本身已是件裝幀藝術品，不同的設計家自有其獨特的藝術風格可供欣賞；版權頁是書的出世紙，不同的版本往往可以有不同的內容，也可能有作者不同的前言後語，可供研究者探究；前代書主的留言是書話中最具趣味的部分，你不妨讀讀侶倫與鷗外鷗之間的〈看一段題辭〉；寫彭成慧與方寬烈師生關係的〈靜遠的《做人藝術》〉等，即可領略舊書的風味。

當然，最重要的部分還是「香港文學」。

筆者一九五〇年代起讀文學書，一九六〇年代一頭栽進文學的書堆裡：買書、賣書、開書店、寫書、出版……，與所有和書有關的都結了不解緣，六十年不變，對一九五〇、六〇年代的香港文學有深入的認識，執筆時自然以這二十年為重點。一九五〇年以前的文學書，多為大時代淘汰，或因世亂而甚難搜尋得手；一九七〇年以後至今的日子很長，出版的文學書似恆河沙數，亦難以選擇，只好作為本書的副選，讓有心人日後去補充了。

《從書影看香港文學》上下卷書分四輯：

第一輯：一九五〇年以前

第二輯：一九五〇年代

第三輯：一九六〇年代

第四輯：一九七〇年以後

基本上每輯均以書出版的前後順序編排，不過，亦有少部分抽前的，如一九三五年出版侶倫的《紅茶》，因扉頁有贈送給鷗外鷗的字樣，為了使讀者閱讀方便，便把與鷗外鷗有關的幾篇移前，使大家可一口氣讀完，增加樂趣。

小思常說她是文學殿堂的「造磚者」，我的《從書影看香港文學》大概不可能稱之為「磚」，雖然細如礫石，希望也能作出小小貢獻！

——2019 年 8 月

從書影
看香港文學
上卷
許定銘 著

目錄

第一輯
一九五〇年以前

第二輯
一九五〇至一九五九年

第一輯

一九五〇年以前

受匡的《仙宮》

「廣州文學會」據說是羅西（歐陽山一九〇八至二〇〇四）於一九二六年在廣州創辦的文學會，成員多為廣州市立師範及中山大學的學生倪家祥、趙慕鴻、袁昌球、馮慕韓、汪玉亭……等人，還出過《廣州文學》週刊十六期，可惜未見，我卻讀到他們出版的合集《仙宮》（香港受匡出版部，一九二七）。

香港受匡出版部的主事者是孫壽康，據侶倫的回憶：這個出版社是香港最早出版新文藝作品和翻譯著述的機構，但他們的出版物不知是印量少，還是在大時代中遭逢不幸，存下來的甚少，我只見過這冊《仙宮》，從資料中知道還有另兩本出於一九二八的合集《餘灰集》、《湖畔的少女》和黃天石的《獻心》、羅西的《墳歌》等。

《仙宮》是橫排僅六十七頁的小書，製作非常認真，除封面的藝術電版插畫外，連摺頁也有美術插圖，十分講究。內收新詩、小說及繙譯等語體文章八篇，極似仝人雜誌的單行本。此中羅西佔了三篇，也只有他後來成了大家，其餘家祥、昶超、伯賢、穎華等，日後均不見經傳。羅西用作書名的短篇小說《仙宮》，寫情竇初開的少男賣魚慶與鄰家少女阿笑互相愛慕，男的渴望一親芳澤，愛撫乳房，女的仰慕男的健碩……在心理描寫方面大膽而露骨，除了文字流暢淺白，完全沒有新文學運動初期的文白混雜，對一九二七年，還未滿二十的羅西來說，相當出色！

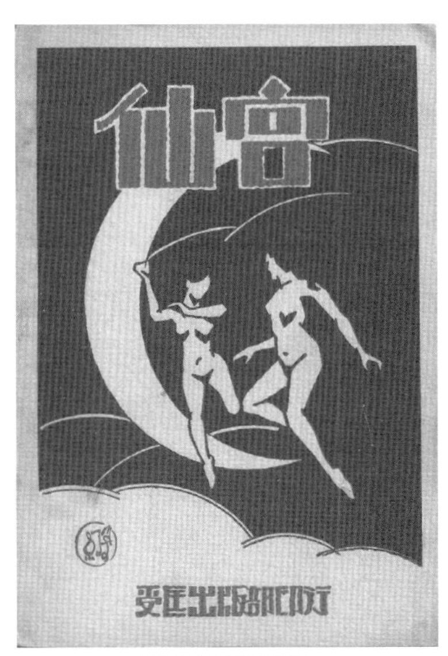

《仙宮》書影

羅西的《墳歌》

封面連摺頁

孤本文學副刊

如今大家見到的這本《文庫》，是一九三一至三二年間，香港《工商日報》文學副刊的合訂本，這本名副其實的大書（三十乘二十一厘米）厚達三吋，據原藏者黃俊東說，是他一九五〇年代購自中環「康記」舊書店的珍本。他在〈值得研究、欣賞的《文庫》〉中說，這本合訂本很可能是該刊編輯袁振英的抽印自藏孤本，原書有一一八〇頁，而這本是由六〇五頁起，應該是全套的下冊，未能一窺全豹，實感遺憾！

《文庫》每頁三欄，每日兩頁見報，多刊文章四篇，編者的安排是理論、翻譯及創作各兩篇。內容則包括西洋哲學、文學的評論和介紹，創作方面有詩、散文和小說。較長的文章，像師克的〈尼采哲學〉、〈社會主義派別談〉，謫瀛譯的〈重農學派之學說及其歷史〉……等，則連載刊出。小說、散文創作中，刊登最多的是癱瘓作家魯衡，他曾在美國當苦工，因嚴重風濕而不能起牀，曾主編文學期刊《小齒輪》（一九三四）。

一九三〇年代初期的香港作者和我們相隔甚遠，文章發表時隨意寫下的筆名，如師克、令工、呢喃、菲、鐵俠、康……等，如今已很難知道是誰的化名，不過，像麗尼、羅西（歐陽山）、吻冰（望雲）、華胥、魯衡、陳靈谷、黎學賢等名家也在此發表作品，可見《文庫》是當年水平相當不錯的文學副刊之一。

《文庫》版面一

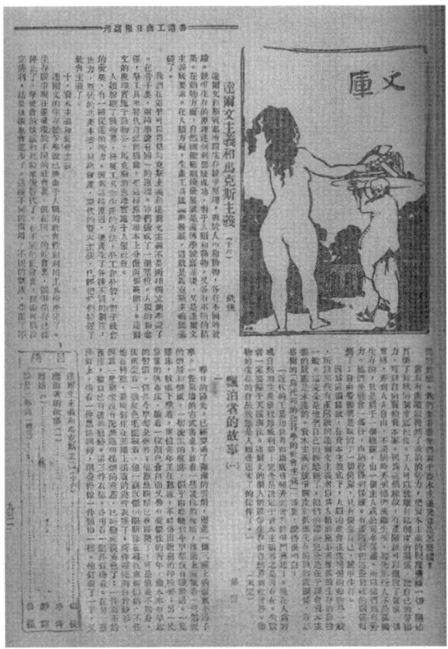

《文庫》版面二

孤本文學副刊

侶倫的《紅茶》

侶倫的《紅茶》（香港島上社，一九三五）是小說家的散文集，我未曾查究，但從出版年分去看，很可能還是侶倫的第一部單行本。這種贈書者和受書人都是名家的民國版簽名本，如今叫價甚高，最近（二〇〇八年三月三日）一冊葉林豐（葉靈鳳）簽名送給高雄（三蘇、小生姓高）的《香港風物志》（香港中華書局，一九五九），還不到五十年的舊書，在拍賣網站上已經拍到人民幣一六六五元。我這本具七十三年歷史的《紅茶》，去年拍回來才九百塊，算是撿了漏，現今的市價應在二千以上了！

《紅茶》是三十二開本，一二五頁，書分「殘絃小曲之什」和「紅茶篇」上下兩輯，共收十六篇作品。侶倫在〈前記〉中說：

這裏面的每一篇文章，在動機寫的時候以至寫好，都不過是企圖抒發自己心中的鬱結；最高的目的，也只在給自己一種適意的滿足。

正因為這種純真，散文才不會矯揉造作，才會有感情，才能叫讀者感動！

「殘絃小曲之什」中的〈初頁〉、〈燕語〉、〈前宵〉……等，都是抒情味較濃的散文；在「紅茶篇」的幾篇文章中，侶倫大概特別喜歡〈紅茶〉，除了他特別愛飲紅茶外，這篇文章還記錄了他和好友一齋、林鳳和葉靈鳳的感情。

紅茶

定價大洋三角

作者印証

著作者　侶倫

發行者　葉一舟

出版者　島上社

通訊處：香港九龍城西貢道五十一號三樓

印刷者　民智印務公司

香港德忌笠街廿九號

出版期　民國廿四年七月二十日

．版權所有不許翻印．

《紅茶》版權頁

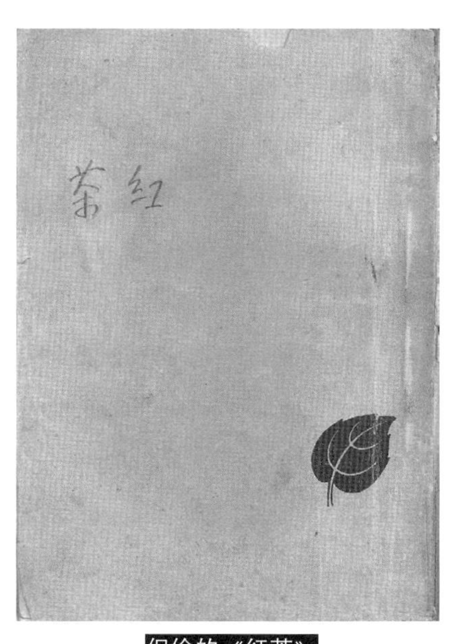

侶倫的《紅茶》

《殘渣》

看一段題辭

今日不看書影，看一段題辭。

這段文字是寫在侶倫《紅茶》（香港島上社，一九三五）的空白頁上的。從語氣上看，小說家侶倫（一九一一至一九八八）對同齡的詩人鷗外鷗（一九一一至一九九五），是充滿敬意的。

我和這兩位大家都曾有一面之緣，不禁這樣想：兩位完全不同的文人，究竟是在甚麼情形下結成好友的呢？

一九八〇年代某日，有人自北京來，三聯書店在中環設宴一席款待。記得席中有侶倫、戴天和杜漸等人，大家談笑風生，非常高興。然而，坐在我旁邊的侶倫，卻沉默寡言，獨自沉醉在他自己的個人世界裏，彷彿走進了另一空間，整個晚上沒說上五句話，一副嚴肅的學者形象，使人望而生敬、生畏。

一九八七年，鷗外鷗應邀來港，參加「四十年代港穗文學活動研討會」，留着短短白髭的詩人，戴金絲眼鏡，頭髮梳理得整齊光滑，穿着講究而整潔的恤衫西褲，悠然自得地咬着煙斗，很有英國紳士風度；陰聲細氣的和每個人談話，一雙精靈智慧的眸子閃閃生光，給人親切的感覺。

如果不是買到這本《紅茶》，我絕對想不到健談、前衛的詩人和沉實的小說家曾有過一段交情！

侶倫（一九五六）
在家中閱讀

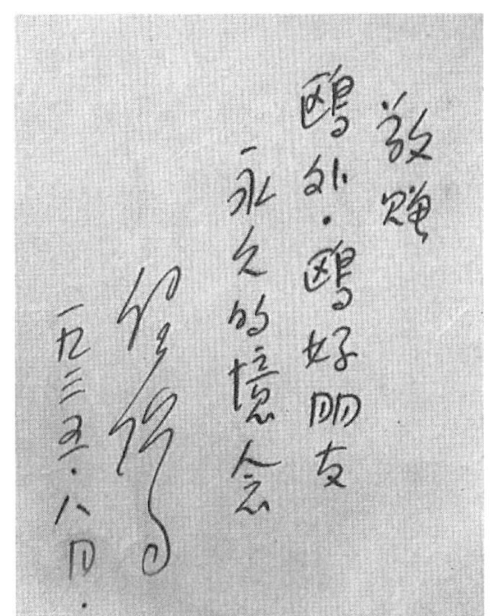

看一段題辭

獨行的前衛詩人

在《詩》的三卷六期裏，我讀到鷗外鷗（一九一一至一九九五）的〈童話詩帖〉，勾起了對這位在六十多年前，已彳亍獨行於「無名路」上的前衛詩人底思念！

我一九六二年接觸臺灣的現代詩，深為白萩、林亨泰及碧果等奇異的圖像詩吸引，以為那是他們獨創的詩風；直到一九七〇年代初，詩人柳木下讓給我《鷗外詩集》（桂林新大地出版社，一九四四），我才驚覺原來鷗外鷗比他們更前衛，作風更大膽，早在一九四〇年代已寫圖像詩了，最典型的是〈被開墾的處女地〉，用了大大小小幾十個「山」字，用不同的排列形式，來顯示桂林被群山重疊包圍的形象，圖像詩早就立體化了！

鷗外鷗的詩作我行我素，從不怕別人的批評，及異樣的目光，他把自己說成是一隻群鷗之外，獨自飛翔的「鷗外之鷗」，是一位在無名路上獨自摸索的詩人。

一九八七年，鷗外鷗過港，參加「四十年代港穗文學活動研討會」。得機會與詩人長談，我捧出《鷗外詩集》求墨寶，詩人說他自己也不存此書，想不到書出四十多年後，能在香港重逢。詩人欣然揮筆，在扉頁題字，我珍如拱璧，書雖全蛀，封面及扉頁猶存。唉，轉瞬間詩人也「騎鶴西去」十多年矣！

導演秦劍（陳健）
藏本《鷗外詩集》書影

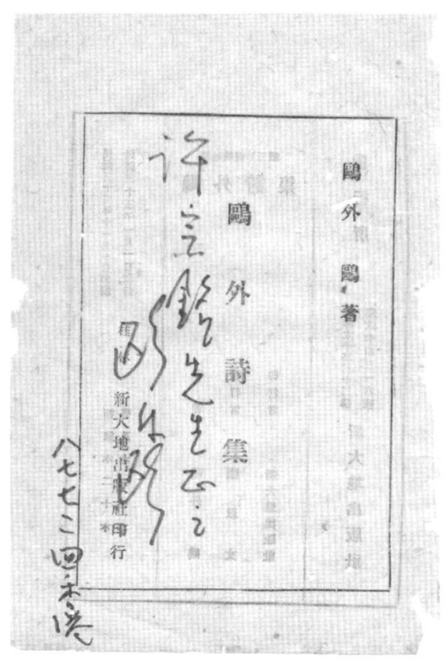

鷗外鷗在《鷗外詩集》的扉頁上留字

許定銘（左）和鷗外鷗（一九八七）

《鷗外鷗之詩》

桂林是抗戰時的文化城，出過不少文藝期刊及好書，不過，這些書刊都有個很大的缺點：因為用的都是粗劣的土紙，特別惹蟲，蛀得很厲害，難以保存！

我的那本《鷗外詩集》，買到時早已千瘡百孔，每翻一頁，書屑如雪片飄下，簡直無法閱讀，只好把它複印了來看。這樣一本曾度過六十多次寒暑的老書，當然不容易找到第二本，可幸廣州的花城出版社，在一九八五年曾出過一冊《鷗外鷗之詩》，要讀鷗外的詩，也不是沒有可能的！

《鷗外鷗之詩》印了三千冊，書分「三十、四十年代之作」、「五十、六十年代之作」和「七十、八十年代之作」三輯，收詩作超過一百首，比《鷗外詩集》要多出很多。

鷗外鷗寫了五十多年詩，他一直堅持自己的作風，大膽創新，嘗試從多種角度去表達詩意，受到保守派的抨擊也是必然的，甚至有人認為他的「詩」不是詩！不過，支持者也不少，他在自序中引述了艾青、聞一多、朱自清、梁羽生、黃永玉……等人對他底詩的評價，尤其是詩人艾青的看法最可貴，他認為「鷗外的詩有創造性、有戰鬥性、有革命性」！

希望你也有機會讀讀鷗外那些不是詩的詩！

《鷗外鷗之詩》

黃永玉繪鷗外鷗

《詩》

抗戰時代是中國新詩的黃金時代，詩刊：《詩文學》、《詩創作》、《詩時代》、《詩建設》、《詩戰線》、《詩墾地》、《詩群眾》……如雨後春筍般蓬蓬勃勃地生長，其中有一種非常簡單直接的，就叫做《詩》！

《詩》，早在一九二二年已在上海出現過一次，當時是由朱自清、劉延陵等創辦的；但現在所談的《詩》，則是由周為、嬰子和胡明樹一九三九年創辦於桂平，而成長於桂林的另一種。

《詩》創刊時是油印本，只印二百本，想不到反應很好，轉瞬售罄，給年輕的詩人們很大的鼓舞。翌年他們都到了桂林，便着手把《詩》改成鉛印版。一九四〇年二月，鉛印本的《詩》，新一卷一期終於面世了，直到一九四三年，三卷六期終刊。

如今大家所見的終刊號，是十六開土紙本，三十六頁，由桂林的集美書店總經售，封面插畫的是黃超，編委除了最早的三人，還加入了鷗外鷗、洪遒和韓北屏，本期有ＳＭ、艾青、胡明樹、包白痕、鷗外鷗、杜宣、秦似、羅鐵鷹、黃寧嬰……等人的詩作外，還有國際詩選、史料和研究。周為的長文〈甘苦〉，詳細地寫出《詩》的成長經過，是研究者的一手資料。

周為即是本港的名家陳凡，原來他年輕時也愛新詩！

《詩》封面

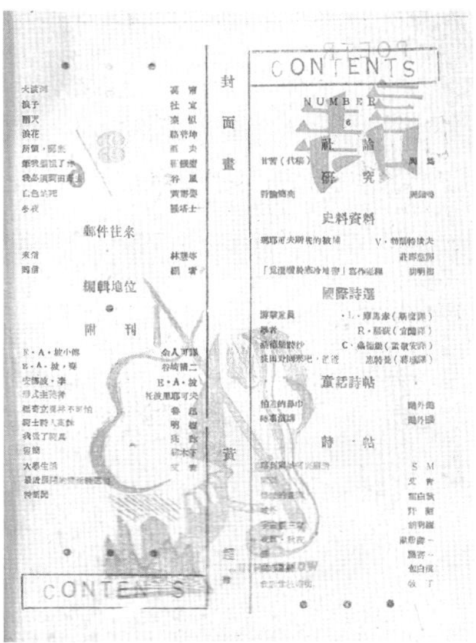

《詩》的目錄

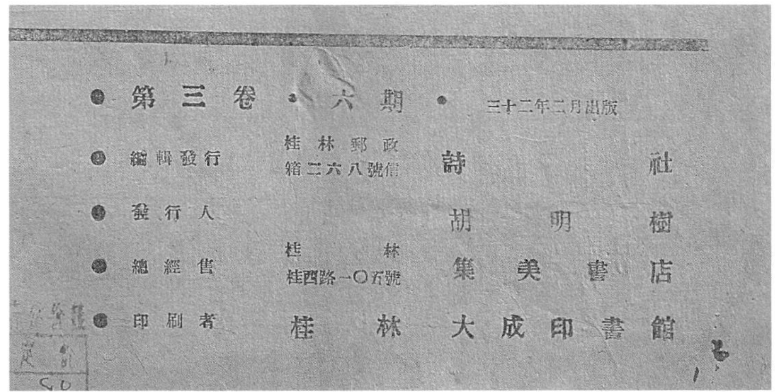

第三卷・六期		三十二年二月出版
編輯發行	桂林郵政箱二六八號信	詩社
發行人		胡明樹
總經售	桂林 桂西路一〇五號	集美書店
印刷者		桂林大成印書館

《詩》的版權頁

靜聽《海沙》的傾訴

陳凡（一九一五至一九九七）是香港的名報人，他抗戰時期加入《大公報》，由記者做到副總編輯，主編了相當成功的副刊《藝林》和《文采》。他也是天才橫溢的老作家，以周為、夏初臨、阿甲……等筆名著述超過千萬言，包括新舊詩詞、小說、雜文、報告以外，在書法和繪畫方面也有很深的造詣。

陳凡逝世後，紀念的文章不少，但少有談及他建國前的創作。賈植芳的《中國現代文學總書目》較齊，指出他建國前結集的有散文集《無華草》（桂林立體出版社，一九四三），《革命者的鄉土》（廣州時代社，一九四七）和小說《淚是這樣流的》（香港南國書店，一九四八），但還是遺漏了如今大家見到的這本《海沙》（桂林今日文藝社，一九四二）。

署名周為的《海沙》是僅有一一八頁的土紙本散文集，分上下兩篇，上篇收〈懷海篇〉、〈天象篇〉、〈蟄居之什〉、〈冬夜二題〉……等十七篇散文詩，抒發的都是詩人內心的憂鬱和遊子思鄉的情懷；下篇收較長的散文〈海的故事〉、〈井〉、〈夜間的來客〉、〈樹〉……等九篇，多為懷人記事之作。作者在〈題記〉中，說他和千千萬萬人一樣，都是渺少的沙粒，卻能發出微弱的聲音，並願這些細沙粒能閃出海的光芒！

且讓我們細聽海沙之傾訴，靜賞不凡的美文！

《海沙》書影

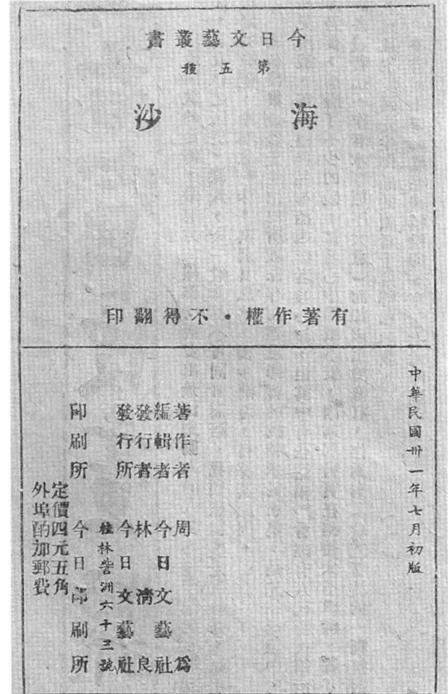

今日文藝叢書

第五種

海沙

有著作權・不得翻印

中華民國卅一年七月初版

著作者 周為

編輯者 今日文藝社

發行者 林清良

發行所 今日文藝社 桂林營洲六十三號

印刷所 今日印刷所

定價四元五角 外埠酌加郵費

《海沙》版權頁

《太平洋上的風雲》

《太平洋上的風雲》（香港工商日報，一九三五）是以日本侵略中國，引起太平洋戰爭作背景的十七萬字長篇抗日幻想愛情故事。寫軍人夏青霜團長加入義勇軍在九一八後留在東北抗敵，而他的愛人馬碧珠則到另一戰線抗日。作者幻想的抗日戰事由一九三一年展開，到一九四〇年初完結，一對戀人在戰時失散多年，最後終於團聚，留在太平洋一燈塔內渡過餘生……。

創作《太平洋上的風雲》的侯曜（一九〇三至一九四二）是廣東番禺人，他畢業於南京國立東南大學，曾加入文學研究會，寫過《復活的玫瑰》、《山河淚》、《棄婦》等劇本；後入上海長城公司任編劇，是中國電影界第一代導演。侯曜不單在文化界工作，還加入東北義勇軍抗日，至一九三四年轉到香港生活，從事電影工作，得《工商晚報》總編輯黎工佽之邀，一九三五年在副刊《晚香》上連載《太平洋上的風雲》大受歡迎，隨即在是年八月出版單行本，並邀胡秩五、李建豐、農稼琴、黎工佽及劉大同寫序，嘯天封面設計，此書出版超過七十年，難得！

一九四二年侯曜受邵逸夫之邀到新加坡拍片，被日軍視為抗日分子捕殺，英年早逝，見不到日本投降及世界和平。他一生以寫劇本及電影為主，小說除《太平洋上的風雲》外，還寫過《沙漠之花》、《理想未婚妻》及論著《影戲劇本作法》。

《太平洋上的風雲》書影

版權所有
翻印必究

中華民國廿四年八月出版

太平洋上的風雲

工商日報叢書之二

每冊定價港幣壹元

原著者　侯曜

編輯者　工商日報編輯部　香港德輔道中

發行者　工商日報營業部　門牌四十三號　香港德輔道中

印刷者　工商日報　門牌四十三號

《太平洋上的風雲》版權頁

《五年前之空箱女屍案》

老香港當不會忘記一九七四年跑馬地之紙盒藏屍案。其實，用紙盒、木箱之類藏屍，早已有先例，如今大家見到的《五年前之空箱女屍案》（香港工商日報，一九三六）即是。

一九二六年前後，雲南軍閥楊希閔駐軍廣州，軍紀甚差，常有軍人夥流氓搶掠姦殺之事。那年冬天，警察在北郊一新墳掘出置於箱內，被步槍刺刀殺死的女屍。本書作者豹翁，與偵緝課長吳國英熟稔，有機會見到女屍，竟是熟人美女許道珍。便與吳國英深入調查，終於偵破是案，知道是滇軍團長婁大鴻劫色不遂，以軍刀插入受害者私處且奪其家產的罪行。無奈婁大鴻手執軍權，無法拘捕歸案，只好把案件假借為已故師長殺妾不了了之。

後豹翁到香港執筆謀生，成著名文人，於是把許道珍的身世及其被謀財害命之事發表於《工商晚報》，慨嘆許道珍雖年青貌美，且家財不薄，最後竟為人謀害，實在不幸。此稿凡五萬多字，連載完畢即出版單行本，甚為暢銷。

香港之紙盒藏屍案凶手歐陽炳強於犯案後不久即被捕，受害人沉冤得雪；凶手被監禁二十多年，在二○○二年獲釋再世做人。但，空箱藏屍的許道珍案，雖被偵破，執法者卻無可奈何，是法治與人治的不同，哀哉！幸得豹翁將此事揭之報章，讓世人知道事件的始末真相，想來許道珍應可安心投胎去也！

《五年前之空箱女屍案》書影

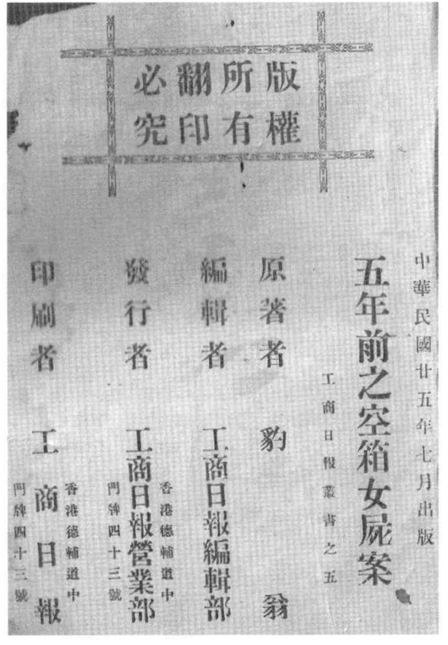

版權所有
翻印必究

中華民國廿五年七月出版

五年前之空箱女屍案

工商日報叢書之五

原著者 豹翁

編輯者 工商日報編輯部

發行者 工商日報營業部 香港德輔道中門牌四十三號

印刷者 工商日報 香港德輔道中門牌四十三號

《五年前之空箱女屍案》版權頁

「豹翁」蘇守潔

「豹翁」原名蘇偉明，號守潔，廣東南海人，執筆為文辛辣且不畏強權，自覺似「豹子頭」，且年事已高，故署筆名「豹翁」。豹翁一九三〇年代初在香港的小報《探海燈》及《工商晚報》寫政論及淺易文言小說，風格與當時文人大異而受歡迎。

當年《工商日報》的副總編輯胡秩五，在《黃鶴樓感舊記》（香港工商日報，一九三六）的〈發刊趣旨〉中說，豹翁是一九三一年春開始在《工商》寫小說的，第一部作品為《嗚呼戀愛》。而這部七萬多字的《黃鶴樓感舊記》，據說是豹翁的初戀史。正因為戀人采蘩之逝，豹翁才會哀慟偏激，終日自困醉鄉。

至於豹翁之生卒年，《五年前之空箱女屍案》自敍中，有「十六歲輟讀書，接世二十年」之語；《黃鶴樓感舊記》末頁有「今予年將四十」，而此兩文均寫於辛未（一九三一）推斷，豹翁約生於一八九四年，而卒於一九三五年。因以上所述兩書，均為他失蹤後一年所出。豹翁一九三五年人間蒸發，一說因他得罪廣州高官，被誘北上綑綁巨石而沉於白鵝潭；一說他收了廣州公安局長何犖酬金一千二百元為他「捉刀」，卻不肯交稿，最後被誘捕入獄，殺於獄中。及何犖失勢後，由同獄的番禺民團長伍慶期指示獄中埋屍處掘出屍首。生前友好在追悼會上，以水滸回目為聯輓之曰「赤發鬼醉臥靈官殿；豹子頭誤入白虎堂」了其一生。

《黃鶴樓感舊記》書影

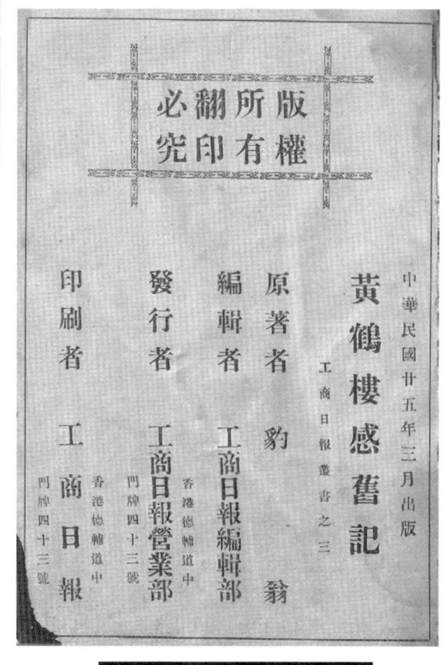

版權所有
翻印必究

中華民國廿五年三月出版

黃鶴樓感舊記

工商日報叢書之三

原著者　豹　翁

編輯者　工商日報編輯部　香港德輔道中門牌四十三號

發行者　工商日報營業部　香港德輔道中門牌四十三號

印刷者　工商日報

《黃鶴樓感舊記》版權頁

再寫「豹翁」

日前以小說《黃鶴樓感舊記》及《五年前之空箱女屍案》寫豹翁，因資料不足未能深入，引以為憾。後來記起多年前曾買過一本專談豹翁的書，不知放在哪裏。於是往我藏書的「醉書室」，翻尋了整個下午，原書已不知去向，只尋得這本由三水人李健兒編的影印本《文豹一睍》。

李健兒是一九二〇及三〇年代廣州以文言文創作的名作家，曾主編《新國華報》文藝副刊，並為各大報章撰稿，與豹翁相識達二十年之老友。他寫稿時自署「黑翁」，「黑旋風」與「豹子頭」曾合寫「豹黑特刊」專欄，甚受歡迎。

豹翁失蹤後，李健兒確信他已遭不測，一九三九年在香港編寫並出版了這本《文豹一睍》。豹翁的文言小說受社會大眾歡迎，不過，李健兒認為那些只是「詼奇綺艷，出於游戲，不足表見其實學」。於是，他便收集了豹翁的遺文，以「述學」及「文存」兩輯刊行，傳之於世。

《文豹一睍》書前有〈蘇君守潔事略〉，書後有〈豹翁軼事〉，均為李健兒所撰，詳盡記錄豹翁生平軼事，知他生於一八九四年八月十五日，而失蹤於一九三五年七月九日。為人聰敏，懂武功，好行俠仗義，經常腰懷短槍，外號「蘇左輪」。文武全才的奇人，結果是死不見屍。哀哉！

《文豹一睍》書影

豹翁遺像

《大公報》文藝獎

為了鼓勵創作，《大公報》在一九三六年舉辦了「文藝獎金」盛事，得獎的作品：戲劇獎是曹禺的《日出》，小說獎是蘆焚的《谷》和散文獎何其芳的《畫夢錄》。此事於一九三七年公布，但因是年展開「七七抗戰」，以後十多年，整個中國陷入紛亂的局面，得獎金之事雖是文壇大事，但與瞬息萬變的國事比，不過是小事一宗，事後誤傳不少。

上世紀中葉的一九五〇至七〇年代，玄默、陳紀瀅、劉心皇、司馬長風……等人均提過《大公報》「文藝獎金」的事，但有關得獎的人和作品多有謬誤，甚至有人增加了一項孫毓棠《寶馬》得詩歌獎的事。後來劉以鬯先生經多番聯繫，搜尋資料，在一九七八年寫了〈《寶馬》未獲大公報文藝獎金〉（收《看樹看林》，香港書畫屋圖書公司，一九八二），證實了上述三位得獎者及作品的正確性。

今日翻斬以編的大型純文藝月刊《文叢》，一九三七年六月出版的第一卷四號，刊內有佔整頁「當選大公報二十五年度文藝獎金之三大傑作」的揭曉消息，還刊出這三部作品的得獎原因。出版了數十年的戰時期刊《文叢》當然不易找，但，首四期一九七〇年代香港有重印本，如果他們多翻書，找到這頁消息，即可證據確鑿，不會發生論戰了！

《大公報》文藝獎揭曉

重印本《文叢》

《範菴雜文》

潘範菴是活躍於一九三〇年代香港的文化人，他一九二九至三三年在香港《大光報》編文藝副刊，同時以筆名「老範」闢「飯吾蔬菴」寫雜文專欄，後因病辭職，轉到培正中學教書。當時的教材一般多由老師自行決定，潘範菴便從自己所寫的雜文中選些適合的供學生閱讀，後來索性把文章編成《範菴雜文》於一九三八年出版，如今大家見到的，則是一九五四年香港大眾書局的增訂版。

《範菴雜文》內的文章多寫於「九一八」之後，「七七」全面抗戰的大風暴前夕，內容多是積極而具戰鬥意義的，換句「老範」自己的話，那是攏動大石頭投到大海裏，引起浪湧的雄邁行動，尤其〈解除國難的「花選」〉、〈日軍攻察哈爾問題〉、〈為甚麼要紀念屈原〉、〈黃花節痛言〉……等篇，極具時政價值。作為本書代序，陳君葆給潘範菴的信中，即盛讚書中的文章是「有血有肉的東西，充滿着奔迸的血和淚的作品」，還說他的文章受魯迅的影響很大，很有諷刺性。

潘範菴雖是新舊文學的過渡人物，舊文學基礎不弱，間中寫舊體詩文，但也寫新小說，《範菴雜文》過百篇雜文中，即有新詩〈心的哀弦〉和〈兩個撒馬利亞人〉、〈老槍的哲學〉等小說創作，可惜寫的不多。

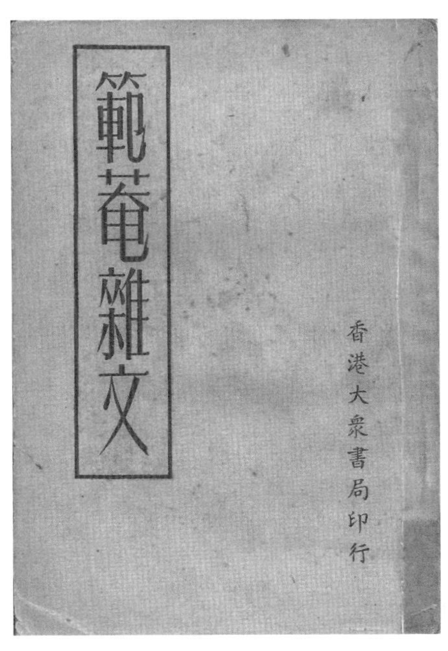

《範菴雜文》書影

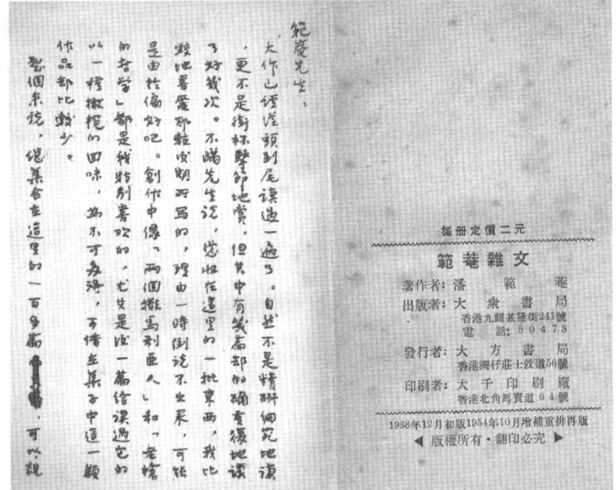

範菴先生：

大作已經從頭到尾讀過一遍了。自然不是精研細究地讀，更不是銜杯擊節地賞，但其中有幾篇卻加倍重複地讀了好幾次。不瞞先生說，您收在這裡的一批東西，我比較地喜愛那輯收期所寫的，理由一時倒說不出來，可能是由於偏好吧。創作中「傻」、「兩個撒馬利亞人」和「老婚的哲學」都是我特別喜歡的，尤其是後一篇給讀過它的以一種撒欖的回味，為不可多得，可惜在集子中這一類作品都比較少。

整個來說，總集合在這裡的一百多篇，可以說

每冊定價二元

範菴雜文

著作者：潘範菴

出版者：大衆書局
香港九龍冼[illegible]街241號
電話：50478

發行者：大方書局
香港灣仔莊士敦道56號

印刷者：大千印刷廠
香港北角馬寶道64號

1938年12月初版1954年10月增補重排再版

《範菴雜文》版權
及陳君葆手迹

香港作家蕭紅

在中國現代文學史上，蕭紅（一九一一至一九四二）是歸納於東北作家群內的，但我卻認為她完全可被稱為「香港作家」。蕭紅一九四〇年流浪至本港，雖然頑疾纏身，卻仍埋首創作，寫過不少零篇散稿，出版了《小城三月》，修訂完成了《呼蘭河傳》，還着手她認為是畢生力作的《馬伯樂》，可惜只寫了第一、二部，並未寫完即撒手西去。蕭紅死後，骨灰分成兩份，一份埋在淺水灣灘頭，一份撒在聖士提反女校校園；一九五七年雖已遷葬廣州銀河公墓，不過，我相信蕭紅還是魂繫香江的！

蕭紅最重要的短篇小說集《曠野的呼喊》（重慶上海雜誌公司，一九四〇），屬鄭伯奇主編的「每月文庫」之一，有統一的封面格式，收短篇〈黃河〉、〈朦朧的期待〉、〈曠野的呼喊〉、〈逃難〉、〈山下〉、〈蓮花池〉和〈孩子的講演〉等七篇，收的都是她一九三八至三九年間的創作。

蕭紅死後，一九四六年上海雜誌公司重印過一版《曠野的呼喊》，不知何故竟刪去〈黃河〉，只留六篇，而且改變了封面：一個奔向曠野的男子底背影，不單與書名很配合，估計還出自蕭紅本人的手筆，封面設計雖然比前者漂亮得多，但若論版本價值，還是比不上重慶上雜版的。

《曠野的呼喊》初版

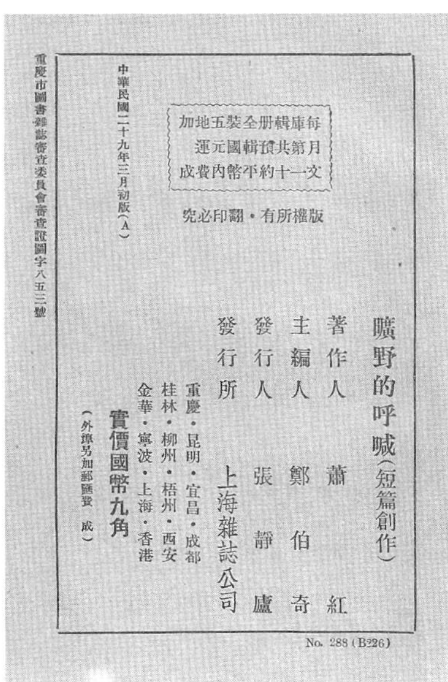

重慶市圖書雜誌審查委員會審查證圖字八五三二號

中華民國二十九年三月初版（A）

每月文庫第一輯共十冊預約全輯平裝國幣五元內地運費加一成

版權所有・翻印必究

曠野的呼喊（短篇創作）

著作人　蕭　紅

主編人　鄭伯奇

發行人　張靜廬

發行所　上海雜誌公司

重慶・昆明・宜昌・成都

桂林・柳州・梧州・西安

金華・寧波・上海・香港

實價國幣九角

（外埠另加郵匯費　成）

No. 288 (B226)

《曠野的呼喊》初版的版權頁

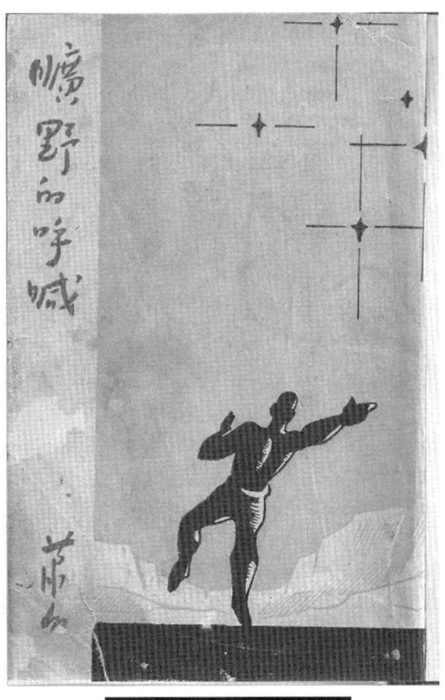

蕭紅自己設計的封面

想起端木蕻良

整理舊信札，撿出來這個「黃雞皮紙」信封，二十八乘十八厘米，能放入大三十二開的書，這是端木蕻良（一九一二至一九九六）一九八〇年春從北京寄來《曹雪芹》上卷（北京出版社，一九八〇）時所用的，用毛筆題簽的巨著當然立即珍藏到書架裏，信封隨手棄置，沒想到居然插進舊信札裏，一直存放到三十年後的今天。

一九七〇年代後期，我在灣仔軒尼詩道《大公報》對面開了間二樓書店，專營文史哲舊書及內地新到的學術書籍，港大的學者，中文系學生及文化人馬國權、高貞白、舒巷城、陳無言等常到；某日突然收到遠居北京的端木蕻良來信，說是知道香港有人重印了他幾本小說，非常高興，希望我能替他找些，因為這些書他自己也沒有了，而身邊的朋友們都很想讀。我便把手上所有的幾十本寄過去。後來知道他身體不好，也就不便打擾。不久租約到期，書店關門大吉，對我打擊不少，大病一場，從新文學領域退了下來，專心教學工作。

一九九六年端木蕻良因病去世之時，我遠居多倫多，那年秋風剛起，居然飄了一場薄雪。在爐火邊，在飄着薄雪而竟能仰望星空的夜裏，我到窗前沏了壺普洱，攤開稿紙寫了〈巨星殞落了〉（收拙著《書人書事》，香港作家協會，一九九八），紀念這位我最尊敬、最喜歡的作家！

曹辛之設計的《曹雪芹》

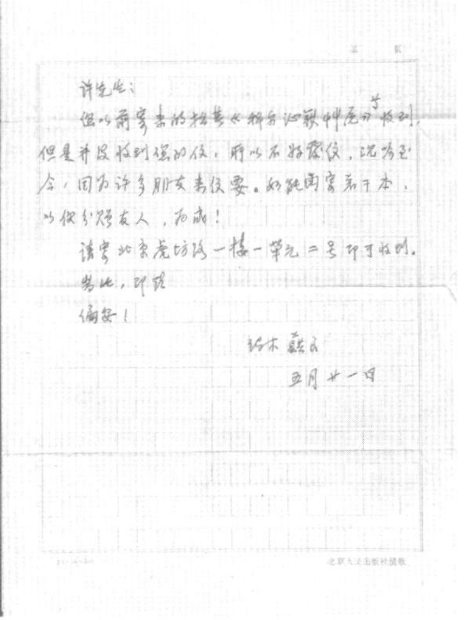

許先生：

您以前寄來的[illegible]收到，

但是并沒收到您的信，所以不能覆信，[illegible]至

今，因為許多朋友來信要，[illegible]若干本，

以供分贈友人，為感！

請寄北京虎坊路一樓一單元二号即可收到。

專此，即頌

編安！

端木蕻良

五月廿一日

端木的來信

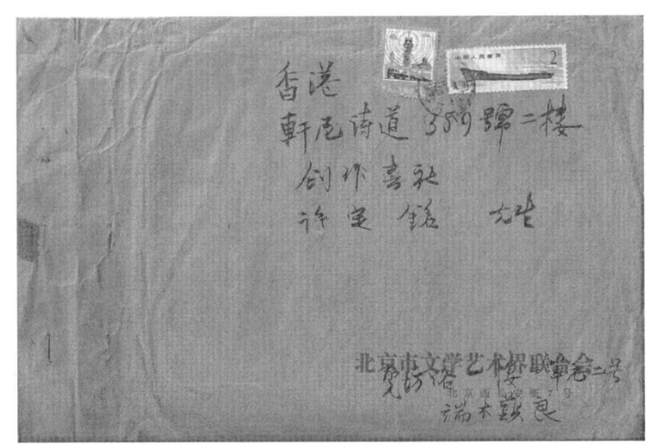

端木蕻良給我寫信

傑克的《朋友之妻》

近年傑克（一八九八至一九八三）一九五〇年以前的小說不容易找，像如今大家見到的這本《朋友之妻》（香港大公書局，一九四〇），在拍賣會上的成交價是二百五十，加上手續等雜費，三百塊少不了。此書為大公書局開店後不久出版的「現代小說叢刊」之一，九十四頁，是個四萬多字的中篇。

《朋友之妻》寫的是五個人，兩對男女之間的愛情故事：窮教師莊勝愛上售香水每月受薪十五元的女店員楊梨梨，每月支持她家用二十元，又按了祖屋拿五百元給她父親做生意，結果還是要失戀；魯伯敬教授和太太魯凌淑芳是老夫少妻，教授全力撰寫《元史》而冷落嬌妻，魯太太和百貨公司的主任瞿安之搞婚外情，教授揭破姦情後，竟然割愛，自己離開……。

奇情故事對一般讀者應有吸引力，我則覺得很普通，並無突出。不過，傑克為了強調楊梨梨售貨員之低下階層身分，每寫到她說話時，均用「口語」出之，頗覺特別。如莊勝問她何以多日不肯見面，她說：

「冇嘢！唔得閒啫。」（註：沒有甚麼，太忙吧了。）

每次在她所說的本地口語之後，又以書面語重寫一次，可見當時大作家用口語寫作並未普及，一般外省人難以了解。傑克此舉可說是為方言入小說邁前一步。

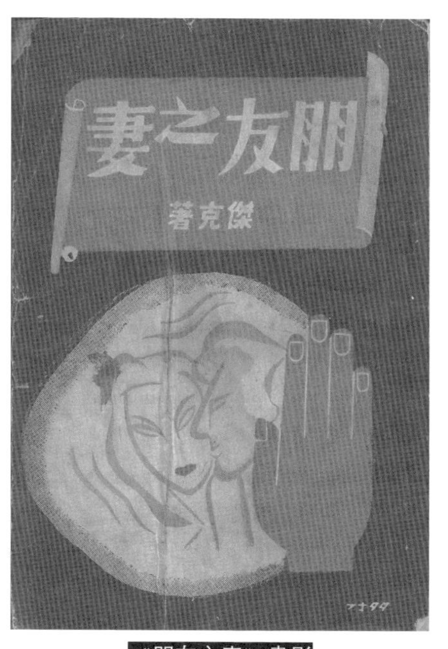

《朋友之妻》書影

《紅衣女》

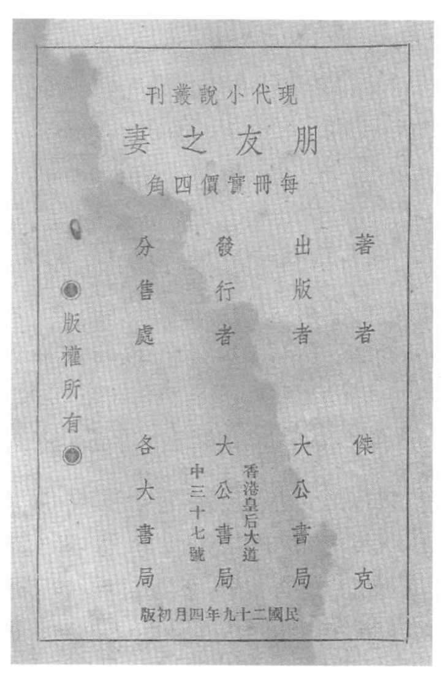
現代小說叢刊

朋友之妻

每冊實價四角

著者 傑克

出版者 大公書局

發行者 大公書局 香港皇后大道中三十七號

分售處 各大書局

◎版權所有◎

民國二十九年四月初版

《朋友之妻》版權頁

劉火子的《榮譽》

逛舊書店，從不見天日的角落裏搜得劉火子（一九一一至一九九〇）詩集《不死的榮譽》（香港微光出版社，一九四〇）影印本，大喜過望。此書屬「黎明叢書 · 甲輯之二」，之一是艾青同時期出版的詩、散文合集《土地集》。據說《不死的榮譽》因戰亂已不傳世，唯一的孤本是黃谷柳戰時購自內地某小鎮地攤，戰後贈詩人劉火子的自用本，如今在他女兒劉麗北手中，並影印了一份贈馮平山圖書館珍藏。我得的這冊，應是圖書館的再複印本，裝釘雖然粗劣，可幸清晰可讀。翻《中國現代文學總書目》，也見有《不死的榮譽》條目，可見上海圖書館中亦不藏。

《不死的榮譽》僅六十九頁，收〈海〉、〈筆〉、〈中國的黎明〉、〈紋身的牆〉、〈無名英雄之墓〉、〈烽火抒情〉、〈中國萬歲〉、〈棕色的兄弟〉……等詩作二十二首，是詩人一九三七至四〇年間，寫於香港、桂林及旅途上的作品，充滿愛國激情，對入侵者的仇恨，放眼戰場所見的瘡痍與悲痛。

詩人對〈不死的榮譽〉情有獨鍾用作書名，這首以戰場上的軍人摟敵引爆手榴彈而不死，以傷痕換來的「榮譽」，作出高度的讚揚。不過，我更欣賞以中國大地上，戰事的廢墟及鮮血圖案作比擬的〈紋身的牆〉，和以農村一口古井，對大地變遷冷眼觀察的〈井〉，是集中最好的兩首。

劉火子的《榮譽》

《不死的榮譽》書影

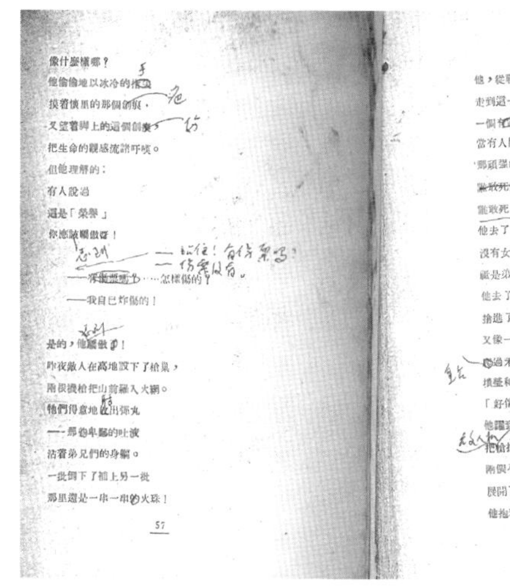

像什麼樣哪？
他偷偷地以冰冷的指頭
摸着懷里的那個創痕，
又望着脚上的這個創痕，
把生命的觀感流諸吁唳。
但他理解的：
有人說過
這是「榮譽」
你應該驕傲啊！
——[illegible]……怎樣傷的？
——我自已炸傷的！

是的，他驕傲的！
昨夜敵人在高地設下了槍巢，
兩根機槍把山崗羅入火網。
牠們得意地吐出彈丸
——那卑鄙的吐液
沾着弟兄們的身軀。
一批倒下了補上另一批
那里還是一串一串的火珠！

57

他，從戰爭的那一邊緣
走到這一邊緣，
一個有[illegible]藝術的戰士，
當有人問起：
那頑强的槍巢
~~誰敢死去~~
誰敢死去把牠消滅？……
他去了！沒有朋友給他握手，
沒有女人給他熱情，
祇是弟兄們沉默的眼睛！
他去了！像一匹兇了的[illegible]
搶進了死角
又像一條蜥蜴的
爬過米田的水溝，爬過
填壑和弟兄們仍溫煖的屍首；
「好傢伙，你還叫？」
他躍到槍巢之前，一手
把槍扯了出來！
兩個不同民族的生命
展開了民族的決鬥；
他抱着牠

58

從書內的修改可見此書為劉火子自用的

劉火子史料

詩人劉火子（一九一一至一九九〇）原名劉培燊，生於香港，只接受過很基本的學校教育，他一九三二年開始寫作，作品有新詩、詩論、小說、報導……，與侶倫、望雲、傑克、谷柳等，是香港第一代新文學作家。一九三四年起參加「島上社」的文學活動，創辦《今日詩歌》，編輯《大眾日報》的文藝副刊，到四十歲後才轉到內地生活，仍不斷寫詩近五十年，是位真正的詩人。

一九九〇年，從上海移居香港的劉麗北，是劉火子的長女。當她知道香港有人留意到她父親一九三〇年代在香港的文學活動時，便開始搜集並整理有關劉火子的資料。經過十多年的努力，她訪問過不少世叔伯，跑遍了香港、北京、上海和廣州的大圖書館，並把老家剩下來的片紙隻字，細心地閱讀、抄寫、複印、整理，終於編好了《紋身的牆——劉火子詩歌賞評》（香港天地圖書，二〇一〇），收編了劉火子的詩創作四十多首，並整理了他的年表，配合鄧偉志、唐海、黃康顯……等人的評論，是劉火子最完善的史料。二〇一一年，是劉火子誕生一百周年，劉麗北又編出了《奮起者之歌——劉火子詩文選》（上海東方出版，二〇一一），除了詩作，還加進了「散文、通訊、報告文學」、「戰地報道、特稿」、「回憶錄、書信」、「友儕題贈及緬懷」……等專輯，至此，劉火子的研究有足夠的資料開展了！

內地版劉火子史料

港版

僅印五十本的《慰勞信集》

一九三八年，卞之琳（一九一〇至二〇〇〇）與何其芳、沙汀等，從成都出發前赴延安訪問，期間隨游擊隊在太行山一帶活動，還在魯迅藝術學院代課，寫了報告文學《第七七二團在太行山一帶》和詩集《慰勞信集》（香港明日社，一九四〇）。

《慰勞信集》是本薄薄的小冊子，連扉頁、目錄及書前的空白頁都算在內，才不過六十二頁，收詩作二十首：〈給隨便哪一位神槍手〉、〈給地方武裝的新戰士〉、〈給放哨的兒童〉、〈給一位奪馬的勇士〉、〈給獻金的賣笑者〉、〈給一位特務連長〉、〈給一切的勞苦者〉……，都是他一九三八、三九年間在延安一帶訪問的成果，歌頌勞苦大眾的詩篇。此書的珍貴之處在於印量少，非常罕見，書名頁後有如下一段話：

本書初版用模造紙印五冊，號碼由甲至戊為非賣品；用上等道林紙印五十冊，號碼由一至五十。

嘩，老天！七十年前僅印五十冊的書，至今還有「八品」，相當難得。封面上有前任書主的留言：「黃思達、廿九夏、香江之旅」，說明是他一九四〇年旅遊香港時所購。

有些人以為《慰勞信集》是桂林出版的，事實上，「明日社」在一九四二年才從香港遷往桂林，為卞之琳出過《十年詩草》（桂林明日社，一九四二），和《明日文藝》月刊數期。

卞之琳

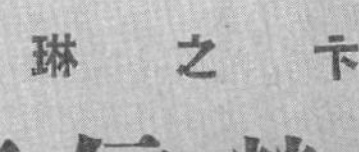

明日社出版部

昆明同仁街一三六號

《慰勞信集》扉頁

《慰勞信集》書影

本書初版用模造紙印五冊，號碼由甲至戊，爲非賣品；用上等道林紙印五十冊，號碼由一至五十。

板權所有各國（蘇聯在內）

翻印及翻譯須先得發行人許可

發行人：明日社出版部

Copyright by Les Editions de Demain

1940

《慰勞信集》版權頁上註明此書僅印五十本

平可的《山長水遠》

一九二〇年代末，活躍於香港文壇的侶倫、望雲、平可等人組成了「島上社」，以創作、出版新文學作品為己任。侶倫一直堅持純文學創作，以《窮巷》在香港文學史上留下傑作，望雲則以《黑俠》爭取了大量讀者，只有平可較少人提及。

生於香港的平可原名岑卓雲（一九一二至二〇一三），他只寫過《山長水遠》、《錦繡年華》和《滿城風雨》三部小說。《錦繡年華》是一九四〇年起連載於《天光報》，以香港女學生生活為題材的小說，連載了一年多，因香港淪陷，未寫完。《滿城風雨》則是一九四三年開始連載於重慶《大公晚報》的，因抗戰結束，也未寫完；只有一九三九年起，連載於香港《工商日報》的《山長水遠》，在一九四一年列為「工商日報叢書」，出了一套三冊的單行本。《山長水遠》以進出口貿易公司老闆關弓為核心人物，寫他縱橫商場的故事，反映社會現實，連載期間極受歡迎，不少讀者還寫信到報館去，詢問故事人物影射的是誰。

平可不是職業文人，他讀的是土木工程，任職的是工程公司，工作與文藝全無關係，寫作完全是個人的業外興趣，晚年所寫的回憶錄亦以《誤闖文壇憶述》（見《香港文學》一九八五年一至七期）為題，可見他自認為「文壇外人」，但他的《山長水遠》卻為香港早年的新文壇帶來了激盪，為文學史留下了足印。

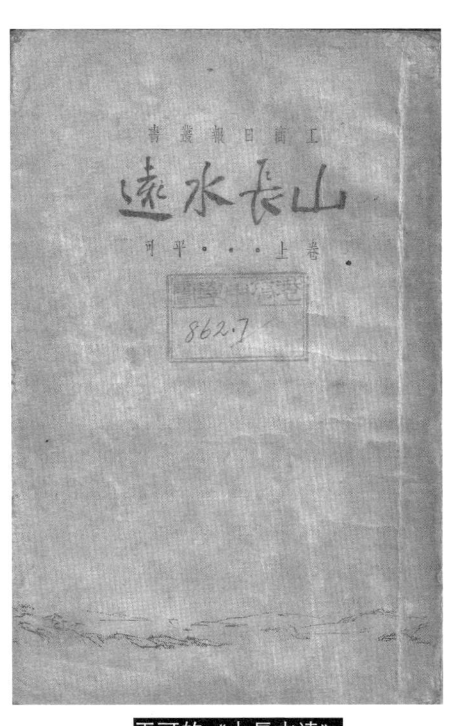

平可的《山長水遠》

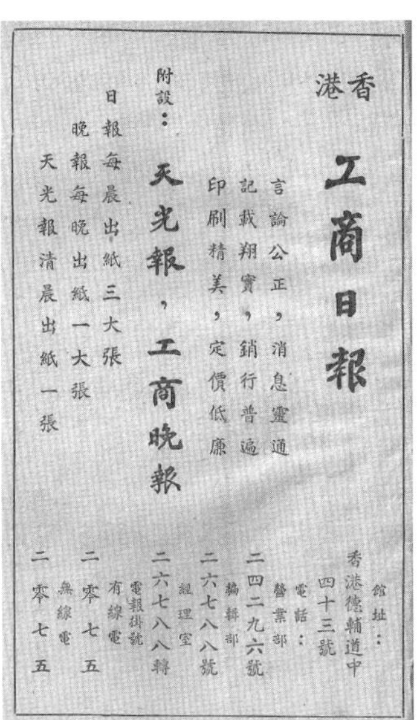

香港
工商日報
言論公正，消息靈通
記載翔實，銷行普遍
印刷精美，定價低廉

附設：
天光報，工商晚報
日報每晨出紙三大張
晚報每晚出紙一大張
天光報清晨出紙一張

館址：
香港德輔道中
四十三號
電話：
營業部 二四二九六號
編輯部 二六七八八號
經理室 二六七八八轉
電報掛號
有線電 二零七五
無線電 二零七五

《山長水遠》版權頁

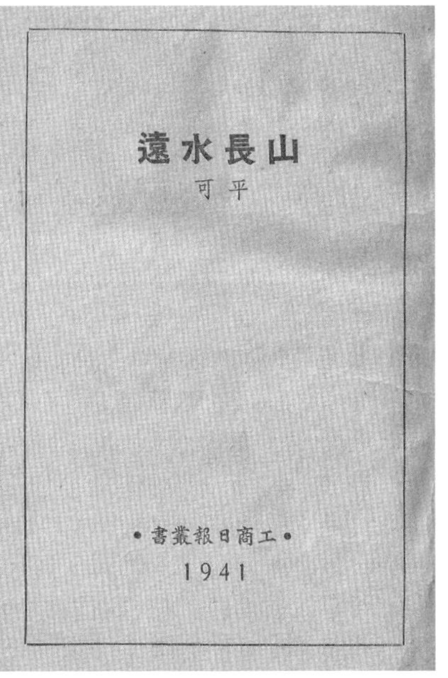

扉頁有出版年分

雜家任畢明

原名任大任的廣東鶴山人任畢明（一九〇四至一九八二），是本港的名報人和雜文家。他曾任《工商日報》主筆，並為各報寫日日見報的專欄，而以《星島晚報》副刊的「閒花集」最長久，每天凡千字的專欄，竟寫了超過十七年，粗略統計達六千多篇，六百多萬字的文章，天文地理、上下古今的歷史人物及社會動態均收諸筆下，如非才智驚人，怎能寫出如斯雜記？「閒花集」的文章後來由香港正文出版社選出二百餘篇精品，在一九六七年編成《閒花集》和《閒花二集》出版，很受歡迎。

一九七〇年代，我開始用心訪尋民國版舊書，視野擴大，才知道任畢明一九二五年已在廣西梧州創辦《民國日報》，後應邀來港辦《大眾日報》……早在三十年代已成名，著作亦不單只有上述兩本，還有《社會大學》、《新社會大學》、《龍虎集》、《戰時新聞學》和《評論學十講》……等。

如今大家見到的這本《談話術》，是一九四三年桂林實學書店出版的，封面上註明是「一九四三年六版」增訂的新本，在烽火歲月的火紅年代，生活困苦的知識分子們，竟肯付錢買這本土紙《談話術》，使書能銷到六版，實在不簡單。

一個人能辦報、寫社論、雜文，冷靜地分析歷史事件，對社會有深入的認識，任畢明是個「周身刀、把把利」的奇才雜家！

《演講、雄辯、談話術》

任畢明著
增訂新本
談話術
實學書局刊行
一九四三年六版

《談話術》

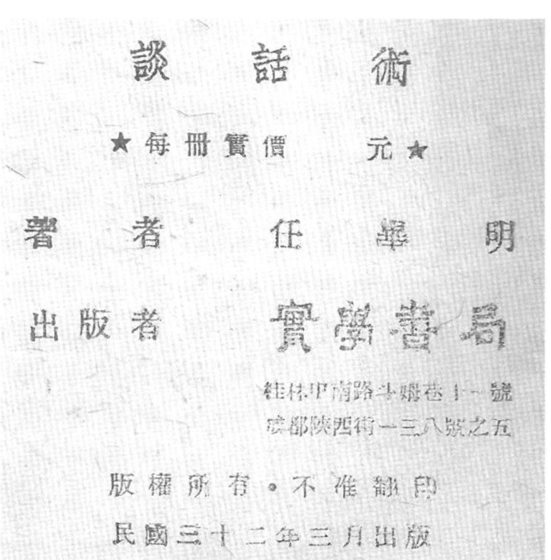

談話術

★每冊實價　　元★

著者　任畢明

出版者　實學書局

桂林中南路斗雞巷十一號
成都陝西街一三八號之五

版權所有・不准翻印

民國三十二年三月出版

《談話術》版權

俊東的舊藏

黃俊東是香港的老藏書家，他自一九五〇年代初開始，即經常躑躅於港九各舊書店，搜尋絕版的民國版文史哲舊書，經半世紀搜尋，所藏舊書無論在質和量上說，都是全港之冠。無奈香港寸金尺土，即使你藏書之地大如貨倉，終有盡頭的一日。故此，藏書家的藏品，在歲月的流逝中，偶爾也會被淘汰，再次從舊書店流徙到另一些愛書人的手裏。俊東自一九六〇年代起，住在沙田道風山的石屋裏，原藏書處是兩所小平房。後來因地產商有新發展，被迫搬到近千呎的大廈裏，那次大遷徙淘汰出來的絕版好書，據說要用兩輛大貨車才能搬完。

我搜尋絕版舊書比俊東晚近二十年，常在舊書店裏淘到俊東的舊藏。俊東的舊藏很容易分辨：一是蓋了私章，一是在書的空白處用毛筆題滿了極工整的小楷，記下閱讀心得，或者與該書有關的小故事……，有些還剪貼了不少與書或作者有關的剪報。

如今大家見到任畢明的《龍虎集》（廣州文建出版社，一九四六）是三十二開二百多頁的歷史人物龍爭虎鬥評論集。書出後不久即斷市，任畢明南下香港想重印，可惜連書稿也沒有，最後要登報徵求書稿才能重版。這些來龍去脈即從本書所附貼的剪報，任畢明署名南蠻的《談我的書》中得知，書中扉頁不單有俊東的私章，還有他手書「任大任（南蠻，一九〇四至八二）」，難得！

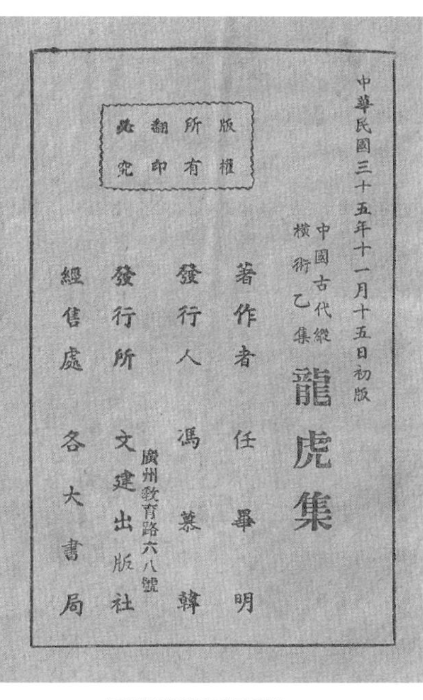

中華民國三十五年十一月十五日初版

中國古代縱橫術乙集 龍虎集

版權所有 翻印必究

著作者 任畢明

發行人 馮慕韓

發行所 文建出版社 廣州教育路六八號

經售處 各大書局

《龍虎集》版權

《龍虎集》封面有黃俊東的印章

丁丁的《作家》

談《作家》月刊，大家會立即想到一九三六年創辦於上海，由孟十還主編的期刊，該刊為大三十二開本，厚百多頁的大型文藝刊物，共出八期。一九七〇年代香港有人重印過，精裝本兩巨冊，厚達十厘米，現在大型圖書館裏還可見到。但，丁丁主編的《作家》月刊，不單至今未見有人提及，連一般工具書中也不見有此條目。

出生於上海的浙江嘉善人丁丁（一九〇七至一九九〇）原名丁嘉樹，是一九二〇年代開始創作的老牌作家。他一九二二年自江蘇省立第一師範畢業，旋即進上海大學升學，畢業後曾任中學教員、大學教授、報館主筆及編輯，業餘從事文學創作。一九四一年四月，以作家出版社名義，在南京辦《作家》月刊，出至一九四三年一月的二卷四期停刊。一年後捲土重來，於一九四四年四月，在蘇州復出，改為《作家季刊》。

創刊號的《作家季刊》為十六開本，六十四頁，那是本純文藝刊物，重要的作品：小說有予且的〈延師記〉、陶晶孫的〈聖誕前後〉，和何心的連載中篇〈毀滅〉；散文小品有周越然的〈作家的煩悶〉、章克標的〈漏屋〉，此外還有一個〈閑話蘇州〉的特輯，和君匡、丁諦、龔持平、文載道……等人的文章。

丁丁後半生在香港渡過，用筆名「丁淼」寫了很多本著述，了解他早年的文事頗有意思！

《作家》

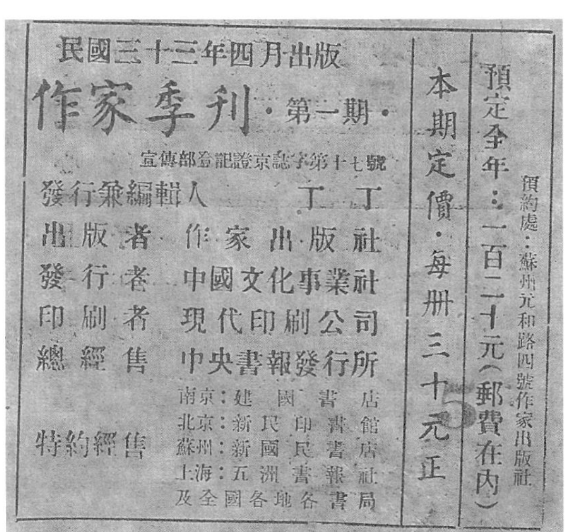

民國三十三年四月出版
作家季刊·第一期·
宣傳部登記證京誌字第十七號
發行兼編輯人 丁丁
出版者 作家出版社
發行者 中國文化事業社
印刷者 現代印刷公司
總經售 中央書報發行所
特約經售
南京：建國書店
北京：新民印書館
蘇州：新國民書店
上海：五洲書報社
及全國各地各書局

本期定價·每冊三十元正

預定全年：一百二十元（郵費在內）
預約處：蘇州元和路四號作家出版社

《作家季刊》版權

寫《第三條路》的何心

何心的《第三條路》（南京作家出版社，一九四四）是本非常罕見的小書，開度也很怪，比三十六開度略小的十二乘十六厘米，九十六頁，收中篇小說〈第三條路〉、〈毀滅〉和短篇〈回子〉、〈子與子之間〉等四篇，書前還有丁丁和作者的序。出版這本書的南京、蘇州作家出版社，是由何心的丈夫丁丁（丁淼、丁嘉樹） 主持的，在一九四一年曾出版《作家月刊》，至一九四四年改為《作家季刊》。他們還出版過「作家叢書」三集，有丁丁的《小事件》、《蹉跎集》、林涵之的《高樓雜寫》、江上風的《驚蟄集》……。

作為作家太太的何心，原名何葆蘭（一九一〇出生），上海人，中學時就讀於江蘇省立松江女子中學，曾受業於豐子愷，選修他的藝術論，後畢業於持志大學，因熱愛新文學及寫作，與于伶、謝冰瑩等交往。一九三〇年與丁丁結婚，要照顧三名兒子，寫作便成了閒暇的消遣，還著有散文集《清晨》（上海群眾出版社，一九三六）、短篇《殺嬰》（南京作家出版社，一九四一）。

一九四九年後，何葆蘭居於香港，也曾赴馬來西亞教書，一九八六年移居美國加州沙加緬度。何葆蘭居港近四十年，出過《南遊記》（香港中國作家筆會一九七三）和《東西行》（香港天翔出版社，一九八五），後者還由謝冰瑩寫序呢！

第三條路

民國三十三年十一月初版

1—2000 冊

定價每冊國幣一百元

著作人	何心
發行人	丁丁
封面設計	王敦慶
封面木刻	朱冰虹
出版者	南京 蘇州 作家出版社
印刷者	南京新中印刷公司
特約經售	建國書店 京南中山東路132
發行處	作家出版社事務處 蘇州元和路四號

《第三條路》版權頁

《第三條路》的書影

何葆蘭的《東西行》

雨中看《山城雨景》

羅拔高的《山城雨景》（香港華僑日報社，一九四四）躲在書架陰暗的旮旯二三十年了，如果不是這幾天刮狂風下豪雨，閒着無聊亂翻書，也不會讀到它。起先以為「山城」是重慶，翻開一看，原來此「山城」即是「太平山下」的香港，而《山城雨景》也不是我如今倚窗看的維多利亞海峽的兩岸，它要給我們看的，是：一九四二年香港社會的眾生相！

打開書的扉頁，一行從未見過的標語直射眼瞳：「香港占領地總督部報道部許可濟」！書前有葉靈鳳的序，書後有戴望舒的跋，如果沒有這兩位助陣，看來淪陷時期要出一本書真不容易！

一〇八頁的《山城雨景》，內含〈黎明〉、〈企米〉、〈寂寞者底群像〉、〈夜〉……等十個短篇，都寫於一九四二年，作者在自序中謙稱這些都是混飯吃的文字，在報上刊過再出單行本，不過是希望多賺一些。其實這裏有：街頭的露宿者、失意的藝術家、塘西紈褲子弟的墮落……是真正反映淪陷時期的文學！

《山城雨景》的作者羅拔高，原是一九三〇年代在上海編電影雜誌《銀星》，並經常在《良友畫報》上寫小說的廣東人盧夢殊，因為愛食「蘿蔔糕」，便用了諧音「羅拔高」作筆名，曾出過中篇小說《阿串姐》（上海真美善書店，一九二八）。

《山城雨景》書影

山城雨景

羅拔高著

香港占領地總督部報道部許可濟

香港華僑日報社
出版部刷行

《山城雨景》的扉頁

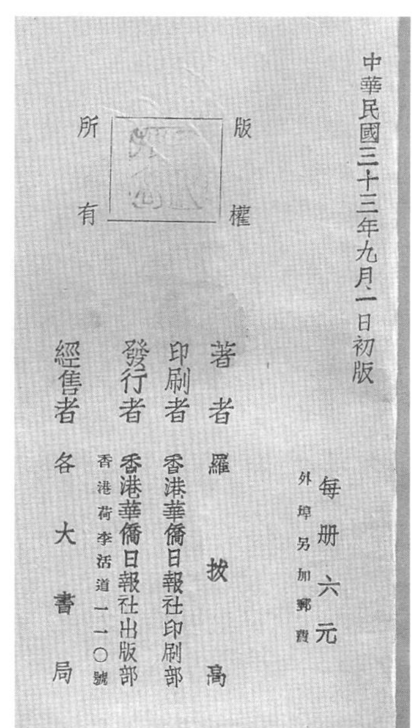

中華民國三十三年九月一日初版

每冊六元
外埠另加郵費

版權所有

著者　羅拔高

印刷者　香港華僑日報社印刷部

發行者　香港華僑日報社出版部
香港荷李活道一一〇號

經售者　各大書局

《山城雨景》的版權頁

曹聚仁的《大江南綫》

「八一三」炮火一響，一介書生的曹聚仁（一九〇〇至一九七二）即「攜筆從戎」，以《申報》、《立報》及中央通訊社記者身分，隨軍槍林彈雨之下，轉戰南北各戰場，為後方各報章寫戰地通訊，報告戰事所經地方的戰況及民生，而《大江南綫》即為這些報告的實錄。此書原由上饒戰地圖書出版社於一九四〇年初版，如今大家所見的，則是一九四五年上海復興出版社的再版。曹聚仁在〈滬版前記〉中說：抗戰勝利，這本述說戰時實況的報告已成陳跡，原沒有再版的價值；但重讀一遍，感慨良多，而這種感慨，並非來自個人，實際是全民的，於是欣然再版，為抗戰史實留一份珍貴的資料。我則覺得這份史料絕非可被淘汰之物，即使七十年後的今天，或者百七年後的將來，仍可一讀！

《大江南綫》約十八萬字，所記以他一九三八年中，隨八十八師征戰至一九四〇年間的記錄，依時序共分八章：此中以記敘戰場實況、軍事行程為主，社會經濟、政治動態及人情為副，為我們展示戰時一片染血的江山。

本書封面及內頁均有「吳在橋」之簽名及鈐印，此人一九五〇年代曾在《華僑日報》任編輯，是位書畫收藏家，曾編過一部《香港閩僑商號人名錄》（福建旅港同鄉會，一九四七），沒想到他也收藏《大江南綫》此類老書。

《大江南綫》書影

中華民國卅四年十一月初版

大江南綫（全一冊）

曹聚仁著

發行者
復興出版社
上海中央路一〇〇號
電話一五一五五

總經售
新生書報社
上海漢口路四六九號
電話九六四七二

《大江南綫》版權

《第五號情報員》

仇章（？至一九五一）是一九四〇年代任職於廣州及曲江《環球報》的報人，他以寫間諜小說馳譽文壇，最重要的作品是兩冊「遠東間諜戰實錄」：《第五號情報員》（曲江正光書局，一九四三）和《遭遇了支那間諜網》（曲江圖騰出版社，一九四三），這兩冊書分別得軍事家林薰南中將及張自忠將軍寫序，一紙風行，非常暢銷。其後上海、廣州、香港等地分別再版，是極受歡迎的戰時讀物。著名播音員李我曾將小說改為播音劇在電臺播出，一九四八年袁叢美也曾編導與原著略有出入的《第五號情報員》電影，由陳天國和歐陽莎菲合演。那年代，「第五號情報員」是個家傳戶曉的人物。

《第五號情報員》約十萬字，小說寫中央特派外號「第五號情報員」的諜報人員，到香港及廣州一帶進行間諜工作。他與女助手十三號兩人，經常進出香港及廣州，在一眾同志的掩護下，暗殺日軍將領，爆炸敵人的軍火庫，與川島芳子及稻田芳子、土肥原等日方特務鬥智……。此書寫於一九四三年，其時抗戰已接近尾聲，日本敗象早呈，民間同仇敵愾，對日本人恨之入骨，《第五號情報員》的故事大受歡迎，暢銷是必然的。

我的這本《第五號情報員》，是一九四六年上海遠東圖書公司的二版，不知一九四三年的曲江（韶關）初版是怎樣子的？

《第五號情報員》書影

李我講述《第五號情報員》

版權所有 不准翻印

第五號情報員 全一冊

民國三十五年四月滬一版
民國三十五年十月二版

定價國幣

著作者 仇章
發行人 浦家麟
上海新北門內障川路四十八號
發行者 遠東圖書公司
上海新北門內障川路四十八號
總經售處 鉄風出版社
▲各地書店均有代售▼

（本書呈請內政部註冊嚴禁翻版）

《第五號情報員》版權頁

仇章的創作

出版流行書的製作人最會賣廣告，他們往往會在書的封底列出同作者的其他著述以作招徠。我手邊另有仇章的《香港間諜戰》和《無聲的收音機》，都是沒有出版年分，製作馬虎的流行版，封底印了大量仇章的作品：《上海間諜戰》、《東京玫瑰》、《飛天間諜》、《偵探王》、《征服者》……等十多種，可信度雖然不高，不過，我卻憑這些資料知道，《第五號情報員》、《遭遇了支那間諜網》、《香港間諜戰》和《東京玫瑰》（即《川島芳子》）等，仇章的幾部重要作品，都曾各分拆成幾本，甚至有連環圖本出版，可見其暢銷的大眾化。

其中最特別的，是廣州大中書店版的《無聲的收音機》。此書估計是一九四〇年代末至五〇年代初之間所出版，其分銷處有：廣州李明記、香港馬錦記、澳門黎雄記和柳州柳新書店，可見其網絡之廣。短篇《無聲的收音機》另附〈兩條海岸線〉、〈榴花時節〉、〈無法投遞退回原寄〉和〈神秘劫案〉共五篇。此書與仇章其他的書有很大不同，前面四篇文藝味甚濃，〈無聲的收音機〉記他曾參加諜報通訊員的妻子，〈兩條海岸線〉寫在日本留學，戰事一開始即回國抗敵的父親，〈榴花時節〉記養病，〈無法投遞退回原寄〉寫一文藝青年到上海任編輯期間淡淡的愛情。這些含自傳味的散文，是仇章間諜小說以外的另一面。

仇章的創作《無聲的收音機》

《廣州間諜戰》

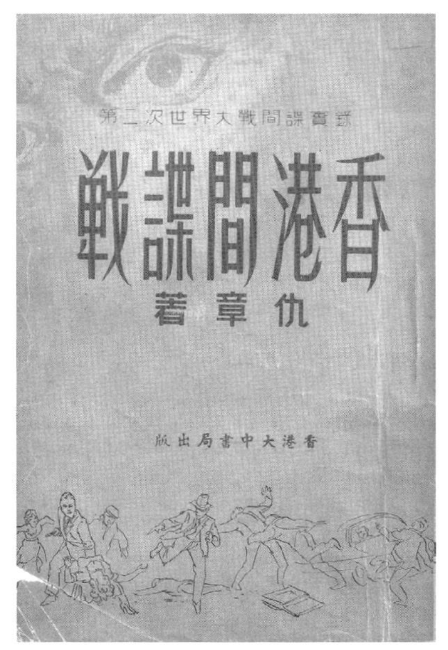

《香港間諜戰》

《文藝叢刊》

一九四〇年代叫《文藝叢刊》的期刊有兩種：知名度較高的，是范泉在上海出版於一九四七至四八年間的，每期均有書名，依次為《腳印》、《呼喚》、《邊地》、《雪花》、《人間》和《殘夜》，共出六期；另一種則是由中華全國文藝協會粵港分會編輯，一九四六年在香港出版的本冊，共出兩期。

《文藝叢刊》第一輯為二十五開本（十五乘二十一厘米），僅五十六頁，不過排得很密，估計也有七萬字。本期的重點文章有胡仲持的〈韋爾斯的「人權宣言」〉、陳殘雲的〈亂彈集〉、樓棲的〈反芻集〉、黃藥眠的〈論聞一多的詩〉和華嘉、司馬文森、于逢、胡明樹等人的小說及其他的散文、劇本等作品。

我覺得最有用的，是黃寧嬰的〈悼周行兄〉、洪遒的〈悼嚴杰人〉和文藝通訊〈港粵文協在廣州的遭遇〉。八年抗戰及戰後的亂局中，不少曾寫過好作品的文藝之星，都在烽火歲月中殞落了，資料難找，無人過問，周行（一九一〇至一九四六）和嚴杰人（一九二二至一九四六） 就是兩顆一閃即逝的流星，由他們的好友所撰的兩文，正好補救了這方面的不足。

〈港粵文協在廣州的遭遇〉記述「文協」一九四六年在廣州被打壓的事實，《文藝生活》、《中國詩壇》、《草莽》……等期刊被迫停刊，或許這正是《文藝叢刊》要在香港出版的因由！

文　藝　叢　刊

第　一　輯

一九四六年九月二十日出版

編輯兼發行者：中華全國文藝協會港粵分會

The Chinese Writers' Association Hong Kong—Canton Branch

（通訊處：香港堅道二十號地下　　轉）

總經售：星加坡新南洋出版社
香港新民主出版社
國內各大書店

每冊訂價

《文藝叢刊》版權頁

香港版《文藝叢刊》

馬寧的《椰風膠雨》

原名黃震村的馬寧（一九〇九至二〇〇一），是福建龍岩人。一九二七至三一年間，他曾就讀於上海大學及南國藝術學院。學生時期的馬寧已是熱衷革命的年輕作家，曾加入中國左翼作家聯盟，一九三一年赴南洋，任馬來西亞普羅文學藝術聯盟主席。抗戰時期在桂林、廣州、香港、新加坡等地從事革命文學創作，寫了《處女地》、《鐵戀》、《香島煙雲》、《陸根榮》、《綠林中》、《廉價之馬》……等二十多本長、短篇小說及劇本。建國後馬寧曾任福建省文教部文化處處長及省文聯主任、副主席。

如今大家見到這本約八萬字的長篇《椰風膠雨》（香港新民主出版社，一九四六），一九四三年在桂林文化供應社初版時，叫《南洋風雨》，那是廣西圖書審查處秘書何名忠的意思，馬寧不喜歡，故此在再版及香港版時改回原名《椰風膠雨》。

此書是馬寧在桂林的防空洞內寫的，出版後，史沫特萊認為是本很有價值的作品，很想譯成英文在美國出版，並囑馬寧寫了英譯本的序言附於書內，可惜後來並未出版。

《椰風膠雨》寫的是馬寧一九三一至三四，及一九四一年兩次赴馬來西亞及新加坡，從事革命活動的經歷和見聞，其報告成分重於創作，應該是本報告文學而不是小說。

馬寧的《椰風膠雨》

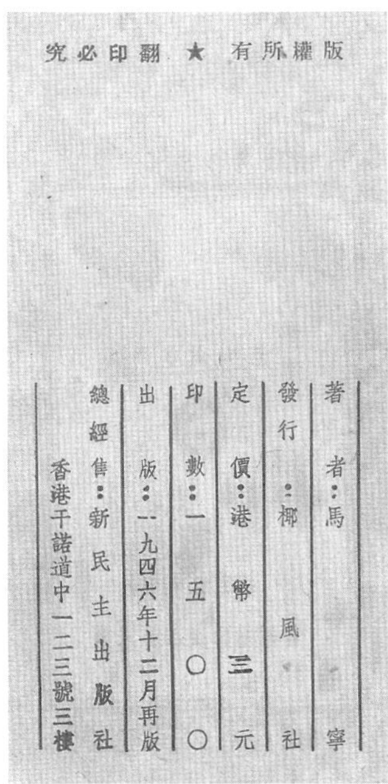

版權所有 ★ 翻印必究

著者：馬寧
發行：椰風社
定價：港幣三元
印數：一五〇〇
出版：一九四六年十二月再版
總經售：新民主出版社
香港干諾道中一二三號三樓

《椰風膠雨》版權頁

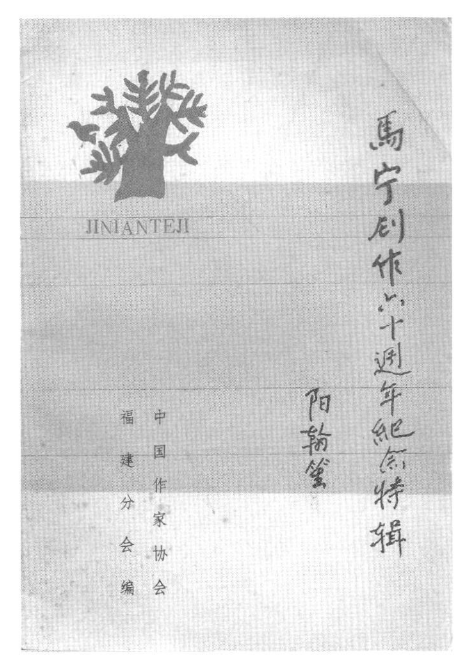

馬寧的紀念特輯

《文藝生活》月刊

司馬文森的創作有十多部，不過，我認為他一生最偉大的貢獻，是主編了足以代表我國南方現代文學的《文藝生活》月刊。

《文藝生活》命途坎坷，它一九四一年九月由司馬文森創刊於桂林，及湘桂大撤退前被當局下令停刊；一九四六年在廣州復刊六期（總第二十四期）又被禁；於是改到香港出版，出至第五十三期，到一九五〇年一月，又回到廣州出了六期，才真正停刊。前後出了十個年頭，共出五十九期。

五十九期《文藝生活》中，近半在一九四六至四九年於香港出版，我們不妨把它視為香港文藝刊物，以港版內容稍作巡禮：

由香港文藝生活社出版的《文藝生活》，為大三十二開本，每期五十二頁，以一九四九年四月的總第四十七期為例，刊登了孔厥、袁靜的中篇〈血屍案〉，陳殘雲的小說〈兵源〉、秦牧的〈情書〉，黃寧嬰的詩〈美國土肥原〉，金丁的人物篇〈郁達夫的最後〉、吳費的〈蕭軍的故事〉，此外，還有散文專頁，新波的木刻，林林的詩論……琳瑯滿目，水平甚高。

司馬文森在香港的那幾年，除了創立文生社，編《文藝生活》，還任《文匯報》總主筆、達德學院文學教授和香港文協常務理事，貢獻良多，值得一記。

《文藝生活》月刊

曹禺・馬思聰・張瑞芳

香港編・廣州版

《文藝生活》選集

司馬文森在香港的那幾年，編過一套「文藝生活選集」，有以下六種：

王時穎等的《獨幕劇選》
司馬文森等的《秧歌劇與花燈戲》
金丁等的《作家印象記》
郭沫若等的《創作經驗》
荃麟等的《文藝學習講話》
海兵等的《報告文學選》

每本書前都有司馬文森的〈文藝生活選集序〉，詳細的介紹了各時期的《文藝生活》，並說：

因為三年來所出的幾十期雜誌，流傳到國內讀者間的很少，我們才有編印選集的意思。一則是，想把三年多工作作個小小結束，再則是，在海外出版期間，有些文章，我們認為對大家在文藝學習和文藝宣傳工作上，有些小幫助，而在國內的讀者卻又無法讀到，因而我們才決心把它重印一次。

此中最值得介紹的是《作家印象記》（香港智源書局，一九四九），內收：金丁的〈郁達夫的最後〉、靜聞的〈悼朱佩弦先生〉、洪遒的〈略記在明月社時代的聶耳〉、孟超的〈記田漢〉、白沉的〈記夏衍〉、蔣牧良的〈記張天翼〉、黎舫的〈記蔡楚生〉、黃永玉的〈記楊逵〉、紀叟的〈趙樹理怎樣成為一個人民作家〉和林如稷譯的〈左拉青年時代的生活〉等十篇，頗有看頭！

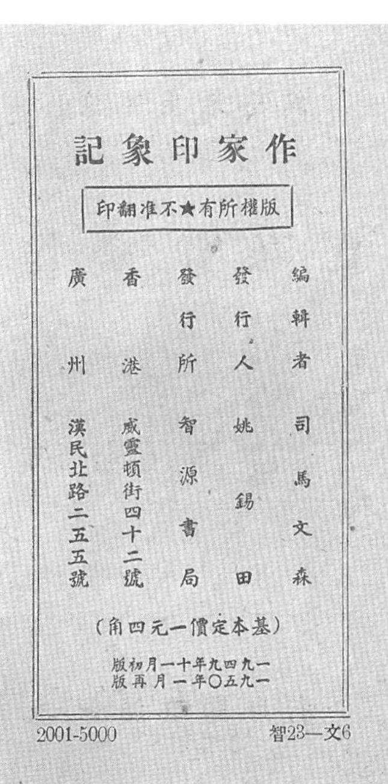

作家印象記

版權所有★不准翻印

編輯者 司馬文森

發行人 姚錫田

發行所 智源書局

香港 威靈頓街四十二號

廣州 漢民北路二五五號

（基本定價一元四角）

一九四九年十一月初版

一九五〇年一月再版

2001-5000 智23—文6

《作家印象記》版權頁

《創作經驗》

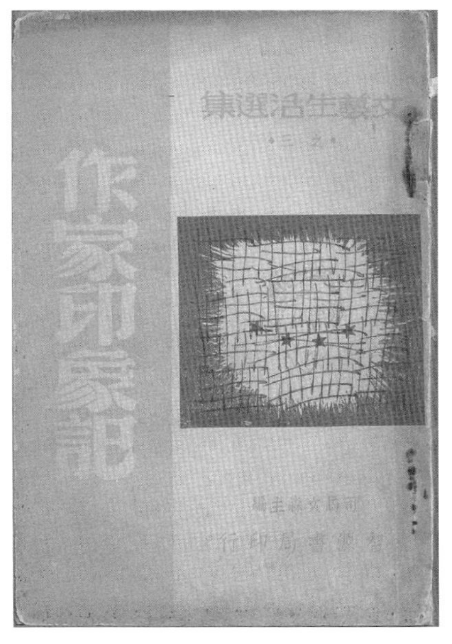

《文藝生活選集》

司馬文森的《雨季》

我這本厚四百多頁司馬文森（一九一六至一九六八）的長篇小說《雨季》（香港智源書局，一九四六），雖然是「港一版」，其實已是此書的第三版了。

《雨季》分成〈中間〉、〈邂逅〉、〈結局〉等三部，寫於一九四一至四二年間，當時司馬文森滯留在文化城桂林，他躲到鄉間一面教書，一面寫作，《雨季》便在他編的《文藝生活》月刊一卷二期上開始連載。到一九四二年六月完稿後，由桂林文獻出版社一九四三年九月初版，而且非常暢銷，很快便再版了。

《雨季》寫的是一個已婚女子為追求戀愛及理想，擺脫傳統思想的束縛，毅然離家走上獨立自主生活的故事。

他在〈後記〉中寫道：

……動機是由於產生在一個朋友的家裏的一件平凡的悲劇深切地把我感動了。在那一件平凡的悲劇中，我看見一個真正的人性的覺醒，看見一個代表舊時代的牢籠，在一個堅強的不屈不撓的意志之前崩潰，解體了。我感動着，並且決心把它寫出來。（〈後記〉頁一）

司馬文森是現代著名的小說家，福建泉州人，還有林娜、耶戈等筆名，《人的希望》、《南洋淘金記》、《風雨桐江》等重要作品。

《雨季》港一版書影

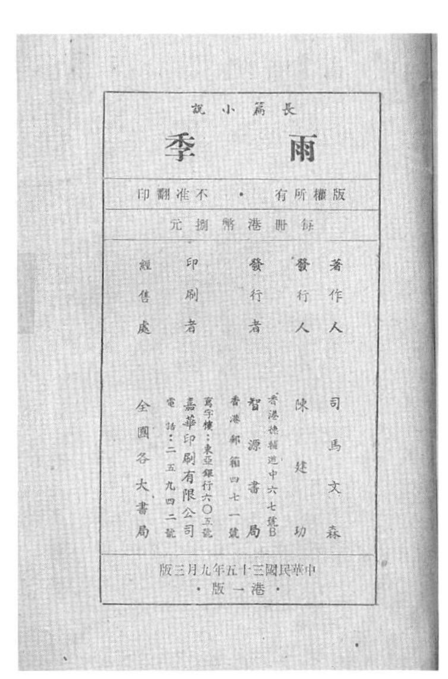

長篇小說

雨季

版權所有・不准翻印

每冊港幣捌元

著作人　司馬文森

發行人　陳建功　香港德輔道中六七號B

發行者　智源書局　香港郵箱四七一號

印刷者　嘉華印刷有限公司　寫字樓：東亞銀行六〇五號　電話：二五九四二號

經售處　全國各大書局

中華民國三十五年九月三版

・港一版・

《雨季》的版權頁

《尚仲衣教授》

尚仲衣（一九〇二至一九三九）是河南羅山縣人，十五歲考入清華大學，一九二四年留學美國，在哥倫比亞大學得教育博士學位。一九二九年回國，曾任北京大學、廣東勷勤大學及廣西大學教授，後任廣西中山紀念學校校長。

尚仲衣教授是著名的民眾教育專家，除專心教學工作外，並以行動表達其愛國熱誠，在抗戰期間與學生深入農村，宣傳抗日救國。又曾任第四戰區政治部宣傳組組長，親赴前線宣傳，可惜在一九三九年因公幹赴汕頭途中遇車禍逝世。

尚仲衣好友司馬文森聞其死訊悲從中來，從百忙中抽時間，以二十天寫成凡三萬字的《尚仲衣教授》，發表於一九四〇年《文藝陣地》的第四、五期上，並於是年五月改名《天才的悲劇》，在桂林出了單行本。如今大家見到的這本，則是恢復了原名的修正版《尚仲衣教授》（香港文生出版社，一九四七），除了正文，書內還收了〈修正版序〉、〈初版序〉和〈我怎樣寫《尚仲衣教授》〉，是最佳版本。

我一直以為《尚仲衣教授》是本傳記，或報告文學，但司馬文森卻認為尚仲衣的不幸遭遇已成為戰時文化人的典型，因此，他不為尚仲衣立傳，而是把他的真實經歷寫成一個中篇小說。

《尚仲衣教授》封面

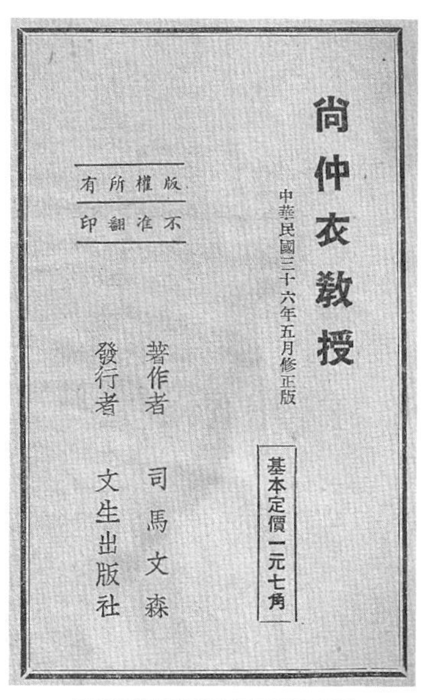

尚仲衣教授

中華民國三十六年五月修正版

基本定價 一元七角

著作者 司馬文森

發行者 文生出版社

版權所有 不准翻印

《尚仲衣教授》版權頁

《南洋伯還鄉》

電影劇作家及小說家陳殘雲（一九一四至二〇〇二）是廣州人，他一九三五年入讀廣州大學，出版詩集《鐵蹄下的歌手》（詩歌出版社，一九三八）一舉成名。抗戰展開後，他到過桂林、新加坡、馬來西亞、泰國等地，參加抗日救亡運動及文化運動。戰後陳殘雲在香港從事教育工作，協助司馬文森編《文藝生活》月刊，並寫了小說《風砂的城》、《南洋伯還鄉》和《小團圓》。

《南洋伯還鄉》（香港南僑編譯社，一九四七）是本約四萬字的中篇，寫在南洋捱苦幾十年，薄有家產的羅閏田，帶十九歲的女兒玉玲回國，途中所見所聞的遭遇。玉玲嚮往祖國的繁榮發達，想回國升學；羅閏田則覺得在南洋捱了大半生，到底是人家的地方，「落葉歸根」，很想回家鄉嘆世界。

豈料他們乘船回到廣州，過海關時遇到貪官，大大被敲一筆；回到家鄉，人人都覺得他是在外發了大筆橫財回來，排隊到他家來要分一杯羹。遠房親戚、鄉長、父老、駐軍的連長都來了，勸捐、補稅、抽壯丁、買鎗、提親、合伙做生意……，把戲層出不窮。最後，羅閏田決定還是回到南洋去！

陳殘雲到過的地方不少，像《南洋伯還鄉》這樣的故事，肯定是現實的反映，暴露戰後當權派及社會的黑暗。小說以幽默輕鬆的筆調寫成，但，我相信他寫的時候，內心是淌血的！

《南洋伯還鄉》書影

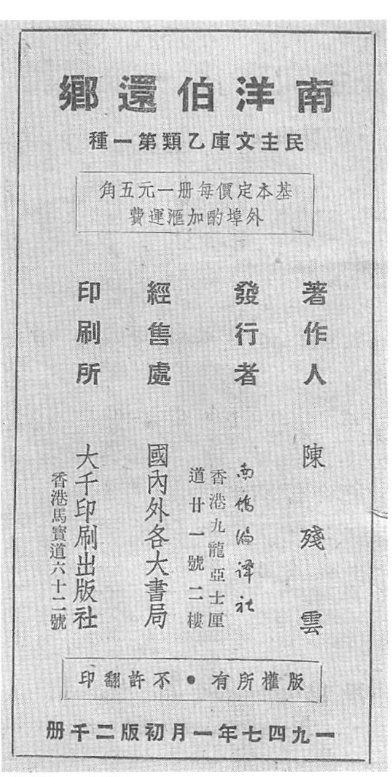

南洋伯還鄉

民主文庫乙類第一種

基本定價每冊一元五角
外埠酌加滙運費

著作人 陳殘雲

發行者 南僑編譯社 香港九龍亞士厘道廿一號二樓

經售處 國內外各大書局

印刷所 大千印刷出版社 香港馬寶道六十二號

版權所有・不許翻印

一九四七年一月初版二千冊

《南洋伯還鄉》版權頁

卜少夫的無梯樓

一九七七年歲末，陳無言在《星島日報》發表雜文〈介紹一本絕版好書 · 無梯樓雜筆〉。「無梯樓」是報界名人卜少夫戰時重慶的居所，臨馬路依山而建房子的二樓，沒有樓梯通樓下的鋪面，要從後面山坡上出入。《無梯樓雜筆》（上海新聞天地社，一九四七），是本約七萬字的小書，收卜少夫抗戰八年間的雜文三十四篇。此書罕見，我在舊書拍賣網站上搶拍過，可惜失手。

卜少夫讀陳無言文後，於報上回應了〈無梯與有梯〉，回憶了戰時舊事。其後，獲林友蘭回贈孤本重印《無梯樓雜筆》（臺北遠景出版社，一九八〇）。臺版《無梯樓雜筆》把上海版連自序一字不漏收進外，還附錄了陳無言的文章，並把〈無梯與有梯〉作新版序，書前收一幀水禾田為他拍的半身生活照。難得的是他還為內文需要落註的地方落了註腳，比初版更見充實。

卜少夫在新序中說這些文章，是過眼雲煙，是明日黃花，只在記錄某時代的脈搏，補足某個社會的腳步，無藏諸名山、傳之後世的價值。其實不然，這幾十篇文章是他戰時的經歷，或談政治，或談民生經濟、娛樂，或談走難實況，或談書籍、藝術……，都是難得一見的史料，尤其卜少夫一生打滾報界幾十年，認識各界人物之眾，停居地方之多，是我輩生於和平，長於繁榮都會之人難以知道而不容錯過的。

上海版《無梯樓雜筆》

臺版《無梯樓雜筆》

無 梯 樓 雜 筆

遠 景 叢 刊 156

著者	卜少夫
發行人	沈登恩
出版者	遠景出版社 台北郵局36—575號信箱 郵撥：102221
發行所	遠景出版社 台北市光復南路260巷51-2號 電話：711—7871
門市部	中國書城 台北市成都路一號
印刷所	海王印刷廠有限公司 中和市民有街
定價	新台幣55元・港幣[illegible].00
初版	中華民國69年1月

行政院新聞局登記證局版台業字第0105號

有版權・翻印必究

臺版《無梯樓雜筆》版權頁

《巨型》中的〈迷樓〉

在晚宴上遇到劉以鬯先生 ，年過九旬的老人神情矍鑠，似一株蒼勁的古松，在一眾老作家叢中，顯得相當突出。我興奮地告訴他：我從互聯網的舊書拍賣網站上購得一套僅出了三期的《巨型》，是一九四七年上海出的綜合性雜誌，是他的好友沈寂和鍾子芒編的，雖然書未到手，但記得創刊號上即有他的一個叫甚麼〈樓〉的短篇。老人想了想，說：「都六十多年前的舊事了，《巨型》記不起是怎樣的了，拿到書後給我看看。我的那篇應該是〈迷樓〉，寫古代人物的短篇。」

不久，書寄來了，我驚覺老人思路清晰，記憶力特強。一九四七年七月《巨型》創刊號上，他刊的那篇果然叫〈迷樓〉，寫的是隋煬帝寢宮迷樓上的荒淫片段。僅佔三頁，才二千多字的短篇，前面八成的篇幅用來寫煬帝生活的腐化，從內侍臣的衣着、動態，到裸體宮女的體態舞姿，均描述得相當細膩，使人慢慢融入古代帝皇的豪華享受，正陶醉於那美好的環境中……突然奔過來一位宮女，大叫「侯夫人自盡了」！筆鋒一轉，他給我們看她的遺言：「宰我夫，姦我身，雖作鬼，猶不甘。」

短短的一句，即把讀者從歡樂的境界抽離，拋到帝制的罪惡深淵去。這結局相當精彩，是劉以鬯一九四〇年代出色的短篇，卻沒有人提到過！

《巨型》創刊號

編者的話

我們出版「巨型」，整整化了三個月的籌備時間，不敢說精彩，內容尚稱充實，「巨型」是綜合性的刊物，文章也採用各方面的，但是雜而不亂，至少讓讀者有篇篇可讀之感。

高良先生的「采病錄」是連續性的記錄，用一種近乎小說的體裁，寫實行程的經過，令人愛不釋手，「四川袍哥」本刊特稿，將哥老會之內幕報道無遺，更值得推薦的是周海萍先生之「西藏見聞錄」，周先生乃戰時內地報界紅人，一度西遊，將其見聞詳錄，爲中國唯一記載邊疆之作品。

這期小說登少重質，劉以鬯之「迷惘」婉麗動人，值得細讀。石琪先生久未作品發表，「楓河邊上的」充滿了人間的淒涼，「科長的故事」極盡諷刺能事，李青崖先生譯莫伯桑作品可稱一絕，穆一龍，樂草央，竇宗淦諸先生之插圖，甚爲精彩。

「巨型」擬多載報告性文字，田青先生之「海盜」，道人之未道，殊覺新奇，儲祎平以報告文學著名，「水老鼠」係社會陰暗面之一，以後當絡續撰寫，「攝影廠內幕」將中國電影界之缺點暴露無遺，「本埠新聞」也值得推薦。

下期特約名家數位選稿，當更精彩，希讀者注意。

本刊登記證已呈請登記中

巨型月刊 創刊號

民國三十六年七月一日出版

每册定價八千元

主編人 沈寂 鍾子芒

發行人 丁基 朱曾洪

出版者 大衆出版社 新閘路五六八弄四三七號

印刷者 正風印刷公司 新閘路五六八弄四三七號

總經售 上海五洲書報社 山東路二二一號

分經售處 全國各大書局

◆優待定戶半年六期計收四萬元◆

《巨型》版權頁

桐葉書屋

很多讀書人、藏書家和作家，都喜歡為自己讀書、寫作及藏書的地方起個書齋或書屋的名號，自我陶醉一番。愛書愈久，書齋名號也可能會愈多，像黃裳，他就用過斷簡零篇室、夢雨齋、草草亭和來燕謝。流沙河的叫開有益齋，梁永的叫雍廬，侶倫的叫向水屋，陳子善的叫梅州書舍，徐雁的叫雁齋，張澤賢的叫犬圈齋……各有特色。

你可曾聽過「桐葉書屋」？哪是誰的書齋？

告訴你，那是劉以鬯先生的！

年前我非常幸運，從舊書拍賣網站上搶購得劉以鬯先生的第一部小說單行本《失去的愛情》，那是本約三萬字的中篇小說，三十二開本，薄薄的，只有九十五頁，書內還有一九四〇年代最紅的文學書籍插畫專家郭建英插圖，一九四八年十月，上海桐葉書屋初版，懷正文化社總經銷，印數不多，是相當罕見的小書。

我和舊書打交道近五十年，《失去的愛情》僅見此冊，估計劉先生也沒有，便帶給他緬懷一番。劉先生果然沒有，把玩愛不釋手，並謂：如此罕見的老書，應當送到圖書館珍藏。劉以鬯一九四〇年代在上海辦懷正文化社，出版徐訏、姚雪垠、李輝英……等的創作不少，但，「桐葉書屋」是誰辦的？

老人莞爾：「我叫劉同繹，桐葉書屋當然是我的！」

上海版《失去的愛情》

中華民國三十七年十月初版

失去的愛情

有著作權
實價 五角正

著者 劉以鬯
出版者 桐葉書屋
總經售 上海江蘇路99號A 懷正文化社

上海版《失去的愛情》版權頁

《新詩歌》月刊

在中國現代文學史上有三種叫《新詩歌》的雜誌：其一是中國詩歌會在一九三三年出的旬日會刊；其次是延安新詩歌會在一九四〇年出的會刊；第三種是現在大家見到的，一九四七年二月，由春草社在上海創辦的《新詩歌》。

《新詩歌》是本十六開，僅十八頁的月刊，其特點在「反映人民的呼聲」及「以方言入詩」，編輯三人組，由薛汕負責搜集民謠、李凌編歌曲、沙鷗則專注於新詩，這是本真真正正集「詩」與「歌」於一身的雜誌，經常在這兒發表作品的有：臧克家、蘇金傘、臧雲遠、覃子豪、柳倩、王亞平、穆木天……，都是當時滬上的名詩人。

我藏的這本《新詩歌》是一至五期的合訂本，五期的封面均有不同的顏色，但用的都是刃鋒這幅本刻，充分反映出「勞動群眾力量的偉大」。書後有〈本刊啟事〉，說「本刊經費及編輯方針，一向獨立，不受任何經發處所左右……自第六期起改為叢刊，稍後繼續出版，並由春草社負發行之責」。

原來《新詩歌》出版以來一直受到政府的壓力，說雜誌背後另有政治目的，經常借故騷擾並查禁，叢刊也僅出了《黑色的詛咒》一期，最終難逃停刊的命運，幾個編輯也要逃到香港避難去！

《新詩歌》月刊封面

新詩歌 創刊號——第五期
合訂本民國三十六年八月裝訂
編輯者 薛汕 李凌 沙鷗
出版者 春草社
通信處：上海郵政信箱一〇九二號
定價：一萬二千元

《新詩歌》月刊社標及版權

「新詩歌叢書」

一九四八年初，薛汕和沙鷗到了香港，計劃復刊《新詩歌》。在黨的華南分局文委領導下，創辦了「新詩歌社」，加入了大量當時活躍的詩人：戈陽、黃雨、丹木、江華、海蒙、犁青……等，並在是年二月出版了《新詩歌》叢刊第七輯《晴天一聲雷》，以後又出了《被迫害的行列》、《血染紅了華山》、《顆顆送給子弟兵》和《今年唔同去年》等輯。

除了《新詩歌》叢刊，他們還出過一套「新詩歌叢書」。關於這套叢書，《中國近現代叢書目錄》（上海圖書館編，一九七九）只記錄了黃雨的《殘夜集》和海蒙的《激變》；薛汕發表於一九八八年第一期《新文學史料》中的回憶文章〈四十年代的《新詩歌》〉中，多提了戈陽的《血仇》、沙鷗的《燒村》、童晴嵐的《狼》、薛汕輯的《嶺南謠》和江華譯的《囉嗦家》；我手邊還有力揚的《射虎者》和沙鷗的《百醜圖》是他未提及的，此至，我手上的「新詩歌叢書」共九種，其實也未必收齊。

這套「新詩歌叢書」有同一構圖的封面，比三十六開略小（十點五乘十五點五厘米），全部都是五十頁左右的小冊子，出版於一九四八年八月至十二月間，每種僅印五百冊，非常罕見！

《新詩歌叢書》：力揚的《射虎者》

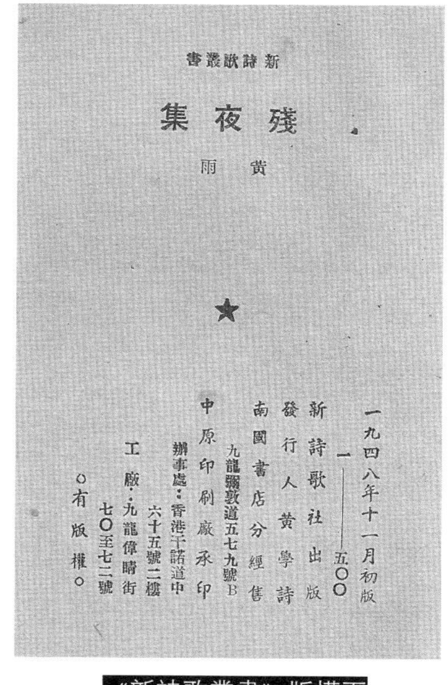

新詩歌叢書

殘夜集

黃雨

★

一九四八年十一月初版

一——五〇〇

新詩歌社出版

發行人黃學詩

南國書店分經售

九龍彌敦道五七九號B

中原印刷廠承印

辦事處：香港干諾道中六十五號二樓

工廠：九龍偉晴街七〇至七二號

〇有版權〇

《新詩歌叢書》版權頁

童晴嵐和他的《狼》

童晴嵐（一九〇九至一九七九）是中國詩歌會中較少人提到的詩人，抗戰時候，他以詩集《南中國的歌》（詩歌出版社，一九三七）享譽詩壇。蒲風在該書的序中，讚揚他能明察我們的時代，指出南中國的危機，並無時不在鼓吹及怒吼抗日，掀起怒濤。抗日時期，「童晴嵐」是和《南中國的歌》及「愛國熱情」這些語詞連成一起，極受推崇的。可惜，《南中國的歌》和他的另一本詩集《中華轟炸機》（廈門詩歌會，一九三八）都相當罕見，我只有大家現時見到的《狼》（香港新詩歌社，一九四八）。

《狼》是首三百五十行的長篇敍事詩，寫於一九四五年八月，先在香港新詩歌叢刊《被迫害的行列》中刊出，然後出單行本。全詩以六章敍說善良的貧農黃五哥，看不過羅鄉長強迫村民林伯鈞去當兵，並把他的妻子收作偏房；又強行把官鹽抬價以搜刮村民的財產，便聯合村民反抗。羅鄉長便把黃五哥拉去築路，把他打傷，丟給餓狼……。

《狼》暴露了善良的村民在暴政下生活的苦痛，無辜斷送生命是極平常的事。官員和「狼」其實是同類的生物，而慘絕人寰的悲劇，無時無刻不在鄉間上演。沙鷗在讚揚《狼》時，說此詩「隱藏在樸素的詩句中的血淚，是如此深深地感動人，這感動將使我們更憎惡橫蠻」、腐敗的政權！

童晴嵐和他的《狼》

黃雨的《殘夜集》

原名黃遺的廣東澄海詩人黃雨（一九一六至一九六一），常用的筆名還有丁東父。他一九四七年來港，在香島中學及中業學院教書，參加了中華全國文藝協會香港分會、方言文學研究會，並從事詩創作及方言文學研究，與新詩歌社詩友沙鷗、薛汕等交往，並出版了「新詩歌叢書」之一的《殘夜集》（香港新詩歌社，一九四八），此詩集僅印五百冊，相當罕見。

《殘夜集》只有五十頁，收七首新詩，除了〈歌白毛女〉外，其餘六首詩的內容大致可分為兩類：〈村景〉、〈老婦〉、〈示眾〉、〈將軍〉和〈鄉書〉寫戰後小鄉鎮的殘景，這裏有戰後的斷垣殘壁，有期待當軍兒子歸來的母親，有被誣蔑賣國的校長，有戰敗卻欺壓善良村民的將軍⋯⋯戰爭勝利了，但人民得到的卻是亂後的哀痛，再哀痛！另一組的〈蕭頓球場的黃昏〉和〈給露宿者〉，則以香港為背景，寫大城市中貧富懸殊的差距，暴露社會的陰暗面。

黃雨在〈後記〉中說，他戰後回到闊別八年的家鄉，「看到了新貴們的貪婪橫暴，和人民在繼續受難」，感到無比的憤恨，但礙於形勢，只好鬱在心裏。直到一九四七年流浪到香港，才能以詩篇向社會發出控訴。《殘夜集》中的幾首詩，是新中國建立前的殘夜景象。

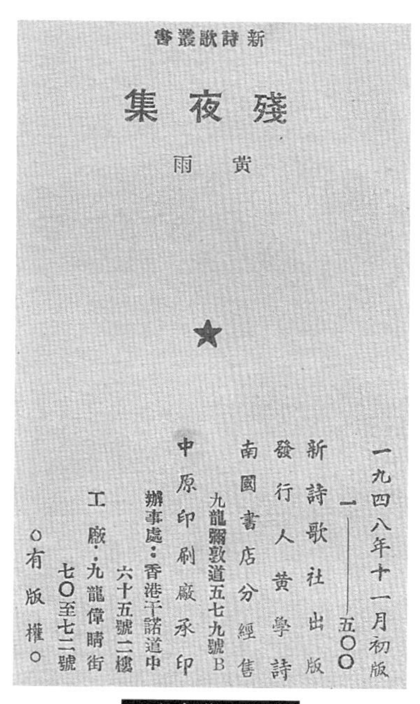
新詩歌叢書

殘夜集

黃雨

★

一九四八年十一月初版

一——五〇〇

新詩歌社出版

發行人黃學詩

南國書店分經售

九龍彌敦道五七九號B

中原印刷廠承印

辦事處：香港干諾道中六十五號二樓

工廠：九龍偉晴街七〇至七二號

〇有版權〇

《殘夜集》版權

黃雨的《殘夜集》

沙鷗的兩本小書

原名王世達的詩人沙鷗（一九二二至一九九四），是四川重慶人，一九四二年入中華大學，學的是化學，但他早在一九四〇年已發表詩作了。他在抗戰後期加入「春草社」，與晏明合編《詩叢》，後到上海與薛汕合編《新詩歌》。一九四八年在香港編《新詩歌》叢刊時，還編了一套「新詩歌叢書」，此中收編了他自己的《燒村》和《百醜圖》。

《燒村》全書只有四十八頁，是一首寫於一九四七年的長詩，詩分四章，敍述了八年抗戰中，四川農村中農民的苦難面影。「他們有的破產了，把僅餘的土地也落進了大戶的手中，有的成了赤貧，從佃農變成了貧農⋯⋯」他給我們看的是苦難的四川鄉野。

《百醜圖》有六十四頁，是本收有十一首詩的詩集。沙鷗一直擅寫農民的苦困，提倡詩要大眾化，要能以方言入詩，而甚少寫「政治諷刺詩」；但，在香港生活的一年來，沙鷗與老家的農村失去了聯繫，在海隅的大都市裏，能清楚的看到「蔣朝那些破船上的海盜們，那種不停的爭吵，那種使人哭笑不得的醜態」，使他不得不作出大膽和新奇的嘗試，以諷刺的筆法，把當權派的百醜圖繪出來！

燒村

沙鷗

新詩歌叢書

沙鷗的《燒村》

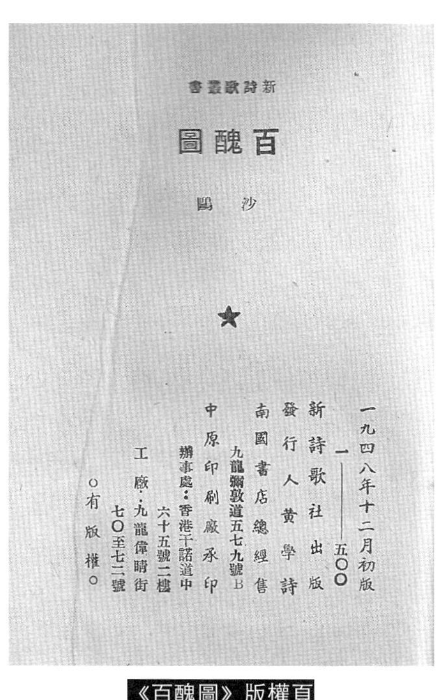

新詩歌叢書

百醜圖

沙鷗

★

一九四八年十二月初版
一——五〇〇
新詩歌社出版
發行人黃學詩
南國書店總經售
九龍彌敦道五七九號B
中原印刷廠承印
辦事處：香港干諾道中六十五號二樓
工廠：九龍偉晴街七〇至七二號

《百醜圖》版權頁

林林的《阿萊耶山》

左聯詩人林林（一九一〇至二〇一一）的詩集《同志，攻進城來了》（香港文生出版社，一九四七）和《阿萊耶山》（廣州人間書屋，一九五〇）其實是同一本書。

林林一九四〇年代初香港淪陷後，到菲律賓呂宋住了好幾年，加入「華僑游擊支隊」抗日，寫下大量具菲律賓色彩的詩篇，到一九四〇年代後期在香港生活時，編成《同志，攻進城來了》出版。該書僅一〇三頁，收詩作十九首，此中值得特別一提的，是記述四百七十多年前，英雄林阿鳳率領菲國華僑及當地人民，反抗西班牙入侵的史詩〈英雄林阿鳳〉組曲，歌頌「華僑游擊支隊」及菲人抵抗日寇入侵的〈阿萊耶山〉和〈同志，你們攻進城來了！〉；除了創作，書後還附譯了菲律賓民族革命詩人黎刹（Jose Rizal）的詩作〈最後書懷〉。

林林一九四九年秋，辭去《華商報》編輯、香港達德學院及南方學院的教席，回到廣州參加文教接管委員會的工作。後來修訂港版的《同志，攻進城來了》，易名《阿萊耶山》交「人間書屋」重版，書後除了原來的〈後記〉，還加了〈再版後記〉，並附錄了周鋼鳴的〈讀林林的詩〉，厚一二三頁，重新設計封面，較原來的《同志，攻進城來了》充實且漂亮得多了！

同志，攻進城來了

中華民國三十六年九月

基本定價二元

著作人　林林

發行者　文生出版社

版權所有　不准翻印

《同志，攻進城來了》版權頁

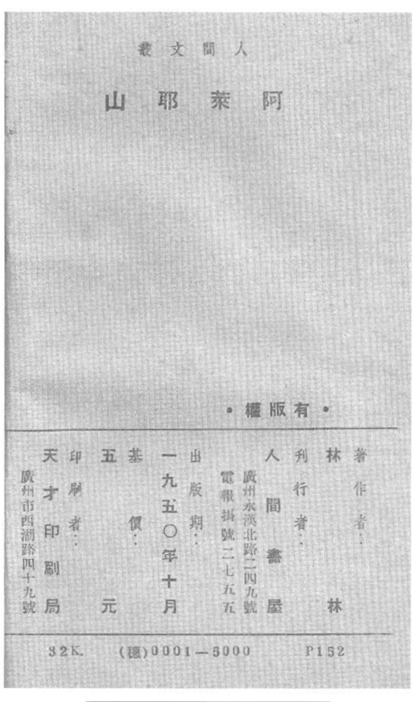

人間文叢

阿萊耶山

·有版權·

著作者：林林

刊行者：人間書屋　廣州永漢北路二四九號　電報掛號二七五五

出版期：一九五〇年十月

基價：五元

印刷者：天才印刷局　廣州市西湖路四十九號

32K.　(穗)0001—5000　P152

《阿萊耶山》版權頁

林林的《阿萊耶山》封面

《叢書》——變格的期刊

一九四〇、五〇年代，在香港要出版期刊不是件容易的事，因為政府法例規定：出版期刊要有兩位太平紳士簽名擔保，或交保證金一至兩萬元才可註冊，合法出版。這個銀碼在當年是可以買一層樓的數目，沒有資助的文化人怎能負擔？於是，一些熱心辦文化期刊的人只能走兩條路：一是在期刊裏註明「在申辦註冊中」；二是以《叢刊》形式，每期定一個書名，當單行本出版。不過，無論採用何法，文學期刊都註定命途坎坷，難以成長！

最近買到幾冊書名：《在摸索中》、《失學以後》、《我們的節日》、《輝輝的新年》，即屬於此類「變格的期刊」的「學習叢書」。翻查資料知道此「學習叢書」約出近二十冊，第一輯叫《讀書的季節》，出版於一九四七年十一月，由香港文叢社出版，發行人陳丹忱，社址在灣仔乍非道二三〇號四樓。

我手上的幾冊「學習叢書」都是三十二開本，約四十頁，全部都由畫家陸無涯裝幀並插圖，像大家見到的這冊《我們的節日》，封面即有「胡明樹等著 · 陸無涯繪插」字樣。這期有一個「兒童節特輯」，有胡明樹、余所亞、柳木下和卞秋華的專文外，還有〈一九四九年兒童節日兒童文化工作者宣言〉，由曾昭森、黃慶雲、蘆荻、袁水拍、陳君葆……等三十五人簽署，極具歷史價值。

《學習叢書》

《我們的節日》封面

讀阿濃少作

這套「學習叢書」每本的書名頁後都有〈學習叢書編輯要旨〉，說明「叢書」出版的宗旨，在培養青年閱讀興趣與寫作能力，內容主要為國文閱讀、寫作進修、文學藝術、生活修養和各科知識等五類。

很多人都覺得這種供青少年人自學的雜誌，內容極普通，沒有甚麼文學價值，即使被歷史巨輪淘汰也不足惜，但我卻看到它們有兩點極應注意的地方：

請看本叢書的作者群：陶行知、陳殘雲、胡明樹、宋軍、鄭子瑜、谷柳、盧荻、黎夢曙、加因、侶倫、柳木下、林煥平……都是現代的名家，他們在本刊所撰文章，因內容與青少年有關，很可能因性質不同而未收入專著單行本中，在研究者來說，會不會是一些漏網的材料呢？

另一點是冒起作家的少作：在《失學以後》（一九四八）中，我讀到朱溥生的〈悼余松烈先生〉。朱溥生是阿濃的本名，他紀念初一國文老師余先生的這篇短文，對引導他踏上文學之路的師長充滿敬意，寫來情切而沉痛，相當不錯。阿濃十四歲時發表的本文，應該未收入其單行本中。我總覺得：要全面探討一位作家，其少作最能反映成長路線，是很重要的脈絡。

《失學以後》封面

悼余松烈先生

朱溥生

唉！夢想不到我會做這一條題目的文章。

十二月十五日早上，當我在看報紙的時候，一位同學對我說：「余先生死了！」我不信我的耳朵，但是當我聽到第二句同樣的話——「余松烈先生死了」——的時候，事情証實了。像一塊大石扣住了我的心在沉下去，沉下去。耳朵和腦子嗡嗡的響着；鼻子有點酸，只好借着報紙來掩飾感情，報紙上的字糢糢糊糊的搖動着，放大着，縮小着。最後一個親切的面孔在我面前幌着，懇摯的聲音在我耳邊響着。我以為這是夢，希望這是夢，一個可怕的夢，當我醒來的時候，余先生還好好的在着。

早會的鈴聲響了，開會時，校長先生用低沉到聽不見的聲音，宣佈了這個噩耗，眾人屏息的聽着，幾位女同學在啜泣了，會場上罩着悲慘沉重的氣氛。

早會後，我做了代表之一，到東華東院旁的哀思亭，參加余先生的宗教儀式和出殯禮，祈禱和唱詩後，每位同學從余先生的棺木旁邊繞過，來見余先生的最後一面。唉！長眠在裏面的不就是我們親切的余老師嗎！瘦削而蒼白的面孔，高高的額頭上面還看得見的皺紋，眼睛半閉着，嘴唇張開，露出兩排整齊的牙齒，這不也就是以前曾經滔滔不絕的講解給我們聽的嘴嗎！但是現在呢？要聽余先生一聲責駡也不能了。

淒涼的喪樂奏了起來，載着余先生遺體的汽車開行了，後面跟着長長的行列——每個欽仰而敬愛的心所組成的行列，哀傷的默默地慢慢向前走着。

余先生是初中的第一個國文老師，做了幾次作文後，余先生漸漸的和我稔熟了；他詳細明白的解釋，溫和懇切的態度，也為我所敬愛。他時常和我談，問我有沒有書看，教我應當看甚麼書，並且時常借給我看。他對我這樣關心懇摯的態度，使我心中十二萬分的感激。就是等我讀完了初一，升了初二，當我一碰到他的時候，他必定還是很熱心的和我談，指導我。在最近他還送了兩本書給我，唉，那知這卻成了余先生的紀念品了。

· 9 ·

阿濃稿

《松花江上的風雲》

《松花江上的風雲》（香港中國出版社，一九四七）是周而復在香港出的一本小書。一開始他即在〈序〉中高歌：

> 九一八，九一八，從那個悲慘的時候，／脫離了我的故鄉，／拋棄那無盡的寶藏，／流浪，流浪，整日價在關內流浪，／那年那月，才能够回到我那可愛的故鄉……

這是松花江畔老鄉最愛唱的歌，正好反映出本書的主題。這本小書，原以《東北風雲》為題，在上海《時代週刊》連載，到出單行本時才改為《松花江上的風雲》，是周而復另一本小書——《東北橫斷面》（今日出版社，一九四六）的姊妹篇。

從「在敵偽的陰影下」、「白山黑水之間」、「抗日英雄畫像」、「新的紀元」……到「歷史的軌跡」，作者用十二章，透過社會上各層面，勾勒出一九三一至四五這十四年來，我國東北在日本及偽滿洲國蹂躪下的實況。其中以《抗日英雄畫像》可讀性最高，作者透過照片介紹了楊靖宇、周保中、馮仲雲……等十一位將軍在東北領軍抗日的經過，讀之，使人熱血沸騰。尤其周保中將軍的豪語：

> 縱然死了，也要留在東北，不到別處去，死了頭也要向着西邊，向着祖國。

這才是真正的愛國！「狐死必首丘」，這大概也是松花江畔老鄉的心聲吧！

《松花江上的風雲》書影

周而復《翻身的年月》

周而復（一九一四至二〇〇四），原名周祖式，是安徽旌德人，於上海光華大學就讀時已開始創作。一九三八年畢業後，隨即在延安及重慶等地從事文藝工作。

周而復一九四〇年代後期到香港，編《小說》月刊及「北方文叢」。這套文叢共三輯，約四十冊，內容有長中短篇小說、詩歌、散文、報告、話劇、論文，甚至唱本、平劇、秧歌都有，可以說是包羅了各類文體。執筆者有丁玲、艾青、蕭軍、何其芳、東平……，都是當時文壇上響噹噹的人物。整套書劃一封面，只更換構圖的顏色，和中間部份的書名、作者。

周而復本身在「北方文叢」中也有《子弟兵》、《高原短曲》和《翻身的年月》等三種。《翻身的年月》（香港海洋書屋，一九四八），初版僅印二千冊，由〈八月的白洋淀〉、〈海上的遭遇〉和〈山谷裡的春天〉組成。

書名之所以叫《翻身的年月》，周而復在後記中說，是因為農民在抗戰期間所爭取的民生要求得到勝利，而他寫這篇後記時已是一九四七年末，全國解放指日可待，套句他自己的話——「舊的時代要一去不復返了，新的時代已向我們走來！」（頁一六〇）「工農兵」翻身已成定局。

《翻身的年月》這個書名，是極具時代意義的！

北方文叢的固定封面，
不同的書只換去書名及作者

北方文叢中柳青的《種穀記》

馬蔭隱的《旗號》

馬蔭隱（一九一七出生）一九三八年加入中國詩壇社，在香港生活過一段日子，是比較少人提及的詩人，曾出版詩集《航》（中國詩壇社，一九四〇）和《旗號》（香港生活書店，一九四八）。《航》由林煥平寫序，收十九首小詩；《旗號》是本僅四十五頁的小詩集，只有〈苦行放歌〉、〈穀〉、〈真理的聲音〉和〈旗號〉四首詩，另加作者自己一篇短短的〈跋〉。

每首詩的題目都佔一頁，最特別的是都有插畫。為〈苦行放歌〉插畫的是新波；為〈穀〉插畫的是奔騰；為〈真理的聲音〉插畫的是無涯；而〈旗號〉則由溫濤插畫，都是四十年代的名家，可見馬蔭隱交的盡是一時俊彥。

在〈苦行放歌〉裏，我們看到一個曾與伙伴們出生入死、共同進退的愛國者，突然醒覺到自己一直生活在「拿謊言和神話織成金色的夢」中，感到伙伴們過的是奴隸般的生活。於是，不願當奴隸、不甘為牛的他，帶着屈原般的愛國愁緒，自我放逐，實行苦行放歌，唱出垂死般的絕望歌聲，和當局大唱反調。

他又用〈旗號〉告訴我們：人民的隊伍是偉大的洪流，這道歷史的洪流將會改變一切，人民不再痛苦，神權、武力和特務統治全會成為過去。這本小詩集裏展示的，不單是馬蔭隱的理想國，還是四十年代末，很多熱血青年的理想世界。

具馬蔭隱肖像的《旗號》書影

新波在《旗號》內的插畫〈苦行放歌〉

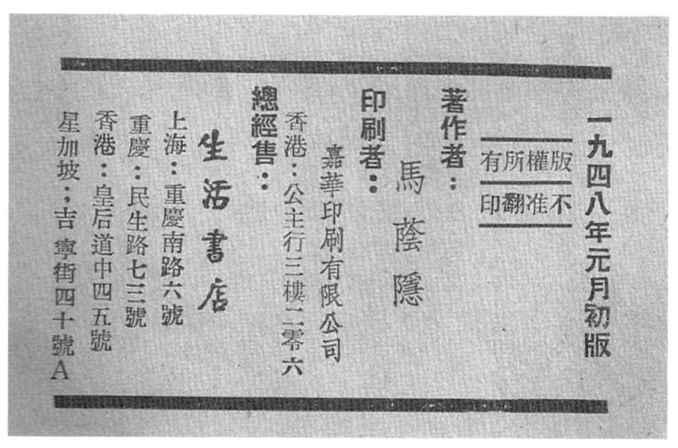

一九四八年元月初版

版權所有
不准翻印

著作者：馬蔭隱

印刷者：嘉華印刷有限公司
香港：公主行三樓二零六

總經售：生活書店
上海：重慶南路六號
重慶：民生路七三號
香港：皇后道中四五號
星加坡：吉寧街四十號A

《旗號》版權頁

林風的《文藝之家》

香港小說家侶倫（一九一一至一九八八）原名李林風，用過筆名林風、林下風，我在網上見到這本林風的《文藝之家》（桂林春草出版社，一九四八）時，直覺上以為是侶倫的書。豈料書到手後，一看是本文藝論文集，作者長期在中學裏教書，再想到侶倫戰時及戰後都好像沒到過桂林，這位林風應該不是侶倫。

後來查了幾種工具書，知道用「林風」作筆名的，還有左笑鴻（一九〇五至一九八六）和林騰臣（一九一九出生）。

左笑鴻一九三八年雖然曾到過香港，接替茅盾編《立報》副刊，但時間甚短，況且他畢生與報刊有關，而活動範圍則以華北為主，寫的多為通俗小說，不像會研究文學理論；那麼，這位「林風」該是廣東澄海人，曾用筆名林意侯、磊明的林騰臣了。

《文藝之家》全書九十二頁，收〈文藝之家〉、〈文學絮語〉、〈短論小集〉和〈論農民文學〉……等論文數十篇，另有〈排印前小記〉註明一九四七年寫於香港，售價亦標明「國幣三元、港幣一元柒角」，可見這位林風與香港關係密切。

《文藝之家》是「春草叢書」之二，這套叢書非常罕見，連上海圖書館的《中國近代現代叢書目錄》也未收錄，另有之一：林風的《青春旅歌》和之三：古魯的《夜行》，都是詩集。

《文藝之家》書影

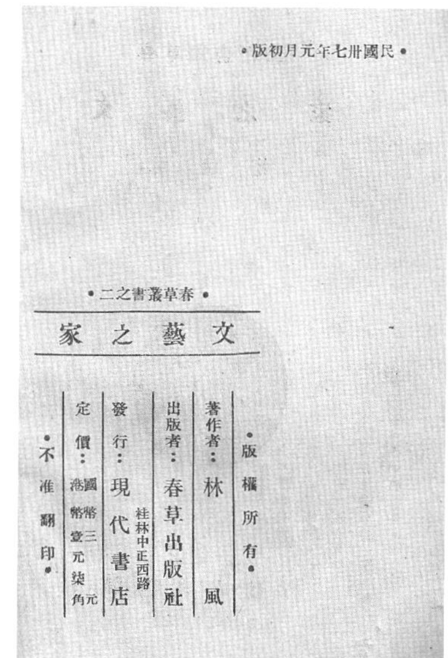

民國卅七年元月初版

春草叢書之二

文藝之家

版權所有

著作者：林風

出版者：春草出版社

發行：現代書店 桂林中正西路

定價：國幣三元 港幣壹元柒角

不准翻印

《文藝之家》版權

谷柳的《蝦球傳》

谷柳（一九〇八至一九九七）的《蝦球傳》是香港一九四〇年代小說的經典之作，這篇小說從一九四七年十月至一九四八年初，連載於香港《華商報》的文藝副刊上。小說原分《春風秋雨》、《白雲珠海》、《山長水遠》和《日月重光》四部，故事以二戰結束後的香港社會為背景，情節曲折動人、語言樸實而具濃郁的地方色彩。它塑造了一個貧苦少年蝦球從香港浪跡到廣州，最後進入東江打游擊的經過。可惜第四部《日月重光》並沒有寫成，嚴格來說，《蝦球傳》是部未完成的作品，但由於它故事獨立，塑造人物有血有肉，大受讀者歡迎，不損其藝術性。

一九四〇年代的《蝦球傳》是由香港新民主出版社出版的，第一部《春風秋雨》出版於一九四八年二月，《白雲珠海》出版於七月，到《山長水遠》初版時，《春風秋雨》已出到第三版了，可見它受歡迎的程度是「空前」的。《蝦球傳》在香港已不知印過多少次，如今大家見到的智明書局版，只列「一九五五年十二月三十一日」出版，而不列版次了。

建國後谷柳修訂《蝦球傳》，把廣東口語全改成書面語，由北京通俗文藝出版社於一九五七年合成一冊出版，此後也重印過多次，都是一厚冊的修訂本，若諸位想讀「原汁原味」的廣東話版《蝦球傳》，一定要找像我這本三卷本的。

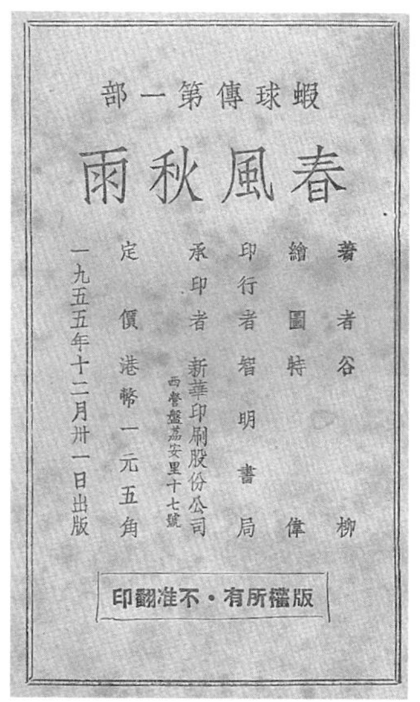

蝦球傳第一部

春風秋雨

著者 谷柳
繪圖 特偉
印行者 智明書局
承印者 新華印刷股份公司 西營盤荔安里十七號
定價 港幣一元五角
一九五五年十二月卅一日出版

版權所有・不准翻印

《春風秋雨》版權頁

《白雲珠海》

谷柳的《蝦球傳》

《怒潮》即《鹽場》

一九四〇年代末期，沈寂（一九二四至二〇一六）從上海到香港發展，為長城電影公司及永華影業公司編劇，重要的作品是《狂風之夜》、《神 · 鬼 · 人》和《怒潮》等。

《怒潮》是永華影業公司的製作，由舒適導演，並由舒適、徐立、章逸雲、胡小峯、尤光照、王斑……等人主演。一九五〇年還由沈寂主持的幸福書屋印成附十多幅劇照的單行本，僅印一千冊，六十年後的今天，不易得見。

《怒潮》原名《鹽場》，是沈寂的成名作，也是他最喜歡的小說。這個六萬多字的中篇，以浙東鹽民宋老爹、根牛和跛子三家，受貪官「主意管子」丁師爺及鹽警白隊長的欺壓，終至家破人亡的故事。他們悲慘的遭遇，引起了十幾家鹽民的騷亂，殺掉惡人，可惜最終還是難逃厄運，全部被屠殺。

《鹽場》最先發表在上海《華美晚報》，這篇小說資料搜集詳盡，對鹽民的生活實況及製鹽工序寫得很細緻，根牛、跛子、宋老爹和端玉幾個主要人物也刻劃得相當突出，可惜當時那位編輯的鑒賞力太低，稿子發了一半，就給腰斬了。沈寂為此非常生氣，把小說重寫，得劉以鬯賞識，把《鹽場》（上海懷正文化社，一九四八）收入懷正文化社的叢書中出了單行本。《鹽場》改名《怒潮》，增強了對普羅大眾的吸引力，卻少了些文藝味。

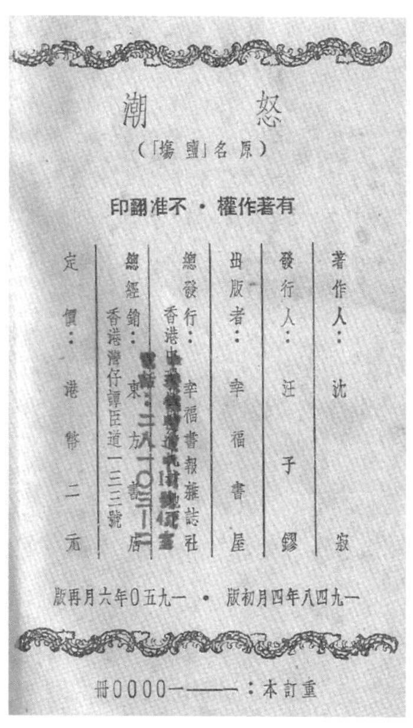

怒潮

（原名「鹽場」）

著作人：沈寂

發行人：汪子鏐

出版者：幸福書屋

總發行：幸福書報雜誌社 香港

電話：二八一〇三一

總經銷：東方書店 香港灣仔譚臣道一三三號

定價：港幣二元

一九四八年四月初版・一九五〇年六月再版

重訂本：——一0000冊

《怒潮》版權頁

港版《怒潮》即上海版《鹽場》

《死了的動脈》

廣東潮陽人丹木（一九一五至一九六四）原名鍾廷明，一九四〇年代曾用筆名司徒懷在香港的報刊上寫小說和詩，出過潮州話敍事詩《暹邏救濟米》（香港潮書公司，一九四九）。他一九四六年在馬來西亞《現代周刊》上連載約五萬字中篇《離離草》，一九四七年在香港整理後，易名《死了的動脈》（香港潮光出版社，一九四八），初版僅印一千冊。

丹木把全國的交通網比喻為人體內的動脈，人體的動脈死了，生命自然了結，但國內的動脈死了，國家會變成怎樣？

《死了的動脈》寫的是抗戰時候的逃難故事。同一間公司，住在柳州同一宿舍內的幾家人，因公司撤退了遺下他們感到非常憤怒，決定分批逃到貴陽去。他們有的千方百計投靠官員，甚至犧牲色相冒充家眷以換取專車車票；有的靠朋友集資買得「黃魚」車票，卻因交通大擠塞無法前進被人騙色；有的一家四口攀山涉水逃難，未碰到鬼子，卻為自家的國軍劫殺……。

途中有軍人饑餓難抵，殺掉自己的戰馬充饑，難民們則在軍人飽餐後，搶前去啄他們吃剩的馬骨；有載滿人的汽車失事滾下山溝裏，人們不理傷者的哀鳴，都衝上前去搶行李……。

丹木給我們看的，是一幅幅戰時的悲慘圖片，這些血淋淋的景象在我們未經戰亂的一群看來，也覺心驚膽戰！

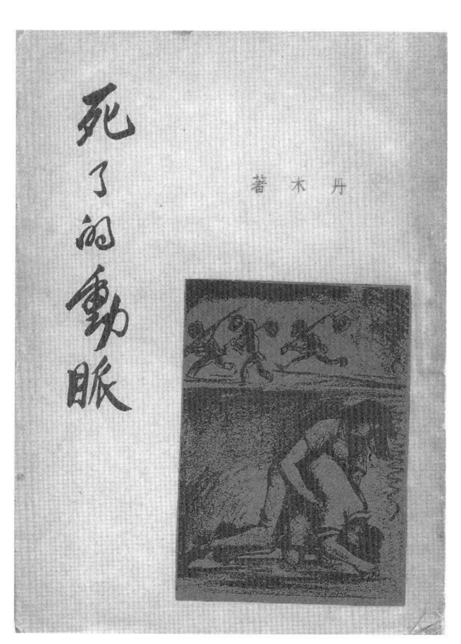

《死了的動脈》封面

死了的動脈

丹木著

一九四八年五月初版

1——1000

香港潮光出版社刊

香港九龍彌敦道五百七十九號B

總經售 新知書店

香港灣仔軒鯉詩道三〇四號

中原印刷廠承印

香港干諾道中六十五號二樓

·有版權 禁翻印。

《死了的動脈》版權

「人間文叢」中的黃茅

「人間書屋」是新波、華嘉和陳實一九四〇年代後期，在香港成立的出版社，他們出過人間文叢、人間詩叢、人間譯叢和青年學習叢書等四種叢書共三十種，其中最重要的是人間文叢，佔半數之多，有夏衍、黃藥眠、聶紺弩、華嘉、林林、周鋼鳴……等人的小說、雜文和評論，此中有黃茅的《清明小簡》和《讀畫隨筆》特別值得一提。

黃茅即是黃蒙田（一九一六至一九九八），他是廣東台山人，抗戰勝利後即長期居港，繪畫、寫評論、小說，編文藝雜誌……，出過近四十種書，是本地著名的文化人。黃蒙田一九三六年畢業於廣州市立美術專門學校，最初的幾本書《漫畫藝術講話》、《繪畫書簡》和《給繪畫青年》都是和繪畫有關的，如今大家見到的這本《清明小簡》（香港人間書屋，一九四八），則是他的第一本散文集。

《清明小簡》收散文二十餘篇，依性質可分人物的和景物的兩類。〈秋之夜〉、〈生命的火焰〉、〈受難者的安慰〉、〈清明小簡〉、〈沒淚的悼念〉……等九篇，用抒情及傾訴的筆調，寫戈庚、梵高、羅丹等及抗戰中藝術家們的創作歷程及苦難。不過，我更愛他寫景的那十幾篇：〈望江樓上〉、〈魂歸〉、〈縴夫的葬儀〉……，這些都不是美麗的風景，是抗戰的苦難景象！

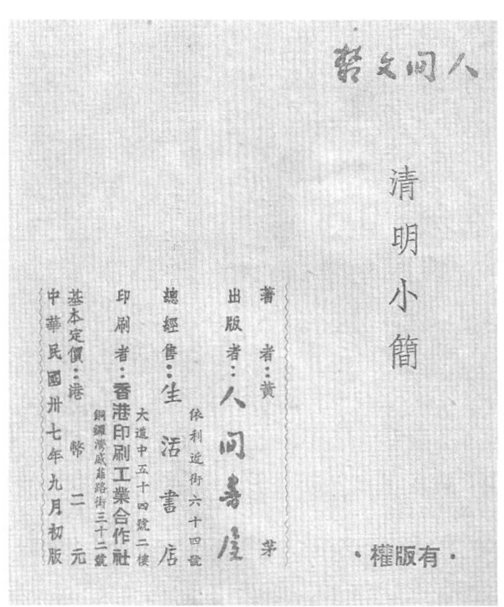

人間文叢

清明小簡

著者：黃茅
出版者：人間書屋　保利近街六十四號
總經售：生活書店　大道中五十四號二樓
印刷者：香港印刷工業合作社　銅鑼灣威菲路街三十二號
基本定價：港幣二元
中華民國卅七年九月初版

·有版權·

《清明小簡》版權頁

人間文叢中的黃茅

黃蒙田的《北遊記》是比較少見的

黃茅的《讀畫隨筆》

黃茅即是黃蒙田（一九一六至一九九八）。他一生寫了三十九本書，處女集是一九四一年由重慶商務印書館出版的《漫畫藝術講話》，最後一本是連後記也來不及寫就撒手西去，要由羅琅代筆的《黃蒙田序跋集》（香港天地圖書公司，一九九八）。此中有署名黃茅的《清明小簡》和《讀畫隨筆》，是由他與新波、華嘉和陳實四人，於一九四〇年代後期在香港成立的「人間書屋」出版的。《清明小簡》（香港人間書屋，一九四八）是寫人和景的散文集，我已談過，今日且談談《讀畫隨筆》。

《讀畫隨筆》（香港人間書屋，一九四九）收談畫事的隨筆二十篇，前面的十篇，從〈由行萬里路說起〉到〈符羅飛之畫〉，是戰後他回到香港後寫的，以談漫畫的文章較多；後面的十篇，由〈畫壇小感〉到〈夜讀鈔（六則）〉，則是戰時寫於重慶的。黃茅不僅寫散文情景俱備，他的畫事隨筆也流暢自然，引人入勝，即使對畫壇所知甚少者如我，亦覺趣味盎然！

不知大家是否留意到我的這本《讀畫隨筆》左下角有「良鏞」的簽名？其實扉頁上不單有「查大俠」的簽名，還註明購於「一九五三年二月五日」，不知何故流落舊書店，一九八三年由侶倫老友溫先生淘得，二〇一〇年歲末轉到「醉書室」。此書輾轉流經三位愛書人手緣，世事難料，他日不知轉往何方？

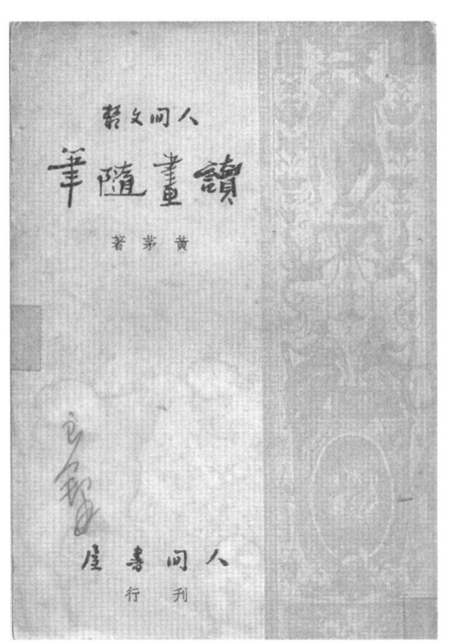

《讀畫隨筆》封面有查良鏞的簽名

扉頁

人間文藝

讀畫隨筆

·有版權·

著者：黃茅
出版者：人間書屋 依利近街四十六號
總經售：生活 讀書 新知 三聯發行所 大道中五十四號二樓
印刷者：香港印刷工業合作社 銅鑼灣威菲路三十二號
基本定價：港幣 二元五角
中華民國卅八年七月初版

人間文藝

夏衍：春寒（長篇）四、二〇
秋雲：浮沉（再版）一、四〇
黃藥眠：論約瑟夫的外套（論文）二、〇〇
黃茅：清明小簡（散文）二、〇〇
聶紺弩：天亮了（短篇）四、〇〇
杜埃：在呂宋平原（短篇）二、四〇
夏衍：蝸樓隨筆（雜文）一、六〇
默涵：獅和龍（雜文）二、四〇
華嘉：方言文藝（論文創作合集）二、〇〇
黃茅：讀畫隨筆（雜文）二、五〇
林林：詩歌雜論（論文）即出

《讀畫隨筆》版權頁

達德學院的期刊

不知你是否知道屯門有一所何福堂會所的馬禮遜樓？

此建築物在二〇〇四年已被列為法定古蹟，它原本為抗日名將蔡廷鍇將軍的別墅「芳園」，但它最受矚目的歷史，是在一九四〇年代曾為一所全日制文科大學達德學院的主樓。達德學院是一九四六至四九年間，由中共廣東區委和愛國人士在港合辦的。由當時從美國邀請著名教育家陳其瑗主持，教授有鍾敬文、黃藥眠、夏衍、千家駒、鄧初民……等人，路過香港的作家郭沫若、茅盾、曹禺、葉聖陶、臧克家均曾到此講學，曾培育了超過八百名優秀學子。當年的學生曾編過期刊《達德青年》和《海燕》。

《達德青年》是本二十五開，僅四十二頁的刋物，如今大家所見的第四期，出版於一九四八年的「五四」，主要內容可分為：學習與工作、生活與報導和文藝園地等部份，陳懷的〈五四，你笑吧！〉、〈達德──一朵美麗的紅花〉和大風的〈討論 · 自修交响曲〉是新詩，碧濤的〈別離〉是小說，其餘多為散文、雜寫及生活照片，老師的作品比較重要的是陳其瑗的〈新民主教育制度〉和樓棲的〈談人民文學〉。

最值得一提的是本期有一個〈學生人數統計表〉，記錄了當年有學生男的二〇五、女的六十，合共二六五人，年齡分佈由十七至三十三歲，廣東人佔大多數，有一六一人。

《達德青年》第四期

《拂牆花影》的孟君

孟君（一九二四至一九九六）是本港第一代流行小說女作家，她原名馮畹華，成名甚早，一九四六年在廣州《環球日報》設「浮生女士信箱」，為讀者解決疑難，甚受歡迎；後來在報上發表連載小說《拂牆花影》竄紅文壇。一九四九年抵港，不久創辦《天底下》週刊，埋首寫文藝小說，五六十年代紅極一時，據說作品近百部。

《拂牆花影》（廣州草新文藝出版社，一九四八）初版已印五千冊，後來香港長興書局也印過，可惜未說明重印年分，也無印數。這本六十頁的小書，除了中篇《拂牆花影》外，書後還附了個短篇〈奇遇〉。

《拂牆花影》寫的是徐楓秋的悲慘人生，她是個孤兒，在姑母家成長。她先喜歡表哥，到表哥因病去世，她又愛上了英俊瀟灑的電臺臺長馬仲良；然而，馬仲良已是有婦之夫……徐楓秋的戀愛故事曲折坎坷，三角戀愛加上一代的威迫利誘，小說場景由廣州而到澳門，由澳門而到上海、東北，插入異地風光，對一九四〇年代的青年男女起到刺激性的作用，能大受歡迎是必然的！

孟君寫作甚勤，《拂牆花影》推出後，她又在《環球日報》連載並出版了長篇小說《摧殘》（廣州民智書店，一九四九），也是個悲慘的愛情故事，大受歡迎，賣個「滿堂紅」！

《拂牆花影》書影

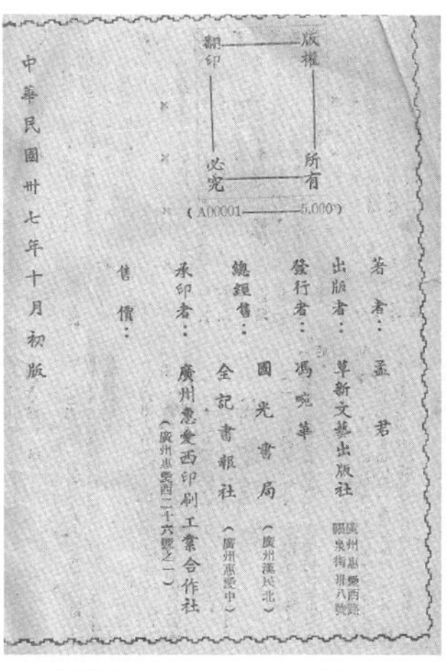

版權所有 翻印必究

（A00001——5,000）

著者：孟君

出版者：革新文藝出版社（廣州惠愛西路關泉街卅八號）

發行者：馮婉華

總經售：國光書局（廣州漢民北）

全記書報社（廣州惠愛中）

承印者：廣州惠愛西印刷工業合作社（廣州惠愛西二十六號之一）

售價：

中華民國卅七年十月初版

《拂牆花影》的版權頁

香港版《拂牆花影》

方言小說《和尚舍》

薛汕（一九一六至一九九九）原名黃谷隆，是上海春草社的重要成員，也是《新詩歌》月刊的編輯之一，曾以筆名雷寧寫過報告文學《前夜》（上海言行社，一九三九），著有文藝論文集《文藝街頭》（上海春草社，一九四七），收集並編輯民間歌謠《嶺南謠》（香港新詩歌社，一九四八），也寫過小說集《霜花》（重慶峨嵋出版社，一九四五）及《和尚舍》（香港潮州圖書公司，一九四九）。

薛汕是潮州人，他熱衷搜集民謠及方言文學的研究，曾倡議用方言寫作，而《和尚舍》就是用潮州話創作的中篇小說。這篇小說原題「病痛」，一九四四年六月完成於重慶，但交到文藝刊物去發表時，編者覺得「地域性太重，讀者理解不來」而棄用。

《和尚舍》原來不是「和尚寺」，是個人名。那是怕孩子命短，長不大而叫他「和尚」，像我們為孩子改名「豬仔」、「牛仔」同一道理。整個故事寫他一家於抗戰期間，在日本人佔領之下，韓江邊一個叫湘子橋的小鎮上的生活情況，全篇用潮州方言寫成，飲酒叫食酒，兒子叫逗仔，女兒叫走仔，客仔叫兜仔，賣籃商人叫籃飯伯，生意叫生理……。

二萬多字的一篇小說，花了我三小時才讀完，非常吃力，難怪方言文藝不受歡迎，誰有耐性慢慢的「啃」！

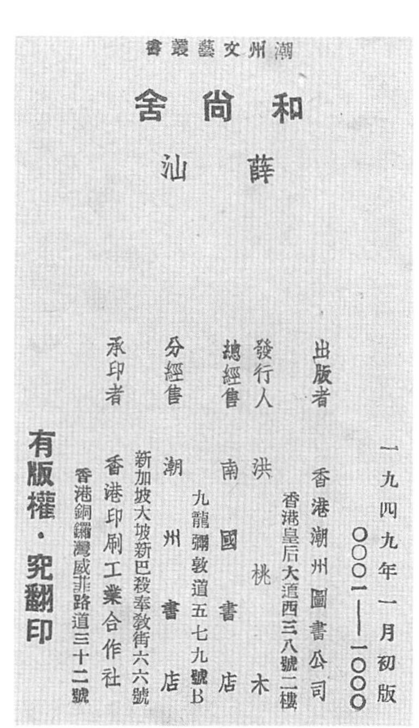

潮州文藝叢書

和尚舍

薛汕

一九四九年一月初版
〇〇〇一——一〇〇〇

出版者　香港潮州圖書公司
香港皇后大道西三八號二樓

發行人　洪桃木

總經售　南國書店
九龍彌敦道五七九號B

分經售　潮州書店
新加坡大坡新巴殺奉教街六六號

承印者　香港印刷工業合作社
香港銅鑼灣威菲路道三十二號

有版權・究翻印

《和尚舍》版權頁

方言小說《和尚舍》

南宮搏的《紅牆》

南宮搏（一九二四至一九八三）本名馬漢嶽，又名馬彬，浙江吳興人，是本港著名的小說家，日本白樺派的研究者稱他為「現代中國歷史小說的第一人」。他著作等身，一生創作的小說多達數十部，由於他在「歷史小說」界的名氣太大，一般人誤以為他只寫「歷史小說」，而忽略了他也寫「歷史」以外的創作小說及其他著述。讀介紹南宮搏的文章，發現很多都忽略兩點，其一是一九五〇年代，他愛用筆名「蕭安宇」創作小說；其二是他在抗日戰爭期間，曾在《掃蕩報》工作，戰後任上海《和平日報》總編輯，而當時已在寫小說，並且結集。

如今大家見到署名馬彬的《紅牆》（上海大家出版社，一九四九），應是南宮搏的第一本書。《紅牆》是三十六開本，一三一頁，約六萬字，收〈秀貞〉、〈籃橋驛〉、〈娥皇與女英〉、〈蒼頡〉、〈不周山崩時〉……等十個短篇，其中不少都是「歷史小說」，可見南宮搏是早在來港前已在寫「歷史小說」的了，不過，作為書名的〈紅牆〉，寫的卻是用一所大宅包裝的家族衰落小故事。

《紅牆》是「大家作品叢書」之三，這套叢書共六種，出版於一九四八、四九年間，還有畢樹棠的翻譯和李白鳳、徐淦、何基文、陸晶清的小說。

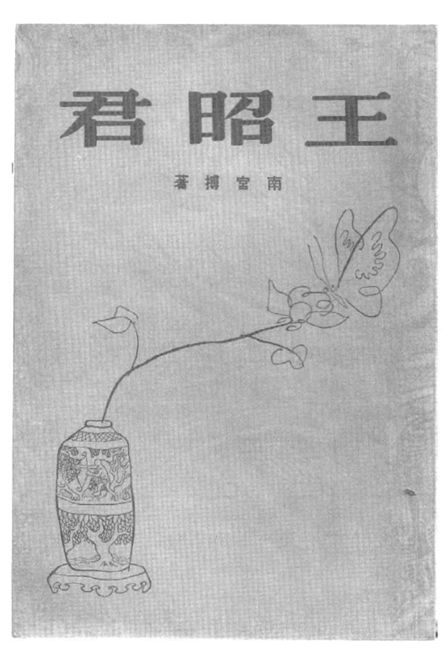

《王昭君》書影

紅牆

著者 馬彬

出版者 大家出版社

上海外灘七號四樓

電話一一九一五

中華民國三十八年一月初版

每冊實價　　元

《紅牆》版權頁

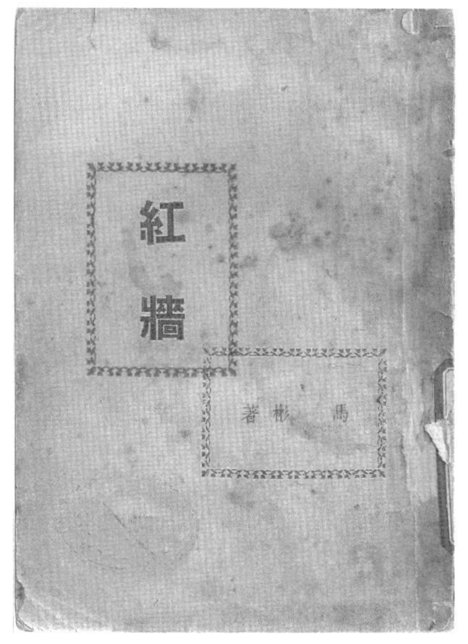

南宮搏的《紅牆》

《追悼》最後的野草

一九四〇年八月，雜文家夏衍、宋雲彬、聶紺弩、孟超和秦似五人，在桂林成立野草社，出版小型雜文月刊《野草》，出至一九四三年六月第五卷五期停刊，共二十九期。至一九四六年十月，《野草》以叢刊形式在香港復刊，初期僅署書名《野草》復刊號、新二號……，出至第六期起，每期以獨立書名出版，分別為《能言鸚鵡毒如蛇》、《天下大變》、《春日》、《論白俄》、《論怕老婆》和《血書》等幾本，歸納為「野草文叢」出版；其後又改稱「野草新集」，出過《論肚子》和《追悼》。這批野草社所出的單行本，無論稱「文叢」或「新集」，每本都只有幾十頁，其實都是變相的期刊。

《追悼》（香港智源書局，一九四九）是「野草們」最後的文集，全書九十六頁，收杜埃的〈春天的腳步〉、秋雲的〈歲尾年頭隨筆〉、秦牧的〈殺楊貴妃之說〉、雲彬的〈非所宜言〉、蔣牧良的〈「銀湖南，金湘鄉」〉、馬凡陀的〈甲級戰犯和甲級魔術〉……等雜文和新詩十六篇，〈追悼〉則是紺弩在陳布雷死後，追悼他的一篇雜文，認為他是個悲劇人物。

印二千本的《追悼》出版後，翌年即要再版，字小了，排密了，把九十六頁縮成八十一頁，甚至改名《東北之春》，其實兩書均同一本，不過是用了書內第一篇，江洪的文章作書名而已！

《追悼》封面

野草新集

追悼

版權所有・不准翻印

著作者 紺弩等

編者 野草社

發行人 吳光耀

發行所 智源書局 香港德輔道中六七號

承印者 商務印書館香港工廠 香港英皇道三九五號

中華民國卅八年三月初版

定價港幣一元五角

H.K. 1—2000

《追悼》版權頁

《野草》重印合訂本

命途多舛的詩刊

《中國詩壇》是份命途多舛的詩刊，雖然屢受壓逼，多次在不利的形勢下壓死在字房裏，但它像生命力極強的野草般，在不同的地域及環境裏多次復刊，斷斷續續的出了十三年。

《中國詩壇》於一九三七年八月，抗戰初起即創辦於廣州，廣州淪陷前，由黃寧嬰、胡危舟等人遷至香港，在一九四〇年初復刊，豈料僅出三期，即因無法註冊而停刊。其後遷往桂林復刊，又因皖南事變而停出。戰後一九四六年回到廣州復刊，才出了幾期便受到當局查禁。後於一九四八年再遷香港，以叢刊形式，出了《最前哨》、《黑奴船》和《生產四季花》三期。

出版於一九四九年五月的《生產四季花》，是《中國詩壇》的終刊號，三十二開本，四十八頁，由中國詩壇社出版，封面畫由新波所繪，是本詩文並重的詩刊。詩創作有黃藥眠的〈迎接渡江的旗子〉、周鋼鳴的〈將革命進行到底〉、臧克家的〈賀心清出獄二章〉、黃寧嬰的〈他們又在殺人了〉、何達的〈就是這一雙手〉……等二十多首，最特別的是陳殘雲的〈喺我地鄉下〉，以廣州話入詩，反映出當時流行方言入詩的風氣。〈生產四季花〉是苗得雨的作品，寫解放後農村的生產新氣象。詩論比較重要的有樓棲的〈論人民詩歌的「詩腔」〉、鄒荻帆的〈新現實主義的詩〉和袁水拍譯湯姆生（G. Thomson）的〈論史詩〉。

生產四季花

著譯者：周鋼鳴等
出版者：中國詩壇社
堅尼地道一二〇號三樓
承印者：香港印刷工業合作社
銅鑼灣威菲路道三十二號
電話：二三四八〇轉
定價：港幣壹元
一九四九年五月初版

《生產四季花》的版權

生產四季花

論人民詩歌的「詩腔」——樓棲
新現實主義的詩——鄒荻帆
論史詩（湯姆生）——袁水拍譯
「惡夢備忘錄」讀後感——韓北屏

迎接渡江的旗子——黃藥眠
將革命進行到底——周鋼鳴
賀心清出獄二章——臧克家
出走——余心清
到巴黎去——張殊明
他們又在殺人了——黃甯嬰
就是這一雙手——何達
災荒去得遠——希堅
生產四季花——苗得雨
井崗山下會親人——歐陽蘇
收黑錢的——黃雨

喺我地鄉下——陳殘雲
學謳三首——蘆荻
你將看見——杜埃
中國學生萬歲——公劉
廢話——麥青
最後的午餐——華嘉
碑——林莫
夜行人（詩輯）——金帆
頭二等的聯合戰線——胡明樹
擬童謠——番茄
續憤怒的謠——薛汕輯

歷史（壺井繁治）——陳姆生譯
歌（奧丁）——陳實譯
列寧的故事（矢野東村）靜聞譯

封面畫——新波

《生產四季花》的目錄

中國詩壇的詩刊

劣版《星下談》

原名張文炳（一九一〇至一九五九）的香港第一代新文學作家張吻冰是侶倫的文友，一九二八年出現於香港文壇，寫過不少文學創作，可惜單靠純文學無法為生，後來改名「望雲」，在一九三〇年代的《天光報》上撰章回體抗戰小說《黑俠》，才一舉成名，增取到極廣大的讀者群，成為家傳戶曉的流行小說作家。

望雲除了流行小說外，還寫過《星下談》（香港東方出版社，一九四九）和《星下談第二輯》（香港東方出版社，一九五三）兩本散文集。《星下談》是三十二開本，才八十頁，收〈讓座之風〉、〈投石之手〉、〈人間富貴〉、〈壁爐的溫暖〉、〈苦中尋樂〉……等與生活有關的散文小品六十九篇，全是一千幾百字的短文。望雲有心於純文學創作，為生活所迫而寫流行小說是無可奈何，但，寫散文卻不必討好讀者，可以坦誠的說心底話，可以很「真」，兩本《星下談》應該是他很珍惜的書。

正版《星下談》的封面極單調，白底綠字，只印了「星下談，望雲」那幾個字。你如今見到的《星下談》書影，色彩斑斕，構圖吸引，卻原來是本質素低劣的盜印本：版權頁欠奉以外，內文因遷就紙張，僅六十四頁（三十二開本，一張紙底面印，就是六十四頁），把原書的六十五至八十頁刪掉。

想不到一九五〇年代的盜印風那麼厲害！

劣版《星下談》

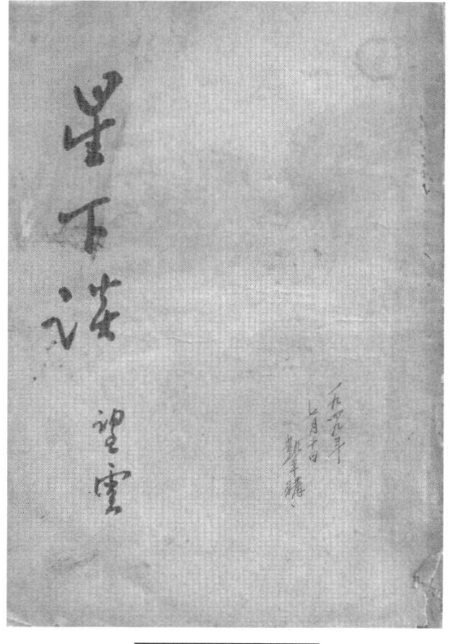

正版《星下談》

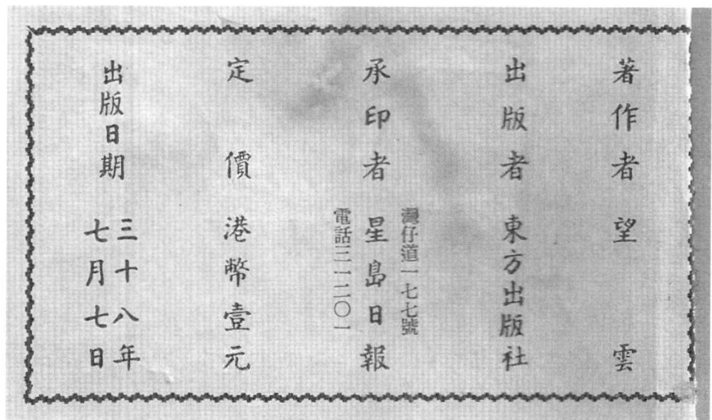

著作者 望雲

出版者 東方出版社

承印者 星島日報 灣仔道一七七號 電話三一二〇一

定價 港幣壹元

出版日期 三十八年七月七日

版權頁

兩位詩人蘆荻

香港有兩位筆名都叫「蘆荻」的詩人，為了避免混淆，後來都冠上原姓，成了方蘆荻和陳蘆荻。

方蘆荻（一九四〇至二〇一〇）是廣東開平人，在香港受教育及成長，珠海書院畢業，曾任教師、記者及編輯。他活躍於一九五〇至七〇年代的香港文壇，在報刊上發表大量現代詩，曾加入月華詩社及座標現代文學社，集體文集《靜靜的流水》、《棠棣》、《向日葵》、《軌跡》、《綠夢》……等都收入他的詩作。

陳蘆荻（一九一二至一九九四）是廣東南海人，中山大學畢業，一九三六年加入廣州藝術工作者協會，他和溫流、黃寧嬰、陳殘雲等投身於抗戰詩歌的創作。戰後到香港，與陳殘雲、黃寧嬰復刊了《中國詩壇》，與胡明樹合編「學生文叢」，同時也在香島中學任教，到一九四九年返回內地。

陳蘆荻建國前出過《桑野》、《馳驅集》、《遠訊》和《旗下高歌》（香港人間書屋，一九四九），均署名「蘆荻」。《旗下高歌》僅七十二頁，收〈站在這面大旗下〉、〈百萬雄師下江南〉、〈為解放南京而歌〉、〈向光明的時代邁進〉和〈獻給人民的大上海〉等五首詩歌，都是在「解放大軍渡江前夕至上海解放的這段時間寫的」，可作為時代的紀錄。

兩位蘆荻的創作年代及詩風完全不同，應該很容易分辨的。

《旗下高歌》書影

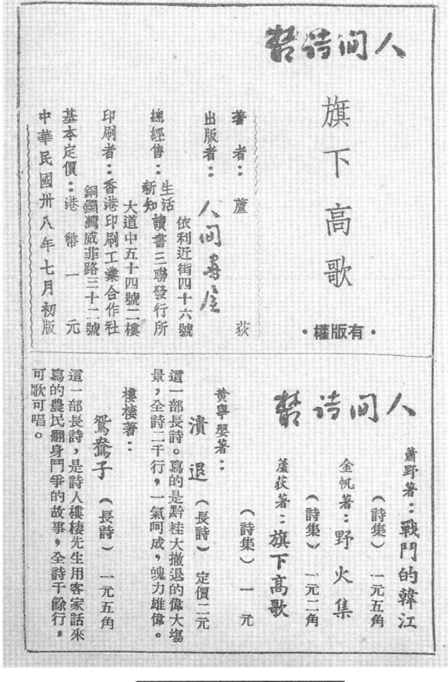

人間詩叢

旗下高歌

•有版權•

著者：蘆荻
出版者：人間書屋 依利近街四十六號
總經售：生活 新知 讀書 三聯發行所 大道中五十四號二樓
印刷者：香港印刷工業合作社 銅鑼灣威菲路三十二號
基本定價：港幣一元
中華民國卅八年七月初版

人間詩叢

蕭野著：戰鬥的韓江（詩集）一元五角
金帆著：野火集（詩集）一元二角
蘆荻著：旗下高歌（詩集）一元
黃寧嬰著：潰退（長詩）定價二元
這一部長詩。寫的是黔桂大撤退的偉大場景，全詩二千行，一氣呵成，魄力雄偉。
樓棲著：鴛鴦子（長詩）一元五角
這一部長詩，是詩人樓棲先生用客家話來寫的農民翻身鬥爭的故事，全詩千餘行，可歌可唱。

《旗下高歌》版權

《桂林底撤退》

廣東梅縣人黃藥眠（一九〇三至一九八七）是現代著名的學者，他主要從事文藝理論、教育及美學研究，還有不少創作。黃藥眠早年留學日本，一九二七年加入「創造社」，在《創造週刊》及《流沙》等報刊上發表作品，出版詩集《黃花崗上》（創造社，一九二八）。戰時黃藥眠在重慶、成都、桂林及香港等地從事文化抗日工作，勝利後在香港住過好幾年，是「達德學院」創校者之一，在港出版過：《抒情小品》、《暗影》、《再見》、《論約瑟夫的外套》、《論走私主義哲學》……。

如今大家見到的《桂林底撤退》（香港群力書店，一九四七）是一首逾千行的長詩，共二十九章各具標題，寫桂林撤退的史詩，是黃藥眠的代表作。他在書名頁後有短詩〈獻詞〉：

我願意自己／變成一個巨大的豎琴／為千萬人的悲苦／而抒情！

明確地表達了此詩創作的目的。《桂林底撤退》一開始即指出桂林原本是幸福的搖籃，是無憂之城。然而，戰爭破壞了一切，原本生活在樂土的人民，為逃避戰禍而大逃亡：流離失所的難民，痛失兒女的父母，隻身求生的孤兒……，他們在饑餓、恐懼中忍痛逃離家園，種種人間的慘景，在黃藥眠細膩的筆下呻吟，構成了一幅黑暗、悲壯的畫卷，向侵略者提出了強烈的控訴！

《桂林底撤退》封面

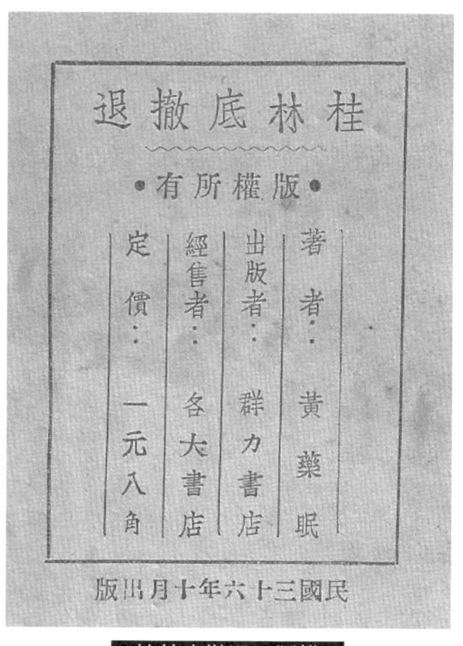
桂林底撤退

·版權所有·

著者：黃藥眠
出版者：群力書店
經售者：各大書店
定價：一元八角

民國三十六年十月出版

《桂林底撤退》版權頁

含淚讀《殺人王》

《殺人王》是周白蘋在一九四〇及五〇年代撰寫的驚險傳奇系列小說，這種小說也能令讀者流淚？當然不能！

一九五八年我讀小學五年級，已熱愛課外讀物，周白蘋筆下的《中國殺人王》系列，寫殺人王「詫利」在世界各地的唐人街行俠仗義，為華僑出頭的故事，最為我所熱愛。

某日清晨五點多，父親推醒我，說四弟病倒了，叫我到「九龍醫院」為他排街症。那年代醫療落後，無論是早上九時或十時開診，病人一律得摸黑去輪籌，否則必定輪不到你。

我匆匆攜了本殺人王去排隊，席地坐到龍尾，靠微弱的街燈，陶醉於殺人王的鋤強扶弱中。時間過得很快，轉眼天開始發亮，有上學的同學經過，好事的跑過來，嚷道：「呀，你逃學！」我才猛然醒覺：我今天錯過上課了！咬咬牙，仍舊看書，不知何故，淚便串串的落到《殺人王》上！

幾個月前我在舊書拍賣網站上，以二百五十元搶得上下冊一套的《中國殺人王大戰巫人國》，書友均嫌我拍得太貴，當時笑語：我是買一段回憶！

沒看《殺人王》五十年了，故事的內容早已褪色，但，在微弱的街燈下，含淚讀《殺人王》這幕，經半世紀仍歷歷在目！

後期版的《殺人王》

早期版的《殺人王》

廣州版《殺人王》

少時所讀的《中國殺人王》，是一九五〇年代，由香港新光出版社所出的，有《中國殺人王大戰扭計深》、《中國殺人王大破迷魂黨》、《中國殺人王大戰芝加哥》……等十多種，這套書曾斷版一段時間，六、七十年代由馬錦記書局重印過，事隔二、三十年，馬錦記版的已似鳳毛麟角，新光版的更是難得一見！

我拍得《中國殺人王大戰巫人國》非常高興，在某愛書人網站上和網友分享時，有人傳來短信，說他手上也有幾本《中國殺人王》，信來信往後，他終於答應把那幾本書讓給我。書到手後，拆開郵包一看，那是《中國殺人王大戰倫敦》、《中國殺人王大戰原子賊》和《中國殺人王大戰阿根庭》，三套共七冊，頗有點失望，除了印製粗劣以外，每本都很單薄，只有四五十頁，弱不禁風的樣子，非常可憐！比較意外的是這幾本書居然是一九四〇年代廣州達聰書社出版的，作者竟然是周遊而不是周白蘋。

周白蘋原名任護花，是甚少人研究的港粵通俗小說家及報人，是否曾用過筆名「周遊」，存疑！買到這幾本周遊的《中國殺人王》，最大的收穫是：原來《中國殺人王》系列早在一九四〇年代已面世了！

細閱手上這幾本廣州版《中國殺人王》，我大膽地作出推斷：這幾本劣質貨是老「盜版書」！

廣州版《殺人王》之一

廣州版《殺人王》之二

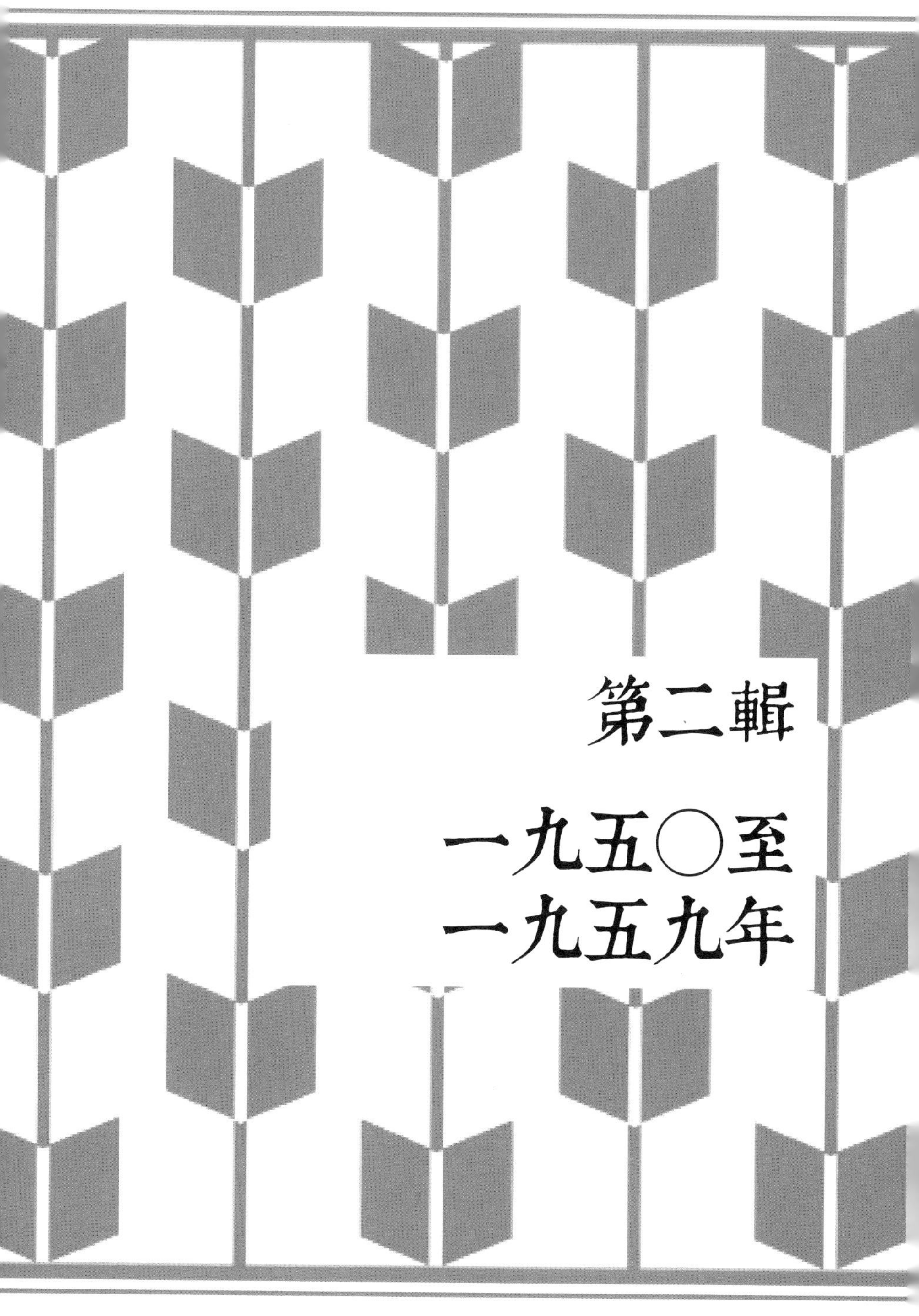

第二輯

一九五〇至一九五九年

《天底下》週刊

我二〇〇五年曾寫過一篇〈孟君的《天底下》週刊〉（見拙著《愛書人手記》），當年只讀到《天底下》第五十期以後的三十多冊，肯定它是一份重視文藝的週刊，因為它每期均以大量篇幅刊登詩、散文及小說等文藝作品，本港著名小說家舒巷城的成名作〈鯉魚門的霧〉，即以筆名秦可發表於第六十二期的《天底下》內。當年我還以推算的方法，假設《天底下》是創刊於一九五〇年初的。

事隔五年後的今天，我終於搜尋得《天底下》的創刊號，可惜底面翻尋數遍，卻沒有出版日期，其製作竟如此粗劣，實在可悲！尚幸細讀之下，在麥基尼所作的一首新詩〈天底下〉後，附有寫作日期「一九五〇年 · 一月 · 香港」，這証明了我推算《天底下》的創刊日期無誤。

創刊號的《天底下》是十六開本，僅二十頁，目錄上有二十四項，但內頁文章有些不在目錄上出現，應有文近三十篇，有關文藝的，只有孟君連載的中篇〈犯罪〉，麥基尼的〈天底下〉和小孟的〈懷念母親〉是新詩，其餘多為翻譯的生活雜文及婦女信箱之類，是女性味甚重的文摘式家庭週刊。以我多年的經驗看，初期的《天底下》是孟君的「個人表演」刊物，不看也罷。後來才愈辦愈好，受到文藝青年的重視。

本期要目

我們要講的話

天底下週刊 第一期

督印人：林樹基
主編：孟君
經理：馮婉華
出版顧問：賈立夫 李瑞榮

社址：香港大道中一四四號二樓
電話：三四四八七號

承印：西南圖書印刷公司

定價：每册零售港幣叁角
定閱：全年四十八期港幣十四元四角，半年廿四期七元二角。

稿約：

（一）本刊歡迎投稿，翻譯稿尤為歡迎，來稿請投寄本刊編者。

（二）來稿請勿一紙寫兩面，並請勿超過二千字，五百字左右最為適合。

（三）來稿本刊編者有刪改權，並概不退稿。

（四）來稿請書明通信地址，稿費每千字五元至十元。

・1・

《天底下》創刊號目錄

《天底下》週刊

《鯉魚門的霧》

巷城嫂掛電話來，說是《鯉魚門的霧》話劇，由譚孔文的浪人劇場在葵青劇院上演，囑我某日到劇院的售票處取票觀看，切勿錯過。十分感激並祝演出成功！

〈鯉魚門的霧〉是舒巷城（一九二三至一九九九）最負盛名的短篇小說，內容寫年已四十的「行船佬」梁大貴，坐在鯉魚門碼頭岸邊，透過濃霧回憶離開十五年前的生活，發現自己出生、成長的筲箕灣跟離開前已完全不同，再沒有人認識那位以前人人都知道的梁大貴了，很有「少小離家老大回」的蒼涼。

〈鯉魚門的霧〉已被文學史家公認為香港最成功的短篇小說之一，一九六〇年代中，《中國學生周報》辦徵文比賽，有人抄襲了它參加公開組比賽，力壓西西的〈瑪利亞〉奪冠，後來當然給人告發了，抄襲的人沒得到獎，而〈鯉魚門的霧〉自此聲名大噪，無人不知了。但，卻甚少人知道，原來〈鯉魚門的霧〉是署名秦可，首次見刊於一九五一年五月二日，《天底下》週刊第六十二期的。

轉瞬間舒巷城離開我們十一年了，巷城嫂早已藏起傷痛，默默地把丈夫生前的著述整理，一本本的由「花千樹出版社」出版，為這位本港土生土長的名作家留下等身的巨著，這種無需言喻的愛，比終日掛在口邊的卿卿我我濃得更甚、更深！

文藝創作

文藝創作

鯉魚門的霧

泰可

— 4 —

《鯉魚門的霧》第一次面世
就發表於《天底下》週刊

另一種《金陵春夢》

嚴慶澍（一九一九至一九八一）用筆名「唐人」，在一九五〇年起，於《新晚報》連載多年的《金陵春夢》是他畢生的傑作，這套書由《金陵春夢》到《大江東去》共八集，以二百多萬字，寫蔣家王朝的興衰，歷時近二十年。這套以演義體寫成的歷史小說，雖然不是歷史，卻滲入了不少事實，很能吸引關心中國現代史演變的讀者，據說銷量達數十萬套。

我手邊另有一種小雲著的《金陵春夢》（香港新華南出版社，一九五〇）三十六開六十四頁，初版印了五千本，照理不難找，卻相當罕見，真怪！此書約四萬字，以通俗白話分十二回寫成，每回均有工整回目，第一回為「驚惡兆蔣朝悲末日／翻舊戲『國大』鬧開鑼」，到第十二回「搶骨頭蔣黨內鬨／喪敲鐘國大收場」止，寫一九四八年蔣朝在重慶國民大會上，爭權奪利的污煙瘴氣：絕食、抬棺抗議，爾虞我詐的勾心鬥角，極盡挖苦之能事！

作者小雲不知何許人也，但請得名家廖冰兄以漫畫筆法插圖多幅，並設計封面，且其人文筆辛辣，一針見血，不妨視為名家「埋名」之作！作者在〈前言〉中說此書完成於一九四八年，卻要等到一九五〇年才付梓，有點怪怪的。我突然想到：嚴慶澍一九四八在臺灣《大公報》任職，四九年才到港開始寫作，何其巧合！難道兩種《金陵春夢》中有一線牽引？

名人漫畫

：歷史章回小說：

金陵春夢記

1950. 2. 初版

著作者：小雲

出版者：新華南出版社

地址：九龍鴉打街九號

發行人：曾鑑

總經售：學生書店

九龍彌敦道六九八號

話電：五零五一七

廣州惠愛東路三九九號

惠州中山南路六十六號

印刷者：雅露華印刷所宇記公司

九龍官涌寶靈街十八號

版權所有 ★ 不准翻印

新・0001——5000

《金陵春夢》版權頁

由廖冰兄插圖及設計的《金陵春夢》

韓萌《第一次飛》

一九四〇年代末，內地大批文人南下聚居香港，等候機會遠赴歐美，或候船期去南洋，或渡海峽……，都是過客心態，有人渾渾噩噩過日子，有人為謀生而埋頭伏案，認真地編寫及出版過不少文學作品。與此同時，也有些文人是從海外回歸，滿腔熱誠，等候回國服務的，熱愛文學的韓萌就是。

韓萌（一九二〇至二〇〇七）原名陳君山，是出生於馬來西亞的廣東普寧人，抗戰前夕回國升學，並加入抗日行列，戰後回到馬來西亞從事教育。一九四九年抵港住了幾年，得求實出版社主持人龍良臣先生之助，辦赤道出版社，專門出版南洋作家的創作，後來還編過一套《南洋文藝作品選集》。

如今大家所見的《第一次飛》（香港赤道出版社，一九五〇）即是韓萌主編的「海外文藝叢刊」第一輯，是本書型的「變格期刊」。三十二開本的《第一次飛》只有六十頁，小說有韓萌的〈第一次飛〉、班俊的〈憂鬱的行程〉、蕭村的〈錫礦裡〉……等五篇，還有詩、散文、翻譯、木刻等共十四篇。在〈表現海外華僑生活〉的代發刊詞中說，他們覺得在南洋這個商業社會裏，文藝是連咖啡、冰淇淋也比不上的，所以他們下定決心要闢一塊文藝園地，供大家播種、灌溉、培植……，可惜我只見到《第一次飛》，而見不到第二次飛……。文藝何時才會受到重視呢？

海外文藝叢刊第一輯

第一次飛

著者 韓萌、班俊等
出版者 赤道出版社
總經售 求實出版社
香港九龍廣東道五九八號四樓
Chiu Shih Publication Co.
No 598, Canton Rd. 3rd. Eloor, Kowloon
Hong Kong
國內總經售 求知書店
湖南長沙蔡鍔中路一五五號
印刷者 誠泰印務局
香港德忌笠街二十三號
電話：二六七二四
定價：港幣九毫
公元一九五〇年四月出版

《第一次飛》版權頁

蕭村的《椰子園裏》

韓萌的《第一次飛》

米軍的《熱帶詩抄》

米軍（一九二二出生）本名林紫，是馬來西亞出生的廣東普寧人。他對新詩很有興趣，一九四二年在桂林參與《詩創作》月刊的編輯工作，抗戰勝利後受當權派的壓迫，回到馬來西亞，在中學教書，課餘創作不少詩篇，最初結集的，是韓萌所編「赤道文藝叢書」中的《熱帶詩抄》（香港赤道出版社，一九五〇）。

《熱帶詩抄》僅四十頁，收〈跳「瓏玲」〉、〈印度老人〉、〈巴生港口〉、〈夜車〉、〈不叫「多隆」〉、〈悲歌〉、〈告別〉、〈禮物〉和〈控訴〉等九首，都是他寫於一九四七至四九年的。這幾首詩中，最著名的是寫民族融和，齊跳馬來歌舞，尋求歡樂與愛戀的〈跳「瓏玲」〉，曾被編入馬來西亞中學的華文課本中。

米軍《熱帶詩抄》的詩篇充滿愛國熱誠，他往往在詩句中流露出流浪異國的詩人對祖國的嚮往。在〈巴生港口〉，他見到從北方俄國來的船隻，就想起了「失去自由與幸福的中國人民」；在〈告別〉和〈禮物〉裏，詩人時刻都想像着要告別南洋，回到祖國，歌唱着「中國呵，／我以我所有的一切，／獻給你！」

終於，米軍在一九四九年回國，為新中國獻出個人力量，創作了小說《戰癌記》，電影小說《藝海流芳》、《渡海追情》和回憶錄《重回馬來亞行跡》……。

米軍的《熱帶詩抄》

《熱帶詩抄》扉頁及插圖

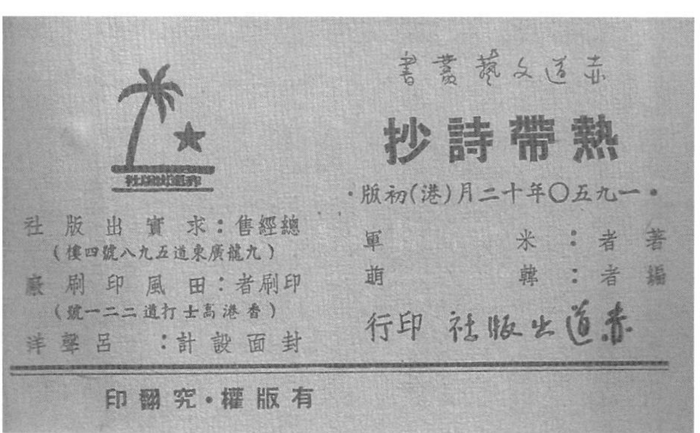

赤道出版社

赤道文藝叢書

熱帶詩抄

·一九五〇年十二月(港)初版·

著者：米軍

編者：韓萌

赤道出版社印行

總經售：求實出版社

（九龍廣東道五九八號四樓）

印刷者：田風印刷廠

（香港高士打道二二一號）

封面設計：呂擎洋

有版權·究翻印

《熱帶詩抄》版權頁

黑嬰的《紅白旗下》

韓萌所編的「赤道文藝叢書」：黑嬰的《紅白旗下》，米軍的《熱帶詩抄》、蕭村的《椰子園裡》、韓萌的《紅毛樓故事》、《海外》……雖然全是南洋作家的創作，但在香港編印，坊間也常見，很可能比南洋還容易找到。此中最值得一提的，是黑嬰的《紅白旗下》（香港赤道出版社，一九五〇）。

黑嬰（一九一五至一九九二）原名張炳文，是出生於印尼的廣東梅縣人，一九三二年入暨南大學外語系，並開始創作，曾加入葉紫的「無名文藝社」，建國前曾出過《異鄉與故國》（上海千秋出版社，一九三四）、《帝國的女兒》（上海開華書局，一九三四）、《雪》（上海千秋出版社，一九三六）和《時代的動感》（雅加達鮫人書屋，一九四九）等多部創作。

《紅白旗下》是約七萬字的中篇，一九五〇年六月完成於椰卡達。「紅白」是印尼國旗的顏色，是代表鬥爭的旗幟，但《紅白旗下》寫的不是歷史，而是以小說的形式，寫華僑的生活。黑嬰在〈後記〉中說：

> 我所着重表現的，並非印尼人民，而是華僑的進步與倒退的鬥爭。還觸及倒退陣營內的種種死硬相，也不惜給一些華僑民主人士（不是全體）下一番針灸。（頁一二二）

《紅白旗下》出版後甚受歡迎，同年已印兩版呢！

赤道文藝叢書

紅白旗下

·一九五〇年十二月(港)二版·

著者：黑嬰

編者：韓萌

赤道出版社印行

總經售：求實出版社
(九龍廣東道五九八號四樓)

印刷者：田風印刷廠
(香港高士打道二一二號)

封面設計：呂聲洋

《紅白旗下》版權頁

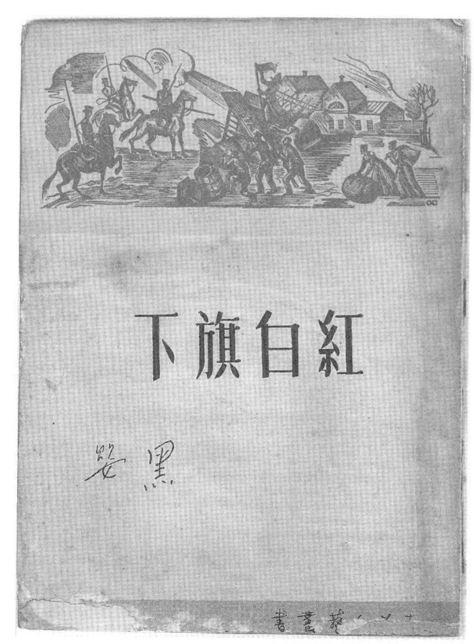

黑嬰的《紅白旗下》

子平的《僑婦淚》

一九五〇年代初的大遷徙時期，大量文化人從全國的大城市湧來香港，在人浮於事的大都會中，很多人都不能找到原來的工作，轉而執筆謀生，成為作家。經過幾年人事變遷，這些作家有些在本土扎根，成為本地的名家，像劉以鬯、李輝英、三蘇等；有些後來又回到原來的地方發展，像司馬文森、沈寂等；有些則遠走他方繼續寫作，像趙滋蕃、李雨生等；其實還有大部份在本地寫了些作品，後來卻銷聲匿跡，不知到哪去了的，像本欄介紹過：寫《馬票與美鈔》（香港求實出版社，一九五二）的力克、寫《琴戀》（香港東興公司，一九五三）的張弩，和今天跟大家見面，寫《僑婦淚》（香港五娥出版社，一九五〇）的子平。

《僑婦淚》是約十萬字的長篇，完稿於一九四九年的香港，故事背景是抗戰期間的廣州和僑鄉四邑，寫受過新教育，中學畢業的新女性李綠萍，為爭取戀愛自由，與舊禮教及封建社會鬥爭的經過。在小鎮當教師的綠萍與同事周清泉戀愛成熟結婚，本來可過幸福愉快的生活，但清泉到美國照顧老父期間，碰巧太平洋戰事爆發被徵入伍……，可幸最後是大團圓結局。

本書作者子平之前已寫過《恩恩愛愛》等幾本小說，稱為「桃柳叢書」，可惜文筆普通，創作技巧亦僅停留在說故事層面，幸好資料翔實，寫僑鄉社會有深入的刻劃，尚有可觀之道。

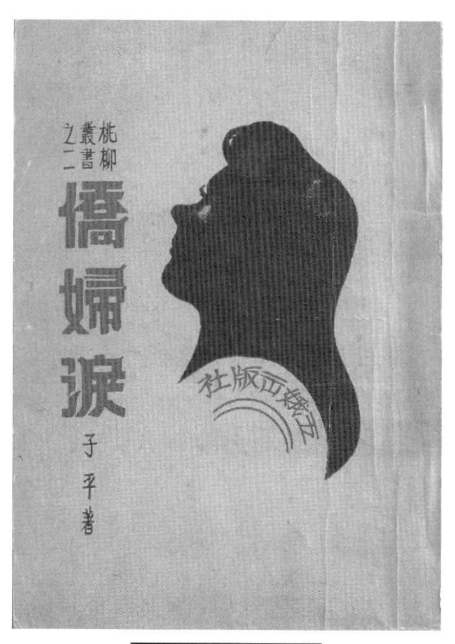

子平的《僑婦淚》

僑婦淚

一九五〇年六月初版

每冊定價二元五角

著作者：子平

發行者：五娥出版社

印刷者：星島日報承印部

有著作權△不准翻印

《僑婦淚》版權頁

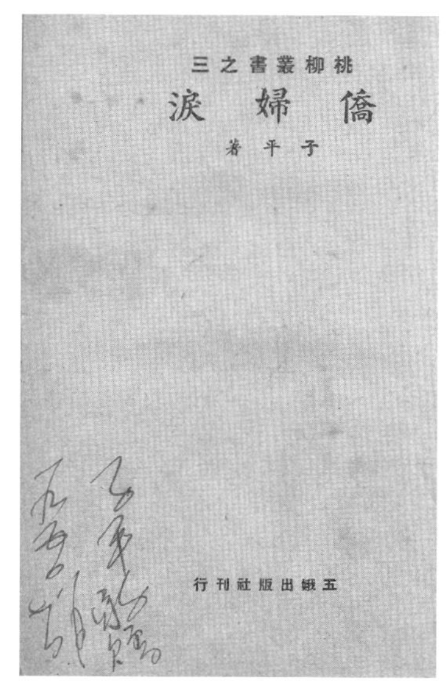

作者簽名

火子爲紺弩寫序

聶紺弩（一九〇三至一九八六）一九四〇及五〇年代在香港出過好幾本書，其中有一本雜文《寸磔紙老虎》（香港求實出版社，一九五一），厚一四四頁，收雜寫四十多篇。紺弩在〈題記〉中說，這些文章原是香港《文匯報》〈編者的話〉的部份，發表時不署名，到現在出單行本了，才認祖歸宗，署名出版。至於書名《寸磔紙老虎》，含義更深：「寸磔」有千刀萬剮的分屍之意，「紙老虎」指的是「美帝」；書內文章寫於「抗美援朝」年代，全是政治嘲諷之作，如今看來是過時了，無甚可觀，但最特別的，此書居然由詩人劉火子寫序。

詩人劉火子（一九一一至一九九〇）寫詩五十年，編詩刊、編報紙，還當過戰地記者，寫過不少戰地通訊，有詩集《不死的榮譽》（香港微光出版社，一九四〇）傳世。一九五〇年，劉火子任香港《文匯報》總編輯，聶紺弩是新聞記者，他們每天晚上各佔書桌一角，各有各忙，有時埋首疾書，有時用毛筆醮紅墨水在白報紙上寫標題，有時用剪刀漿糊……。這樣的時間有八九個月，培養了兩人深厚的交情。

劉火子的這篇序文，不單分析了當時的政治形勢，還記述了兩人交往的經過，可作為研究者的第一手資料。序文寫於一九五一年三月，兩個月後劉火子即離港北上定居上海。

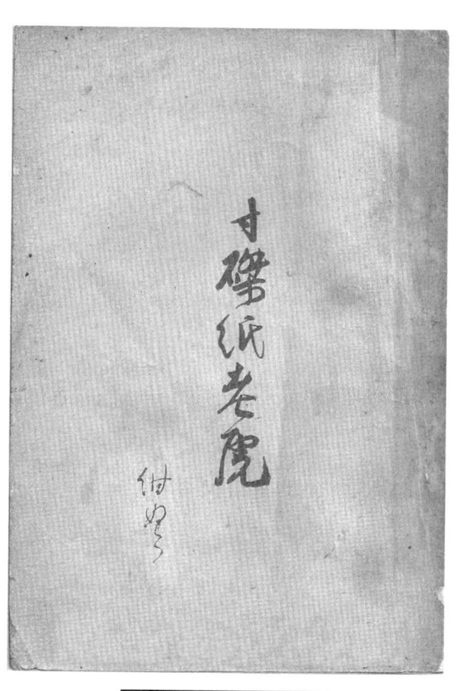

《寸礫紙老虎》書影

本書作者其它著作

兩條路（小說）……羣益
沉吟（散文）……文供
巨像（散文）……學習
血書（雜文）……羣益
二鴉雜文（雜文）……求實
小鬼鳳兒（劇本）……立羣
天亮了（短篇）……求實
海外奇談（雜文）……求實

寸礫紙老虎

・版權有・

著者：聶紺弩
總經售：求實出版社
九龍廣東道五九八號四樓
印刷者：大千印刷公司
香港馬寶道六十四號
電話：三四六二九
定價：港幣二元
一九五一年三月初版

《寸礫紙老虎》版權頁

侶倫的《佹儷》

一九八四年七月，杜漸主編的《讀者良友》創刊號上，有侶倫作品研究的特輯，東瑞寫了篇〈侶倫中短篇小說的特色〉，全面討論侶倫的小說，其中有幾句話：「侶倫有不少作品已散佚了，例如那本《佹儷》連他本人也不存。」

侶倫（一九一一至一九八八）是土生土長的本地作家，由第一本書《紅茶》（一九三五）到最後一本《向水屋筆語》（一九八五），除了一九四一年上海初版的《黑麗拉》，全部都是香港出版的，奇怪的是這些書多年來坊間甚少見。其實，不單像侶倫這類純文學作家的書少見，近年連傑人、孟君及碧侶等流行小說作家早年的作品也消聲匿跡，真是個怪現象！

《佹儷》（香港萬國書社，一九五一）收〈超吻甘〉、〈鬼火〉、〈迷霧〉、〈遮陽鏡〉、〈輝輝〉、〈私奔〉和〈佹儷〉七個短篇，寫的都是不同工作性質者的愛情故事，以喜劇的筆法寫男女間的「攻防術」：經常嚼香口膠（侶倫譯之為「超吻甘」）的漂亮異族女郎華都眉，周旋於高子明、毛爾青和老陸三個男人之間，她的愛情觀是「金錢」主宰一切，誰有錢，誰就有愛。〈鬼火〉中的金先生則認為「女人是鬼火，你追過去，她跑；你跑，她倒追過來」。《佹儷》是六個發生在夫妻間的掌篇，夫婦間的勾心鬥角常惹人發會心的微笑。

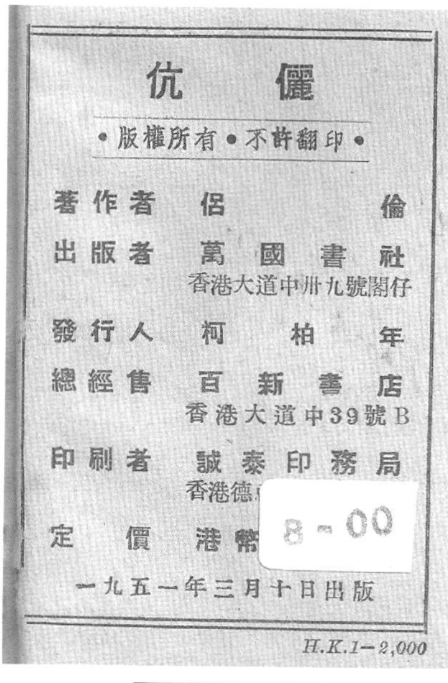

伉儷

•版權所有•不許翻印•

著作者　侶倫

出版者　萬國書社

香港大道中卅九號閣仔

發行人　柯柏年

總經售　百新書店

香港大道中39號B

印刷者　誠泰印務局

香港德

定價　港幣　8-00

一九五一年三月十日出版

H.K.1—2,000

《伉儷》版權頁

侶倫的《伉儷》

《人渣》

洛風的《人渣》（香港求實出版社，一九五一）在《新晚報》連載時叫《某公館散記》，作者署名也不叫「洛風」，而是「本宅管事」。這是個約八萬字的長篇諷刺小說，寫的是當年逃港的「白華」生活。史復（羅孚）在〈寫在前面〉說：沙皇的時代結束後，他們留下來的貴族是「白俄」；蔣介石時代留下的就是挾巨資逃港的「白華」。

作者透過「某公館」的管家，冷眼旁觀寫他家「主席」的故事。主席留過學，打過袁世凱、日本人、新四軍⋯⋯，曾經是戰區司令兼省主席。可惜戰敗後捲逃，到香港成了白華，與姨太太、少爺、小姐過着窮奢極侈的生活。他們開舞會、豪飲、狂賭、炒金、辦報、走私⋯⋯，活在自我陶醉的糜爛生活裏，最終是墮落到在貧民窟裏當看相的、剪髮的與企街的。

《某公館散記》在報上連載時已大受歡迎，單行本一紙風行，兩千本很快售罄，我的這本是一九五三年的再版，前面多了篇〈從《人渣》的日文譯本說起〉，說《人渣》出版後引起了廣大的注意，牧浩平把它翻譯成日文本，改名《香港斜陽物語》。

洛風名氣不大，除了《人渣》，只出過長篇《孟姜女》（香港童年書店，一九五二）。事實上，洛風只是嚴慶澍（一九一九至一九八一）其中一個筆名，他也叫阮朗、唐人、江杏雨⋯⋯。

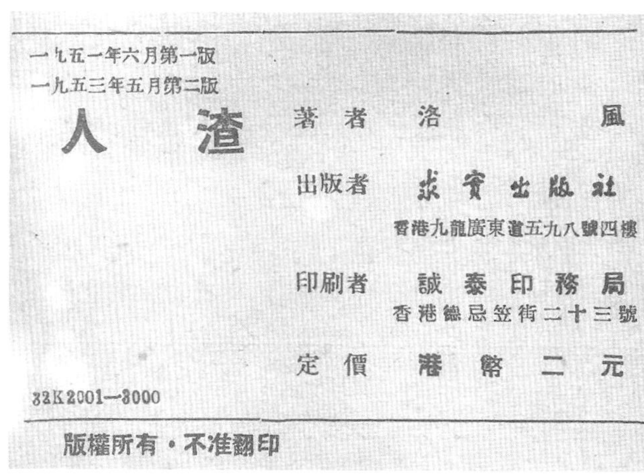

一九五一年六月第一版
一九五三年五月第二版

人渣

著者 洛風

出版者 求實出版社
香港九龍廣東道五九八號四樓

印刷者 誠泰印務局
香港德忌笠街二十三號

定價 港幣二元

32K2001—3000

《人渣》版權頁

原名《某公館散記》的《人渣》

洛風的《孟姜女》

宋喬的《秦淮述舊》

以回憶錄《彷徨與抉擇》及小說《侍衛官雜記》享譽香港文壇的名記者宋喬（周榆瑞：一九一五至一九八〇）有本叫《秦淮述舊》的散文集，此書有副題叫「江南舊事」；未見此書之前，以為所述該是六朝金粉，文人風花雪月的秦淮河畔韻事，豈料得書一看，完全不是那回事。

《秦淮述舊》（香港文宗出版社，一九五一）初版印二千冊，三十二開本，薄薄的僅一百頁，由七十六篇千字短文組成，引幾篇標題看看：〈蔣介石二三事〉、〈宋美齡的奇裝異服〉、〈于右任：國民黨的裝飾品〉、〈孫科瑣事〉、〈徐傅霖糊塗得可愛〉、〈朱家驊一付低能相〉、〈閻錫山叫妓陪記者〉……，讀者諸君即可知道是本怎樣的書。

這種嬉笑怒罵，以揭秘談內幕的民國野史式文章，無論事隔多久，都很受讀者歡迎。尤其是一九五〇年代初期，香港人多是從國內南來人士，對前朝或當代的秘聞趨之若鶩，故「江南舊事」的文章在當年《新晚報》上連載時，是很受歡迎的專欄。錢佩在序中說這些文章是飯後茶，隨便寫來卻「自然流暢，如談家常；不着意也不裝飾，說了就算，說完就止」，可助消化。

據資料顯示，「江南舊事」還有二集的，就叫《江南舊事》，一九五二年由求實出版，可惜未能見到！

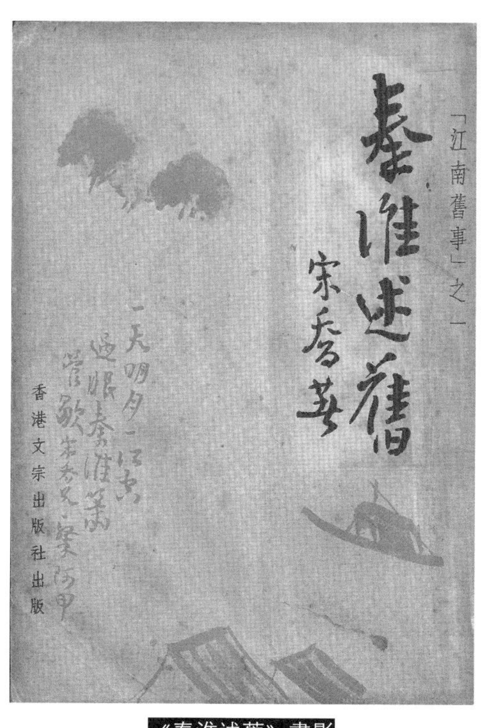

《秦淮述舊》書影

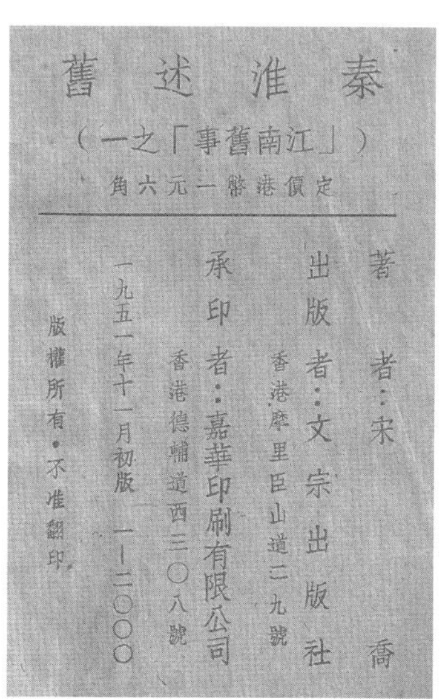

秦淮述舊
（「江南舊事」之一）
定價港幣一元六角

著者：宋喬
出版者：文宗出版社
香港摩里臣山道二九號
承印者：嘉華印刷有限公司
香港德輔道西三〇八號
一九五一年十一月初版 一一二〇〇〇
版權所有・不准翻印

《秦淮述舊》版權頁

《侍衛官雜記》

一九五〇年代初，《新晚報》副刊上最令人觸目的長篇連載，是唐人（嚴慶澍）的《金陵春夢》和宋喬（周榆瑞）的《侍衛官雜記》。前者達二百三十萬字，事後結集一套八冊；後者也不弱，有五十多萬字，結集上下兩冊。

《侍衛官雜記》（香港學文書店，一九五二）初版三千套，由黃永玉設計封面，不出一年即售罄，再版不知何故僅印五百套，六十年過去，本書在坊間極之難見。

《侍衛官雜記》是本日記體的長篇小說，假借侍衛官陳鎮堃的名義，寫他當「蔣先生」貼身侍衛時的所見所聞。當時的「侍衛官」，相當於舊日的「御前帶刀侍衛」，皇帝要出巡、遊玩、開會……，侍衛官當然要亦步亦趨，開路並當保鏢。因長年在「蔣先生」左右，接觸到的軼事自然甚多，只看你怎樣下筆。

由於宋喬曾以記者身分駐過南京，對蔣朝各階官員的生活及行事方式了解深入，寫起來得心應手。作者一開始已蓄意醜化「蔣先生」，選材便以負面內容為主，行文幽默風趣，極盡挖苦之能事，很受普羅大眾歡迎。讀者以消遣性質，一笑置之的態度讀之可以，絕不能視之為真正的歷史事件。

周榆瑞（一九一五至一九八〇），福建福州人，北京師範大學畢業，還寫過回憶錄《彷徨與抉擇》，散文《秦淮述舊》等。

《侍衛官雜記》上

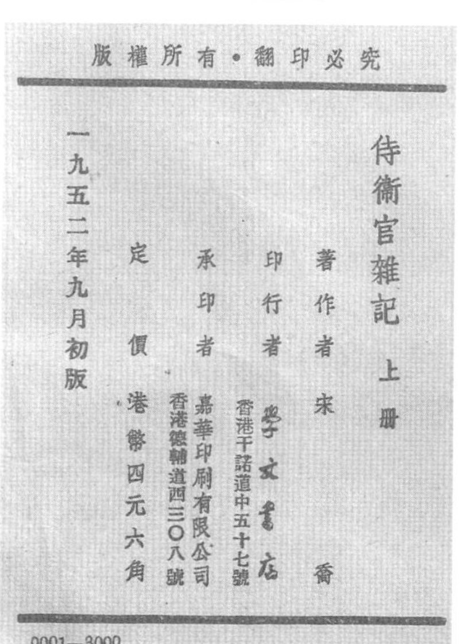

版權所有・翻印必究

侍衛官雜記 上冊

著作者 宋喬

印行者 學文書店 香港干諾道中五十七號

承印者 嘉華印刷有限公司 香港德輔道西三〇八號

定價 港幣四元六角

一九五二年九月初版

0001—3000

《侍衛官雜記》版權頁

《侍衛官雜記》下

施濟美的《莫愁巷》

女作家施濟美（一九二〇至一九六八）是一九四〇年代後期上海重要的女作家，與張愛玲、蘇青齊名，被稱為「三大才女」。在談到她的小說時，一般只介紹《鳳儀園》和《鬼月》，少有談及長篇《莫愁巷》（香港大眾出版社，一九五一）的。

姜德明在〈女作家施濟美〉中說：

據說一九五一年她還出版了一本小說集《莫愁巷》，也許寫的是解放後上海市民的生活吧，可惜筆者未見。

我寫過一篇叫〈施濟美的小說〉的短文，在介紹了她的幾本小說後，文末我這樣說：

《莫愁巷》是長篇小說，我的這本是一九五一年十一月的香港版，由大眾出版社出版，香港海風書店發行，三十二開，一七三頁。此書一九四九年六月完成於上海，五一年十一月才出版，相隔似乎太久，是否應該有本「上海版」呢？

原來我的推想錯了！

近日和陳子善閒談，談到了施濟美的《莫愁巷》，據說他曾與沈寂談過這本書，沈寂說他一九四九末離開上海時，把《莫愁巷》帶到香港去，並在香港出版了！那麼，香港一九五一年出的那本大眾出版社本，就是《莫愁巷》的初版，而沒有我所推想的「上海版」！

施濟美的《莫愁巷》

《莫愁巷》變了《後窗》

施濟美的《莫愁巷》於一九四八年動筆，隨寫隨於汪波（沈寂）主編的上海《幸福》月刊（第十九至二十二期？）發表，最終於一九四九年六月二十日完稿，全書十八章，另加一節〈尾聲〉。陳子善告訴我，《莫愁巷》在《幸福》上只連載至第九章，則後面那九章是否未發表過的呢？

我看也未必！

沈寂到香港後，於一九五〇年七月復刊《幸福》，出過幾期；雖說當年的上海作家不少，沈寂初來甫到，拉稿不容易，把施濟美的《莫愁巷》後八章在此發表，也不是沒可能的。可恨香港版《幸福》出版至今已五十八年，要找出來核對，似無可能，只能找人再去請教一下沈寂才能確定。

施濟美說「莫愁巷」原是神仙的家鄉，是一處只有歡樂，沒有愁苦的天堂。然而她筆下的《莫愁巷》，卻是人間苦痛的一角，這裏有高高門檻的闊人王家，仰人鼻息的各階層傭僕，也有靠賣淫過活的妓女，經營小生意的各類商人，不同類型的低下層工人……他們都生活在莫愁巷裏，各有各的煩惱、悲慘……。

香港有間南洋圖書公司，不知哪年代把《莫愁巷》翻印了，改名《後窗》，可幸主事人還有點良心，沒把作者的名改掉，算是有根可尋！

《莫愁巷》變了《後窗》

馮明之的小說

馮明之（一九一九至一九八二）是香港少數能以搖筆桿過活的職業作家，他原名曾潔孺，廣東鶴山人，用過的筆名有馮明之、馮式、東方明、南山燕、智侶……等數十個，而他寫作的範圍也相當廣：文學家辭典、文學史、教科書、自學指導、歷史小說、文藝創作和武俠小說都出過書，最常見的是《中國文學家辭典》、《中國文學史話》和《中國文學史提綱》。我比較關心的，是他以筆名南山燕寫的歷史小說，和智侶創作的文藝作品。

智侶寫過《太平洋之戀》和《亂世風情》兩部長篇小說，一九五〇年代初在香港《大公報》和曼谷《中原日報》連載，後來都出了單行本。《亂世風情》（香港四海書局，一九五二）寫一個漂亮的少女，從農村逃亡到都市，無法謀生，最後淪落風塵的悲劇。宣傳廣告說這本書是「舊時代的悼亡曲，也是新時代的里程碑」，可惜書出近六十年，未能得見。

我手邊的《太平洋之戀》（香港四海書局，一九五一），是約十萬字的長篇，寫的是主角「馮」先生和兩位少女麗芙、安薇的三角戀愛。故事的背景是一九四〇年代末期的香港，麗芙和安薇都是白種人，和中國男子墮入愛河，自然受到身邊人的非議、打壓。曲折奇情的三角戀愛，混進了種族歧視，對外國人的政治偏見構成的悲劇故事，智侶說這是「曲筆」的表現。

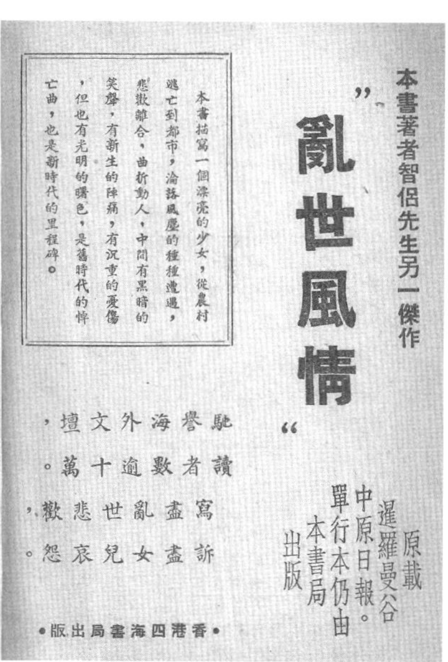
本書著者智侶先生另一傑作

"亂世風情"

原載暹羅曼谷中原日報。單行本仍由本書局出版

本書描寫一個漂亮的少女，從農村逃亡到都市，淪落風塵的種種遭遇，悲歡離合，曲折動人，中間有黑暗的笑聲，有新生的陣痛，有沉重的憂傷，但也有光明的曙色，是舊時代的悼亡曲，也是新時代的里程碑。

馳譽海外文壇，讀者數逾十萬。寫盡亂世悲歡，訴盡女兒哀怨。

•香港四海書局出版•

《亂世風情》的廣告頁

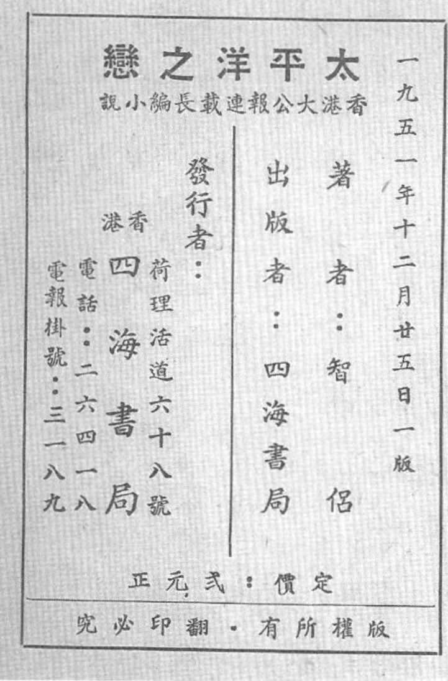
太平洋之戀

香港大公報連載長編小說

一九五一年十二月廿五日一版

著者：智侶

出版者：四海書局

發行者：香港四海書局 荷理活道六十八號 電話：二六四一八 電報掛號：三一八九

定價：式元正

版權所有・翻印必究

《太平洋之戀》版權頁

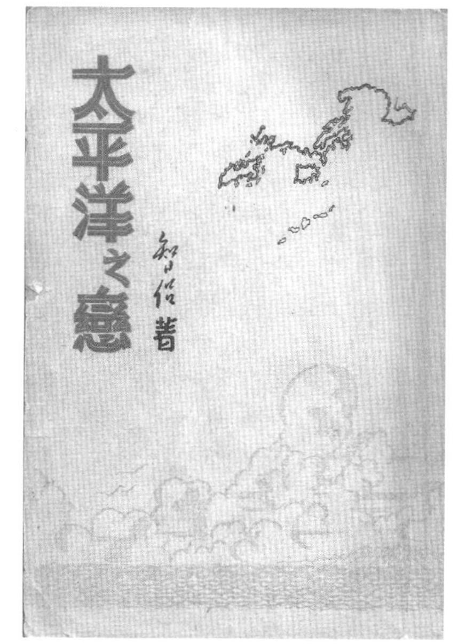

馮明之的小說《太平洋之戀》

忘不了《青年文友》

我的少年時代在一九六〇年代初。那時候，我們沒電腦、沒電視、沒遊戲機，甚至連收音機、麗的呼聲，也要等鄰居開了，站到人家門前或窗下「竊聽」。我的課外知識均來自閱讀，尤其是一些專供青少年作課外補充的雜誌讀得最多，此中最忘不了的，是《青年文友》。

《青年文友》是十六開約三十二頁的綜合性半月刊，內容有國學研究、科學新知、攝影、連環圖、遊戲、文藝……等多項。而最吸引我的，是它的問答遊戲和學生園地。常識問答比賽的內容，多是中學生能力所能解答的，每次接到問題，我都會到圖書館去翻書，很多時都要花兩三小時才能答好題，把答案寄出，然後等待揭曉的時刻，享受那種「名登金榜」的榮譽。

一九六〇年代初，香港學生文社如雨後春筍，發展得蓬蓬勃勃，很多文社人都把文章投到《青年文友》的學生園地發表，主要是它的稿費不錯，一篇幾百字的散文，通常都會有五元。在四毫子可買一本言情小說，一兩元可買到厚冊純文學創作的當年，這些稿酬是相當可觀的數目，也是我輩窮學生零用的主要來源。而學生園地也由每期兩頁而增至四、五頁，大受歡迎！

《青年文友》創刊於一九五二年初，一直出到一九六三年末才停刊，算是一份長壽的期刊。

《青年文友》創刊號

《青年文友》書影

伴舞小姐的小品

伴舞小姐成愛倫（一九二五出生）是香港一九五〇年代的「舞海奇葩」。她伴舞之餘熱愛寫作，一九五一年起，在《羅賓漢日報》寫每日見報的專欄小品，名為「心聲散記」。據說她是寧波人，出生自頗為富裕家庭的大家閨秀，自小喜愛文學，十七歲開始寫日記，高中畢業後向報刊投稿，以寫作為樂，據說還辦過報紙。到香港後無法謀生，只好下海伴舞。

如今大家見到的這冊《成愛倫小品》（香港愛倫出版社，一九五二），收散文小品共一百篇，是她報刊上作品的結集。此書最特別之處是書後的廣告頁：香港軒尼詩道的「軒尼詩酒店舞廳」、九龍西貢街的「萬國舞廳」、「哥倫布三六九飯店」、彌敦道的「喜臨門舞廳」、「雪園飯店」……等，是單行本中所未見者。還有書前邀得戎馬書生、蕭思樓（過來人）、周天籟、過海小卒……等十位海派文人寫序助陣，可見她當年交遊廣闊。

由於她身分特殊，見多識廣，寫作內容十分豐富，一百篇短文中，有談戀愛的、寫生活瑣事的、旅遊的、寫人的、談民俗的……多種。她為人低調而有主見，文內經常為男女之不平等而憤憤不平。她不像一般舞小姐喜跟人客應酬，舞廳打烊就匆匆返家寫稿。成愛倫寫小品，往往是從生活中信手拈來，深入而有感情。除了發人深省外，還能引起讀者的共鳴，很受歡迎。

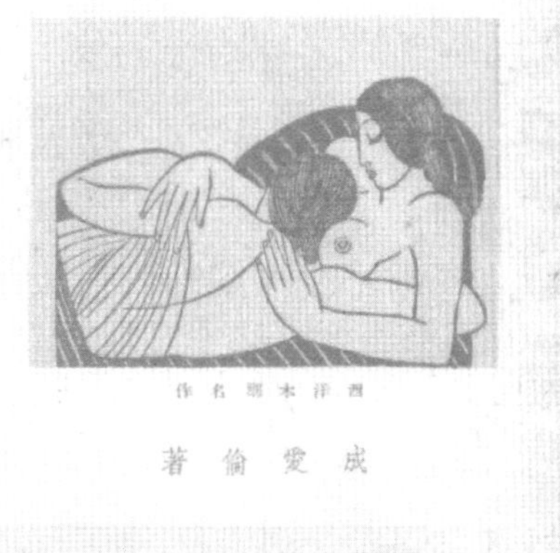

《成愛倫小品》

成愛倫小品

·成愛倫著·

一九五二年四月香港初版

成愛倫手迹

成愛倫肖像

《人人文學》

《人人文學》是香港一九五〇年代一份重要的文學期刊，由黃思騁創辦於一九五二年五月二十日，至一九五四年八月一日停刊，共出三十六期。初期為月刊，二十五開本，約七十至八十多頁，後來改為半月刊，縮至五十頁。《人人文學》初期由黃思騁主編，後來改由夏侯無忌及力匡合編，最後則由力匡獨力執行。

《人人文學》盛名遠播，力匡在一篇回憶的文章〈《人人文學》、《海瀾》和我〉中說，他在《人人文學》停刊後移居新加坡，好些當地的文壇巨匠對他刮目相看，就因為他曾主編《人人文學》，令他受寵若驚。

《人人文學》的作者群以一九五〇年代那批「綠背文學」作家為主：王是、路易士、皇甫光、慕容羽軍、桑簡流、蕭安宇（南宮搏）、費力……等，經常在此發表作品；尤其黃思騁、齊桓和力匡三位以寫作謀生的局內人，更是每期刊稿兩三篇。像黃思騁的《鼓浪嶼之夏》，連刊十多期，佔去篇幅不少。不是說他們的水平不高，但多刊自己人的稿，顯示門戶開放不足，讀者們自然日久生厭，無法吸引新血即影響銷路！

《人人文學》最令人懷念的地方是每期均以大量篇幅闢為《學生文壇》，培養新人，鼓勵學生創作，如今大家熟悉的崑南、盧因、蔡炎培、王敬羲、陸離等，都是從這裏成長起來的。

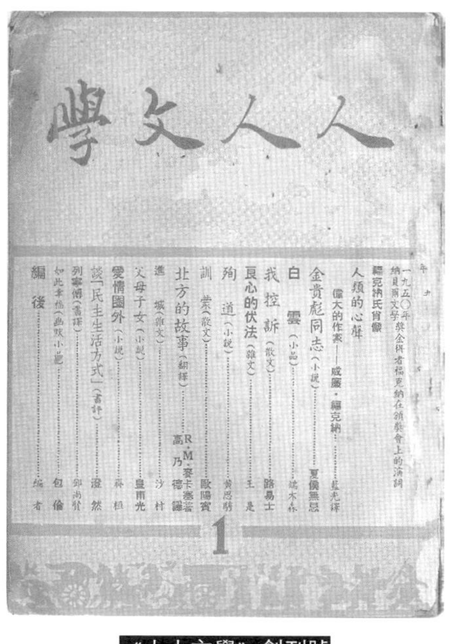

《人人文學》創刊號

《人人文學》合訂本

《燕語》呢喃的力匡

力匡（一九二七至一九九一）是香港一九五〇年代影響力很大的詩人。他是廣東人，原名鄭健柏，中山大學歷史系畢業。一九五〇年到香港，在各大報刊上發表新詩，深受年輕人歡迎，文藝青年爭相仿效，形成風氣，甚至有人稱那年代的詩歌為「力匡體」。力匡除了寫作，還當過《人人文學》和《海瀾》的編輯，大力扶植新人，對香港文壇貢獻甚力。

力匡的第一本詩集是《燕語》（香港人人出版社，一九五二），屬「人人文叢」之二，之一是黃思騁的小說《當春天再來的時候》。《燕語》是三十六開本，四十六首新詩分為《燕語》、《和平》和《幸福》三輯。研究者張詠梅在《北窗下呢喃的燕語》（香港自印本，一九九七）中，總結力匡早期的詩時，說他的「詩風溫婉純淨，主題明朗，絕不晦澀」，還說他的詩作雖不算上乘，但在香港新詩史上，應佔有一席位置。

力匡一九五八年移居新加坡當教師、圖書館主任，直到退休、終老；但他念念不忘香港，一九八〇年代還有新作及回憶文章寄回本港發表。他在香港出版的詩集還有《高原的牧鈴》（香港高原出版社，一九五五）。除新詩外，力匡還用筆名百木寫小說，出過《良夜》、《阿弘的童年》、《諸神的復活》和《聖城》；文集《北窗集》、《談詩創作》等書。

《燕語》初版本

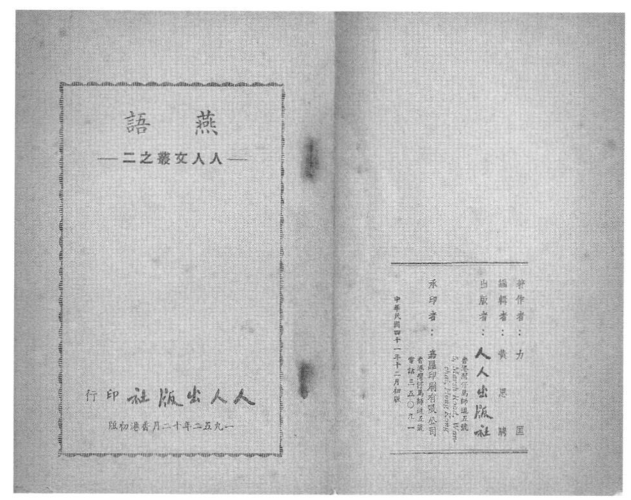
燕語

——人人文叢之二——

人人出版社印行

一九五二年十二月香港初版

著作者：力匡

編輯者：黃思騁

出版者：人人出版社
香港灣仔馬師道五號
5, Marsh Road, Wanchai, Hong Kong

承印者：嘉羅印刷有限公司
香港灣仔馬師道五號
電話三五〇九一

中華民國四十一年十二月初版

《燕語》的扉頁及版權

力匡與徐速

一九五〇年代初，力匡與徐速非常友好。《人人文學》停刊後，徐速不單邀力匡到高原出版社主編文學月刊《海瀾》，還為他出版詩集《高原的牧鈴》（香港高原出版社，一九五五）。

此書是力匡繼《燕語》（香港人人出版社，一九五二）後的第二本詩集，書分四輯，收力匡慣寫的十四行詩創作共四十多首。其時力匡的詩深受年輕人歡迎，文藝青年爭相仿效，形成風氣，甚至有人稱那年代的詩歌為「力匡體」。著名小說家盧因在他的《記詩人鄭力匡》（見他的華漢文化事業版《一指禪》，一九九九）中，說他當年也很喜歡力匡的詩，買了詩集去請他簽名，見出版社前排了一條長長的人龍，簡直視力匡為文壇巨星。徐速在書前替《高原的牧鈴》寫了篇近四千字的長序，發表了他的新詩觀之餘，還把力匡的詩與蘇曼殊、陸游的詩相比，推崇備至！

一九八六年，旅居新加坡多年的力匡，在劉以鬯的《香港文學》發表了回憶性質的文章〈《人人文學》、《海瀾》和我〉，在談到他和徐速的交往時，說《海瀾》停刊後，他十分不滿徐速，直到多年後徐速到新加坡旅遊時，在餐廳巧遇力匡，徐速使人邀力匡過枱敍舊，詩人仍拒不同桌。表面看來，力匡是氣量褊狹，但兩人之間的過節又豈是外人所能理解？如今兩位名家俱已成為過去式人物，在另一空間再偶遇時，不知會否握手言和？

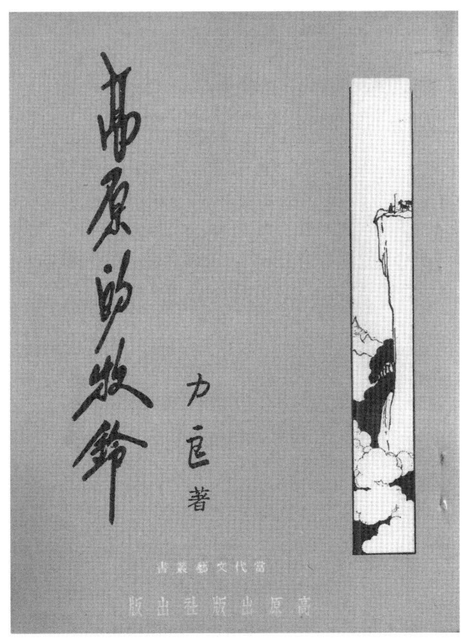

力匡詩集《高原的牧鈴》

版權所有
不准翻印

高原的牧鈴

著者 力匡

出版及總發行 高原出版社

香港九龍彌敦道739號金輪大廈十六樓

電話：九四〇七八八

PUBLISHED BY HIGH LAND PRESS

No. 739, Nathan Rd., 15th Fl., Kowloon,

Hong Kong. TEL. 940788

承印者 達道圖書印刷公司

九龍官塘道三三六號六樓

電話：八九四六三一

經售處 港九及南洋各大書局

定價 港幣 [illegible] 叻幣 [illegible]

一九五五年四月初版

一九七一年八月再版

《高原的牧鈴》版權頁

力匡的《海瀾》

詩人力匡（一九二七至一九九一）一九五〇年代在香港編過文藝雜誌《人人文學》和《海瀾》。《人人文學》創刊於一九五二年五月二十日，至一九五四年八月一日停刊，共出三十六期；《海瀾》則由一九五五年十一月創刊，至一九五七年二月止，共出十六期。力匡在這兩份期刊中均大力扶植新人，對香港文壇貢獻甚力，蔡炎培、區惠本、梓人、陸離……等當年都曾在此寫稿。

《海瀾》是十六開本，每期約三十頁，一九五〇年代活躍於香港文壇的思果、黃思騁、齊桓、姚拓、黃崖、力匡……等作家均大力支持供稿。此中最特別的：黃思騁在此發表小說時，每每署名「黃思村」，甚至短篇小說集《獨身者的喜劇》在此賣廣告時，也署名「黃思村」，他這個筆名少見，很多傳記也未提及。我未見此書，不知一九五六年友聯出版時，究竟署何名？

一般談《海瀾》，都會說是由力匡編，徐速的「高原」出版。事實上，翻開《海瀾》的版權頁，我們會發現：鄭力匡督印、海瀾雜誌社出版、高原出版社發行的字樣，此中關係微妙。

力匡念念不忘編《人人文學》時「學生文壇」的成功，在《海瀾》中，他也撥出大量篇幅，設「學苑」專刊供年輕學生發表創作，後來甚至成立「學生通訊組」出版附刊《新帆》，可惜《海瀾》最終仍逃避不了厄運，出十六期即壽終正寢！

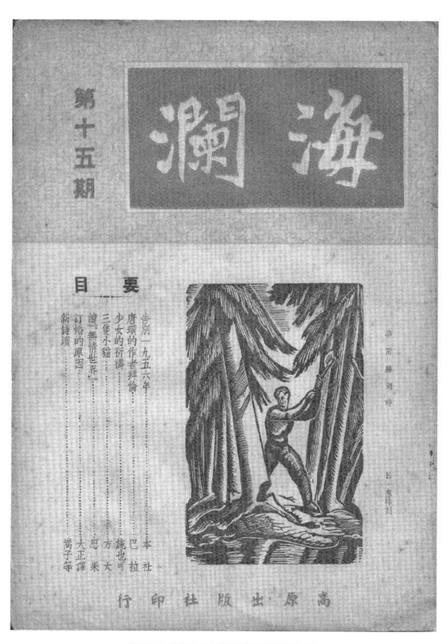

海瀾

第十五期

要目

高原出版社印行

《海瀾》第十五期

海瀾

第十四期

要目

高原出版社印行

《海瀾》第十四期

小說家徐速

有八十後的週刊記者來訪，談一九六〇年代香港出版的純文學期刊，談到《當代文藝》月刊時，我問他知道徐速嗎？小記搖搖頭。徐速（一九二四至一九八一）是香港著名的小說家，是「高原出版社」的創辦人，絕對不應這麼快被遺忘。

原名徐斌，字直平的徐速，是江蘇宿遷人，畢業於中央陸軍軍官學校西安分校，曾從軍，一九五〇年抵港開始創作。一九五五年創辦《海瀾》文藝雜誌；一九六五年出版《當代文藝》月刊，至一九七九年才停刊，影響一代人，培育不少年輕作家。

徐速的著作甚多，最為人所知的是凡三十萬字的長篇小說《星星月亮太陽》，此書曾改編成電影、話劇、長篇廣播劇及電視連續劇，甚受歡迎，是香港文學史上暢銷書之一。徐速寫詩、散文及小說，而以長篇小說著名，除《星星月亮太陽》外，《櫻子姑娘》、《疑團》及由《媛媛》、《驚濤》和《沉沙》組成的《浪淘沙三部曲》都很受重視。

要了解徐速，最重要的資料是如今大家見到的《徐速卷》（香港三聯書店，一九九八），此書為「香港文叢」之一，全書近三十萬字，選輯了他的小說及散文外，還附錄圖片、小傳、年表及各家的評論。編者黃南翔是徐速一九六〇年代編《當代文藝》時培養出來的得意弟子，資料翔實可靠！

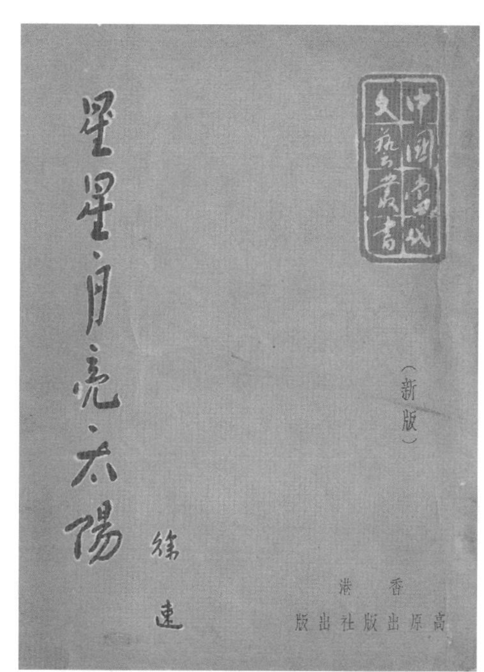

徐速代表作《星星·月亮·太陽》

《徐速卷》封面

書　名　徐速卷（香港文叢）
編　者　黃南翔
出版發行　三聯書店（香港）有限公司
香港中環域多利皇后街九號
JOINT PUBLISHING (H.K.) CO., LTD.
9 Queen Victoria Street, Central, Hong Kong
印　刷　陽光印刷製本廠
香港柴灣安業街三號七樓
版　次　一九九八年二月香港第一版第一次印刷
規　格　大三十二開（137×210mm）三四四面
國際書號　ISBN 962·04·1395·4
©1998 Joint Publishing (H.K.) Co., Ltd.
Published & Printed in Hong Kong

《徐速卷》版權頁

香港最暢銷的小說

徐速（一九二四至一九八一）是香港著名的作家，是「高原出版社」和《當代文藝》月刊的創辦人。他的著作甚多，最為人所知的是凡三十萬字的長篇小說《星星・月亮・太陽》，此書在一九六〇年代由電懋公司改編成電影，菲律賓話劇團改編成話劇，香港電臺改編為長篇廣播劇；一九八〇年代又改編成電視連續劇，甚受歡迎。《星星・月亮・太陽》初版於一九五三年，現在市面還有售，也不知印過多少次，據黃南翔一九九六年的資料顯示，已銷了超過五十萬冊，應該是香港最暢銷的文藝小說。如今大家所見的是一九六二年經修訂後的新版，書前附了〈自序〉、〈書成贅語〉、〈再版題記〉、〈四版小記〉、〈新版附記〉和〈本書主要人物表〉，是早期版本中最完善的一冊。

《星星・月亮・太陽》主要寫徐堅白、阿蘭、秋明和亞南，一男三女的戀愛故事。徐速把三位女性比擬為星星月亮太陽，故事又發生在抗戰時期，和姚雪垠的《春暖花開的時候》有很多相似的地方。一九六〇年代末，有某些報刊發表了攻擊性的文章，說《星星・月亮・太陽》是抄自《春暖花開的時候》的。徐速非常氣憤，隨即撰文反擊，還找來《春暖花開的時候》，由高原出版社於一九六九年重印出版，讓讀者們自己印証。想不到這本《春暖花開的時候》也賣個滿堂紅，成了「高原」的暢銷書之一。

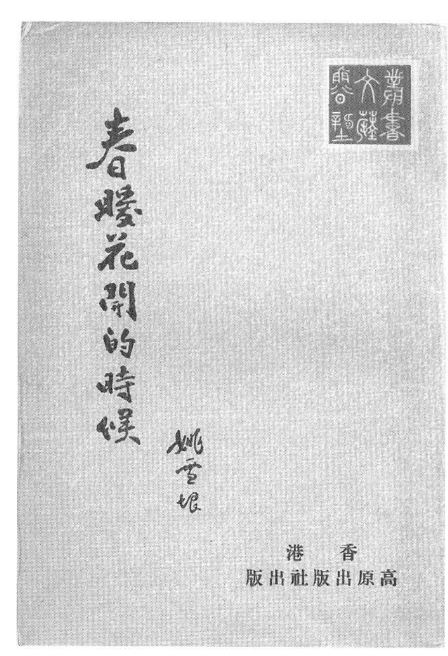

港版《春暖花開的時候》

版權聲明：①本書已呈准香港華民政務司登記，刊登憲報在案。並委託律師註册專利。②本書保留各國文字翻譯版權，外國電影攝製權，及電視、劇本廣播權等。

版權所有 不准翻印

星星·月亮·太陽

著者 徐速

出版及總發行 高原出版社

香港九龍彌敦道七三九號金輪大廈十六樓

電話：八〇〇七八八

PUBLISHED BY HIGHLAND PRESS
No.739, Nathan Rd. Kingland Apt.
15th. Fl. Kowloon HONG KONG
TEL: 800788

承印者 精華印刷廠

香港九龍新柳街一號

經售處 港九及南洋各大書局

定價：普及本港幣四元四角・叻幣二元六角
精裝本港幣六元六角・叻幣三元七角

一九五三年五月香港初版
一九六一年十二月香港十一版
一九六二年四月香港新一版

《星星 · 月亮 · 太陽》版權頁

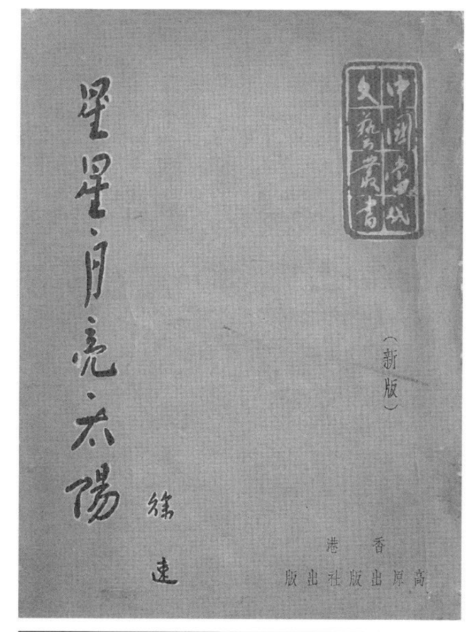

香港最暢銷的小說《星星 · 月亮 · 太陽》

徐速唯一的詩集

徐速（一九二四至一九八一）是香港一九五〇至七〇年代著名的小說家，他的名著有《星星・月亮・太陽》、《櫻子姑娘》、《疑團》……等多種，除了小說，他也寫散文、評論，新詩寫得最少，只出過《去國集》（香港高原出版社，一九五七）。

《去國集》僅九十頁，收新詩二十二首，都是些去國懷鄉的個人愁緒。徐速原來無意寫詩，一九五〇年代中卻寫了篇評論，說新詩幼稚、貧乏，又說它沒音韻，不能背誦，令人費解……，惹來一群年輕人的反駁，此中以崑南最激動，用筆名「班鹿」寫了篇〈免徐速的「詩籍」〉，發表在《詩朵》的創刊號（一九五五年八月）上，罵徐速完全不懂新詩，不應胡言亂語。徐速心有不甘，就寫起詩來，而且在短期內就結集出了《去國集》，以表示自己不是只會寫小說，也是會寫新詩的。

至於徐速的新詩寫成怎樣？你最好去找本讀讀，這裏只引他排在書首〈再見！祖國〉幾句，讓大家細細品味：

再見！祖國！／讓我再一次向你揮手。／初次離開你的孩子喲！／孤獨、淒涼、也得噙着眼淚忍受。／這不是童年時憧憬的美夢，／旅行，留學！／高興到國外走走。

這就是徐速的新詩，你覺得怎樣？《去國集》以後，徐速就沒有再出過詩集了，他的「詩籍」早已不知藏到哪去了！

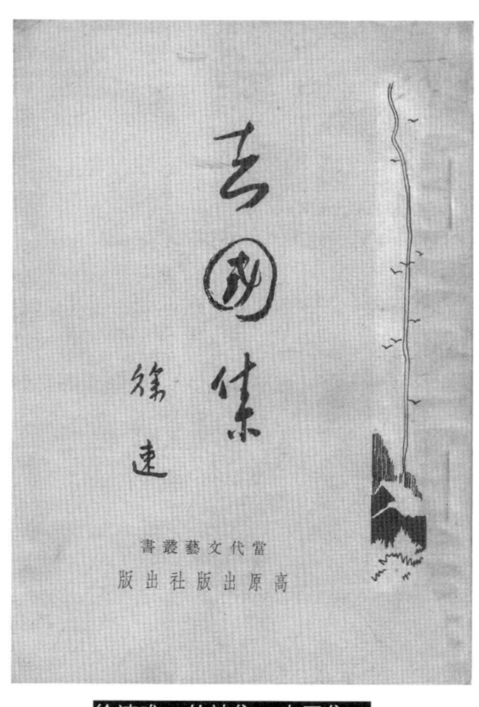

徐速唯一的詩集《去國集》

版權所有
不准翻印

去國集

著者　徐速
出版者　高原出版社
香港九龍彌敦道七三九號金輪大廈十六樓
電話：八〇〇七八八

PUBLISHED BY HIGHLAND PRESS
No.739, Nathan Rd. Kingland Apt.
15th. Fl. Kowloon HONG KONG
TEL 800788

承印者　永聯印刷所
香港北角渣華道一一〇號
經售處　港九及南洋各大書局
定價　港幣一元五角
叻幣八角

一九五七年三月初版
一九六〇年二月再版
一九六一年三月三版

《去國集》版權頁

去南洋淘港版舊書

北京藏書家高卧東山早前去星馬旅遊順帶淘書，在舊書店裏發現了路易士一九五二年在香港海濱書屋出版的小說《黃海風情畫》和《曠野狂想曲》；十分驚訝，心想：怎麼路易士也寫小說了？他以為這位路易士即是後來移居臺灣，原名路逾的詩人紀弦。這位路易士一九四九年前出版的詩集《易士詩集》、《三十前集》、《出發》等全部售價都以千計，這兩部雖然是小說，而且是一九五〇年代版的，怎麼算法也不該只賣幾塊！後來他上網一查，讀到我的〈兩位路易士〉，知道這兩本小說不是詩人路易士寫的，是小說家路易士（李雨生）的傑作。他沒有用，但他還是買了，用航空掛號送贈給我。

小說家路易士一九五〇年代在香港賣文為生，他以《新生晚報》為寫作基地，發表過《酒吧女郎》、《蓓蒂》、《白頭吟》、《再會》、《魔術師的傑作》……等好幾部小說，但結集的不多，《黃海風情畫》和《曠野狂想曲》出版於半個世紀以前，坊間早就絕版了，相當難得！

香港一九五〇年代出過很多文藝書，銷售的對象都以南洋各地為主，本銷的反而不多，近二三十年來早為本地及外來的藏書家搜刮得一乾二淨，高卧東山人生路不熟，在大馬也能找到舊書店，買到好書。看來到南洋去淘港版舊書是條新的渠道！

《黃海風情畫》

曠野狂想曲

現代小說叢書

著　者：路　易　士
出版者：海　濱　書　屋
承印者：嘉華印刷公司
香港德輔道西308號
經售者：世界出版社
香港
世界書局
星洲・吉隆・檳城
大成書局
椰城
中國書局
泗水

一九五二年六月初版

◀版權所有・翻印必究▶

St $1.90

《曠野狂想曲》版權

《曠野狂想曲》封面

兩位「路易士」

原名路逾的詩人紀弦和小說家李雨生都用過筆名「路易士」寫作及出書。

活了一百歲，曾出版詩集數十種的臺灣詩人紀弦（一九一三至二〇一三）是陝西人，一九二九年開始寫詩，一九四〇年代末赴臺前已出版詩集九種，第一種是一九三四年自費出版的《易士詩集》，最後一種是《三十前集》（上海詩領土社，一九四五），均署名路易士。路易士的詩集不易見，叫價甚高，一冊六十四開本，僅一二〇頁的《出發》（上海太平書局，一九四四）最近在拍賣網站上以人民幣一千八百元拍出，令人咋舌。

小說家李雨生為人低調，一九五〇年代在香港賣文為生，以筆名路易士出過好幾部小說，曾參與《幽默》及《文藝新地》的編輯工作，一九六四年主編文藝月刊《水星》，在《新生晚報》寫專欄及連載小說，後來去倫敦，入英國廣播公司工作。

如今大家見到的這本中篇《火花》，是一九五三年香港海濱書屋的再版本，僅印一千冊，初版於一九五一年。書後有「現代小說叢書」書目，說明路易士已出版的小說還有《黃海風情畫》、《曠野狂想曲》、《餘燼》和《故人》，從其他途徑也顯示還有《恩仇之間》、《丁家姊妹》、《情人》……等十多種，何以坊間流傳甚少？

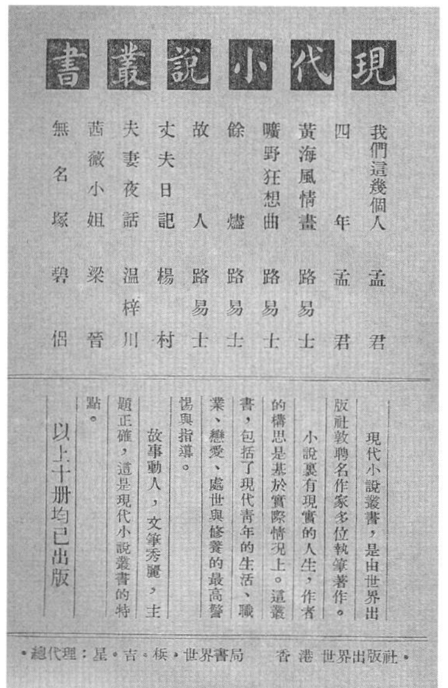

現代小說叢書

我們這幾個人	孟君
四年	孟君
黃海風情畫	路易士
曠野狂想曲	路易士
餘燼	路易士
故人	路易士
丈夫日記	楊村
夫妻夜話	温梓川
茜薇小姐	梁晉
無名塚	碧侶

現代小說叢書，是由世界出版社敦聘名作家多位執筆著作。

小說裏有現實的人生，作者的構思是基於實際情況上。這叢書，包括了現代青年的生活、職業、戀愛、處世與修養的最高警惕與指導。

故事動人，文筆秀麗，主題正確，這是現代小說叢書的特點。

以上十册均已出版

•總代理：星・吉・檳・世界書局　香港 世界出版社•

《火花》所附廣告頁

香港路易士的小說《火花》

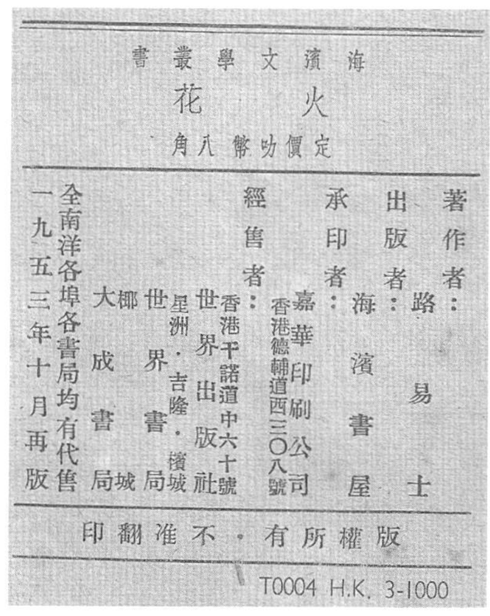

海濱文學叢書

火花

定價叻幣八角

著作者：路易士

出版者：海濱書屋

承印者：嘉華印刷公司 香港德輔道西三〇八號

經售者：世界出版社 香港干諾道中六十號
世界書局 星洲・吉隆・檳城
大成書局 椰城

全南洋各埠各書局均有代售

一九五三年十月再版

版權所有・不准翻印

T0004 H.K. 3-1000

《火花》版權頁

柳存仁的《人物譚》

早年畢業於北京大學的柳存仁（一九一七至二〇〇九）博士，晚年定居澳洲，是馳譽世界的學者，專研中國舊小說及道教。其實他讀中學時已開始創作，經常投稿到《論語》和《人間世》，抗戰時期已出過散文集《西星集》（上海宇宙風社，一九四〇）、《懷鄉記》（署名柳雨生，上海太平書局，一九四四）和小說《撻妻記》（署名柳雨生，上海雜誌社，一九四四）。

柳存仁一九四六年到香港，曾任教於皇仁書院和羅富國師範學校，居港多年，寫過不少劇本，也出了不少書，其中我比較喜歡的，是如今大家見到的《人物譚》（香港大公書局，一九五二）。

顧名思義，《人物譚》是本寫「人」的書。寫人物，當然要寫自己有興趣，知道較深入的人，才能駕輕就熟發揮自如，而讀者也可以憑此知道寫作人肚內的墨水及其研讀方向。柳存仁的《人物譚》中收文三十多篇，所談人物有全人皆知的耶穌、釋迦，近代作家魯迅、章太炎、蕭伯納，古代的宰相、太監，藝術家楊小樓……均入其筆下。柳存仁在序中說他是研究歷史的，因此，在談人物時，少不免也談了制度、風俗，旁及零星的考證，這可見作者學問之博，也正是其功力的所在。

正版《人物譚》已面世六十年，難得一見，不過，此書一九七〇年代有重印本，圖書館中或仍可見，不宜錯失！

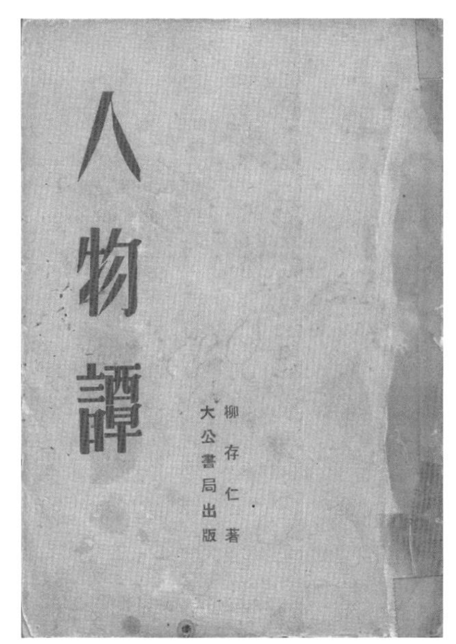

柳存仁的《人物譚》

柳存仁晚年作《外國的月亮》
（上海古籍出版社，二〇〇二）

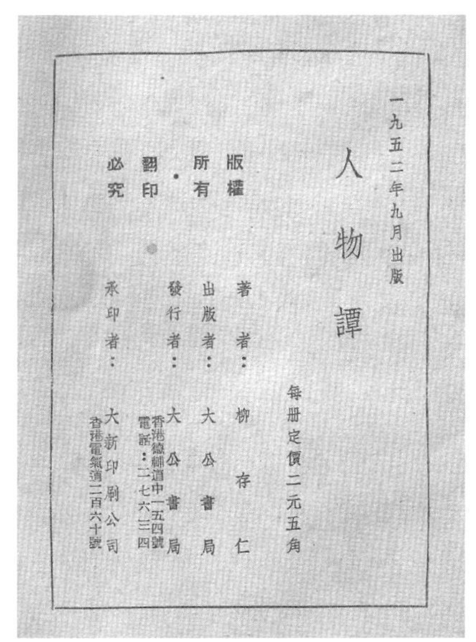

一九五二年九月出版

人物譚

每冊定價二元五角

著者：柳存仁

出版者：大公書局

發行者：大公書局 香港德輔道中一五四號 電話：二七六三四

承印者：大新印刷公司 香港電氣道二百六十號

版權所有・翻印必究

《人物譚》版權頁

《文海》半月刊

《文海》半月刊是香港一九五〇年代出版的文藝期刊，從手邊的合訂本第一集知道，此刊創辦於一九五二年十一月中，出至一九五三年二月的六期，為合訂本；並決定自第七期起，改名《文海新星》。可惜此刊坊間甚少，餘刊至今未見。

《文海》為十六開、二十四頁，後增至二十八頁的綜合性刊物，其重點在三篇連載：文道的《零落紫荊花》，是以華南農村和本地社會作背景的寫實小說；江楓的《緋色的創痕》則是以偵探、奇情揉合的流行小說。牛夫的《天涯情俠》據說是譯寫的「半創作」，以俄國貴族及英國青年愛戀的外國情調吸引讀者。此外，每期還有三幾個短篇小說，和古事今話、希臘神話、舊詩歌雜論、寫作雜論……等專欄，其特別之處是每期均撥出三至四頁刊《學生文藝》約十篇，對培育新人作出貢獻。可惜的是這些學生的文章，水平甚低，當年香港學生文壇上的「猛人」：崑南、盧因、蔡炎培等均不見投稿。

《文海》不署編者姓名，每期出現的巴山、文道、江楓、杜克楓、黃梅月等，全不是當時知名的文人，內容亦甚普通，這樣的「小圈子」文藝期刊，在香港難以立足，看來其出版歷史不會長久。《文海》內頁經常有「徵求美洲和南洋各埠有文藝價值的圖片和有關各地僑胞生活特寫」的告白，看來是本外銷雜誌。

《文海》創刊號

《文海》半月刊

「力克」是誰

力克的《馬票與美鈔》（香港求實出版社，一九五二）是本約八萬字的小書，一四六頁，收〈自由職業〉、〈寒風裡的熱流〉、〈花街皇后〉、〈遺產〉、〈艷遇〉、〈剪刀女俠〉、〈呂蒙正過節〉……等十三個短篇。這裏有各式各樣的騙徒，有企街的妓女，有掙扎於生活邊緣的小夥計、擦鞋童、教師、工人……，都是香港一九五〇年代初期勞苦大眾的故事。

這些小說多用嘲諷、挖苦的筆法寫成，除了對社會不平等提出了控訴，我們還可以從字裏行間感受到作者「懷才不遇」的唏噓。作為書名的〈馬票與美鈔〉，寫肥佬朱訛稱中了馬票頭獎，事實是與人兌換假美鈔行騙，故事性強且情節吸引，但文藝性卻比不上小夥計偷米救濟窮人的〈米〉，和小學生太愛書而偷書，最後開了書店的〈書〉來得有意思。

「香港求實出版社」即是實用書局，那年代出過不少南來作家、南洋過客作家，及本地作家的文藝創作，但從來未見有人提過「力克」。從本書的後記中知道，他一九五一年在醫院裏養病幾個月，構思了一些小說，在出院後的一九五二年間，一口氣把它們寫出來出版。如此說來，《馬票與美鈔》應是他的第一本書，但從選材及寫作手法看，力克絕對不是新手。寫這篇短文，我是「拋磚引玉」，望有知者告訴我：「力克」是誰？

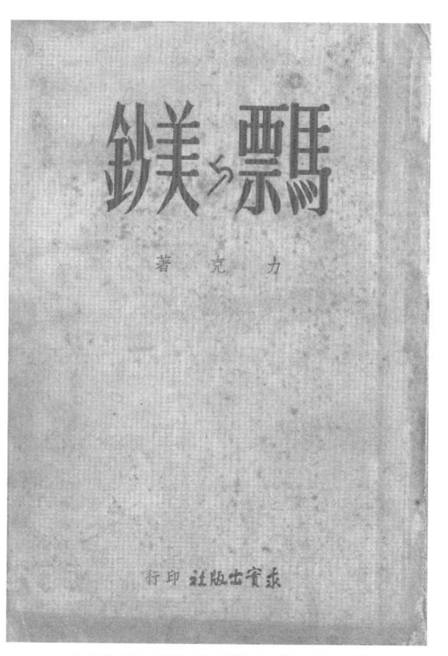

力克的創作《馬票與美鈔》

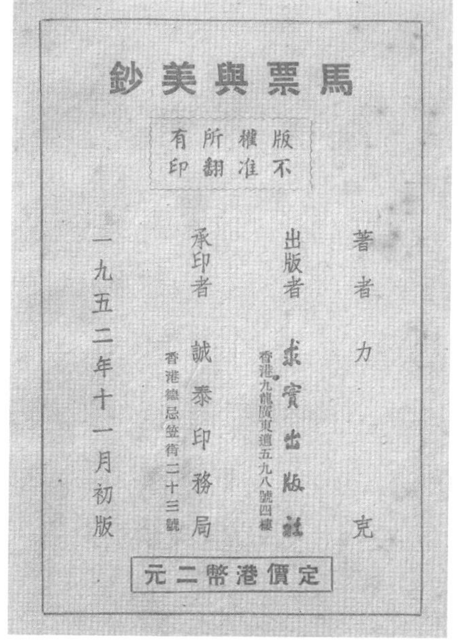

馬票與美鈔

版權所有 不准翻印

著者 力克

出版者 求實出版社 香港九龍廣東道五九八號四樓

承印者 誠泰印務局 香港德忌笠街二十三號

一九五二年十一月初版

定價港幣二元

《馬票與美鈔》版權頁

女飛賊黃鶯故事

魏力的俠義系列小說「女黑俠木蘭花」是這類書的長青樹，由一九五〇年代一直出版至今。其實，在「女黑俠木蘭花」出現以前，早就有了形式非常接近，小平的「女飛賊黃鶯」故事。

據羅斌的回憶錄《一筆橫跨五十年》中說，小平姓鄭，是他一九四〇年代在上海出版《藍皮書》時的作者之一。據說小平是雙腳癱瘓，平日足不出戶的人。他筆下的「女飛賊黃鶯」走遍大江南北劫富濟貧，對付日本鬼子的故事，都是憑空想像，然後由羅斌替他搜集資料，合作而成的。因小平的「女飛賊黃鶯」當時在上海很受歡迎，有大量讀者，此所以羅斌在香港復刊《藍皮書》時，便把「女飛賊黃鶯」移到本地繼續，在雜誌連載以外，更出版單行本，也非常暢銷。後來因小平仍遠在上海，溝通不便，才由「女黑俠木蘭花」延續了女俠鋤強扶弱的使命。

港版的「女飛賊黃鶯」系列全部由「環球圖書雜誌社」出版，不知出過多少種，在如今大家見到的《魔爪》封底，有一排書目，標列出這個系列由《除奸記》起，到《春宵的糾紛》止，共計二十種，不知是否齊全？《魔爪》是一〇五頁，約七萬字的中篇，寫外號「女飛賊黃鶯」的殷鳳，大破「魔爪案」及「七朵花血案」的故事，是系列的第十四種，一九五二年港初版，至一九五四年三月，已出到第四版，可見甚受歡迎，銷量可觀！

《魔爪》封面

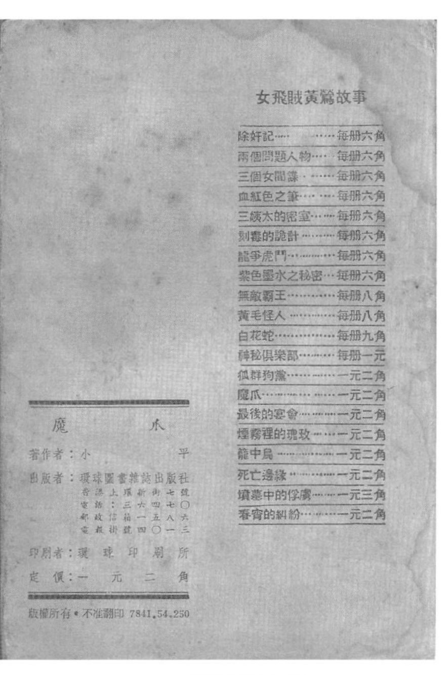

女飛賊黃鶯故事

除奸記…… ……每册六角
兩個問題人物……每册六角
三個女間諜·……每册六角
血紅色之筆…… ……每册六角
三姨太的密室……每册六角
刻毒的詭計………每册六角
龍爭虎門…………每册六角
紫色墨水之秘密…每册六角
無敵霸王…………每册八角
黃毛怪人…………每册八角
白花蛇……………每册九角
神秘俱樂部………每册一元
狐群狗黨…………一元二角
魔爪………… ……一元二角
最後的宴會………一元二角
煙霧裡的瑰玫……一元二角
籠中鳥……………一元二角
死亡邊緣…………一元二角
墳墓中的俘虜……一元三角
春宵的糾紛………一元二角

魔　爪

著作者：小　平

出版者：環球圖書雜誌出版社
香港上環新街七號
電話：三六四七〇
郵政信箱一五八六
電報掛號四〇一三

印刷者：環球印刷所

定價：一元二角

版權所有·不准翻印 7841.54.250

《魔爪》版權頁

貓頭鷹鄧雷奇案

香港的流行作家寫奇情驚險小說時，總喜歡塑造一個英雄人物型的主角，在不同的故事中出現，這樣才可以像特務〇〇七般長寫長有，才可以名利雙收。像中國殺人王、牛精良、財叔、衛斯理、原振俠、龍約翰、浪子高達、女飛賊黃鶯……等，都是我們戰後出生，在香港成長一代所熟悉的人物。

我對「貓頭鷹鄧雷」的系列故事有偏愛，因為他和「中國殺人王」一樣，都是我兒童時期接觸到，印象深刻的英雄人物。「中國殺人王」到一九七〇年代還可買到，現時的舊書拍賣會上間中還會出現，但，「貓頭鷹鄧雷」早就人間蒸發了。

在我的記憶中，晝伏夜出的「貓頭鷹鄧雷」是一九五〇年代的三毫子小說，是龍驤創造的英雄，他風流倜儻、刧富濟貧……，是十歲、八歲時的我仰慕的人物。事隔近六十年，終於讓我重見這本三十二開本的《飛簷走壁》（香港環球圖書雜誌社，一九五一），是龍驤用另一筆名「盧森葆」創作的，書內包括了：〈精彩鏡頭〉、〈飛簷走壁〉、〈刀口舐血〉和〈春情熱舞〉四個萬言短篇，這裏有捉「黃腳雞」、飛賊、賊阿爸和少少鹽花的擄人勒贖，都是一九四〇年代末以香港為背景的故事。

半世紀後重讀「貓頭鷹鄧雷」，橋段是落後得太遠、太遠了，只留下一段褪色的回憶！

方龍驤唯一的文藝小說

《飛簷走壁》書影

海辛的處女作《青春》

海辛自己編的《海辛卷》（香港三聯，一九八八）內有個〈海辛作品年表〉，首兩行是：

一九五九年《青春戀曲》（中篇小說，香港藝美圖書公司）

一九六〇年《遠方的客人》（短篇小說集，香港新月出版社）

他卻沒有提及如今大家所見的這本《青春》。《青春》由聯發書店初版於一九五三年二月，是海辛的第一本書，署名鄭辛雄，初版僅印一千冊，極其罕見。而「聯發」，除了這本《青春》外，同期還印過秦西寧（舒巷城）的《山上山下》（一九五三年二月）。

《青春》是本三十二開，僅六十六頁的小書，內含〈好夫妻〉、〈這不是她的恥辱〉、〈搬家的喜劇〉、〈青春〉、〈團結〉、〈新房客〉、〈她站起來了〉……等十二篇，寫的大都是工人和資本家間矛盾的小故事。

年輕海辛的創作動力，完全來自「生活」。他的寫作，為要把生活圈子內的事向社會展示，為低下層生活的人向社會提出控訴及爭取。我讀了整本書，這十二篇東西確實介乎散文與小說之間，海辛說是「生活記錄」，其實說是「故事」會更為恰當。管他是甚麼，反正把心裏要說的話說了就是！

海辛不把它編進〈海辛作品年表〉中，是嫌它太稚嫩，「習作」不等於「作品」？拋棄了處女作，海辛該會有點「戚戚然」吧！

海辛的處女作《青春》

海辛（二〇〇六年攝）

海辛走向遠方

一向健步如飛，身體康健且精通氣功的海辛（一九三〇至二〇一一），今年三月猝然捨棄一切，走向遠方，作為好友的我們均感愕然。世事往往出人意表，誰可預料！

海辛是在本港成長的小說家，一九四〇年代末開始寫作，首部結集的作品是《青春》（香港聯發書店，一九五三），最後的一本是《缸瓦陶瓷魔幻緣》（香港文匯出版社，二〇〇五），半世紀以來，出書近六十種，有些還被譯成法文，是重要的本土作家。

《遠方的客人》（香港新月出版社，一九六〇）是他早期作品中較受注意的一本，大三十二開本，一二八頁，收〈加拿大來信〉、〈母親淚〉、〈荷葉飯〉、〈偷水賊〉、〈不肯改行的人〉、〈月餅〉、〈媽媽變了〉……等十四個短篇，寫的都是貧民百姓生活中的小故事。海辛在〈自序〉中說他這些小說能「呼喚讀者熱愛生活，熱愛真理，做一個無愧的人」，相當正面的目標，是海辛創作的原動力。

作為壓軸的〈遠方的客人〉寫一對夫婦因意氣用事而離婚，若干年後當生活穩定下來後，發覺還互相愛慕着對方，終於在陰差陽錯中復合的喜劇，是海辛比較喜愛的一篇。此書在一九六四年再版，一藍一黃兩種封面設計本來都不錯，但我突然想到：海辛的手迹已成絕響，就讓大家看看他的簽名。

《遠方的客人》再版

《遠方的客人》初版

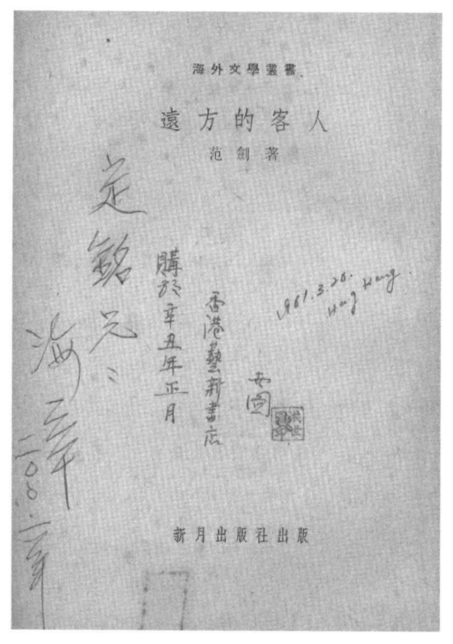

海辛手跡

靜遠的《做人藝術》

打開靜遠的《做人藝術》（馬來西亞出版社有限公司，一九五三），扉頁上有兩種題辭：右邊是作者靜遠題於一九五三年的「贈業光兄當作茶餘飯後的消遣」；左邊的是「一九五三年彭成慧老師在沙田楓林小館所贈」。鈐印和藏書票，都是香港老詩人方業光（寬烈）的。從這兩組題辭知道：原來名不見經傳的「靜遠」，就是在香港以經營「楓林小館」聞名的文學家彭成慧。

《做人藝術》是三十六開本，一一八頁的小書，收〈養成涵養的習慣〉、〈稱己莫若獎人〉、〈達觀進取〉、〈破除命運觀念〉、〈論當機立斷〉、〈論自作聰明〉、〈勿存幸災樂禍之心〉……等三十多篇談修養及處世之道的千餘字雜文。曹聚仁在本書的序中，說靜遠「從變亂的社會中生長，體會得做人的真諦，他所說的話都是極平易的，卻是極中庸的」。

彭成慧（一九〇九至一九九九）是廣東陸豐人，一九三一年畢業於上海暨南大學，與溫梓川同學。抗戰期間到香港教書，後創業經營「楓林小館」，在臺灣及美加均有分店。彭成慧最早的作品是雜文集《懷舊集》（上海北新書局，一九三六），比較多人知道的，是散文集《山城之夢》（香港創墾社，一九五四），其他還有小說《重逢》、《在迷茫中》，和在臺灣出的散文集《楓林拾葉》。用靜遠出的這本《做人藝術》相當罕見！

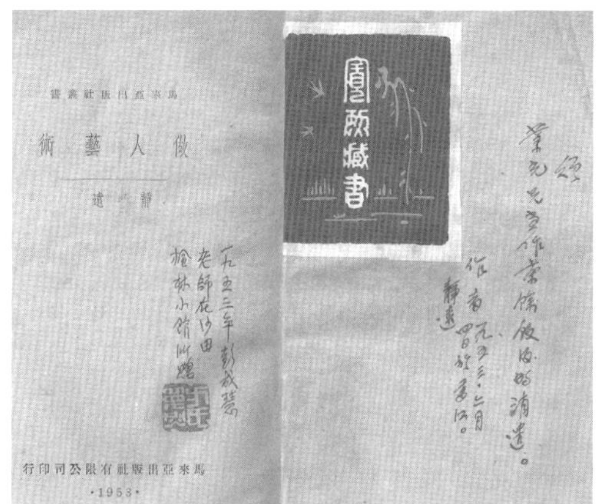

彭成慧（靜遠）與方業光（方寬烈）師生題辭

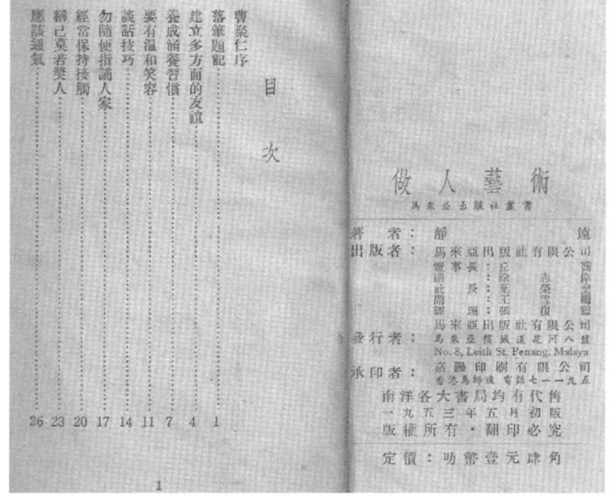
目次

1

做人藝術

馬來亞出版社叢書

著者：靜遠
出版者：馬來亞出版社有限公司
發行者：馬來亞出版社有限公司
馬來亞檳城汪花河八號
No. 8, Leith St. Penang, Malaya
承印者：嘉聯印刷有限公司
香港馬師道　電話七一一九五
南洋各大書局均有代售
一九五三年五月初版

定價：叻幣壹元肆角

《做人藝術》版權及目次

靜遠的《做人藝術》書影

張弩的《琴戀》

張弩的《琴戀》（香港東興公司，一九五三）是以一九五〇年代初期本港背景寫成的長篇文藝言情小說。

足十萬字的長篇小說，寫廣州中山大學文學系畢業的文化人陳劍塵，不想在爾虞我詐的報界任職，想闖出一條新路而到香港謀生。豈料碰上一九四九年的大遷移潮，在人浮於事的香港失業多時，最後要到「學店」去當教師，收可恥的月薪三十大元，還要為官校教師以「一角」的代價批改作文簿。可幸他在校內認識了上海音專畢業而精通琴藝的黃露明共墮愛河。

這對文學與藝術共融的戀人本是天作之合，卻因誤會而各走極端。後來陳劍塵遇到舊友，回到報館編副刊，創作了一些水平極高的作品而成了大小說家，黃露明也在音樂界成了著名的鋼琴家。可惜到兩人冰釋前嫌時，陳劍塵的肺病已藥石罔效，撒手人寰；黃露明悲痛欲絕，遁入空門到女修院去⋯⋯。

這種文藝悲劇，在一九六〇及七〇年代香港流行小說文壇，是司空見慣的題材，但在一九五三年則比較少見，而小說的情節也很實在，他們拍拖去跑馬地黃泥涌道、寶雲道，郊遊去淺水灣、赤柱，避人則去青山，茶聚去茶餐廳⋯⋯，完全是一九五〇年代「香港式」的生活。

為《琴戀》寫序的吳占美，是《星島日報》的採訪主任，後來轉往泰國《星暹日報》任職，他認為《琴戀》能以寫實流暢的文筆，刻劃動亂年代中知識分子的不幸遭遇，把年輕人的苦悶反映出來，是部感人的作品。

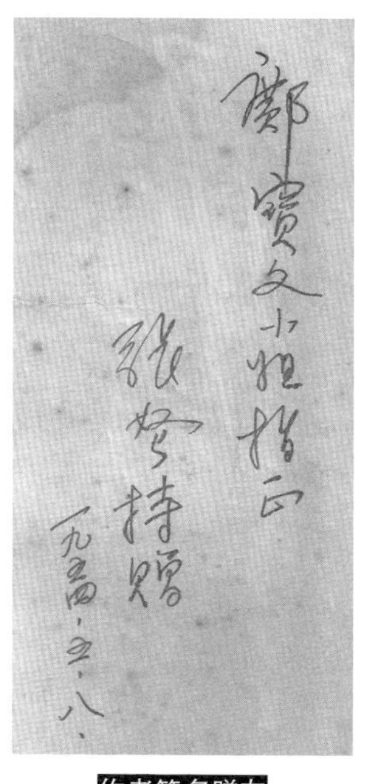

作者簽名贈友

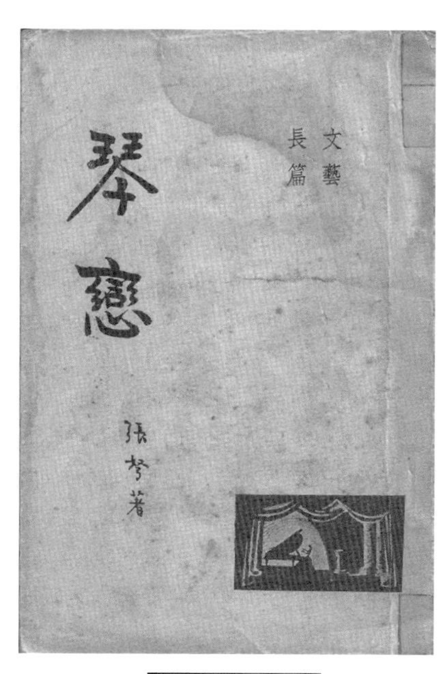

張弩的《琴戀》

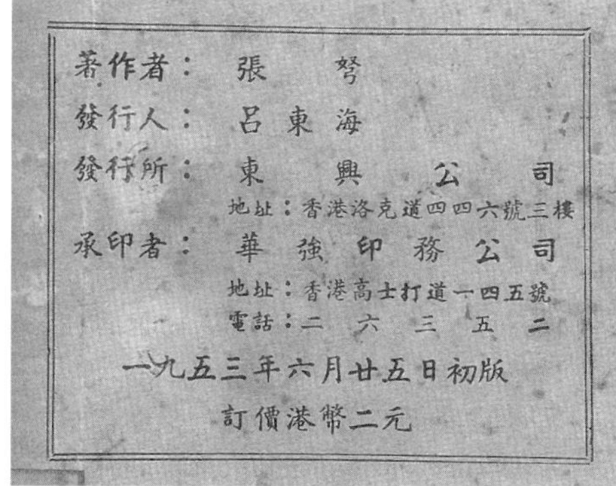

著作者：張　弩
發行人：呂東海
發行所：東興公司
地址：香港洛克道四四六號三樓
承印者：華強印務公司
地址：香港高士打道一四五號
電話：二六三五二
一九五三年六月廿五日初版
訂價港幣二元

《琴戀》版權頁

《熱風》第一卷

《熱風》是曹聚仁、徐訏和李輝英等，在香港創辦的創墾出版社，於一九五〇年代所出的，一份水平相當高的文史半月刊。此刊於一九五三年九月十六日創刊，至一九五七年十月十六日的第九十九期停刊。第一至十三期的第一卷《熱風》是十六開本，連封面封底共十六頁，督印人是陸康賢，編輯是李輝英。第十四期開始縮成二十八開本，三十二頁，督印人雖然還是陸康賢，但編輯者則已改為「熱風編輯委員會」。

《熱風》半月刊中的內容大多是與文人思想、生活有關的雜文，也有新詩與掌篇小說，創刊號封面是由仝人撰寫的〈開場白〉，說明了創刊的目的，希望辦一份自由度極大的刊物，門戶開放，絕不搞小圈子，能容納各方的稿件，並盼能刊出「職業作家的業餘文章與業餘作家的職業文章」。

第十四期起的《熱風》是「書型」，容易保留，舊書市場上間中還可得見，創刊號至第十三期的第一卷，是「雜誌型」的十六開本，相當罕見，我手上的那卷，是老藏書家黃俊東的珍藏，五十年來僅見此冊。卷中比較重要的文章有連載〈周佛海日記〉、曹聚仁的〈徐訏論〉……和皇甫光、徐訏、李輝英、彭成慧、水建彤、馬彬、李微塵、程靖宇、南山燕、路易士、高伯雨等人的文章，全是本港一九五〇年代初文壇上的頂尖級人物。

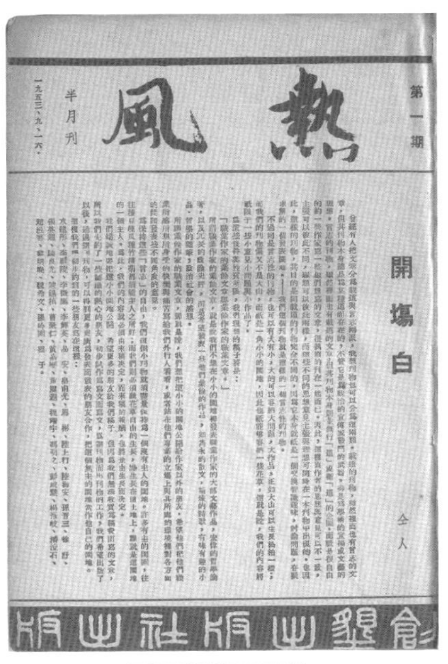
熱風

第一期

半月刊

一九五三、九、一六

開場白

仝人

創墾出版社出版

《熱風》第一卷

熱風

半月刊

一九五七年十月十六日

99

創墾出版社出版

《熱風》終刊號

大公書局的文藝書

大公書局是香港的老牌書店，由曾在廣州商務印書館工作過的浙江紹興人徐少眉創辦於一九三七年。書局起先是售賣圖書及文具、儀器的書店，至一九五〇年代請得戲劇家胡春冰任編輯，出版了不少文藝書，有柳存仁的《庚辛》、《人物譚》，歐陽天的《歸來》、《私情》，上官牧的《森林之女》、《閨怨》，傑克的《痴兒女》、《合歡草》，龍驤的《海角芳魂》、《綠鯨夜總會》、任真漢的《西太后》……等數十種。經紀拉（高雄）飲譽香港文壇、一紙風行的《經紀日記》，可說是大公書局的代表作。詩人易君左在此出的書也不少，有《君左詩選》、《君左散文選》、《抗戰光榮記》和《香港心影》等。可惜事隔半世紀，大公書局所出的文藝書至今已甚罕見。

易君左（一八九九至一九七二）雖然號稱「詩人之子」，其實他也擅寫散文，一九三四年即以《閒話揚州》震撼文壇。《君左散文選》（香港大公書局，一九五三）收散文四十六篇，都是他南來香港四年間所寫的散文：〈假定杜甫在香港〉、〈炒金與賽馬〉、〈香港的穿衣自由〉、〈殘照九龍城〉、〈霧香港〉、〈年頭歲尾看人生〉、〈黃大仙的靈籤〉……，都是極富地方色彩的。易君左在自序中說他寫作雖為稻粱謀，但他仍堅持文章中要有自己的天地，絕對不會胡亂塗鴉。

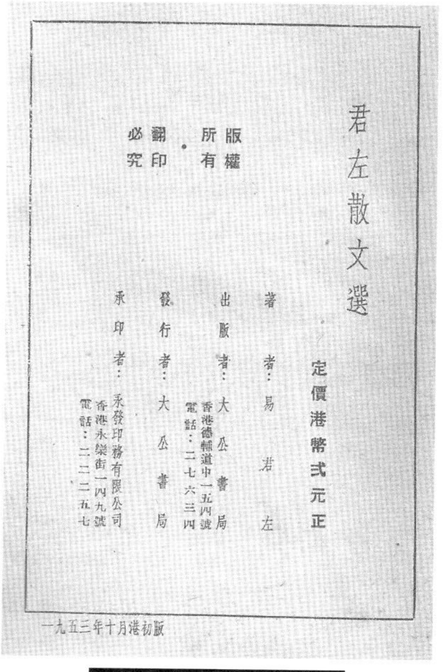
君左散文選

定價港幣弍元正

著者：易君左

出版者：大公書局
香港德輔道中一五四號
電話：二七六三四

發行者：大公書局

承印者：承發印務有限公司
香港永樂街一四九號
電話：二二二五七

版權所有・翻印必究

一九五三年十月港初版

《君左散文選》版權頁

大公書局的文藝書《君左散文選》

《半下流社會》

趙滋蕃的《半下流社會》（香港亞洲出版社，一九五三）是「亞洲出版社」最暢銷的小說，我手上的這本是一九五七年的五版，以每版印二千算，銷數已逾萬冊。當年香港只二百多萬人，能賣過萬冊，是相當不錯的回報了。此書使趙滋蕃聲名大噪，後來他在亞洲出版社出了本八千行長詩劇《旋風交響曲》，竟能一次過收到版稅八千元，一九五〇年代的香港，這個數目可買樓了！

趙滋蕃（一九二五至一九八六）在德國漢堡出生，抗戰爆發後隨醫生父母回國抗敵，響應「十萬青年十萬軍」参戰，多次「掛彩」，曾任政工少校，後流亡至香港，在調景嶺當難民。理科出身的趙滋蕃用五十八晚通宵，十七磅體重換來二十萬字，描述社會低下層市民生活實況的《半下流社會》一舉成名，一九六〇年代在臺灣還寫過一本姊妹篇《半上流社會》。

《半下流社會》講述貧民的工作中，除了當苦力、擺公仔書、翻垃圾筒、賣血外，還有一種「執煙頭」。這項工作是到街頭拾人家抽煙後丟棄的「煙屁股」，然後把它拆開，收集那些剩下的少許煙絲，再用「煙紙」捲成「百家」煙枝，以廉價出售謀生。這工作當年很流行，且有「順口溜」：「西裝友、執煙頭，執到西濠（約定俗成讀『河』音）口，畀人捉住踢籮柚（即『屁股』）」。如今知道的人大概不多了！

《半下流社會》書影

臺版《半下流社會》

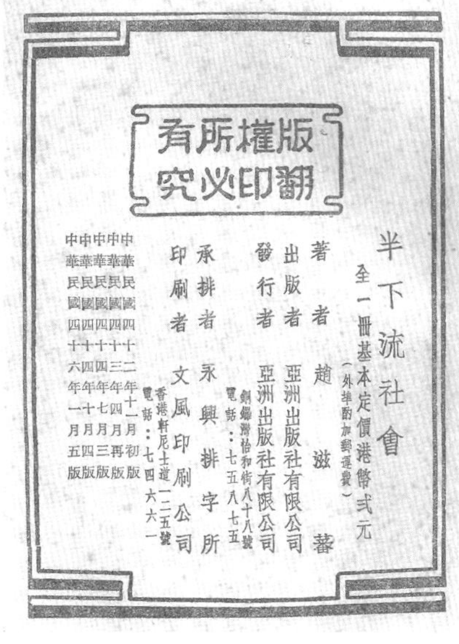
版權所有
翻印必究

半下流社會
全一冊基本定價港幣弍元
（外埠酌加郵運費）

著者 趙滋蕃
出版者 亞洲出版社有限公司
發行者 亞洲出版社有限公司
銅鑼灣怡和街八十八號
電話：七五八七五
承排者 永興排字所
印刷者 文風印刷公司
香港軒尼士道一二五號
電話：七四六六一

中華民國四十二年十一月初版
中華民國四十三年四月再版
中華民國四十四年七月三版
中華民國四十四年十月四版
中華民國四十六年一月五版

《半下流社會》版權頁

香港真有重生島

距香港四十海浬的南方，有一個被當地漁民稱之為「落氣島」，專收容痲瘋病人的小島，後來被香港政府用來棄置傳染重病或大奸大惡犯人之地。被放逐到島上的罪人，由國際紅十字會配給七日的淡水和食糧。他們得靠自己的能力與惡劣的環境搏鬥，生命的倒數，是以小時及分鐘來計算的。他們最終還是鬥不過大自然，使島上白骨嶙峋，到處都是死亡的陰影。

一九六二年二月十一日被送到「重生島」的犯人中，有綽號「老頭」的夏大雨，他是黑白兩道中令人生畏的人物，卻成了這一批遣送者的首領，在絕境中求生……。

這是趙滋蕃（一九二四至一九八六）《重生島》（臺北自由太平洋文化事業公司，一九六五）的故事。這部共三冊凡二十八萬字的長篇，是他繼《半下流社會》後，另一部以香港為題材的力作。趙滋蕃在〈寫在重生島之前〉說：這是「以蒼鷹之眼盯住地獄看入幽深……記錄人類最大污點」之作。據說他是在參觀重生島，見過幾位犯人後回來才動筆寫作的，不禁令人產生懷疑：香港真有重生島這個蕞爾小島嗎？那是不是喜靈洲……？

小說是真實還是虛構的都不重要，重要的是：趙滋蕃寫了《重生島》，在臺北《聯合報》副刊發表後，他即成了「不受歡迎」的人物，被港英政府送往臺灣，幸好不是送去「重生島」！

寫在重生島之前

趙滋蕃

人在精力過剩時，開始遊戲；在感受過剩時，從事創作。

「重生島」的陰森殘酷，慘絕人寰，可以使任何身歷其境者張脈僨興，怒不可遏。在那兒，最麻木最冥頑的人，同樣也會感受過剩。

「重生島」是個蕞爾小島，寸草不生，涓滴全無。遠遠望去，像個大笨象的頭，斜挿在大海的彎彎曲曲的弧線裏。這個由幾堆頑石構成的小島，港澳漁民們叫它做「落氣島」。蛋民們叫它做「痲瘋島」。簡簡單單的兩個名字，扼要地說明了它的過去。

一百年來，「重生島」一直是「棄民們」最後的露天公墓。打從一八四一年春天，香港第一幅地圖的繪製者——貝爾訖爾船長的測量船，在那兒避風並且遭受到嚴重的海損起算，這個草圖上標明爲 Rocky Islet 的石堆，最初是「廣瘡冲頂」的風流水手們的送終地；其次是紅雲上臉痲瘋患者的最後放逐場；十九二十世紀之交，一度曾淪爲海盜的巢穴，和走私販毒者的轉運站。第二次大戰時，遊擊隊和私梟們曾在這兒縱橫出沒。一九五〇年底開始，至一九六二年七月二十七日，港督正式宣佈實施「一九六二年遞解與拘留緊急條例施行細則」，並鄭重設置「遞解事宜及拘禁諮詢法庭」止，「重生島」成爲各式各樣「不受歡迎的人物」的最後聖地。百年光陰，彈指而逝。但千百成羣的骷髏，却給人類的文明遺留下永遠抹不掉的污點。

送到這兒來的人，儘管品流複雜，藏龍伏虎，但最後的命運却是共同的——死！

百年來在這兒受難的生靈，雖然全是咱們中國人，但這本書畢竟是爲所有的人而寫的。

一

代序〈寫在重生島之前〉

臺版《重生島》書影

重生島 第一冊

自由太平洋叢書 18

內政部登記證：內版臺業〇九六七號

著作者：趙滋蕃

發行人：牛若望

出版者：自由太平洋文化事業公司

地址：臺北市羅斯福路三段七十號

電話：二〇八二一

郵撥帳戶：五五五六

印刷者：自由太平洋文化事業公司

臺北市羅斯福路三段卅四號之一

定價新臺幣十四元

中華民國五十四年五月二十日初版

版權所有・翻印必究

《重生島》版權頁

「亞洲出版社」的書

「亞洲出版社」是香港一九五〇年代「綠背文學」的重要出版社，因有外地大量資金支持，封了「蝕本門」，故能不計成本勇往直前地不停出版。他們出版的書類有：報告文學、學術著作、專題研究、文藝創作、人物評傳……等。

學術著作和專題研究類頗有些重要的著述，像：唐君毅的《心物與人生》、羅香林的《歷史之認識》、殷海光的《邏輯新引》、胡秋原的《古代中國文化與中國知識份子》、余英時的《民主制度之發展》、馬彬《轉形期的知識份子》、孫旗的《論中國文藝的方向》……，都是極具份量的著述。

我比較注意的是他們的文藝創作，這類書亞洲出版社出得很多，隨意舉些名家的作品，即有：謝冰瑩的《聖潔的靈魂》、南宮搏的《江南的憂鬱》、黃思騁的《代價》、齊桓的《偉大的序幕》、沙千夢的《長巷》、易君左的《祖國山河》、趙滋蕃的《半下流社會》……，這些作家們的作品，對香港文學的發展有很大的影響。如今大家見到張一帆的《春到調景嶺》（香港亞洲出版社，一九五四），是第一本以調景嶺作背景寫的愛情小說，頗受歡迎，兩年即可再版。

亞洲出版社結業後，他們的書遍佈港九的舊書店與地攤，一九六〇年代多賣五角，如今是五十塊都買不到了！

版權所有
翻印必究

春到調景嶺

全一冊基本定價港幣弍元（外埠酌加郵運費）

著者 張一帆
出版者 亞洲出版社有限公司
發行者 亞洲出版社有限公司 創編尼偕布街八十八號 電話：七五八七五
承排者 永興排字所 香港新尼詩道一二五號 電話：七四六六一
印刷者 文風印刷公司 香港新尼詩道一二五號 電話：七四六六一

中華民國四十三年一月初版
中華民國四十五年一月再版

《春到調景嶺》版權頁

「亞洲出版社」的書《春到調景嶺》

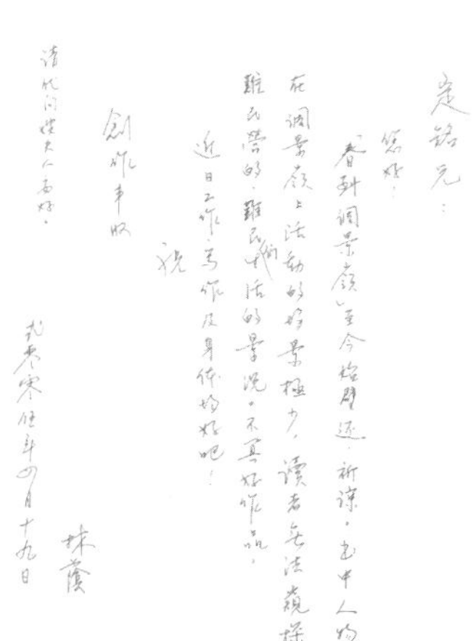

定銘兄：

您好！

「春到調景嶺」至今始閱過，新穎，書中人物在調景嶺上活動的場景極力，讀者無法窺探難民營的、難民們生活的景況，不算好作品。

近日工作、寫作及身體均好吧！

祝

創作豐收

林蔭

[illegible]年四月十九日

請代向嫂夫人問好。

林蔭 對《春到調景嶺》的看法

傑克的小說

又叫黃天石的傑克（一八九九至一九八三）是香港第一代新文學作家，他十九歲踏足報界即開始寫作，最初寫的是「鴛鴦蝴蝶派」言情小說。至一九二一年發表白話文小說〈碎蕊〉後，埋首寫了大批作品，成為極受歡迎的流行小說作家。他的小說暢銷後，其作品大量被盜印及冒印。傑克懊惱之餘，於一九五〇年代創辦基榮出版社，專門出版個人的作品。還於一九五四年創辦純文學期刊《文學世界》，並於創刊號之封底表列出「戰後傑克新著」書目，讓讀者了解哪些才是傑克真正的作品。此表列出傑克作品共十八種，由基榮出版社、世界出版社和大公書局三家發行的，才算是正版。

《文學世界》停刊，基榮出版社結業後，傑克的書也由其他出版社印行過。一九五〇年代成立的大型文藝書製作者「亞洲出版社」也為傑克出過《山樓夢雨》和《亂世風情》。《山樓夢雨》（香港亞洲出版社，一九五九）是本六萬多字的中篇，寫梁倚虹和林小姐的不幸遭遇，是個哀艷動人的奇情故事。更難得的是此書還是具「飄口」的軟皮精裝本，非常精緻！

除了戰前在廣州出版的書，傑克的小說大部份在香港出版，只有《紅繡帕》（臺北僑聯出版社，一九六六）除外，此書是參加臺灣華僑救國聯合總會屬下「僑聯文藝叢書徵稿」而寫的。

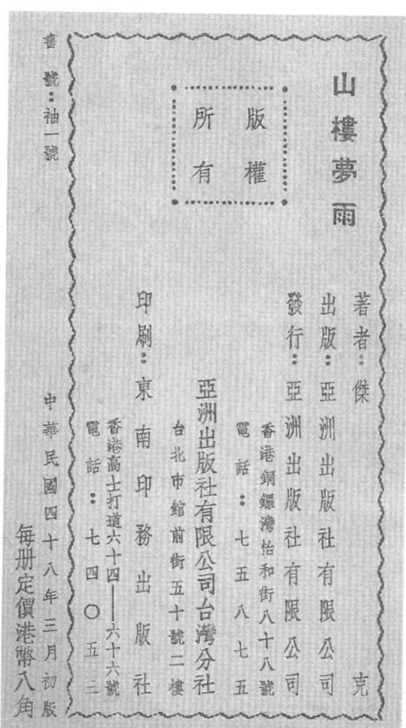
山樓夢雨
版權所有
著者：傑克
出版：亞洲出版社有限公司
發行：亞洲出版社有限公司
香港銅鑼灣怡和街八十八號
電話：七五八七五
亞洲出版社有限公司台灣分社
台北市館前街五十號二樓
印刷：東南印務出版社
香港高士打道六十四——六十六號
電話：七四〇五三
中華民國四十八年三月初版
每冊定價港幣八角
書號：袖一號

《山樓夢雨》版權頁

《山樓夢雨》書影

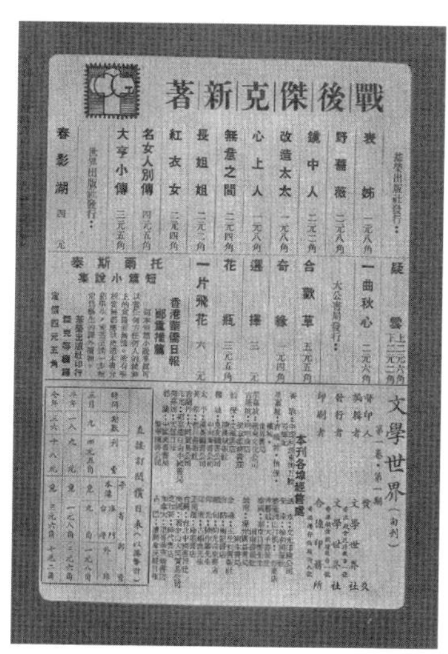

《文學世界》創刊號封底

亞洲版學生文集

一九五〇年代的香港青年文壇流行出版集體文集，除了一些由他們自行組合科款出版的以外，還有些是由出版社主辦的。「亞洲出版社」是當年極重要的出版社，他們曾辦過幾次徵文比賽，出版過好幾冊得獎文集，可惜這些文集中的作者多為臺灣學生而為本地研究者忽略，其實他們也出過本地學生的合集，只是流傳不廣，比較罕見。如今大家見到謝克平編的《香港學生創作集》（香港亞洲出版社，一九五六）即是。

《香港學生創作集》是本百多頁的詩、散文和小說合集，共收三十五篇作品，作者們多是中學生。編者謝克平是位教師，他在〈選輯者跋〉中提到幾個協助者：王紹漢、余祥麟（余玉書）、鍾柏愉、張炳昌……等，都是當時學生文壇上經常寫稿的精英，有編輯、出版的經驗，是本集真正的實幹者。

本書排在最前的，是當時還在培正中學的蔡炎培，他說要〈為我們這一代歌唱〉，要唱出他們的心聲。詩人倔強地、默默地創作了半個世紀有多，從無怨言，從不後悔，此中是苦、是甜，不足，也不必為外人道，只有他自己最清楚。散文中寫得較好的，是黎明熙寫南洋鄉間以鬥雞來賭博的〈鬥雞〉，故事題材新穎，很有吸引力：「本屆冠軍」雖然把「上屆冠軍」打得落花流水，但自己也受了重傷，最終成了主人的美食。哀哉！

《香港學生創作集》扉頁

亞洲版學生文集

亞洲少年叢書

·文藝創作·

香港學生創作集

選輯者：謝克平
出版者：亞洲出版社有限公司
發行者：亞洲出版社有限公司
香港銅鑼灣怡和街八十八號
電話：七五八七五
承排者：承興排字所
印刷者：文風印刷公司
香港軒尼士道一二五號
電話：七四六六一
中華民國四十五年十二月初版
·定價港幣八角·

·版權所有·不准翻印·

《香港學生創作集》版權頁

編輯孫慕稼

年逾九旬的孫國棟先生是本港著名的歷史學家，他是新亞書院早期的畢業生，是錢穆和唐君毅的高足，退休前是香港中文大學新亞書院文學院院長，重要的著述多收進近年出版的《慕稼軒文存》中。較少人知道的，是他一九五〇年代曾任雜誌編輯，編過期刊《六十年代》和《人生》，也是著名的青年導師，為年輕人指引前路的明燈，貢獻不少。

老式說法把一九五〇年代稱為「六十年代」，而《六十年代》這本現時較罕見的綜合雜誌，實際上是出版於一九五二的，而我見過的三本《六十年代》，是一九五三及五四年的第四十二、四十三期和四十九期。從這三期看，知道它是本十六開，內文僅二十六頁的半月刊，編者署名孫慕稼，即是孫國棟的筆名。

《六十年代》封面上有一行黑體字排着「青年修養 · 學習指導 · 文藝創作 · 綜合讀物」，充分顯示出它的內容。總數才二十六頁的一本綜合性雜誌，每期均挪出六至七頁作《學生園地》，可見孫慕稼是位有心人，銳意鼓勵年青人寫作。從這三期中，我讀到一些熟悉的名字：崑南、盧因、梓人……等。他們當時都是中學生，開始寫作不久，未知是否還記得這本雜誌？

我手邊的《六十年代》，是蔡浩泉生前送給吳萱人，再借給我看的。如非參與其事者，這樣的期刊恐怕難以留到六十年後！

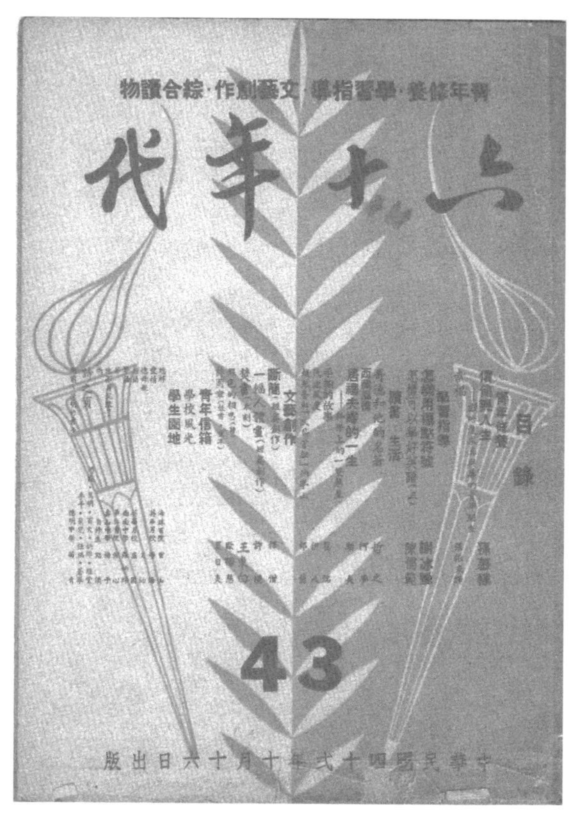
青年修養·學習指導·文藝創作·綜合讀物
六十年代
目錄
文藝創作
青年信箱
學校風光
學生園地
43
中華民國四十二年十月十六日出版

孫慕稼編的《六十年代》

青年導師孫國棟

孫國棟（一九二二至二〇一三）一九五〇年代在香港教書，編青年刊物，還寫過不少鼓勵年輕人發憤向上，追求積極人生的文章，署名孫慕稼，結集《強烈的生命》（香港華僑印書館，一九五五）。

《強烈的生命》是本三萬多字的小書，收九篇各自獨立的雜文。他在自序中說這些文章「企圖描寫與發掘的，都是一個光采而莊嚴的生命」，並以青年導師自居，覺得有責任挽救站在十字路口，不知何去何從的年輕人，希望此書能「給青年們一點精神的鼓舞」。〈生死與人生〉、〈一顆跳動的心〉、〈兼愛與犧牲〉、〈赤裸裸的人生〉和〈屈原之死〉五篇，透過蘇格拉底、王守仁、墨翟、莊子和屈原五位大家的所作所為，與年輕人探求生命的意義。其餘幾篇則是透過日常生活來討論學問與人生的價值。壓卷的〈強烈的生命〉更強調人要有莊嚴的人生目標，發掘生命所蘊蓄的力量，以磊落的胸襟，過有血有肉的生活，達到高遠的境界。觀乎孫國棟幾十年的經歷，確實走向這條康莊大道！

孫國棟年輕時這些文章，和當年寫《段老師的眼淚》（香港中國學生周報，一九五六）時的秋貞理（司馬長風）極為相似，內容都是青年導師式的勵志文章，只是「秋」比較柔，有文藝腔；「孫」則是思想性強，融合了乃師錢穆和唐君毅的專長，比「秋」更具積極意義。此所以他們雖是同代人，卻有不同發展。

孫國棟的《強烈的生命》

強烈的生命

著者：孫慕稼
出版者：華僑印書館
Chinese Overseas Press Co.
香港九龍赫德道23號地下
發行部：香港皇后大道中72號A四樓
電話 36321
印刷者：嘉羅印刷有限公司
香港灣仔馬師道五號 電話76007
（校對者黃懷民）
中華民國四十四年十一月初版
◀版權所有·翻印必究▶

每本定價港幣一元二角

《強烈的生命》版權頁

創墾社的文藝書

創墾社是香港一九五〇年代非常重要的出版社，他們除了全力出版期刊《幽默》和《熱風》外，還出過不少文學類的單行本，此中以曹聚仁的書最多：《到新文藝之路》、《中國剪影》、《新事十論》、《文壇三憶》、《酒店》、《亂世哲學》、《觀變手記》、《採訪外記》……等十多種，都是創墾社的出版物。除了曹聚仁，他們還出過南宮搏的《西施》、《桃花扇》，皇甫光的《無聲的鋼琴》、《模糊的背影》，李輝英的《哈爾濱之戀》、《海角天涯》和彭成慧的《山城之夢》等。

《海角天涯》（香港創墾出版社，一九五四）是本五萬多字的中篇，寫教師華紹光在戰爭中喪妻，失散了兒子，一個孤獨老人的悲劇。他後來遇到當舞女的舊學生朱莉莉，又尋訪到被人收養而改了姓，並成了公司高層的兒子，可惜他連父親也不認……。

翻《李輝英卷》（香港三聯書店，一九九五）中〈李輝英作品年表〉，一九五四年內出了《哈爾濱之戀》、《悲歡離合》、《中國遊蹤》、《鄉村牧歌》、《團聚》和《中國六大名都》六本書，未收《海角天涯》。後來查証後才知道表中由香港文華出版社出的《悲歡離合》即是《海角天涯》。奇怪的是：同一本書何以要用不同的書名，同在一九五四年六月交不同的出版社出版？此中當有耐人尋味的幕後故事！

海角天涯

六〇・〇〇〇字

著者　李輝英

發行者　創墾出版社
新加坡三峇哇律三十號
香港大道中卅五號三樓

發行人　卓永慶

總發行　南洋商報社
新加坡羅敏申律四五號

印刷者　僑光印務有限公司
香港乍畏道三三六號
電話：七一六六三

定價：港幣一元一角
叻幣六角
（三十二開　一一二面）

1954. 6　港一版　1—2500　　版權所有　翻印必究

《海角天涯》版權頁

創墾社的文藝書《海角天涯》

徵文選集《讀書與做人》

有一個時期我很喜歡收藏香港一九五〇、六〇年代出版的「青年合集」，像《靜靜的流水》、《沙漠的綠洲》、《棠棣》、《擷星》、《向日葵》、《綠夢》……全都在拙著《書人書事》中談過了，但這本《讀書與做人》卻是新近才找到的。

香港一九五〇年代中期出現過一份《中南日報》，慕容羽軍在《為文學作證》（香港普文社，二〇〇五）中說他當時任該報青年版《學海》的編輯，還說盧因、王無邪、西西、崑南、蔡炎培等人都曾投稿，卻漏了提《讀書與做人》（香港學生社，一九五四）這本《中南日報》學生徵文選集。

這次徵文由羅香林、黃毅芸、陳炳權、王裕凱、朱夢曇、佘雪曼、嚴南方、黃玉振和慕容羽軍等九人作評判委員，據說來稿有一千零七十六份，分初一至高三共六組，每組得獎者五名。奇怪這次徵文得獎者中，甚少慕容羽軍所提的學生文壇翹楚，最吸引我注意的是高三組，得第三名的培正學生吳家瑋（香港科技大學創校校長），他寫了〈我的讀書興趣和方法〉，不知他還記得嗎？

此外，我在他處見過的名字還有：丘燮庭、彭湘珍、羅炳綿、陳兆基、王菁菁……。

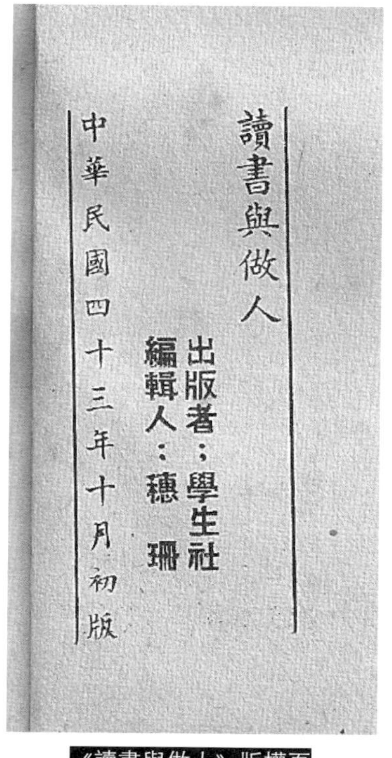

讀書與做人

出版者：學生社

編輯人：穗珊

中華民國四十三年十月初版

《讀書與做人》版權頁

讀書與做人

·中南日報學生徵文選集·

徵文選集《讀書與做人》

慕容羽軍《論詩》

一九五〇年代是香港詩壇的「戰國時代」，力匡、徐速、李素等的浪漫派，何達、舒巷城的寫實派和崑南、馬朗等的現代派，經常因詩的格律、語言及發展方向等問題發生論戰。在此動盪的年代中，一向以寫小說為主的慕容羽軍（李維克、李影，一九二五至二〇一三）卻出版了當代本港第一本談論新詩的《論詩》（香港學生社，一九五五）。

這本三十二開，僅五十三頁的小書，雖然只有《詩的認識》、《詩的表現》、《詩的精神》和《詩的美感》四章，卻能以三萬字全面地介紹了新詩的本質、形態、韻律、意境、感性、理性、東西方美……等十幾個問題，可供初學者叩詩國的大門。書前有作者自己寫的〈獻詩〉代序，以「我挾着抖顫的心滿帶希望／踏上沒有甘泉的荒漠向遠處追蹤」，寫出作者對探究新詩領域的熱誠卻又忐忑不安的心境。

最難得的是此書還邀得趙滋蕃和徐速寫序。趙滋蕃是以《半下流社會》成名的小說家，也出過本八千行長詩劇《旋風交響曲》。在談到詩的格律時，他覺得詩人應有內在的約束，詩的語言貴乎自然而簡約。徐速則認為應該「吸收舊詩詞精神而創造新形式」。

其實，《論詩》封面的題字和設計，比書的內容更吸引我，因為出自嚴以敬（阿虫）手筆，值得珍藏。

慕容羽軍《論詩》

慕容羽軍（二〇〇九年攝）

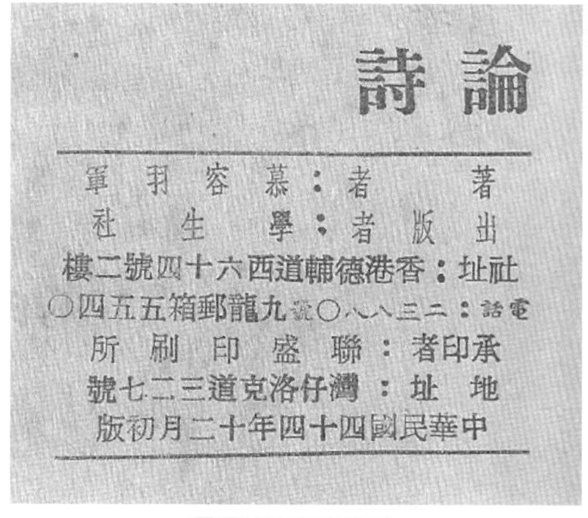

論詩

著者：慕容羽軍
出版者：學生社
社址：香港德輔道西六十四號二樓
電話：二三八八〇號 九龍郵箱五五四〇
承印者：聯盛印刷所
地址：灣仔洛克道三二七號
中華民國四十四年十二月初版

《論詩》版權頁

慕容羽軍的《海濱姑娘》

原名李維克的慕容羽軍（一九二五至二〇一三）是香港著名的老報人及作家，他曾當過《天底下》、《東海畫報》、《文藝新地》、《中南日報》、《星報》……等報刊的編輯，他的作品雖以小說為主，但題材及類型卻是多樣化的：文藝、偵探，甚至鬼故事也有。幾十年來一直生活於文化圈內，他不單作品多，筆名也多，最常見的還有李影、巫非士、秦紅纓。而事實上，他一九四〇年代在廣州報業工作時，已以筆名穗珊寫作，出過小說《海角豪情》（廣州現實出版社，一九四八）和《瑤寨三人行》（廣州現實出版社，一九四九）。

慕容羽軍的書很多，最暢銷的是《藍 A 字間諜網》（香港五月出版社，一九六三），和《巫女》，前者多版累印至二萬餘冊，後者也賣出了八千多冊，而他較受重視的，則是《海濱姑海》（香港亞洲出版社，一九六〇）。

《海濱姑海》內收〈海濱姑海〉、〈虎吻〉、〈殘夜〉、〈後巷〉、〈父歸〉、〈村店〉、〈後門進來的女子〉、〈白玉雕像〉……等十五個短篇，題材多樣化，這裏有抗戰走難的實錄，有江湖賣藝者的悲歌，有多角戀愛的悲劇，有社會低下層生活的苦況……，慕容羽軍的視野是廣闊的，觸覺是敏銳的，故事也很吸引，難怪他的書當年很受歡迎，銷量甚佳！

海濱姑娘

版權所有

著者：慕容羽軍
出版：亞洲出版社有限公司
發行：亞洲出版社有限公司
香港銅鑼灣怡和街八十八號
電話：七五八七五
亞洲出版社有限公司台灣分社
台北市館前街五十號二樓
承印：田風印刷廠
香港高士打道二二一號
電話：七七〇七四五

書號：文一一二號

中華民國四十九年八月出版
每冊定價港幣一二元正

《海濱姑娘》版權頁

慕容羽軍的《海濱姑娘》

港版《中學生》

由上海開明書店出版，夏丏尊、葉聖陶等主編的《中學生》，出版期歷時二十年，總共出了二四二期，是現代著名的學生期刊。香港一九五〇年代也出過由雲碧琳主編的《中學生》，但出版的日子很短，期數也很少，知道的人不多。

港版《中學生》由香港中華文化事業公司出版，大三十二開，五十五頁的月刊，創刊於一九五九年七月，第二期未見，第三、四期合刊於十月出版，第五期在十一月出版後即未見，出版路不樂觀。

所有雲碧琳主編的期刊：《學友》、《中學生》和《文藝季》，慕容羽軍幕後均出力不少，多能拉到當時著名的文化人助陣，合刊那期的封面內頁，有篇二三百字的自我推介短文，臚列了六十位助陣名家：上官予、上官寶倫、王平陵、尹雪曼、任畢明、李素、姚拓、秋貞理、劉以鬯、蕭輝楷、郭良蕙、黃思騁……等，都是港臺的名家。

這本《中學生》月刊是份知識性刊物，文藝以外附有適合中學生程度的數理化科目，是份良好的課外讀物，從我手上所存兩本看，重要的文章有岳騫的〈西藏史地縱橫談〉、李輝英的〈西安——中國的古都〉、思果的〈關於英國的詩人〉、碧原的〈五月榴花紅〉、李雨生的〈婚姻大事〉和李素、沈甸的詩。

《中學生》創刊號

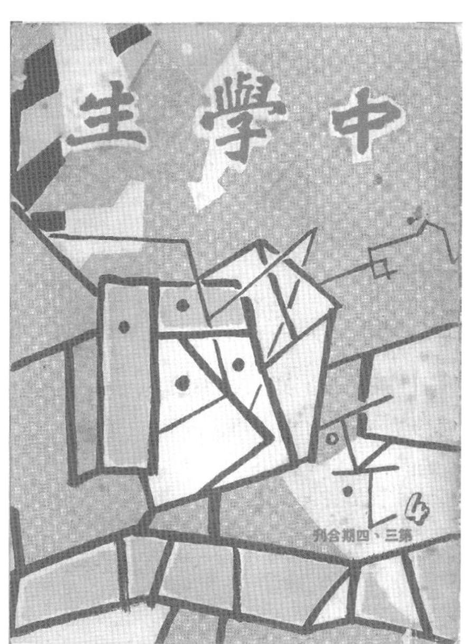

港版《中學生》

容易混淆的作家

香港作家中，易文和易金、陳錫餘和陳錫楨都很容易混淆。

此中易文（一九二〇至一九七八）原名楊彥歧，是畢業於上海聖約翰大學的江蘇吳江人，一九五〇年代初來港後，曾在《香港時報》當編輯，後投身電影公司任職，在香港出過《真實的謊話》、《蠱惑記》、《笑與淚》、《彗星》和《恩人》等幾部小說，都出版於一九五一至五三年間。

廣東化縣人陳錫餘（一九一二出生）是香港的名報人，年輕時歷任粵港多間報館的記者，曾任香港《大光報》、《中南日報》和《香港時報》的高層，並在香港多間大專院校任教，也經常發表文章，著有《中國憲政研究》和《新聞編輯學》。

易金（一九一三至一九九二）是陳錫楨的筆名，他是出生於浙江寧波的江蘇人，一九四九年到港後，曾在《上海日報》、《香港時報》和《快報》任編輯，寫小說謀生，作品甚多，但劉以鬯的《香港文學作家傳略》中僅列《勾臉的人》（香港亞洲出版社，一九五四）、《遺失的人》（香港海濱圖書公司，一九六三）兩種。

如今大家見到的這本《風情書》（香港出版社，一九五五），是一九五三年連載於《星島晚報》後結集的，僅九十七頁，書分四部份，每部二十餘節，以書信形式反映當時文人的生活。

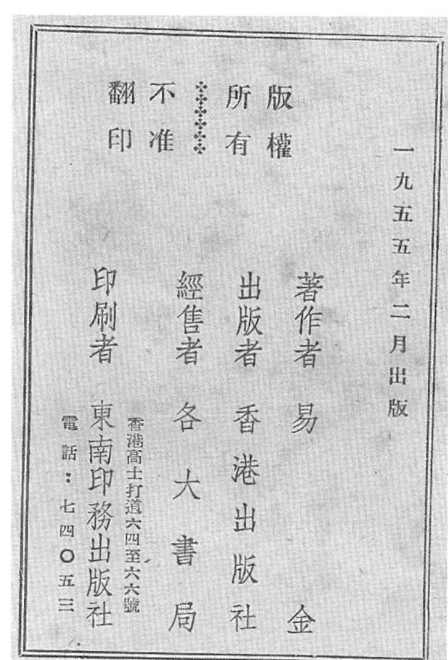

一九五五年二月出版

版權所有
不准翻印

著作者　易金
出版者　香港出版社
經售者　各大書局
印刷者　東南印務出版社
香港高士打道六四至六六號
電話：七四〇五三

易金《風情書》版權頁

《愛的摸索》

易金《風情書》

《勾臉的人》易金

一直以來很少人談易金，我只讀過李立明的〈名編輯陳錫楨〉（見《香港作家懷舊》第二集，香港科華圖書出版公司，二〇〇四）。李立明非常用功，他搜集詳盡的資料，表列出易金由一九五〇年起，至一九七〇年止，二十年間在香港報刊上連載的小說共二十二種，並列出他刊行的單行本《勾臉的人》和《遺失的人》，很明顯：他未見過易金其他的單行本。

除了《風情書》和《勾臉的人》，我手上還有易金的小說《百戲圖》（香港時報社，一九五六）、《愛的摸索》（臺北中國文學出版社，一九五六） 和詩集《魚的赴義》（香港東南印務，一九七三），據資料顯示，他還出過《夢外集》、《上海傳奇》和《太太專車》等書。

《勾臉的人》（香港亞洲出版社，一九五四）是三十二開本，一七九頁，凡十二萬字的長篇小說。所謂「勾臉的人」，即是以畫上大花臉演出的平劇演員。易金對平劇十分關心，本身也有湛深的造詣，對劇團人物的生活也相當熟悉，他透過主人翁金麗珠的愛情故事，和悲慘的遭遇，以自然、簡樸而平實的筆觸，鮮明的對照，給我們呈現一個風雨飄搖的劇團裏，團員們艱苦堅持的窘境，和奮鬥的精神，藉此反映演員在舞臺上光輝的人生。

據說那還是個真實的故事呢！

易金《勾臉的人》

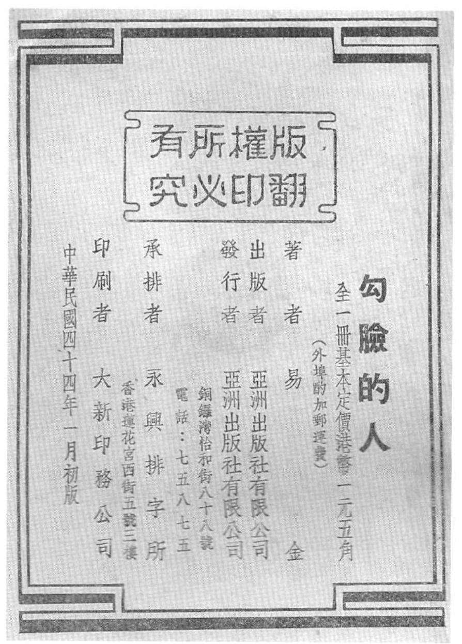

勾臉的人

全一冊基本定價港幣一元五角

（外埠酌加郵運費）

著者　易　金

出版者　亞洲出版社有限公司

發行者　亞洲出版社有限公司

銅鑼灣怡和街八十八號

電話：七五八七五

承排者　永興排字所

香港蓮花宮西街五號三樓

印刷者　大新印務公司

中華民國四十四年一月初版

版權所有　翻印必究

《勾臉的人》版權頁

《香港小姐日記》

原名陳絢文的香港女作家夏易（一九二二至一九九九），在香港淪陷後，於一九四二年逃到昆明，入西南聯大讀社會系，一九四六年畢業於北平清華後，回港從事教育工作。一九五四年在教書之餘開始創作，於《新晚報》以長篇連載小說《香港小姐日記》躍登文壇。這本二十多萬字的長篇，一九五五年由香港學生書店分上下冊出版，大受歡迎，是當年的暢銷書，而夏易亦因處女作一炮而紅自此創作不絕，成為本港重要的作家之一。

《香港小姐日記》以情竇初開的少女「阿瓊」為主角，她漂亮、活潑，是個人見人愛的高中生，被戲稱為「香港小姐」。雖云「日記」，卻沒有標明日期、天氣等一般格調，一至兩千字定個標題以配合每天見報。小說以第一人稱的寫法，以抒情及獨白為主，寫「阿瓊」周旋於表哥與劉源之間的情愛。夏易寫《香港小姐日記》時，是三十剛出頭的少婦，在社會上打滾了幾年，對各階層有一定程度的了解，卻又仍有少女對情愛的憧憬，順手寫來不單感情豐富，還透過小說寫出當年中產階級的生活實況及青少年男女的心態，自然大受歡迎！

由於《香港小姐日記》的成功，夏易對於以「日記」寫長篇有偏愛，一九七〇年代，她以筆名「章如意」寫了「青春三部曲」的《少女日記》、《青春日記》和《朝霞日記》。

《香港小姐日記》下冊封面

香港小姐日記 上

著作者　夏　易

印行者　學文書店
香港干諾道中五十七號

承印者　大千印刷公司
香港北角馬寶道六四號

定價二元

•一九五五年六月版•

上冊版權

香港小姐日記 下

著作者　夏　易

印行者　學文書店
香港干諾道中五十七號

承印者　大千印刷公司
香港北角馬寶道六四號

定價二元

•一九五五年十月版•

下冊版權

夏易的流行小說

香港土生土長的女作家夏易（一九二二至一九九九），是一九五四年開始創作的，以長篇小說《香港小姐日記》（香港學生書店，一九五五）躍登文壇，成為本港重要的作家之一。在劉以鬯的《香港文學作家傳略》（香港市政局公共圖書館，一九九六）裏，有夏易的一篇自傳，把她的寫作生涯分為三個時期，一開始即說：

（一）五十年代：這六年間（銘按：即一九五四至五九年），已出版的小說約十本（全部是愛情故事），加上其他雜書約十餘本。（頁四八七）

她沒有寫出這十本愛情故事的書名，五十多年前的書本應很難見，可幸卻讓我找到了這本《小曼的悲劇》。這本三毫子小說是香港海濱圖書公司出版的「海濱小說叢」之六十八號，由章逸飈插圖，沒有出版日期，只能估計是一九五〇年代末期的出版物。一九五八年，夏易是「海濱」雜誌《家》的編輯，是「海濱小說叢」的自己人，其他九種愛情故事，看來也包括在叢書內。

《小曼的悲劇》寫小曼受愛情騙子英天鳴騙色後，最終患精神病，要在瘋人院裏渡過餘生的悲劇。雖然略覺稚嫩，如果你要求不高，還是可以一讀的。

很多作家在成名後常會隱瞞甚至不認少作，我覺得這是不必的，沒有當年的磨練，怎會有日後的成功？

夏易的流行小說《小曼的悲劇》

梁羽生的《文藝雜談》

看了本文的標題，很多人都感疑惑：梁羽生寫過本這樣的書嗎？是的！不過，他是用筆名馮瑜寧寫的，一九五五年七月，由香港自學出版社出版，是梁羽生雜文的處女作。

梁羽生在《筆花六照》（香港天地，一九九九）的序中說：

我以前曾出過二又三分之一個散文集，因為最早結集的那部《三劍樓隨筆》是和金庸以及百劍堂主合寫的。

他所說的二個散文集，指的是《筆 · 劍 · 書》（香港天地，一九八五）和《筆不花》（香港三聯，一九八九）。不知何故，要把一九五〇及六〇年代的《文藝雜談》、《中國歷史新話》、《古今漫談》等書剔除。而事實上，《文藝雜談》還要比《三劍樓隨筆》早兩年面世呢！

《文藝雜談》收梁羽生一九五〇年代初期，在《新晚報》副刊上所寫有關文藝的隨筆四十三篇，內容涵蓋了中西新舊文學的名著，且看以下的題目：〈巴金 · 家 · 劉西渭〉、〈莎士比亞十四行詩的翻譯〉、〈易卜生與娜拉〉、〈論托爾斯泰〉、〈金聖嘆 · 水滸傳〉、〈曹雪芹的悲劇〉、〈紅樓夢的深刻處〉……由此可知，我們這位新派武俠小說大師，不僅「功夫了得」，其在文學上的造詣，也是「內功」深厚的！

文藝雜談

著者：馮瑜寧

出版者：自學出版社

九龍旺角太子道127號

印刷者：誠泰印務局

香港德忌笠街二十三號

版權所有．請勿翻印

1955年7月版　一元五角

《文藝雜談》的版權頁

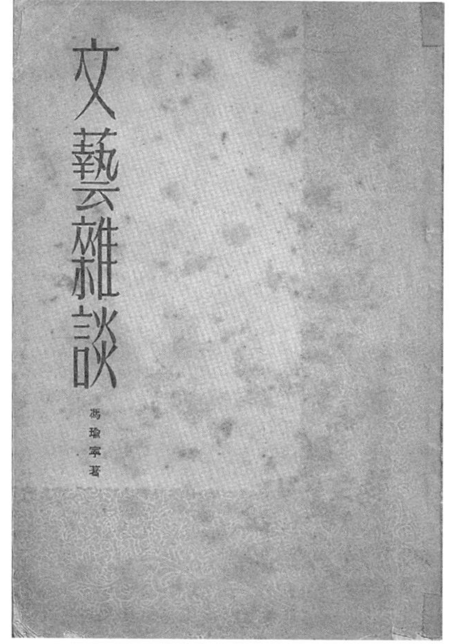

梁羽生的《文藝雜談》

綻放的《詩朵》

一九五五年中，一群愛詩的初生之犢，由崑南帶領，在羅便臣道王無邪家裏立下宏願，要創辦一份不平凡的純文學期刊《詩朵》。他們是崑南、王無邪、蔡炎培和盧因，蔡炎培尚且振臂一呼：「崑南，你的理想很了不起。我願意為《詩朵》流最後一滴血！」

《詩朵》終於在八月一日創刊了，三十二開本，四十六頁，刊詩文近三十篇，他們用〈八月的火花〉作獻詩，唱出了代表他們靈魂心火所幻化的這顆《詩朵》，雖然是蒼白的，卻帶着無比的熱情，要在乾燥的土地上閃爍得更光、更亮！

創刊號中重要的創作是崑南〈生活裏的靈獻〉、〈裸靈斷片〉和藍子的〈醒喲，夢戀的騎士〉，無邪譯雪萊悼念濟慈的長詩〈愛杜納斯〉，和蔡炎培、盧因等人的作品。而最重要的是崑南用筆名班鹿所寫的論文〈免徐速的「詩籍」〉，對徐速的詩觀作了全面的抨擊，曾引起五十年代一場新詩的論戰。

據崑南及盧因的說法，《詩朵》月刊曾出三期，但資料顯示則只有兩期，我的創刊號是影印本，而且缺封面，只好提供九月號的第二期供大家欣賞，這期刊詩文約二十篇，多是崑南、無邪及一眾友人的作品。《詩朵》的封面設計及內頁插圖都很精采，不知是否王無邪的手筆？

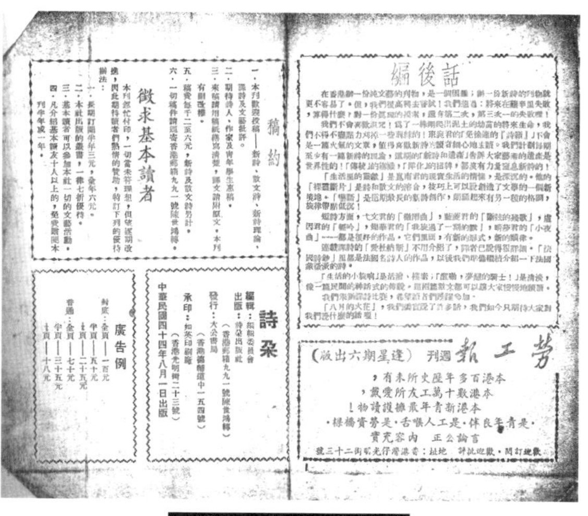

稿約

一．本刊歡迎投稿——新詩、散文詩、新詩理論、譯詩及文藝批評。
二．期待詩人，作家及青年學生惠稿。
三．來稿請用稿紙膳寫清楚，譯文請附原文。本刊有刪改權。
五．稿費每千二至六元，新詩及散文詩另計。
六．一切稿件請逕寄香港郵箱九九一號陳世鴻轉。

徵求基本讀者

本刊忽忙付印，一切當未符理想，但望逐期改進，因此期待讀者們熱情的贊助，特訂下列的優待辦法：
一．長期訂閱半年三元，全年六元。
二．本社出版的叢書，一律七折優待。
三．基本讀者可以參加本社一切的文藝活動。
四．凡介紹基本讀友十人以上的，免費贈閱本刊半年或一年。

詩朵

編輯：編輯委員會
出版：詩朵出版社（香港郵箱九九一號陳世鴻轉）
發行：大公書局（香港德輔道中一五四號）
承印：如英印刷廠（香港光明街二十三號）
中華民國四十四年八月一日出版

廣告例

封底：全頁——一百元
半頁——五十元
¼頁——二十五元
普通：全頁——七十元
半頁——三十五元
¼頁——十八元

編後話

勞工報 週刊（逢星期六出版）

本港百多年歷史所未有，
本港數十萬工友所愛戴，
本港青年最擁護讀物！
是青年良伴‧是工人喉舌‧是勞資橋樑‧
言論公正 內容充實

《詩朵》創刊號版權頁

《詩朵》第二期

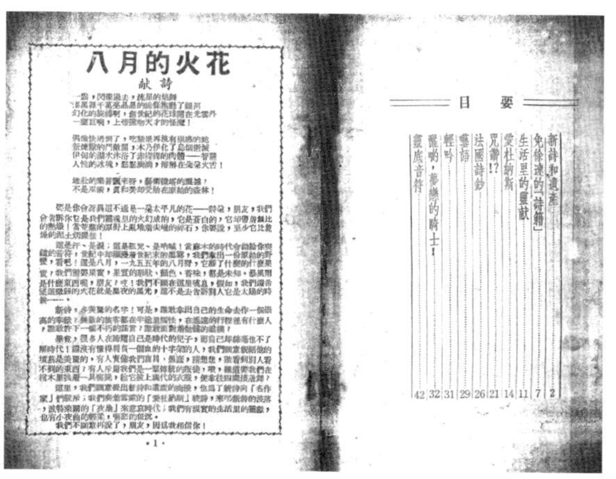

八月的火花
獻詩

目要

《詩朵》創刊號目錄及〈獻詩〉

劉芃如和他的書

被友儕戲稱為「劉慢」的劉芃如，是一九四〇年代四川大學外文系的翹楚，周煦良的得意門生。一九四六年獲獎學金入讀倫敦大學研究英國文學，專攻莎士比亞。一九四九年回國途經香港，受邀加入《大公報》任國際版編輯，後轉任英文月刊《東方地平線》主編。一九六二年，劉芃如受邀前赴埃及參加國慶活動，不幸飛機失事，英年早逝！

劉芃如天才橫溢，能以中英文寫作，以筆名「葉上詩」寫影評，用「洪膺」寫抒情散文，而寫得最多的，則是與歐美文學、藝術有關的隨筆。劉芃如寫的文章不少，但結集的單行本，我只見過他與阮朗、李林風、夏炎冰、夏果和葉靈鳳六人合著的《新雨集》（香港上海書局，一九六一）和如今大家見到的《書、畫、人物》（香港集文出版社，一九五五）。

《書、畫、人物》是本僅一百頁的小書，收隨筆三十篇，他在這裏介紹了：衣修午德、馬克吐溫、史坦培克、卓別靈、聶魯達、蕭伯納、莎士比亞、畢加索、馬蒂斯……，所涉範圍都離不開文學與藝術，有介紹他們的新作，有對名家的評論，有對名畫或藝術品創作歷程的推介及鑒賞……。透過作家的作品，我們往往可以接觸到寫作人內心的喜好及修養，劉芃如實在是位感情豐富，而又對文學、藝術造詣甚深的學人，可惜他走得太早了！

《新雨集》

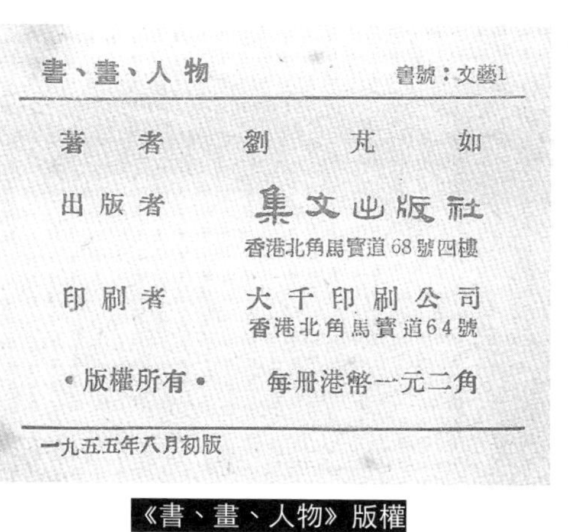

書、畫、人物　書號：文藝1

著者　劉芃如

出版者　集文出版社
香港北角馬寶道68號四樓

印刷者　大千印刷公司
香港北角馬寶道64號

•版權所有•　每冊港幣一元二角

一九五五年八月初版

《書、畫、人物》版權

劉芃如《書、畫、人物》封面

寫小說的導演易文

一九四〇年代畢業於上海聖約翰大學文學系的江蘇吳江人易文（一九二〇至一九七八）原名楊彥岐，一九四八年起在香港為影片公司編寫劇本，後來還在國際、電懋、國泰、邵氏等公司任導演，曾編寫劇本六十多個，執導過四十多部電影，是香港一九五〇、六〇年代的名導演，主要的作品是《空中小姐》、《青春兒女》、《快樂天使》等。

易文在編劇及導演生涯以外，還擔任過《掃蕩報》、《和平日報》及《香港時報》的編輯，出版過《下一代的女人》（重慶自勤出版社，一九四四）、《真實的謊話》（香港海濱書屋，一九五一）、《彗星》（香港大公書局，一九五二）、《雨夜花》（臺北長江出版社，一九六四）……等好幾本小說，如今大家見到的約八萬字長篇《凶戀》（檳城檳榔社，一九五五），是蕭遙天主篇的「檳榔叢書」之一，當年只印二千本，不多見。

《凶戀》寫發生在廣州市郊一座私人大宅「蔭園」內的故事。蔭園內住了不良於行的女主人吳太太，她的女兒凡英，外甥女景宜和客人志方、麗晶。故事的發展集中在一男三女，四個年輕人身上，主要寫心理不平衡的凡英、麗晶，插進正常人志方和景宜愛戀中的瓜葛……。易文慣於編劇本，《凶戀》很注重情節的演變和場景，喜歡留下讓小說人物發揮的空間是其特色。

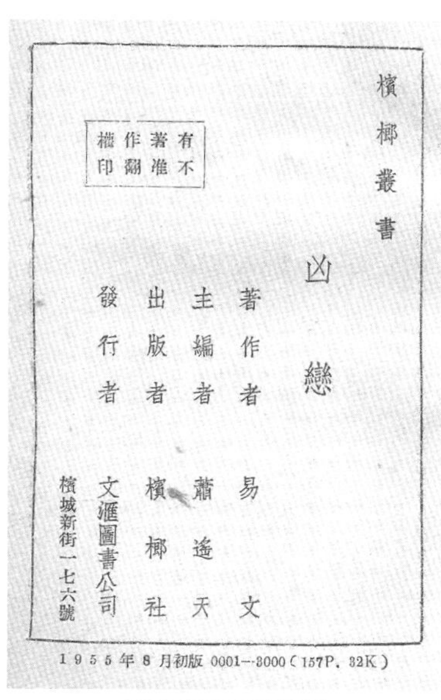

檳榔叢書

凶戀

有著作權 不准翻印

著作者 易文

主編者 蕭遙天

出版者 檳榔社

發行者 文滙圖書公司 檳城新街一七六號

1955年8月初版 0001--3000（157P．32K）

《凶戀》版權頁

易文《凶戀》封面

張君默與《知識》

劉以鬯《香港文學作家傳略》中，張君默（一九三九出生）的條目非常詳細，很可能是他的自傳，說他初中時染上肺結核，被迫停學，十五歲投身社會，做過小工，經過商，主要的經歷都在報館、出版社及寫作中，是半個職業作家。十多歲開始創作，二十歲時已出版長篇小說《江湖客》和《青春的插曲》。我對文中「踏出校門後，當過《知識》半月刊編輯」這句很有興趣，《知識》半月刊是本十六開、四十頁的中學生課餘讀物，一九五六年初創刊，我手上最後的一期，是一九六二年八月的第一四七期，不知出至何時停刊。《知識》出版時間甚長，據知女作家孟君也擔任過此刊的編輯，不知張君默任編輯的是哪個時段？

很多人研究文學會忽略像《知識》、《青年文友》、《學生時代》、《南燕》這類綜合性的學生刊物，以為與學術無關；需知這些刊物的編者本身多是文人，缺稿時常會邀友好「捱義氣」，從海外報刊轉載高水平的作品，或親自操刀，胡亂改個筆名填空，研究者切勿錯過。我在《知識》一九五八年十月十五日的第五十九期上，發現了來自新嘉坡，署名葛里哥的二千多字短篇〈父與子〉，寫父子兩代同樣愛上年紀比自己大多歲的女人，引起兩代間的矛盾……，非常精彩！

「葛里哥」是誰？劉以鬯是也！

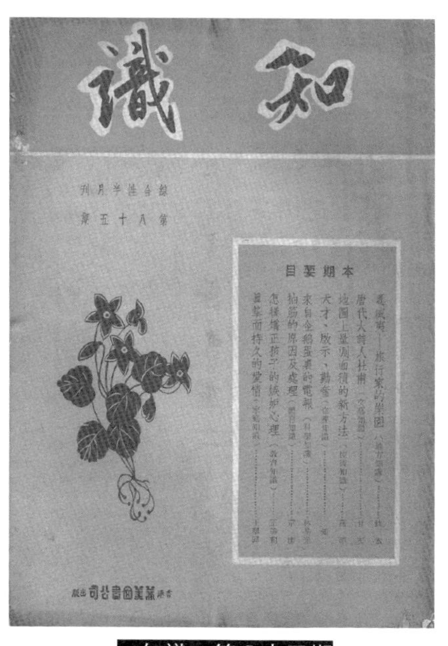

《知識》第八十五期

張君默編的《知識》

《文藝新潮》

《文藝新潮》是香港一九五〇年代水平相當高的純文藝期刊，大三十二開本，每期八十多頁。它創刊於一九五六年三月，至一九五九年五月的三年另兩個月間，僅出版十五期。據說是為了此刊賺不到錢，幕後人興趣不大，視為「贊助性」刊物之故。

《文藝新潮》是由一九四〇年代在上海早有文名，並曾創辦純文學期刊《文潮》的詩人馬朗主編的。他在創刊辭〈人類靈魂的工程師，到我們的旗下來〉中，明確地指出：《文藝新潮》是一切理想的出發點，是敢於哭、笑、歌唱，並敢於說話的烏托邦。事實上，《文藝新潮》是香港舉起第一面文藝旗幟的園地，她讓齊桓、徐訏、劉以鬯、馬朗、貝娜苔、李維陵……等作家在此展示其精品，並培養了崑南、盧因、杜紅……等接棒者。

《文藝新潮》除了鼓勵新一代創作，還向讀者介紹世界文壇大勢，編過法國、意大利、日本、臺灣等文學專號，又辦過「三十年來中國最佳短篇小說選」，選刊並推介沈從文、端木蕻良、師陀、張天翼和鄭定文的短篇。最難得的是她辦過一次由徐訏和丁文淵作評判的「文藝新潮小說獎金」徵文比賽，得獎的三名順序是臺灣高陽的〈獵〉，香港盧因的〈私生子〉和波臣的〈風〉。高陽當時還不是名家，其後成就有目共睹。盧因現時是著名的海外華文作家，只有波臣未見持續，不知是否另有筆名？

《文藝新潮》創刊號

「文藝新潮」小說獎金入選作品：

第一名：獄　高陽（台灣）
第二名：私生子　盧因（香港）、
第三名：風　波臣（香港）

評選人
徐訏
丁文淵
新潮社

2

《文藝新潮》徵文比賽揭曉

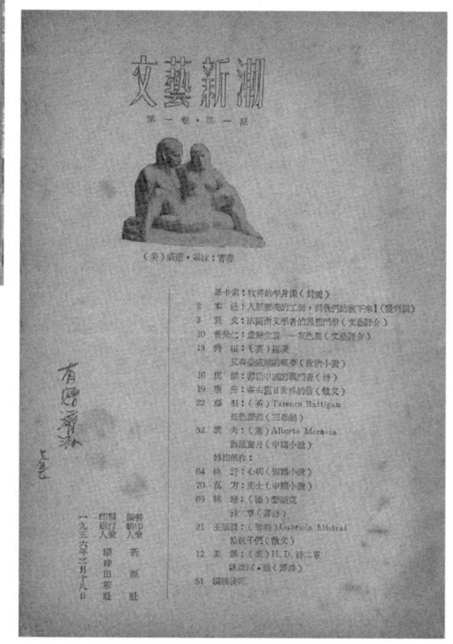

文藝新潮

（美）威廉・索拉：青春

《文藝新潮》扉頁

南宮「搏」

最近在某些報刊上，讀到有關香港作家南宮搏時，都見把「搏」字誤寫成「博」。如今大家都用電腦寫稿，「手民之誤」早已成了歷史名詞，這種錯誤只能歸咎於「不小心」，或者某些人的「自作聰明」，以為一個多才多藝的作家，必定自詡為「博學多才」，因此，南宮「搏」一定是錯的，便刻意更正為南宮「博」了。

其實這是個美麗的誤會：南宮搏（一九二四至一九八三）是浙江吳興人，抗日戰爭時期，曾在《掃蕩報》工作，戰後任上海《和平日報》總編輯，一九四九年在上海大家出版社，署名馬彬出版短篇小說集《紅牆》早已成名，約一九五〇年從上海來到香港，無以維生的文人，只靠一管筆寫稿謀生，大量創作，屬於能日產萬言的作家，歷史小說、文藝小說、評論……均有涉獵，由一九五二至一九八二，三十年間，所出單行本超過五十種。如此重的工作量，成就是「搏」命得來，而非「博」學得來的！

南宮搏多產，而以歷史小說贏得崇高的名譽，日本白樺派的研究者稱他為「現代中國歷史小說的第一人」，可惜他的書坊間已甚少見，大概圖書館中還可讀到吧。如今大家見到的這本小說《王昭君》，是一九五六年香港友聯書報發行公司的再版本，已印行四千五百本，可見銷量不差！

王昭君

南宮搏著

定價港幣二元三角

總發行：友聯書報發行公司
香港九龍漆咸道新圍街九號
香港德輔道中廿六號A二樓

承印者：友聯印刷廠
九龍碼頭圍道七一至七三號

一九五六年六月再版
3001——4500

版權所有・翻印必究

《王昭君》版權頁

南宮搏的《王昭君》

再談南宮搏

南宮搏雖然以歷史小說聞名，其實他也寫過不少學術著作及文藝創作，署名史劍的《郭沫若批判》（香港亞洲出版社，一九五四）和署名馬彬的《轉形期的知識份子》（香港亞洲出版社，一九五六），都是當代非常重要的論述，可惜近年已甚少見到，一般圖書館恐怕也不藏。又如他的小說《憂鬱的田園》、《江南的憂鬱》，雜文集《畫龍集》，歷史研究《魏晋社會》、《先秦政治史》等，應該都是一九五〇年代的出版物，可惜我至今未見。

如果讀者對南宮搏的文藝創作有興趣，他的舊書雖然已甚罕見，但我還有一條線索：他一九五〇年代常用筆名「蕭安宇」寫文藝小說，《人人文學》、《星島週報》等雜誌應該還可讀到。

一九七三年，南宮搏到美國東岸旅遊，從紐約到華盛頓期間，參觀了白種人初到北美時聚居的威廉士堡一帶，受當地歷史文化及民風刺激，忽然想寫一部美國的歷史小說。於是到美國各大圖書館搜集資料，開始構思、整理，經過四年的埋頭苦幹，前後兩次赴美訪問及印証，終於完成了二十萬字的長篇小說《新路》（臺北九歌出版社，一九七八）。此書有個副題「從威廉士堡到華盛頓」，寫的是美國立國之路，他寫印地安人青年阿樂，以勤務兵身分伴隨華盛頓征戰至立國的經過。此書於是年七月初版，八月已出至三版，可見當年的南宮搏是很受歡迎的！

有著作權

翻印必究

新路

FROM WILLIAMSBURG TO WASHINGTON

by Hen-yo Ma

九歌文庫⑥　　特價60元

著者：南宮搏

發行人：蔡文甫

發行所：九歌出版社

臺北市郵政四六——三三五號信箱

電話：六四一三五一六

郵政劃撥：一一二二九五號

登記證：行政院新聞局局版臺業字第一七三八號

印刷所：中興印刷廠

臺北市雅江街二六號

電話：三六一〇〇八九・三三一六六一一

總經銷：臺北——爾雅出版社

臺北市廈門街一一三巷一二之二二號

香港——人人書局有限公司

九龍新蒲崗太子道七一四號十一樓A

電話：三—二二二二二二一—三

定價：港幣七元

法律顧問：龍雲翔律師

臺北市林森北路八五巷九〇號三樓

初版：中華民國六十七年七月十日

三版：中華民國六十七年八月十日

（缺頁或裝訂錯誤，請寄回掉換）

《新路》版權頁

南宮搏的《新路》

新雷詩壇

一九五五年八月，香港一群愛寫新詩的朋友：林仁超、吳灞陵、佘雪曼、黃宇乾、趙滋蕃、慕容羽軍、袁家松、袁效良……等成立了「新雷詩壇」，樹起鮮明的旗幟，廣播自由詩的種子，聯繫志同道合的詩友，共同為新詩的前途而努力。他們確定了「寫詩八要」，主張：要流露情感、要用白話抒寫、要音節協調、要用諧音押韻、要不拘句數、要忠於現實、要不避粗俗事物的描寫、要注意修辭。

「新雷詩壇」的主要人物是林仁超（一九一四至一九九三），他一九五〇年代曾主編《漢山雜誌》，發起組織「新雷詩壇」外，還於一九五五年十月出版同名雜誌，一年後出版詩論與詩章合集《新雷集》（香港新雷詩壇，一九五六）。此書為三十二開本，九十九頁，前邊收吳灞陵及林仁超的詩論〈新詩的欣賞〉、〈新詩的道路〉、〈新雷詩壇的作風〉……等五篇，主要在闡明他們的「寫詩八要」，及敘述「新雷詩壇」成立的經過；後半部收詩友的創作四十多首：〈永恆的琴音〉、〈百合花〉、〈水之湄〉、〈春天去後〉、〈孤星〉、〈夜香港〉、〈詩人與海〉……主要是抒發內心情緒之作。

以今天的標準衡量，《新雷集》中的作品當然是淺白的，欠成熟的，但這是本地新詩拓荒者走過的路，亦足一記。

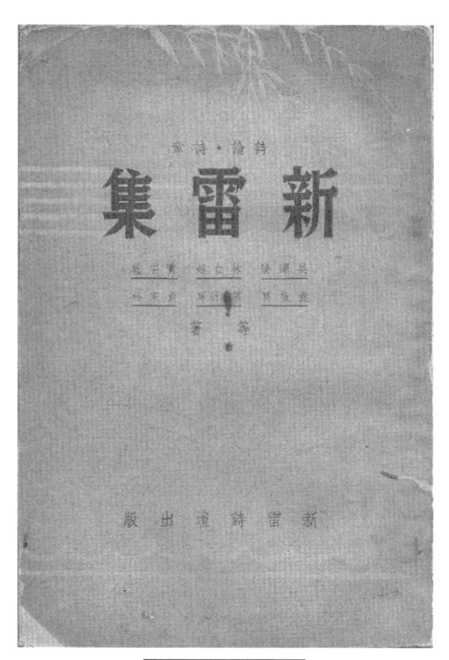

《新雷集》書影

新雷集（詩論詩章合編）

版權所有・不准翻印

著作者
吳灞陵　冲冲　超凡
林仁超　蒲沛昌　胡飄萍
黃宇乾　丹山　甫子
袁效良　易滄　千叠山
慕容羽軍　珊楓　文峯
袁家松　博約　白駒
林石英　楚燕　錦添
崔龍文　仁慈

編輯者　新雷詩壇

出版者　新雷詩壇　香港灣仔郵箱三一〇二號

總經售　大公書局　香港德輔道中一五四號

印刷者　偉興印務局　九龍荔枝角道一一八號

中華民國四十五年八月出版

《新雷集》版權頁

向宸是誰

近得向宸的《山城小集》（香港上海書局，一九五六），作者頗有印象，卻想不起是誰。宸，是豪華的或帝王的居所，能面向富豪的大宅而居，想來非富即貴。

書薄薄的只有七十五頁，不足三萬字的小冊子，收文十五篇，文後均有寫作日期，是一九三三至四四年間的作品。〈牛渚磯頭〉和〈地獄的故事〉是小說，前者是以李白當主角的歷史故事，後者寫丈夫客死異鄉，番客（賣豬仔到外地的人）嬸守寡喪子的悲劇。其餘的文章分為兩類，一是〈木棉漫話〉、〈買書小記〉、〈山城窮居〉等的雜寫類；一是〈初見茅盾〉、〈許地山之死〉、〈哀外祖母〉的懷人類。

讀完《山城小集》，知道向宸是個熱愛買書、藏書，一九三〇及四〇年代活躍於香港文壇的作家。後來請教羅琅，才知道向宸原來是吳其敏較少用的筆名之一，《山城小集》和《望翠軒讀書隨筆》是吳其敏早年的作品，是羅琅任上海書局編輯時經手的好書。

吳其敏（一九〇九至一九九九）是廣東澄海人，一九三七年起移居香港，曾任香港中國通訊社副總編輯，主編《鄉土》、《新語》和《海洋文藝》等刊物。曾編寫《郎歸晚》等劇本二十多部，出過文集《走馬十二城》、《坐井集》……著作等身。

山城小集

每冊售價港幣八角

著者　向宸
出版者　上海書局
印刷者　永發印務有限公司
香港永樂街一四九號
總發行所　上海書局
香港德輔道中二七一號

一九五六年十月初版　36 K　(1—2000)　P 89

版權所有★翻印必究

《山城小集》版權頁

向宸的《山城小集》

海濱文學叢書

一九五〇年代的香港，沒有政治背景而又肯出文學作品的書店中，比較重要的是創墾出版社、大公書局、求實出版社和海濱書屋這幾家。此中海濱書屋知名度較低，因它只是星加坡某大出版集團的分支，存在的時間不長，大約在一九六〇年代初已沒再出版文藝創作了。而事實上這個集團至今還存在，只是換了另一名號在運作。奇怪的是「海濱」當年所出的文藝書如今相當罕見，一冊劉以鬯的《天堂與地獄》（一九五一年版），最近在拍賣會上即以近千港元的高價拍出。

我手上有零星的「海濱文學叢書」的書目：傑克的《疑雲》、《春影湖》、《一曲秋心》，李輝英的《牽狗的太太》、《人間》、《重逢》，歐陽天的《嫣娜》、《銀色的誘惑》、《心疚》，路易士的《故人》、《餘燼》、《曠野狂想曲》……，還有史得、溫梓川、上官牧、侶倫、孟君、易文等人的創作數十種，這些書，不單香港的圖書館內未存，即使藏書家手上，也恐怕不多！

孟君的《我們這幾個人》（香港海濱書屋，一九五七）正是其中之一，十三萬字的長篇，寫林黛、堅自、朱白和蒂兩對男女複雜的愛情故事，本無甚麼突出之處，孟君在小說中用了每個人作第一身的自我表達方式，各說各話，頗有《羅生門》味道。

我們這幾個人

現代小說叢書

著　者：孟　　　　君
校對者：梁　　漢　　文
出版者：海　濱　書　屋
承印者：嶺南印刷公司
香港西環西安里13號
經售者：世界出版社
香　　　　港
世　界　書　局
星洲・吉隆・檳城
大　成　書　局
椰　　　　城
中　國　書　局
泗　　　　水

南洋各大書局均有代售

H.K.$3.00　1957/2/4-1000

《我們這幾個人》版權頁

孟君的《我們這幾個人》

《三劍樓隨筆》

一九五六年，三位年輕武俠小說作家：百劍堂主、梁羽生、金庸，在報上副刊合寫專欄「三劍樓隨筆」，輪流見報。內容以名人軼事、文史掌故、武林、琴棋書畫等為主，大受歡迎。三個月後選其中八十篇，以當日見報先後為序，出單行本《三劍樓隨筆》（香港文宗出版社，一九五七）。

梁羽生、金庸為當代新派武俠小說大師已人所共知，那麼，這位排名猶在他們之前的百劍堂主是誰？

原來百劍堂主即陳凡（一九一五至一九九七），四十年代加入《大公報》，是當年的名記者，走南闖北，寫下著名的《一個記者的經歷》，歷任《大公報》副編輯主任、副總編輯多年，與金庸、梁羽生合稱「三劍俠」，寫過一套四冊的武俠小說《風虎雲龍傳》（香港三育圖書公司，一九五七）。

《三劍樓隨筆》內篇篇都是佳作，我最有興趣的是梁羽生的〈香港翻版書之怪現象〉，詳述了一九五〇年代武俠小說翻版之猖獗，有所謂「電版本」、「爬頭本」，比正版更早面世，難怪大師也要慨嘆「你吹得脹乎？」

「文宗版」《三劍樓隨筆》已絕版半世紀，當然難得一見，但此書一九九七年曾由上海學林出版社重印過，應該還可以找到。

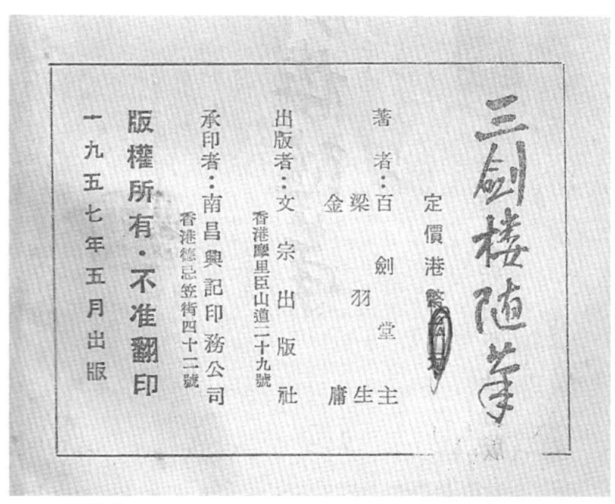

三劍樓隨筆

定價港幣[illegible]

著　者：百劍堂主

梁羽生

金　庸

出版者：文宗出版社

香港摩里臣山道二十九號

承印者：南昌興記印務公司

香港德忌笠街四十二號

版權所有・不准翻印

一九五七年五月出版

「文宗版」《三劍樓隨筆》的版權頁

「文宗版」《三劍樓隨筆》

學林版《三劍樓隨筆》

李素《遠了，伊甸》

香港女詩人李素（一九一〇至一九八六）原名李素英，廣東梅縣人，早年畢業於燕京大學，一九四〇年代隨夫旅居捷克，一九五〇年來港定居，起初在中學教書，後任職於新亞書院圖書館，至一九八〇年移居美國。她一九五〇及六〇年代活躍於香港文壇，擅寫散文及新詩，作品經常發表於《人生》、《海瀾》、《學友》、《中國學生周報》及《大學生活》等刊物，出過《遠了，伊甸》、《生之頌讚》和《街頭》三本詩集。

《遠了，伊甸》（香港高原出版社，一九五七）是她第一本詩集，收〈憶燕京〉、〈我懷念古城秋〉、〈生命之詩〉、〈雨後〉……等十八首新詩，是她抗戰前後及抵港初期的作品，以寫景抒情為主，她在〈自序〉中說：這部詩集是為了紀念父親而出版的。原來她的父親李季子，別號泫樓主人，是晚清的詩人，曾與友人組「冷圃詩社」，雖似朝露般早逝，仍著有《冷圃泫樓集》。李素一直流着詩人的血，難怪她樂此不疲！

詩集的第一首《遠了，伊甸》，是抗戰初期寫的，詩人眼看大戰即將爆發，原本生活在樂園的夏娃，不忍看「……光耀照透血紅的死海，／千萬疊波谷裏／湧出群鬼的呻吟。」便要逃離幸福的家園，走到人類歷史的盡頭，「從文化的餘燼裏，／找尋原始的夢。／——失去的伊甸！」

被剖

（人生文藝叢書之一）

中華民國四十四年十二月初版

著者　李素

出版者　人生出版社

香港九龍太子道四二六號二樓

發行者　人生出版社

承印者　文化印刷所

九龍旺角亞皆老街九十號

本書保有版權

《被剖》版權頁

版權所有
不准翻印

遠了，伊甸

著者：李素
出版者：高原出版社
九龍獅子石道七十五號二樓
電話：五七三七七
HIGHLAND PRESS
75, Lion Rock Road 1st Fl.
Kowloon Hong Kong.
Tel. 57377
承印者：大中國印刷廠
九龍旺角窩打老道一號D
電話：五五八五六
定價：港幣一元
叻幣六角
一九五七年五月香港初版

《遠了，伊甸》版權頁

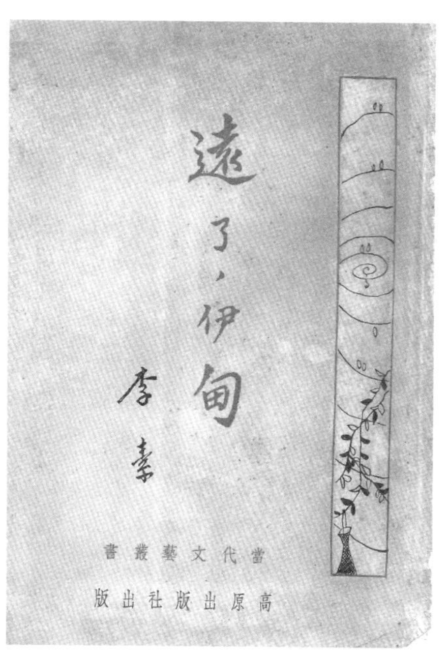

《遠了，伊甸》封面

香港作家黃崖

大部份作家辭典和文學辭典都把黃崖（一九三二至一九九二）歸納為馬來西亞小說家。並說他一九五〇年代末到馬來西亞任文藝雜誌《蕉風》的編輯，其後主編《學生周報》，主持新綠出版社及《星報》，指導並扶掖年輕人編《新潮》、《荒原》、《海天》等文學刊物，為當地文化事業作出貢獻……。其實，黃崖早在一九五〇年代初，已在香港加入友聯出版社，任《大學生活》和《中國學生周報》要職，並開展其創作生涯，未赴馬來西亞前，已出版過小說集多種。即使後來離開了香港，他的小說仍多由香港高原出版社出版，把他稱為「香港作家」一點也不為過。

黃崖在香港出版的小說超過十種，有趣的是坊間卻甚少見。我有幸在舊書拍賣會上搶得的這冊《草原的春天》（香港友聯出版社，一九五七），全書約九萬字，收〈籬〉、〈秋葉〉、〈懦夫〉、〈殺人犯〉、〈鳳凰崗〉、〈狂風暴雨〉……等八個短篇，是他的第二本小說集。作為書名的《草原的春天》，是書中較長的一篇，作者用兩萬多字寫蒙古漠南兩個世仇民族，因愛情而得以和解的故事。黃崖特別愛此篇用作書名，不過，我則覺得它太「羅蜜歐與朱麗葉」了。同樣寫愛情，〈懦夫〉中的女主人翁，因誤會而墮愛河，最後自盡，執着的典型性格和〈蝙蝠〉中，在現實社會上不擇手段混飯吃的陳博士，都刻劃得較深入。

草原的春天

著作者：黃崖

出版者：友聯出版社
香港九龍窩打老道一一〇號

發行者：、聯書報發行公司
香港九龍漆咸道新圍街九號

承印者：友聯印刷廠
香港九龍碼頭圍道七十一號

定價港幣一元五角

一九五七年六月初版

版權所有 翻印必究

《草原的春天》版權頁

香港作家黃崖作品《草原的春天》

魂歸海天的詩人

柳木下（一九一四至一九九八）是香港一九三〇及四〇年代很重要的詩人，從一九三五在《紅豆》上發表〈我．大衣〉，到一九六六《文藝伴侶》上的詩作，柳木下詩齡三十多年，寫過的詩不少，但卻只為我們留下薄薄的一冊，僅收創作五十首的《海天集》（香港上海書局，一九五七）。柳木下在〈後記〉中說：

這些詩，其中有大部份都是在寓居香港時寫的，而香港的碧海和青空，在某一個時期，曾經是我的寂寞的伴侶，故姑名之為《海天集》，聊以紀念香港，及個人生活上的若干遭遇。

柳木下是我遇到過最潦倒的詩人，每次讀他的詩，詩人傴僂着背，提着小布包，蹣跚離去的背影，總勾起我陣陣心酸。詩人熱愛香港的海天，願他的靈魂飄浮在這漂亮的詩境，永不離開。

近年方寬烈、羅琅、小思、鄭樹森、葉輝、陳智德都寫過柳木下，分析過他的創作：抗戰意識、城市感、嘲諷對比，各有所愛，我卻特別欣賞他的〈渡頭〉（其二）：

船篙拔起，／親人就得分離，／願你們去，／我留守在這裏。

竹林，桑野，／阡陌，人居，／我們的愛，深藏在土裏。

對故土的愛埋在土裏，也埋在詩人的腦裏，形象優美而具立體感，是柳木下詩的特色之一。

海天集

每冊售價港幣 $300

著者 柳木下

出版者 上海書局

印刷者 大千印刷公司

香港馬寶道六十四號

總發行所 上海書局

香港德輔道中二七一號

一九五七年十二月初版 文/293 P.104 36K

版權所有★翻印必究

《海天集》版權頁

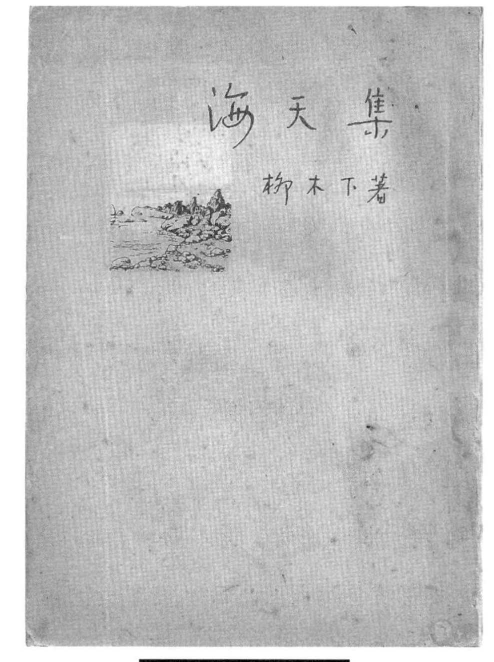

柳木下的《海天集》

一生與水結緣的桑簡流

我是從一九五〇年代的香港雜誌《人人文學》和《熱風》上知道桑簡流的。

桑簡流（一九二一至二〇〇七）原名水建彤，四川潼川人，自少跟外祖父大藏書家傅增湘（一八七二至一九五〇）生活，耳濡目染，對書籍興趣很大，專研《水經注》與黃河史，一生與水結緣。

水建彤一九四〇年代就讀上海聖約翰大學，即與宋淇、劉以鬯、徐訏、黃嘉德等文人交往。畢業後任國民政府駐新疆外交專員，主管阿富汗和印度外交事務。一九五〇年代在香港生活，寫過小說《香妃》（香港珍珠出版社，一九五四）和遊記《西遊散墨》（香港珍珠出版社，一九五八）。後離港到英國生活，並加入 BBC 電臺中文部工作直至退休。

一九五七年，桑簡流赴倫敦參加國際筆會大會，順道遊訪歐洲各國，回來後寫成這本三十二開二七八頁，內收三十篇遊記的《西遊散墨》。陳子善說「它不是一部浮光掠影的普通遊記，而是一位學貫中西的學者的學術考察札記」。而桑簡流自己則認為「遊記而兼談考據藏書，頗受外祖傅增湘（沅叔）先生」影響。《西遊散墨》收〈文壇山水人物〉、〈歷史人物的幽靈〉、〈大英博物館〉、〈茶餘酒後拾零〉……等文章，這些把旅遊、書話、藝術、歷史、文化共冶一爐的雜文，不僅一九五〇年代，即使今天也不多見，是本可讀性甚高的著述。

我藏的這本《西遊散墨》，書內有桑簡流毛筆題字送給「小洛兄、天美姊」並鈐印，至今未知此二人是誰。

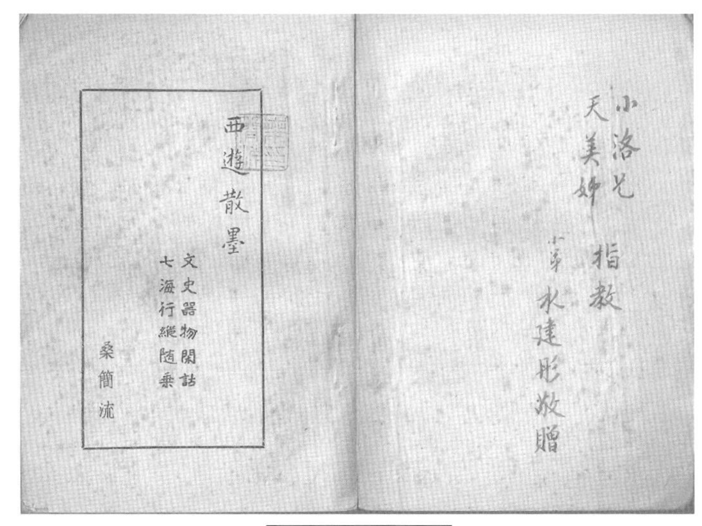
西遊散墨

文史器物閒話
七海行縱隨乘

桑簡流

小洛七天美姊 指教

小弟 水建彤敬贈

《西遊散墨》扉頁

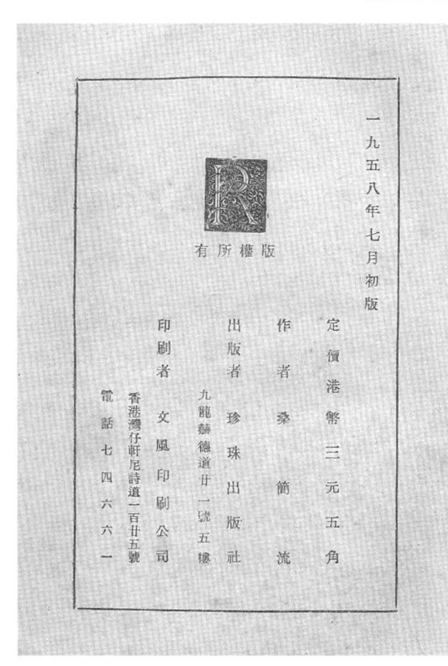
一九五八年七月初版

版權所有

定價 港幣三元五角

作者 桑簡流

出版者 珍珠出版社
九龍蘇德道廿一號五樓

印刷者 文風印刷公司
香港灣仔軒尼詩道一百卅五號
電話 七四六六一

《西遊散墨》版權頁

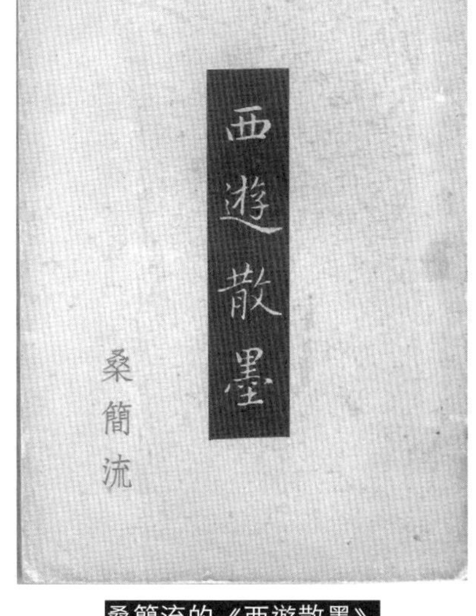

桑簡流的《西遊散墨》

被遺忘的《伊犂河西》

出版已半世紀的《西遊散墨》今天當然不易再見，可幸近年陳子善重新編了另一本《西遊散墨》（瀋陽遼寧教育出版社，二〇〇三），讀者想看還是可以買到的。此書把一九五〇年代港版的《西遊散墨》全收進去外，還加了一輯「集外」，收的是桑簡流一九八〇年代以後，發表在香港《明報月刊》上的〈阿富汗隨筆〉、〈希臘散墨〉、〈閑話英國生活〉等十多篇文章。

桑簡流最大的成就之一，是在新疆任職時，曾在厚厚的積雪下發現了八千多件清代外交密件，他把此事件的始末寫成〈新疆密檔發現記〉，後來又寫了〈新疆外交回憶錄〉、〈大月氏是誰〉、〈新疆山水人物〉等，發表在一九五四至五五年的《熱風》上，那是近代史上第一手資料，何以未見收錄呢？奇怪！

劉以鬯編的《香港文學作家傳略》（香港市政局公共圖書館，一九九六）中有桑簡流的《自傳》，在談到他解放前的著述時，只提及詩劇《伊帕爾罕》（南京新民報，一九四七），我手上有一本署名水建彤，三十二開，僅五十三頁的小書《伊犂河西》，內收〈天山飛渡〉、〈蘋果之父城〉、〈阿拉木圖再會〉……等文十五篇，此中桑簡流特別喜歡〈蘋果之父城〉，一九五五年還把它在《熱風》上重刊一次。

《伊犂河西》沒有版權頁，書末有「一九四五年六月十三日寫竟於廸化」字樣，水建彤沒提，是忘了此書？

新版《西遊散墨》

年輕的桑簡流

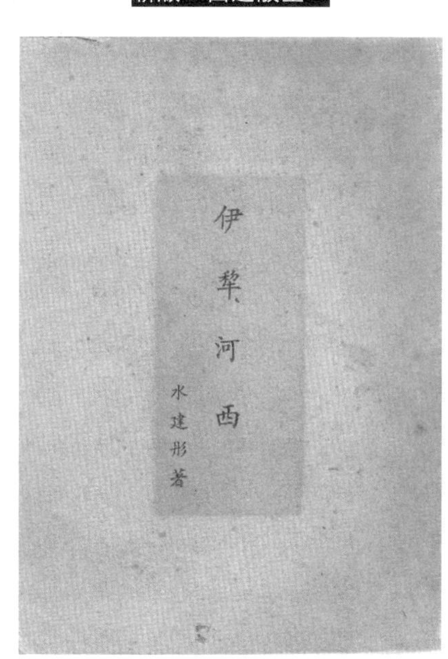

被遺忘的《伊犂河西》

三毫子小說

「三毫子小說」指的是香港一九五〇年代，售價僅「三角」的流行小說，這種小書是十六開本，連封面及封底僅二十頁，內文可刊四萬字的中篇，還有若干幅插圖，甚至以雙色印刷吸引讀者。封底一般作廣告頁，封面則請名家繪畫構圖細緻、色彩鮮艷，與內容相關的插畫，擺放在報攤紅黑報頭的日報叢中相當醒目，內容多為奇情及驚險小說，讀者人數甚多，據說每種書的銷量以萬計算，此所以出版社能付每書二至三百元稿費，在政府初級文員亦僅月薪二百七的一九五〇年代，算是相當可觀的報酬。

「三毫子小說」的叢書不少：「小說報」、「好小說」、「ABC小說叢」、「海濱小說叢」……，而以流行小說出版業龍頭大哥「環球出版社」的「環球小說叢」獨領風騷，我有一份此出版社三毫子小說的書目，羅列書名百多種，流行小說名家：楊天成、鄭慧、龍驤、杜寧、上官寶倫、史得（三蘇）、羅蘭、依達……等均在此寫過不少。而令我略感詫異的，是我一向認為是嚴肅文學作家的：上官牧、司空明、黃思騁、路易士、王樹（書法家王植波）等，都是「環球小說叢」的作家。

此外，我還在此書目及其他出版社的三毫子小說上，發現了一些大家熟悉，或者可以聯想的作家名字：南宮秋、貝娜婷、張續良、俊人、夏易、歐陽天、李維陵、易文、喬又陵……。

十六開本的「三毫子小說」

寫嚴肅作品的名家也寫三毫子小說

司空明和《曲江霧》

原名周鼎的司空明，是香港一九五〇年代著名的流行小說作家。他抗戰勝利後，從曲江回到香港，入《星島日報》工作，從港聞版編輯做到總編輯，多年來默默編報以外，業餘則埋首創作，在《星島日報》及《明燈》等報刊寫連載小說。劉以鬯的《香港文學作家傳略》寫到司空明時，臚列了他的主要作品，從《喜上眉梢》到《梅香劫》共二十六種（頁二三七）。這些作品不知是否只在報刊上連載，還是都出版過單行本？司空明的單行本甚罕見，我至今連一種都未見過！

司空明也寫過三毫子小說的「環球小說叢」，共計：《烏衣劫》、《脂粉叢中》、《情魔》、《後母心》、《金蛇》、《無依的海鷗》、《曲江霧》和《命案中人》等八種。《曲江霧》出版於一九五八年十月，是叢書的第九十六種，由漫畫家丁岡（即區晴）雙色插圖，故事寫他抗戰期間在曲江某實業公司工作時，與老闆情婦的一段情緣。除了愛情故事，還有戰時曲江的民生，被轟炸的景象，江上的旅館式小艇……，是極具文學特色的流行小說。

有人談司空明時，說他戰時曾改名周為，滿腔熱血的年輕人，在內地遍踏各地演出話劇……。據我所知，另一報界巨頭，《大公報》的陳凡，戰時也叫周為，在桂林編過詩刊《詩》，出過散文集《海沙》（桂林今日文藝社，一九四二），切勿混淆！

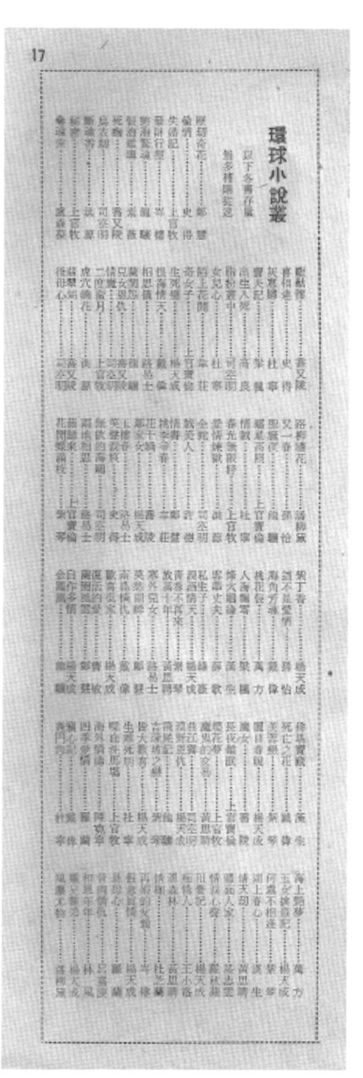

17

環球小說叢

環球的三毫子小說

司空明的《曲江霧》

杜寧和花燭夜

羅斌在他的回憶錄《一筆橫跨五十年》（溫哥華 9297 Enterprise Inc. 二〇〇六）中，想起一九五〇年代替他寫書「打天下」的作家時，提到了魏力、楊天成、龍驤、馮嘉、依達……，還特別提到如今已被人遺忘了的杜寧。他說：

名作家杜寧的小說《玉女私情》，後來更被「邵氏電影公司」買了版權，由尤敏擔任女主角。（頁二十二）

這與事實略有出入，實情是：杜寧在三毫子小說「環球小說叢」中有一本《女兒心》，為製片家宋淇（林以亮）看中，為「電懋影業公司」買得版權，改編為《玉女私情》，於一九五九年拍成電影，由尤敏和張揚主演。此片為尤敏從邵氏轉到電懋的第一部作品，還以此奪得第六屆亞洲影展最佳女主角。

杜寧的三毫子小說還有《灰寡婦》、《情賊》、《生離死別》、《蓬門怨》、《玉女痴情》和如今大家見到的《洞房花燭夜》，此書也是丁岡插圖，出版於一九五九年。故事說林中侃和李婉芬一對璧人前往澳門渡假遇劫，中侃為保愛人貞操受鎗傷而失去性能力。但他促意隱瞞，終於在「洞房花燭夜」被揭發……，最終是中侃忍痛把愛人讓給情敵。

小說寫林中侃以私心強佔李婉芬到讓愛隱退，過程中心理轉變的苦痛描寫深刻，杜寧之成名是有理的！

杜寧的花燭夜

作家的生活和剪影

一九六〇年代，李輝英（一九一一至一九九一）在香港中文大學開班授中國現代文學史，其後把講義整理成《中國現代文學史》（香港東亞書局，一九七〇）出版，是首位重視中國現代文學史和現代作家的香港學人。其實李輝英很早已從事這個課題，早在一九五〇年代已用筆名林莽出過《中國新文學廿年》（香港世界出版社，一九五七），用季林寫過《中國作家剪影》（香港文學出版社，一九五八）和《作家的生活》（香港文學出版社，一九五八）。

《中國新文學廿年》即是《中國現代文學史》的初稿，沒甚麼特別，反而作家的生活和剪影兩書比較少見，值得一談。這兩本書的體制和內容極接近，可視為上下冊，全書約十七萬字，介紹了鄭振鐸、田漢、謝冰心、穆木天、老舍、曹禺、臧克家、葉紹鈞、沈從文、廬隱、艾蕪、蕭軍、沙汀、陳白塵和蕭紅等十五位現代作家，談他們的文學作品、寫作生涯和經歷。李輝英本身是從一九三〇年代走過來的作家，他和前面所述的作家大多交往過，寫起來較有感情，資料亦較輾轉引用者可靠得多。

李輝英筆下介紹的這十五位作家，當然不能完全代表整個現代階段，卻也算是當時的重要人物；如果今天要了解他們，只要上上互聯網，或隨意找本與現代文學有關的書翻翻，都可以輕易找到，但在一九五〇及六〇年代的香港，卻是份珍貴的史料。

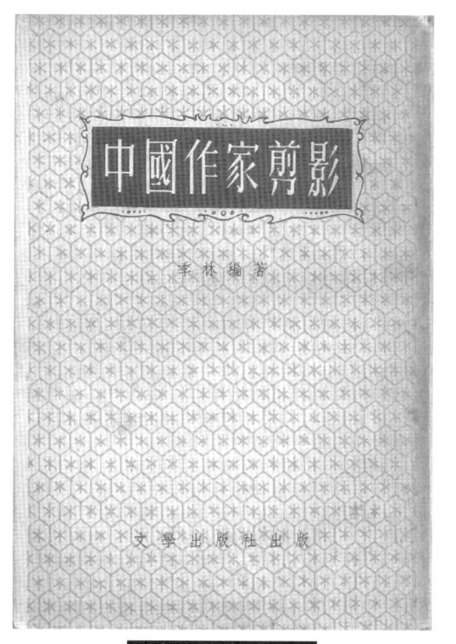

《中國作家剪影》

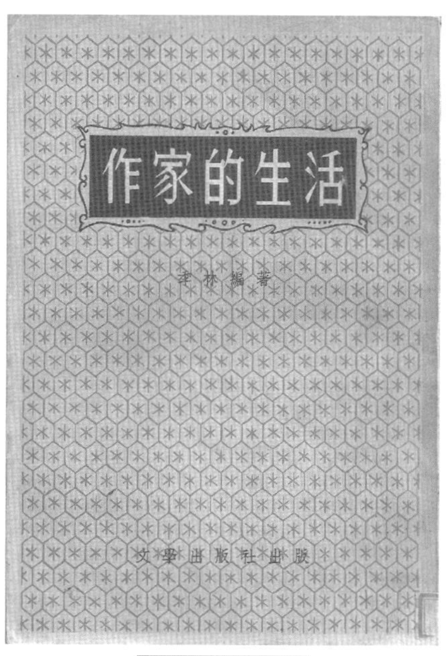

《作家的生活》

珍貴的簽名本

在舊書收藏界中，簽名本是一項重要的收藏。這裏所指的簽名本，是有上下款的簽名題贈本，這種書有時候還可反映出作者和受書人的關係，是研究的第一手資料，也是價值不菲的珍品。尤其是一些名家贈名家的舊書，爭奪更厲害，最近在網上拍賣站售出的一本葉林豐的《香港方物志》（香港中華書局，一九五八），是本具五十年歷史的港版書，一般舊書行情，只是數十元的貨式，但因為扉頁上簽了名，是葉林豐（葉靈鳳）送給高雄（三蘇、小生姓高）的，結果瀏覽者達九五七次，舉牌二一六次，以一六六五元人民幣成交，令人咋舌！

較為難得的簽名本是幾個人合著一本書，分別都簽上名，送給他們共同友人的。在一本書中能找到一群作家的簽名，當然不是件容易的事。現在大家見到的這本《九葉集》（江蘇人民，一九八一），是九葉派九位詩人送給《詩網絡》主編王偉明的合集，書名頁上有六個簽名，此中穆旦早逝，唐湜和唐祈卻因居住城市偏遠，未能及時簽上，可見一本合集要所有作者都簽上名，不是件容易的事。

事過二十多年，九葉詩人還剩下幾人？偉明的這本簽名本，該是天下孤本了，如此珍本價值若干？天曉得！

珍貴的簽名本

《香港方物志》

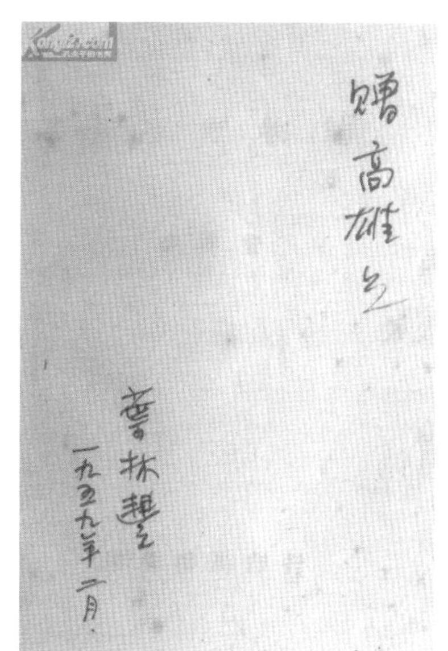

葉林豐贈高雄

《靜靜的流水》

一九五〇年代末至六〇年代初，本港流行青年文友自資合作出版文集，這種風氣是由《靜靜的流水》（香港自由出版社，一九五九）引起的。

一九五九年春，一群活躍於香港青年文壇的年輕人：潘兆賢、梁文心、林炳昌、吳玉音、巫國芬……等人籌組出版文集，經幾個月的努力，《靜靜的流水》面世了，全書約六萬字，收散文及小說等二十九篇，還邀得易君左為書名題字，並以新詩〈靜靜的流水〉代序。書名頁前的空白頁上印了他們的心聲：

這是一份微薄而有熱忱的獻禮——獻給這個時代；獻給可敬仰的、孜孜不倦的、致力於文藝工作的先進者們，算是一聲迴音，一聲吶喊！

《靜靜的流水》的作者們，都是那年代青年文壇的精英，除了上面提到的幾位，以五十年後的事實看，張曼儀、人木（朱韻成）、李海眉（李立明）、黃俊東、蘆荻、盧文敏等，都為香港文壇作出了不少貢獻。

受《靜靜的流水》影響出版的青年合集還有：《沙漠的綠洲》（一九五九）、《靜靜的流水二集》（一九六〇）、《棠棣》（一九六〇）、《擷星》（一九六〇）、《向日葵》（一九六〇）、《綠夢》（一九六三）、《荒原喬木》（一九六三）、《戮象》（一九六四）……。

《靜靜的流水》書影

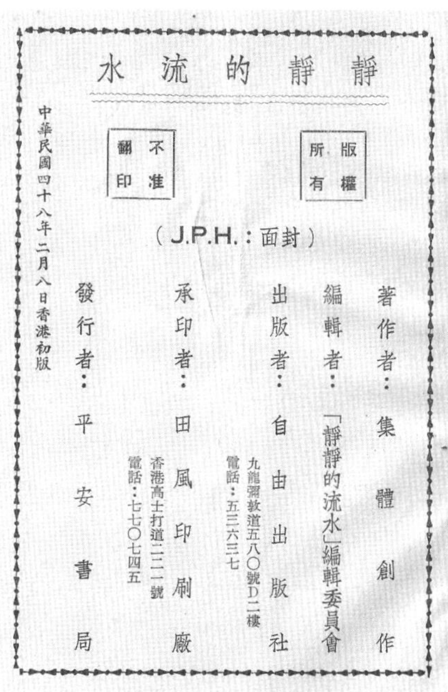

靜靜的流水

版權所有 不准翻印

（封面：J.P.H.）

著作者：集體創作

編輯者：「靜靜的流水」編輯委員會

出版者：自由出版社
九龍彌敦道五八〇號D二樓
電話：五三六三七

承印者：田風印刷廠
香港高士打道二三一號
電話：七七〇七四五

發行者：平安書局

中華民國四十八年二月八日香港初版

《靜靜的流水》版權頁

野馬的前世今生

司馬桑敦的《野馬傳》是本二十多萬字的長篇小說，以女戲子女兒綽號「野馬」的牟小霞為第一身主角，寫「九一八」前夕到抗戰勝利那個風雨飄搖的歷史災難中，一個女人掙扎求存的不幸遭遇。其實是作者的夫子自道，他在自序中說：這是他在歷史巨流中的個人反省。

《野馬傳》是一九四九年開始構思，到一九五四年才動筆的。一九五八年二月在香港的《祖國周刊》開始連載，到五九年三月，分三十六期載完，隨即由友聯出版社出版單行本。但因為書是用連載時的字粒拆版改排的，錯字不少，卻又無法大量修改，加上第一位讀者胡適的意見，使司馬桑敦下決心大刀闊斧修改《野馬傳》。直到一九六七年，修訂本《野馬傳》終於脫稿，自費在臺北出版，並交蕭孟能的文星書店發行。豈料完美的《野馬傳》只賣了幾個月，在一九六七年底即為臺灣當局查禁，罪名是「挑撥階級仇恨，暗示顛覆策略」。應鳳凰認為這次查禁留給研究者一個探討「文藝政策與文學生產」的議題。

這本僅發行了半年即被查禁的改寫本《野馬傳》相當罕見，從拍賣網站搶拍回來，打開一看，竟然是司馬桑敦以本名王光逖簽贈友人「獻勵」的，如果不是這位獻勵先生割愛，恐怕在下也難以讀到這本出版於四十多年前的傑作。

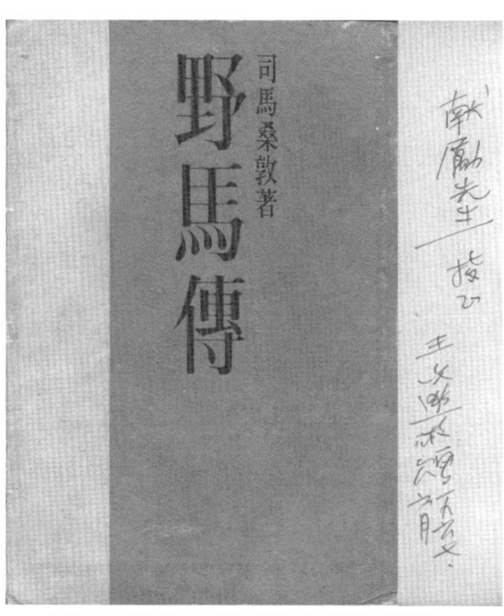

《野馬傳》書影及司馬桑敦手蹟

友聯版《野馬傳》（網上圖片）

野 馬 傳

著　　者	司馬桑敦（王光逖）
出 版 者	司馬桑敦（王光逖）
印 刷 所	中臺印刷廠 臺中市公園路30號
經 銷 者	文星書店股份有限公司 臺北市峨眉街5號之一 聯合報社 臺北市康定路26號
定　　價	每册新臺幣30元
初　　版	中華民國56年5月15日

定稿版《野馬傳》版權

野馬停蹄了

《野馬停蹄》（臺北爾雅出版社，一九八二）是原名王光逖的遼寧人司馬桑敦（一九一八至一九八一）的紀念集，由他的夫人金仲達主編，全書近十萬字，收他的好友韓道誠、紀剛、崔萬秋、鍾鼎文、莊因、謝冰瑩、喻麗清……等的紀念文章二十餘篇。此中最重要的，當然是他夫人所撰的年表——〈王光逖先生雪嶺鴻印〉，記述司馬桑敦從遼寧到上海，從臺北轉到日本，任《聯合報》駐日本特派員，後獲東京大學碩士；其後定居洛杉磯創辦《加州日報》，最終積勞成疾病逝的歷程。

讀司馬桑敦的年表，覺得他的經歷與香港的司馬長風極其相似：他們都是很年輕就開始寫作的東北人，雖然一個長居日本，一個以香港為家，最終卻同在美國離世，都僅僅是六十出頭未幾。而事實上，兩位司馬還是知心的好友，據年表記載：一九五七年，國際筆會在日本開會，他們一見如故，相逢恨晚，長風不單邀桑敦加入「香港中國筆會」，還特意邀請他為自己主編的《祖國周刊》寫稿。司馬桑敦最重要的作品《野馬傳》就是在司馬長風的協助下在《祖國周刊》連載，刊完後即由友聯出版社出版單行本（一九五九），不知就裏的還以為他是香港作家哩！

司馬桑敦的《野馬傳》、鹿橋的《未央歌》（香港人生出版社，一九五九）都是在香港初版的，至今未見，怪哉！

司馬桑敦（一九七四年攝）

司馬桑敦的紀念集《野馬停蹄》

爾雅題字：王北岳　爾雅篆印：張慕漁
有版權・翻印必究　封面攝影：覃雲生　封面設計：吳勝天
野馬停蹄（爾雅叢書之113）
編　者：金仲達
校　對：喬城・官成飛・金仲達
發行人：柯青華
出版・發行：爾雅出版社
臺北郵政三〇|一九〇號信箱
台北市廈門街一一三巷一二號之22（國泰永安大厦二樓）
電話：三二一一〇二一・三九三四〇三六
郵政劃撥：一〇四九二五
印刷者：優文印刷廠
臺北市興寧街二十四號之九
中華民國七十一年五月十日初版
行政院新聞局版臺業字第〇二六五號
定價90元（如破損或裝訂錯誤請寄回本社更換）

《野馬停蹄》版權頁

最具特色的合集

一九五〇年代末出版的幾本青年合集《靜靜的流水》、《棠棣》、《向日葵》……中，以如今大家見到的《沙漠的綠洲》（香港藍灣出版社，一九五九）最具特色。當時一般的合集，作者多為二三十人合著的詩、散文和小說合集，但《沙漠的綠洲》卻是八人合著的小說集，更難得的是還邀得名畫家丁衍庸封面設計，鄭水心教授題字和名作家易君左寫序。丁衍庸那八株翠綠小草，配以兩隻躍動的青蛙，正好顯示了他們無比的活力和潛力！

《沙漠的綠洲》僅七十六頁，約四萬字，收易滄的〈大時代的插曲〉、白駒的〈海燕〉、潘兆賢的〈梅影心聲〉、李學銘的〈孤寂〉、亞波羅的〈隱蔽着的閃光〉、郭冰萍的〈懺情恨〉、維琪的〈湖畔〉和李海眉的〈三代〉等八篇，他們都是當年香港青年文壇的活躍份子，大都參加過其他合集的出版，此中特別要提的，是李海眉和李學銘。

李海眉即李立明，一九六〇年代初已出版個人小說集《女皇》，後專研現代中國作家，出版評傳及傳記達八種。李學銘的〈孤寂〉，寫大學生暗戀賣報女孩的故事，從暗戀到目睹她投進一個醜漢的懷抱而唾棄，着重意識流動與心理描寫，是集中最出色的一篇，可惜李學銘後來放棄創作，在理工大學及教育學院任教，並潛心專研語文教學，成為本地著名的學者。

最具特色的合集《沙漠的綠洲》

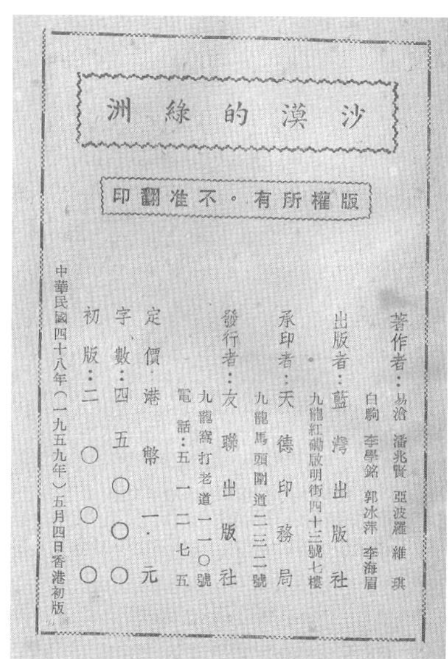

沙漠的綠洲

版權所有・不准翻印

著作者：易滄 潘兆賢 亞波羅 維 琪
白駒 李學銘 郭冰萍 李海眉

出版者：藍 灣 出 版 社
九龍紅磡啟明街四十三號七樓

承印者：天 德 印 務 局
九龍馬頭圍道二三二號

發行者：友 聯 出 版 社
九龍齋打老道一一〇號
電 話：五 一 二 七 五

定價：港 幣 一．元

字數：四 五 〇 〇 〇

初版：二 〇 〇 〇

中華民國四十八年（一九五九年）五月四日香港初版

《沙漠的綠洲》版權頁

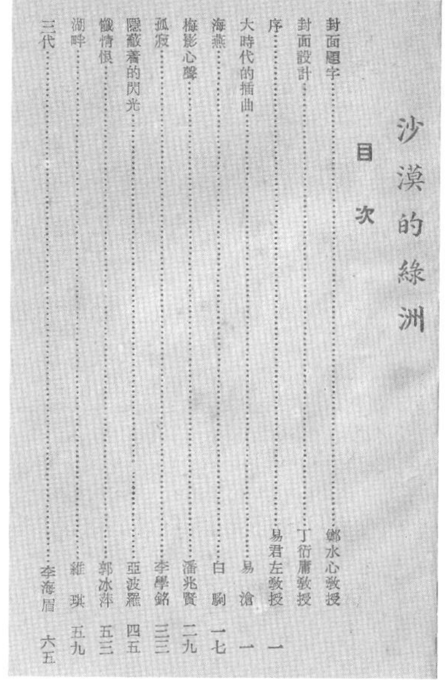

沙漠的綠洲

目次

《沙漠的綠洲》目次

精緻小巧的重印書

很多人以為香港的「重印書」是一九七〇年代才流行的，而事實上，早在一九五〇年代，香港書的主要出路——南洋各地禁止內地書入口，文藝書必須到香港改頭換面重印一次，才能運到南洋去發售，重印書已非常流行。負責重印的出版社良莠不齊，有些胡亂「炒雜」成書，甚至有把「端木蕻良」弄成「端良」的，連作者也胡來，簡直貽笑大方。但，也有些封面改得比原書還要漂亮的，像蕭軍的《八月的鄉村》、蕭紅的《生死場》和靳以的《珠落集》等，無論在構圖及色彩上，都較原書出色得多，就差沒註明是據甚麼版本重印的。

如今大家見到蹇先艾《鄉間的悲劇》（香港建文書局，一九五九）封面雖然單色反白，欠點色彩，可卻是軟皮精裝套護封本的袋裝書（十七乘十一厘米），小巧精緻以外，三邊還有「飄口」突邊，惹人喜愛，是港版重印書中少見的。

《鄉間的悲劇》原是文學研究會創作叢書，由上海印書館於一九三七年初版，收〈晚餐〉、〈一個秘密〉、〈濛渡〉、〈老年的懺悔〉、〈一個大學生的成績〉……等十一個短篇。作為書名的〈鄉間的悲劇〉，寫的是臉似「火炭梅」的祁大娘，丈夫跟有錢的少爺上京做官去，她一條扁擔挑起幾個孩子的家，既管家又理田地的耕種，然而丈夫卻他娶棄妻的悲劇。

鄉間的悲劇
蹇先艾著

建文書局出版
香港永樂西街一三二號
中央印務館承印
香港西營盤水街荔安里十九號
版權所有·不准翻印

一九五九年六月版
定價港幣一元五角

《鄉間的悲劇》版權頁

精緻小巧的重印書

網上圖片（把端木蕻良改成「端良」）

重讀《五月花號》

《五月花號》是一九五九年出版於臺灣的詩、散文、小說合集。書中六位作者：余祥麟、朱韻成、胡振海、盧澤漢、鍾柏榆和張俊英，都是由香港去臺灣升學的文藝青年。此書的編排是作者們自己選好作品，冠以各自的總目，再合成一冊厚厚的、二百六十餘頁的《五月花號》。書前還有李樸生、王藍和徐速的序。徐速說：「在這書裏，你可以聽到純真的笑，純真的哭，你可以看到青春生命的活動力，在陽光下跳躍，在黑暗中吶喊。」

六位作者中，鍾柏榆和張俊英沒有印象，其餘四位，我都知道或者認識：余祥麟即余玉書，臺灣海洋詩社的創辦人，一九六〇年代初從臺灣回港，曾鼓吹「中國風文藝」，主編《文藝線》，如今居於溫哥華。此中最有才華的是朱韻成（人木），一九五八年，以短篇小說〈橋〉奪亞洲出版社亞洲小說徵文獎，可惜一九六〇年代赴美後，未見再寫作。胡振海（野火）回港後一直在學校裏教書，課餘熱心寫作，熱心推動香港中國筆會事務。

近年認識久已知道的盧澤漢（盧文敏），原來他的文藝生命最長也最燦爛，大學畢業後的四五十年，在香港教書、寫稿、出版，文藝一直在他的生命中燃燒，創作過千萬字小說。我的《五月花號》在一九七〇年寫過〈五月花號的處女航〉（載拙著《書人書事》）後遺失了，今日得以重讀，是盧文敏所藏的珍本。

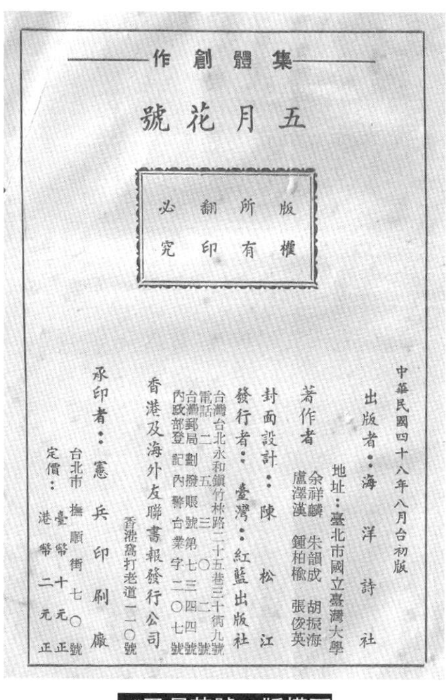
集體創作

五月花號

版權所有
翻印必究

中華民國四十八年八月台初版
出版者：海洋詩社
地址：臺北市國立臺灣大學
著作者 余祥麟 朱韻成 胡振海 盧澤漢 鍾柏檢 張俊英
封面設計：陳松江
發行者：臺灣：紅藍出版社
台灣台北永和鎮竹林路二十五巷三十衖九號
電話二五三〇二號
台灣郵局劃撥賬號第七三四四號
內政部登記內警台業字二〇七號
香港及海外友聯書報發行公司
香港高打老道一一〇號
承印者：憲兵印刷廠
台北市撫順街七〇號
定價：臺幣十元正 港幣二元正

《五月花號》版權頁

線條優美的《五月花號》書影

流星社詩友

一九六〇年代的香港青年文壇，文友們喜歡組織文社交流，曾經為文壇帶來了近十年的熱鬧。後來吳萱人以這段歷史撰寫了兩冊合共幾十萬字近千頁厚的《香港六七十年代文社運動整理及研究》（香港臨時市政局，一九九九）和《香港文社史集》（香港組合出版，二〇〇一）提到有過百間文社，供研究者參考。

此中有一個活躍於一九五八至六〇年間的文社叫「流星社」，社友只有木石、桑白和RS三位，他們都是二十歲不到的年輕詩人，故此又稱「流星詩社」。木石很早就跟繆司分手，留下詩作不多，其餘兩位後來都成了文化界名人，為文壇作出貢獻。

RS就是蔡浩泉（一九三九至二〇〇〇）、方三、雨季、王兌……，他寫詩、寫小說、繪畫、插圖、封面設計、畫版頭……，提起「蔡頭」，香港文化界無人不識。桑白又叫慕娜桑，後來不再寫詩了，在香港報界活躍五十多年，社長及總編輯界的名人馮兆榮是也。桑白嘆口氣說：「那時候蔡頭在臺灣讀藝術，我寫好詩就寄給他，他插了畫就寄回來發表，流星社的詩畫合作，我們登過很多，幾十年了，只剩下這張。」

如今貼出來的〈幻像〉是一九五九年發表於《星島日報》學生園地版的，這個園地歷史悠久，一九四〇年代已有，是培育香港作家的溫牀，我的第一篇文就是一九六二年在此見報的。

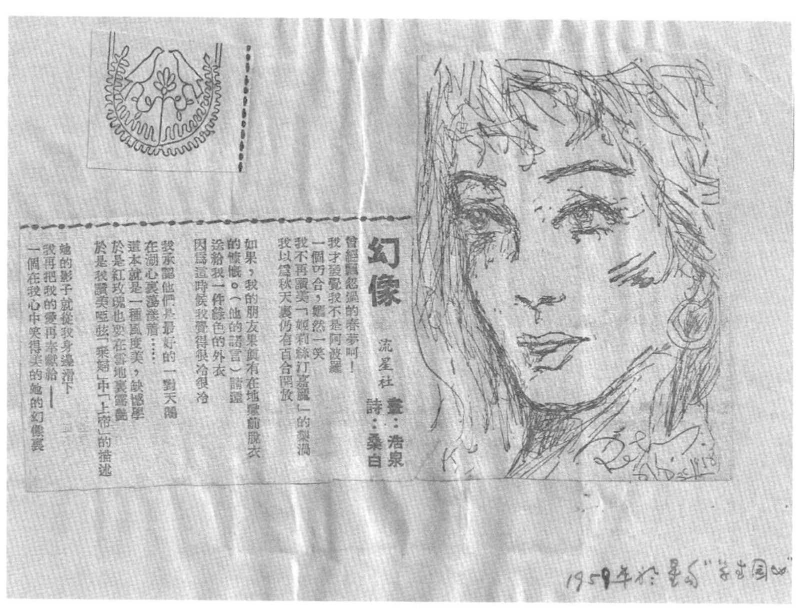

幻像

流星社 畫：浩泉 詩：桑白

曾經飄忽過的春夢呵！
我才發覺我不是阿波羅
一個巧合，嫣然一笑
我不再讚美「婀莉絲汀嘉麗」的梨渦
我以為秋天裏仍有百合開放

如果，我的朋友果真有在地獄前脫衣
的慷慨。（他的諾言）請還
送給我一件綠色的外衣
因為這時候我覺得很冷很冷

我承認他們是最好的一對天鵝
在湖心裏蕩漾着……
這本就是一種風度美，缺憾學
於是紅玫瑰也要在雪地裏露艶
於是我讚美啞弦「棄婦」中「上帝」的描述

她的影子就從我身邊滑下
我再把我的愛再奉獻給——
一個在我心中笑得美的她的幻像裏

流星社詩友配圖詩之一

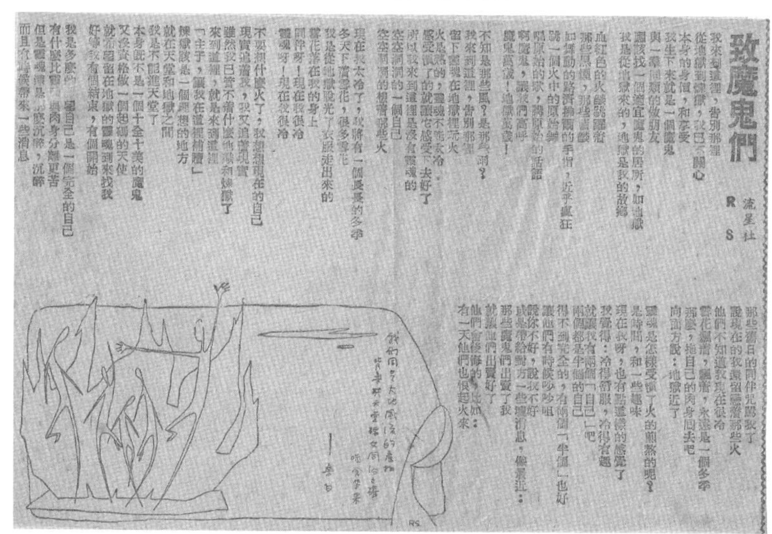

致魔鬼們

流星社 RS

我來到這裡，告別那裡
從地獄到煉獄，我已不關心
本身的身價，和享受
我生下來就是一個魔鬼
與一羣同類的做朋友
應該找一個適宜魔鬼的居所，如地獄
我是從地獄來的，地獄是我的故鄉

血紅色的火餘跳躍着
那些黑煙，那些骷髏
如舞動的路濟弗爾的手指，近乎瘋狂
跳一個火中的原始舞
唱原始的歌，講原始的話語
啊魔鬼，讓我們高呼
魔鬼萬歲！地獄萬歲！

不知是那些風？是那些雨？
我來到這裡，告別那裡
留下靈魂在地獄裡玩火
火是熱的，靈魂不怕太冷
感受慣了的就讓它感受下去好了
所以我來到這裡是沒有靈魂的
空空洞洞的一個自己
空空洞洞的想着那些火

現在我太冷了，我將有一個長長的冬季
多天下着雪花，很多雪花
我是從地獄脫光了衣服走出來的
雪花落在我的身上
同伴呀！現在我很冷
靈魂呀！現在我很冷

不要想什麼火了，我想想現在的自己
現實追着我，我又追着現實
雖然我已管不着什麼地獄和煉獄了
來到這裡，就是來到這裡
「主宰，讓我在這裡補贖」
煉獄該是一個理想的地方
就在天堂和地獄之間
我是不能進天堂了
本身既不是一個十全十美的魔鬼
又沒資格做一個起碼的天使
就[illegible]留在地獄的靈魂到來找我
好等我有個結束，有個開始

我是多麼的[illegible]自己是一個完全的自己
有什麼比靈[illegible]與肉身分離更苦
但是靈魂總是那麼沉醉，沉醉
而且有時候帶來一些消息

那些舊日的同伴咒罵我了
說現在的我還留戀着那些火
他們不知道我現在很冷
雪花飄着，飄着，永遠是一個多季
那麼，拖自己的肉身回去吧
向南方說：地獄近了

靈魂是怎樣受慣了火的煎熬的呢？
是時間，和一些趣味
現在我呀，也有點這樣的感覺了
我覺得：冷得舒服，冷得有趣
就讓我有兩個「自己」吧
兩個都是半個的自己
得不到完全的，有兩個「半個」也好
讓他們有時候吵吵嘴
說你不好，說我不好
或是帶給對方一些壞消息，像最近：
那些魔鬼們出賣了我
就讓他們出賣好了
他們會後悔的，比如：
有一天他們也恨起火來

流星社詩友配圖詩之二

嚴以敬的畫冊

以漫畫手法配合水彩寫香港生活片斷的阿虫，是嚴以敬（一九三三至二〇一八）的筆名，他一九六〇及七〇年代在報刊上繪政治漫畫，一針見血，是我熱愛的畫家；在禮頓道木球會對面開二樓書店傳達書屋，專售臺版文學、藝術書籍，是我常到的地方。其實，早在一九五〇年代，他已經常為青少年圖書插畫，如今我的書架上還有本亞洲出版社的《黑旗軍》，就是由他插圖的。

我買得這本《嚴以敬旅行寫生畫集》（香港自印本，一九五九），才知道他專精速寫和水彩。這本三十二開，四十多頁，「騎馬釘」，連書脊也沒有的小冊子，展示他底寫生作品三十多幀，封面上標明是「第一輯」，不知是否還有第二輯？

一九五八年，嚴以敬花了八個月的時間到臺灣旅行，流連山地和農村，寫下了大量「純樸的山地人和農民」富人情味的速寫和水彩。此中最吸引我的是在宜蘭繪的速寫〈重曳〉，初看是一頭耕牛吃力地拖着一輛極重的、載滿貨物的四輪木頭車，埋頭苦幹向前爬……，應該是極緩慢的移動，然而，整幅畫卻充滿力的動感。細看之下，原來簡單構圖的牛頭和農民的上半身重疊了，他彎起腰，曲了腿，和牛一起使勁地拉着……。

黃天石（傑克）在序中說嚴以敬的畫屬「後期印象主義派」，近似梵谷，不僅美，還挾有一股無比的熱力。

《重曳》

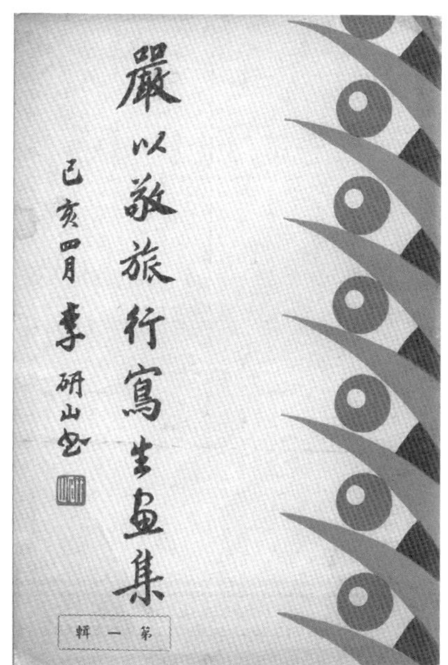

嚴以敬的畫冊

從書影
看香港文學
下卷
許定銘 著

目錄

第一輯
一九六〇年代

第二輯
一九七〇年以後

第一輯

一九六〇年代

旅遊家的小說

遲寶倫（一九二二至二〇一二）是香港的報界名人，他是出生於東北的山東大漢，經過二次大戰的洗禮，抗戰後定居香港。一九六〇年代遲寶倫曾任《工商晚報》總編輯，其後也在《星島》及《快報》工作。他熱愛旅遊，一九六〇年起，經常到世界各地旅遊，並以筆名上官寶倫寫過不少文章，出過不少與旅遊有關的書籍，創辦《星島日報》旅遊部，是文化界響噹噹的人物。

其實上官寶倫不單愛旅遊、創立旅遊事業，他還在各報刊寫過不少小說，甚至昔日流行的三毫子和四毫子小說也經常讀到他的作品，可惜這些不被重視的小書，經過幾十年歲月洪流的沖刷，如今坊間已盪然無存，至於正規的單行本，上官寶倫好像出得很少。新近在某舊書拍賣會上見有上官寶倫的小說《歧途》（香港亞洲出版社，一九六〇）上拍，遂匆匆趕去，一舉而得，大喜過望，此乃近幾十年唯一所見的上官寶倫小說。

《歧途》約四萬字，僅七十六頁的小書，寫一對年輕男女透過徵友而結交的愛情故事，很有時代感，一九五〇及六〇年代，生活艱苦、物質缺乏，所費極微的「徵友」是很流行的玩意。《歧途》是亞洲出版社的「袖珍傳奇」之十，這套叢書多為薄薄的小冊子，卻是製作精緻的軟皮精裝，第一種是傑克的《山樓夢雨》，其他還有郭良蕙的《默戀》、董千里的《寂寞紅》……。

歧途

版權所有

著者：上官寶倫

出版：亞洲出版社有限公司

發行：亞洲出版社有限公司

香港銅鑼灣怡和街八十八號

電話：七五八七五五

亞洲出版社有限公司台灣分社

台北市館前街五十號二樓

承印：田風印刷廠

香港高士打道二二一號

電話：七七〇七四五

中華民國四十九年一月初版

每冊定價港幣八角

書號：袖一〇號

《歧途》版權頁

上官寶倫的《歧途》

請閱本社出版的

袖珍傳奇

題材新穎・筆調雋永・價格廉宜

編號	書名	作者
袖1	山樓夢雨	傑克
袖2	野姑娘	石策
袖3	默戀	郭良蕙
袖4	歸人記	彭歌
袖5	太年山歷險記	韓夢花
袖6	毛教授的一家人	南宮搏
袖7	寂寞紅	董千里
袖8	人海雙姝	天虹
袖9	心賊	黃思騁
袖10	歧途	上官寶倫

——每冊定價港幣八角——

亞洲出版社的「袖珍傳奇」書目

《寄天國裏的母親》

從舊書拍賣網站上拍得李海眉的《寄天國裡的母親》（香港松柏出版社，一九六〇），使我對很有自信的「記憶力」產生懷疑！

李海眉即本港專研中國現代文學的史家李立明（一九二六出生）。我一九七〇年在《中報週刊》的附刊《文社綫》上連載〈香港青年文運的回顧〉，結識了一九五〇年代活躍於香港青年文壇，曾參加《靜靜的流水》、《棠棣》和《沙漠的綠洲》等合集籌組工作的李立明，他寫作勤快，當時已出了兩本散文集《寄天國裏的母親》、《心泉流迹》和短篇小說集《女皇》。

他把書各送我一冊，還說處女作《寄天國裏的母親》要再版了，叫我寫篇讀後感，後來還附於一九七一年再版的書後。只不過是近四十年的舊事，何以我一點印象也沒有？好像從未見過此書，完全忘記了有錢穆的題字和謝冰瑩的序？

這本包括三十八封信，厚達一百八十餘頁的散文集，是作者寫給他在天國裏母親的信，報告他一切的生活實況，很有連貫性，可視為一本長篇小說看。在這裏，我們看到一位華僑子弟如何刻苦奮鬥，我們看到了沸騰在年輕人血液裏的生命力。

《寄天國裡的母親》裏的信，感情真摯動人，賺人熱淚，而且寫的都是事實，是李立明年輕時代的血淚史！

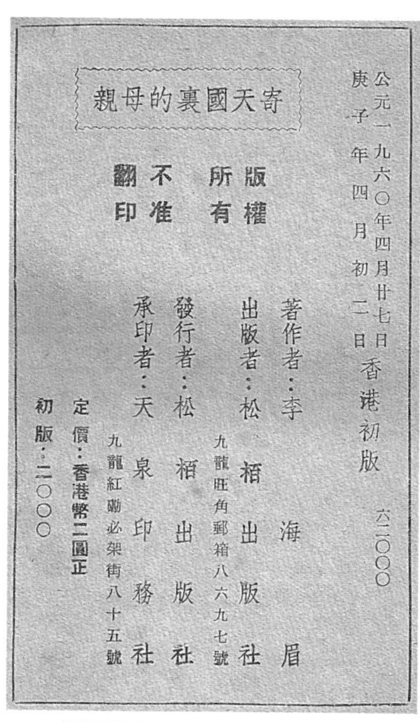

公元一九六〇年四月廿七日香港初版　六二〇〇〇
庚子年四月初二日

寄天國裏的母親

版權所有　不准翻印

著作者：李海眉
出版者：松栢出版社　九龍旺角郵箱八六九七號
發行者：松栢出版社
承印者：天泉印務社　九龍紅磡必架街八十五號
定價：香港幣二圓正
初版：二〇〇〇

《寄天國裡的母親》版權頁

李海眉的《寄天國裡的母親》

李海眉的《女皇》

我雖然丟失了李海眉的《寄天國裡的母親》，可幸還存有他親筆簽名贈我的短篇小說集《女皇》（香港松柏出版社，一九六三）。此書為三十二開本，厚一六七頁，由雨霖鈴設計封面，包含〈三代〉、〈愛的折磨〉、〈尋妻者〉、〈女皇〉、〈疊戀曲〉、〈因果〉、〈試金石〉……等十二個短篇。李海眉在自序裏，說他很喜歡寫歸僑父子間衝突的〈三代〉，寫他因失戀而大病的〈因果〉和考驗愛情的〈試金石〉，但卻偏偏以寫得並不出色的〈女皇〉作書名，很可能因小說中女孩的清秀可愛，深深地印在他的腦海裏，而夢寐難忘吧！

出了三本創作後，李立明很少再用筆名李海眉發表作品，一九七〇年代他轉向中國現代人物的探究工作，那年代我主編慈幼會的青年刊物《青年良友》和《新天地》，他不單經常為我撰寫文學家的傳記，還交來不少他任教張祝珊中學學生的來稿，使我的刊物生色不少。

退休後卜居三藩市的李立明，在人物傳記的研究上收穫甚豐，曾出版《中國現代六百作家小傳》（香港波文書局，一九七七），四集《現代中國作家評傳》（香港波文書局，一九七九至八二），近年還有兩集《香港作家懷舊》（香港科華圖書公司，二〇〇〇及〇四），均為水平甚高的工具書！

女皇

版權所有
翻印必究

公元一九六三年三月一日
癸卯年二月初六日 香港初版 六八〇七〇

著作者：李海眉
封面設計者：雨霖鈴小姐
出版者：松柏出版社
通訊處：香港九龍深水埗石硤尾AA座二〇五號三樓
發行者：松柏出版社
承印者：藝新印務公司
定價：港幣式圓正
冊數：壹仟本

《女皇》的版權頁

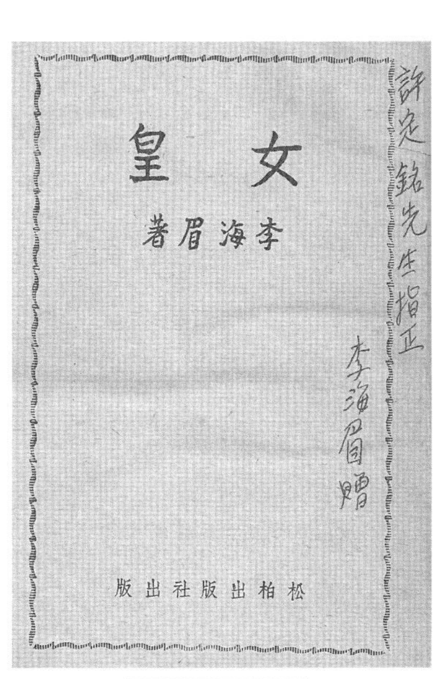

《女皇》的扉頁

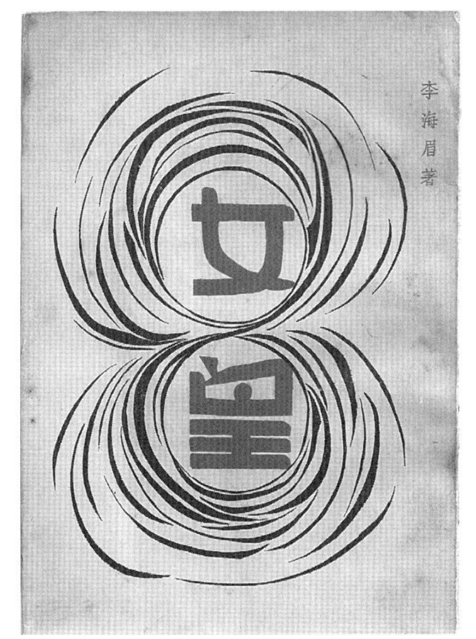

李海眉的《女皇》

李陽的微波

呂達、徐冀和南雁都是李陽的筆名，他是活躍於一九五〇年代的文藝青年，與舒巷城、海辛、羅琅等，都是香港「鑪峰雅集」最早期的文友，如今旅居北美，是八十開外的老人了，不知是否還有寫作？

李陽活躍於一九五〇及六〇年代的香港文壇，曾協助吳其敏編文學期刊《新語》；在萬葉出版社任職時，曾主編一套十冊的「南斗叢書」。他除了任編輯，還在報上寫專欄，經常投稿那年代的文學期刊，是當時很受重視的散文家。一九六〇年代出版的幾本合集《五十人集》、《五十又集》、《海歌 · 夜語 · 情思》和《市聲 · 淚影 · 微笑》，都收有李陽的作品。

李陽雖然創作甚多，但結集卻很少，除了署名徐冀，和羅琅合著的散文集《兩葉集》（香港宏業書局，一九六二）和《黑夜與黎明》（一九六四），我只見過這本《海與微波》（香港新月出版社，一九六〇）。

《海與微波》僅九十多頁，是本約六萬字的散文集，收〈木棉讚〉、〈一口井〉、〈舊歲〉、〈黑夜與黎明〉、〈海與微波〉、〈秘密〉……等十五篇散文。李陽在序中說，這些都是寫於一九五九年，一種「直接抒寫自己的生活感受和情緒，並且用另一種眼光去探索周圍的事物」的文章。他自謙這些散文幼稚，但知情者告訴我：李陽的散文常被人抄襲去徵文而多次得獎哩！

李陽的《海與微波》

李 陽 著

海 與 微 波

定價港幣一元二角

新 月 出 版 社 出 版

香港蘇杭街一二二號

大 千 印 刷 公 司 承 印

香港北角馬寶道六四號

版權所有・不准翻印

一九六〇年四月版

《海與微波》版權頁

擷星的詩人們

近讀香港某著名詩人的回憶錄文章，在談及一九六〇年代的詩人時，有「詩人尚木來自擷星社」之語。我與尚木相交相知超過四十年，從沒有聽過他曾參加過「擷星社」，只知道他一九六〇年代初期，曾與也是詩人的同學徐夜郊（關秉盛）組織過「草木社」，那是個兩人詩社，是那年代文社潮期間趁高興之舉，專為發表詩作時用的，從沒有起過詩社的實際作用。

其實「擷星新詩社」是另一群詩人在一九五〇年代的組織，他們結社的目的是互相鼓勵創作，並合作出版詩刊及詩集。如今大家見到的《擷星》（香港麗虹出版社，一九六〇）就是蕭文、夕陽、霜雲、于梵、紅葉和四郎六位詩人的合集。此書為三十二開本，七十頁收詩創作近四十首。這群愛擷星的詩人們是一九五〇年代，活躍於香港詩壇的年輕人，他們「只問耕耘而不問收穫」，「都有一顆堅定的心，抵受得住來自四方八面的熱雨、冷風的煎熬」，默默地創作，並交出成績。

然而，他們的詩生命很快隨流星而逝，終於把詩意埋在現實的生活裏，後來只有紅葉和夕陽還在香港的文化圈內活動。紅葉一直創作至一九九〇年代，出過《紅葉詩抄》（一九五九）和《紅葉芳菲》（一九九六）等幾本詩集。夕陽則在《夕陽之歌》（一九五八）和《擷星》之後，停止了詩作，轉任報刊的編輯。

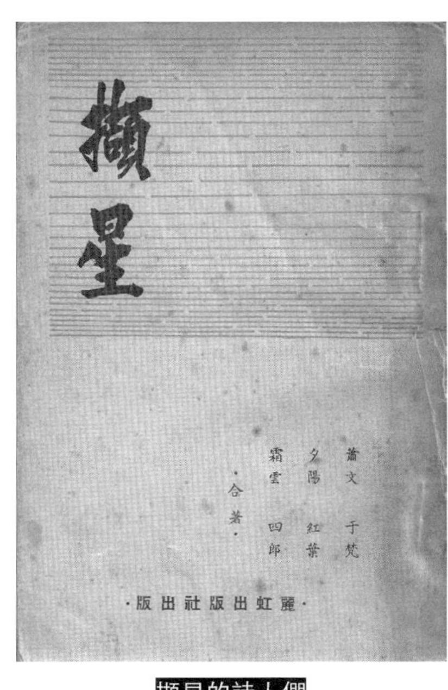

擷星的詩人們

執行編輯：夕陽

封面裝幀：黃瑞賢

擷星

六人新詩集

出版者：麗虹出版社

編輯者：擷星新詩社

香港干諾道中一五三號四樓

發行者：友聯書報發行公司

九龍窩打老道一一〇號

承印者：啓明印刷公司

灣仔洛克道五十七號　電話：七四七〇四

定價港幣九角

一九六〇年四月初版

・版權所有・翻印必究・

《擷星》版權頁

盧柏棠

上網查盧柏棠，得以下寥寥數語：

盧柏棠 ：一九三六年生於香港，原籍廣東中山。長期從事布匹圖案設計的工作，業餘醉心寫作。曾在報章撰寫專欄。著作有：《青葱一片》、《足以一醉》、《清茶集》和《春光尚好》等多種。

資料全來自劉以鬯的《香港文學作家傳略》，他的那幾本散文和小說集，都出版於一九八三至八四年間。

其實，盧柏棠在香港的文學活動要早得多，他一九五〇年代起，已在當時的文學報刊發表散文和小說，是《向日葵》（香港向日葵出版社，一九六〇）的組稿者，並在該書內發表新詩〈夜半無人私語時〉、〈我為妳圍上披巾〉和小說〈年青人的故事〉、〈黎明的呢喃〉。同年，與文友陳其滔合著小說集《黎明的星輝》（香港柏樹出版社，一九六〇）。

厚二八〇頁，達十五萬字的《黎明的星輝》收九個短篇，盧柏棠的部份佔〈生命的書〉、〈漣漪〉、〈青春的祝福〉、〈百花園的秋天〉、〈迷失的一代〉和〈當太陽再次昇起〉等幾篇，寫的都是年輕人身邊的故事。盧柏棠那一代人，經歷過兩次戰爭，目睹中國人的苦難，大都希望能以身報國，都希望中國很快能強大起來，把理想溶入小說中，雖略嫌稚嫩，卻很有潛質。

一九五〇年代的盧柏棠

《黎明的星輝》書影

版權所有
不准翻印

黎明的星輝

著　　者　盧柏棠　陳其滔

出版者　柏樹出版社
九龍汝洲街一三壹號五樓

總發行　高原出版社
九龍彌敦道七三九號金輪大廈16樓
電話：八〇〇七八八

承印者　友聯印刷廠

經售處　港九及南洋各大書局

定　　價　港幣二元五角
叻幣一元四角

一九六〇年八月香港初版

《黎明的星輝》版權頁

陳其滔的憂鬱

陳其滔是盧柏棠的文友，也是《向日葵》文集中十四位作者之一。他在集中自序內說：

在我第一次認識到文藝領域的淵深，寬廣時，我就對自己說過，我要把生命獻給這理想，我要向文藝的世界深討，我要參與創作的行列。

曾赴日本攻讀「工業美術」，而經常對案構思的設計師，把生命、理想獻給文藝，寫些「刻意描劃人生的陰暗面，暴露人性醜惡的作品」（見《二十五歲的憂鬱》自序），注定是個沉默而憂鬱的小生。此所以他寫了〈憂鬱的戀歌〉（收《黎明的星輝》），在編小說集時，也用短篇《二十五歲的憂鬱》作書名。

陳其滔除了創作，一九六三年七月，當《華僑文藝》改版為《文藝》時，他還加入作為編委，寫了不少東西，連載了長篇《晚禱》，還作過出版的預告，後來不知是否順利出版？

《二十五歲的憂鬱》（香港未名書屋，一九七六）約十萬字，收〈殘夢〉、〈待拯救的靈魂〉、〈悲愴交響樂〉、〈懺悔〉、〈驚夢記〉、〈失去的露西〉……等九個短篇，全是他一九六〇年代發表於《文藝》、《文壇》和菲律賓《劇與藝》上的作品。寫葉芝娜的失戀及對婚姻徬徨的〈二十五歲的憂鬱〉，明顯不是集中最好的作品，可能他就是偏愛「憂鬱」二字。

二十五的憂鬱

著　者：陳其滔
出版者：未名書屋
地　址：香港軒尼詩道350號22樓
電　話：5-752147
總發行：平價書屋
地　址：香港軒尼詩道497號閣樓
5-772716
九龍旺角西洋菜街62號
3-962552
印刷者：福志柯式印務公司
香港灣仔謝菲道394號
初　版：一九七六年一月
印　數：三千册
定　價：港幣四元五角正

《二十五歲的憂鬱》版權頁

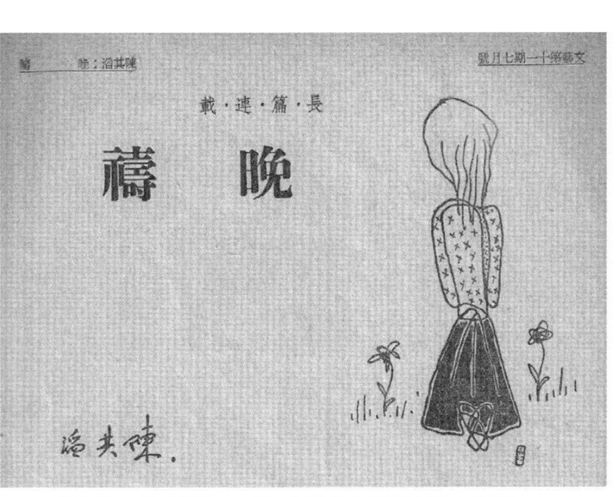

楚戈（袁德星）為連載的《晚禱》插圖

陳其滔《二十五歲的憂鬱》

綻放的《向日葵》

失而復得的東西往往是最珍貴的！

一九九五年我旅居加拿大，托運了一百二十箱書，豈料抵達彼邦時，只得一一八箱，失去的兩箱究竟是甚麼書，不得而知，但我肯定不見了《向日葵》！

《向日葵》（香港向日葵出版社，一九六〇）四十年前得自紐約戲院時代的三益書店，是本青年文集，我曾譽之為「香港青年文運第一次高潮中的里程碑」。那年代，香港文藝青年愛出合集，如《靜靜的流水》、《沙漠的綠洲》……，而以《向日葵》的水平最高。

《向日葵》的作者是：潘兆賢、盧柏棠、滄海、林蔭、陳其滔、玉笛子、鐵輝、吳天寶、新潮、羅匯靈、蘆荻、古樸、諸兆培、子匡等十四人。他們都是活躍於那年代的文藝青年，如今應該全是「古來稀」以上的長者了。三百多頁的書內，每人各有獨立小輯，等於十四本小書合釘一起。

《向日葵》出版至今四十八年，未聽聞誰曾擁有過，即使參與其事的林蔭，印象也很模糊，他依稀記得該書是由盧柏棠主催出版並編輯的，每人出資六十元，印數不多，事後各分得十冊，現在是一本也沒有了。十四個文藝青年，以林蔭最「長氣」，如今是著作等身，出版小說數十種。

《向日葵》封面

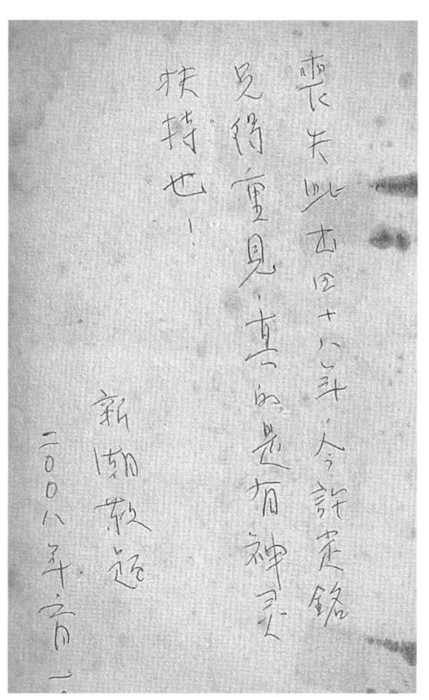

新潮的題字

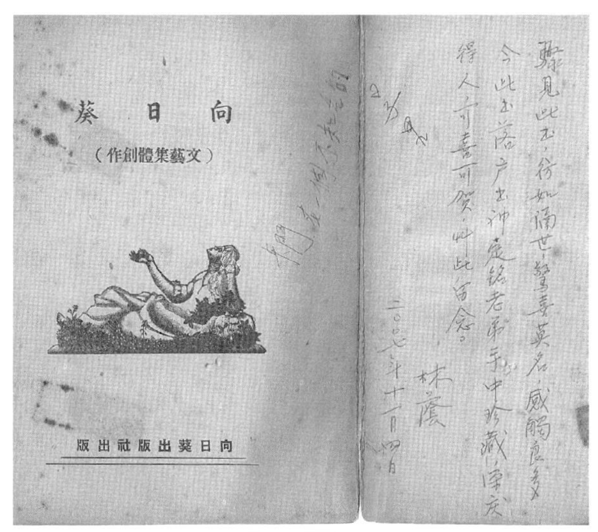

林蔭的題字

《荒原喬木》

我把最近從網上拍得的《向日葵》帶給林蔭（一九三六至二〇一一）看，他撫摸良久，不肯放手，最後在書內寫下：「驟見此書，彷如隔世，驚喜莫名，感觸良多。今此書落戶書神老弟手中珍藏，深慶得人，可喜可賀，草此留念。林蔭二〇〇七年十一月四日。」

我同時給他看了另一本青年合集《荒原喬木》（香港同文文學社，一九六三），林蔭在該書中有短篇小說〈影子之戀〉，他居然說完全忘記了。但我是不會忘記的：許定銘的散文第一次在書內出現的，就是刊於此的〈沉思走筆〉。

由同文文學社編印的《荒原喬木》是本僅七十四頁的小冊子，書分小說、散文和新詩三部，收陳馳騁、林蔭、于翎、野望、李廬頤、童常、草川、馬覺、羊城……等十九篇作品。這些作者當年都是年輕人，部份還是中學生呢！

香港一九五〇及六〇年代出過十多本這類青年文集，轉瞬間四、五十年過去了，能留下來的書似鳳毛麟角，是不是該有些機構或有心人，把這些書收集起來，讓有興趣於香港文學的人讀讀，讓那些並不了解香港的人，知道香港其實不是「文化沙漠」？

我最有興趣的是：那些熱衷文藝的青年，還有多少繼續埋首創作？都到哪去了？

《荒原喬木》

油印本《同學文集》五

西西的畫

西西自一九五〇年代起，在本港寫詩，寫散文、小說，其實她還喜歡繪畫，有時會在她的書內加上一些速寫。附圖的這幅速寫是西西繪於一九五九年的，恐怕她的「粉絲」們多未見過。

十四位活躍於一九五〇年代的文藝青年，半世紀前出過一本集體文集《向日葵》（香港向日葵出版社，一九六〇），此書的體制像十四本小書合釘一起，在個人作品的組合前要改個書名，並附玉照一幀。此中有位叫「新潮」的，在他那組《金色的足印》前不用照片，卻別開生面用了這張速寫像，他告訴我，這是他年輕時的文友西西畫的。

「新潮」原名龔森泉，一九五〇年代的少年時期已熱愛寫作，頻向報刊投稿，與盧因、金炳興、崑南、西西、王無邪……等人交往，踏足社會後遠離文學，從事財經金融的翻譯工作。然而，文學的種子仍深埋在他的心田裏，有空時總會寫點東西自娛。一九八〇年代，他有機會為「環球出版社」寫書，用筆名「江思蓓」寫了大量流行小說：《雲想衣裳花想容》、《夜未央》、《錯愛》、《琴緣》、《嚴冬》、《霧裡情》、《蝴蝶》、《留在心間》……等二十多種，長短篇都有，是那年代極受歡迎的流行小說名家。

龔森泉是香港因寫文學作品無法謀生而變身的好例子。

江思蓓的書之一

江思蓓的書之二

西西為江思蓓（新潮）繪的側像

西西的第一本書

馬利亞是個富家女，她嚮往自由，不愛讀書，不愛工作，不愛金錢，不愛住花園豪宅，只喜歡無憂無愁地過平淡生活。故此，在父母去世後，馬利亞便帶了她的狗貝貝，住到沙灘邊的車房去，睡鋪在地上的牀褥，用蘋果箱當傢具，吃麪包、香腸和蕃茄，日日與貝貝跑沙灘、看太陽，與可愛英俊的男孩：東尼、阿倫、馬克交往，過理想的愛情生活……。最後，馬利亞遇溺，被救後失憶，把先前的生活方式全忘了，回到大宅過富家女生活。

這是西西第一本書《東城故事》（香港明明出版社，一九六六）的故事情節。此書是蔡浩泉所編「星期小說文庫」之一，是一九六〇年代文學水平甚高的「四毫子小說」，書中有「蔡頭」以筆名 R. S. 的插畫九幅，相當漂亮。

《東城故事》是四萬字的中篇，書分八章，都用第一人稱「我」寫成。不過，此「我」有時是馬利亞，有時是東尼，有時是阿倫，有時是馬克，有時是作者西西，甚至有時是狗兒貝貝。不同的「我」，用了不同的視角看事件，表達不同的意識與心境，構成了複雜的層面，展示了同一件事的多方看法。最特別的是每到某一階段，西西即插入了電影術語：轉位、淡出、推鏡頭、溶、背景音樂……。很明顯，寫作時她已有了作為電影劇本的打算。一九六〇年代，把電影溶入小說的寫法是種創新手法。

星期小說文庫　196

本刊訂閱價目表	半年26期	全年52期
港澳（連郵港幣）	10元	20元
外埠（連郵港幣）	14元	28元

東城故事　•每冊四角•

著作者：西　西

編輯者：星期小說文庫編輯委員會

繪圖者：R.　S.

出版者：明　明　出　版　社
香港灣仔謝斐道399號4樓
電話：七二〇七一七
郵政信箱：14363
電報掛號：三三四一

總代理：胡敏生記書報社
香港灣仔船街卅二號地下

印刷者：誠泰印務公司
香港英皇道653號14樓
電　話：712713•708224

1966年3月A版
Printed in Hong Kong

《東城故事》版權頁

蔡浩泉的插圖

西西的《東城故事》

具「飄口」的《勁草集》

除了毛邊本，一般圖書的三邊都是切得齊口的，只有極少數裝幀得很精緻的書，會在三邊都突出約二至三毫米的「突邊」；這種突邊，有個甚少人知的術語叫「飄口」。凡具「飄口」的圖書，幾乎都是「軟精本」，即是在封面、封底及書脊內都加了軟卡紙，使圖書的外觀挺直，加上「飄口」的保護，書籍美觀而耐用。配上這些裝置，圖書的成本自然提高，不是很特別的書，出版家一般都不肯下重本！

大家現時見到的張千帆底《勁草集》（香港新地出版社，一九六〇）就是本具「飄口」的小書，薄薄的才不過一一二頁，但漂亮的書衣卻十分吸引：堅挺於蔚藍雲層下與疾風中的勁草，從封面一直延伸至書後，在你們見不到的封底，還有一只直衝雲霄的小鳥，隱喻引人沉思！

《勁草集》書分三輯，收十三篇與中外文學及書畫有關的雜文，史復（羅孚）在序中說這些「魯迅式」的雜文是疾風中的勁草，「它是有勁頭的，讀起來，我們確也感到一股股勁，一道道力」。

張千帆（？至一九七一）原名張任濤，一九五〇至六〇年間活躍於香港文壇，致力推動文化事業，當年的文學雜誌《新語》、《茶點》、《鄉土》及《文藝世紀》，都是由他主催出版的。

勁　草　集

張千帆著

香港新地出版社印行

香港九龍尖沙咀康和里十一號三樓

大千印刷公司承印

香港北角馬寶道六十四號

一九六〇年九月版　文/625　P. 137　32K

《勁草集》版權頁

張千帆的《勁草集》

姚拓和《五里凹之花》

姚拓（一九二二至二〇〇九）一九五〇年從南京到香港，不久即加入友聯出版社，曾任《中國學生周報》、《大學生活》社長與總編輯。一九五七年移居馬來西亞，歷任《學生周報》、《蕉風月刊》社長、馬來西亞友聯出版社及馬來西亞文化事業有限公司總編輯，一生與文化結緣，被稱為「蕉風之父」。他的創作以小說和戲劇為主，重要的作品有《二表哥》、《彎彎的岸壁》、《四個結婚的故事》、《五里凹之花》……等。

《五里凹之花》（馬來西亞蕉風出版社，一九六〇）是篇二萬多字的中篇，寫投筆從戎的大學生唐上尉，一九四四年在雲南怒江邊的小鎮長安，和五里凹村長女兒小芳的戀愛故事。他們從相識到私訂終生，到小芳被迫嫁給早已訂親的十三歲少年，到他們得到好友周阿塞的協助私奔，最後過着愉快的生活……，以明確而輕快的調子，奏出一闋粉紅色的戀曲。

姚拓從事文化工作之前的一九四〇年代，曾入伍當軍多年，他自「中央陸軍軍官學校第一分校步兵科」畢業後，轉戰中國南北各戰場，抗戰後期姚拓駐紮在雲南的保山，對當地少數民族的生活了解甚深，《五里凹之花》內民生風貌的描述來自真實體驗，感染力頗強。一九六五年，香港正文出版社加入了他的〈職業病〉和〈奇跡〉，也出過一版中篇小說集的《五里凹之花》。

馬來亞版的《五里凹之花》

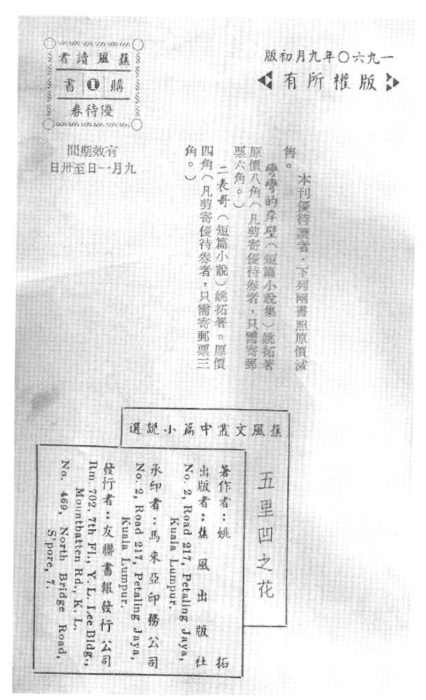

一九六〇年九月初版

版權所有

本刊優待讀者，下列兩書照原價減售。

彎彎的岸壁（短篇小說集）姚拓著原價八角（凡剪寄優待券者，只需寄郵票六角。）

二表哥（短篇小說）姚拓著。原價四角（凡剪寄優待券者，只需寄郵票三角。）

蕉風讀者
購❶書
優待券

有效期間
九月一日至卅日

蕉風文叢中篇小說選

五里凹之花

著作者：姚拓

出版者：蕉風出版社
No. 2, Road 217, Petaling Jaya, Kuala Lumpur.

承印者：馬來亞印務公司
No. 2, Road 217, Petaling Jaya, Kuala Lumpur.

發行者：友聯書報發行公司
Rm. 702, 7th Fl., Y. L. Lee Bldg., Mountbatten Rd., K. L.
No. 469, North Bridge Road, S'pore, 7.

《五里凹之花》版權頁

方紀谷即思果

方紀谷即散文家思果（一九一八至二〇〇四），他一生出過二十多種散文集，早年在香港出版的有《私念》（香港亞洲出版社，一九五六）、《藝術家的肖像》（香港亞洲出版社，一九五九）和如今大家見到署名方紀谷的《河漢集》（香港高原出版社，一九六二），其他的多在臺灣出版，還以《林居筆話》（臺北大地出版社，一九七九）奪第十四屆中山文藝散文獎。

《河漢集》以性質分成五輯，收散文二十一篇，事實上所收的不外有關學術的和生活的兩類。有關學術的文章，談〈聊齋〉、〈顏氏家訓〉到〈關於費次玖羅〉、〈四福音書的文學〉和〈英國近代散文〉，顯示了作者學貫中西，對文學及翻譯的修養甚深；生活上的抒情，像〈別離〉、〈難得的假期〉、〈牛皮紙的包裹〉等，則反映出他是個深情的「住家男人」、好爸爸。

一九五九年我讀小六，鄰居有位家中藏書滿架，在出版社工作，也是姓許的伯伯，知道我喜歡看書，借給我一本叫《海的禮物》的散文集，寫的是作者到一個無人居住的海島，在海邊思考人生的智慧結晶，印象雖然深刻，卻想不起是誰的作品。今天翻查思果的資料，卻意外地發現那本《海的禮物》（香港友聯出版社，一九五九），是林白夫人（Anne Morrow Lindbergh, 1906-2001）的傑作，原來正是思果翻譯的！

思果《黎明的露水》

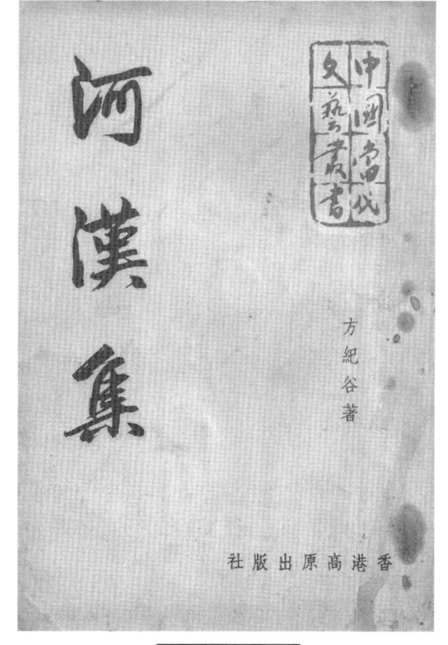

方紀谷即思果

剪報

愛書人讀報，發現好文章或喜愛的專欄，總會把它們剪存，甚至貼成剪貼簿，以留作資料或他日重讀。這種剪貼簿大致可分兩類：一是同一作家的作品，經剪存後，就成了他的專著，方便研究；一是報上的專版，剪存後重讀，可以知道該版在某一時段內的風格，甚至可了解那段時日內文壇的走勢。

以往香港的報紙，得圖書館青睞，願意珍藏原本或微型膠片的不多，研究者只能靠前人的剪報以協助。不幸的是，這種剪報也甚少機會流到舊書店去，因為每當清理舊物時，剪報就會被當作廢紙處理掉。不過，近日讀書界已漸開始注意到剪報的價值，像如今大家見到的這本製作精美的剪報——《香港時報一九六〇年的一個周刊〈讀書生活〉》合訂本，就是從拍賣會拍回來的！

這本剪報是藏書家黃俊東的舊物，保持了他一貫作風，製作認真以外，喜歡留下墨寶，內頁錄了綠原譯蘭多的詩句：「我不與人爭，勝負均不值。我愛大自然，藝術在其次，且以生命之火烘我手。它一熄，我起身就走。」俊東真豁達！

時報的《讀書生活》是半張報紙的版位，每周一次，以新舊作家的評介及新書評論為主，俊東以筆名克亮及新園在此寫了不少文章，後來多收進他的《書話集》中。其餘經常執筆的，有陳實、余非、靜園、余生晚、譚娉婷、顧樹型、孫煒……

黃俊東的剪報

黃俊東（二〇一三年十一月攝）

漂亮的港產「重印本」

我非常重視書籍的封面設計，看書的「第一享受」往往能刺激讀者的購買慾而增加銷路。一九五〇年代的港產「重印本」中，有些不但封面設計漂亮，內容還會剪裁，並寫評論推介，像如今大家見到的莊瑞源《孤獨者的靈魂》（香港國光圖書公司，一九五九）便是。

莊瑞源（一九一七至一九七七）是活躍於一九三〇至四〇年代的福建晉江文人，同濟大學畢業的醫生，曾參加文學團體「今日文藝社」和「南荒社」，出過散文集《貝殼》、《鄉島祭》和小說集《窮巷之冬》、《生——遠景》、《孤獨者的靈魂》。

《孤獨者的靈魂》一九四七年出版於上海萬葉書店，原收十一個短篇，香港「國光版」由聞大軍（甘豐穗） 剪輯後，只剩下〈安息〉、〈漂亮的女人〉、〈孤獨者的靈魂〉、〈主婦〉、〈故事五篇〉、〈智慧之路〉和〈一個女人和兩個男人〉七篇。他還在書前寫了篇〈作家和他的才能〉作代序，盛讚莊瑞源「有卓越的才能，他就能把一些在人們心目中，平凡的不去注意的事物，寫成瑰麗無比、彩色奪目的文藝作品；他有卓越的才能，他就能撿拾到，在人們生活中誰也不去注意的痕跡……」。

甘豐穗（一九一九至二〇〇五）能寫能畫，不知這個漂亮的封面，是他自己設計的，還是出自「拍檔」譚秀牧的手筆？

漂亮的港產「重印本」

編書者甘豐穗

香港版舊書難求

香港是個小地方，「據說」無文化，是「文化沙漠」，奇怪的是，一九五〇及六〇年代的港版文學舊書難求，甚至比一九二〇及三〇年代內地的文藝書更少見。比如鹿橋的《未央歌》，是一九五八年香港人生出版社初版的，我至今未見；又如侶倫的代表作長篇小說《窮巷》，一九五〇年曾印過幾版，也是無緣得見。這些老書是入了識貨人之手，藏於私閣？還是在沒有文化、金融掛帥的商業大都會中被淘汰？天曉得！

一九六〇年左右，不知何故，有彭歌等著的短篇小說集《道南橋下》寄到家裏，當年我初上中學，對文藝甚感興趣，捧讀後印象深刻，不過，到底是五十年前的舊事了，如今只記得其中有徐速的〈十誡〉，寫一個「十誡」都犯齊的年輕人告解故事。其他的作者還有彭歌、墨人、郭衣洞……等臺灣作家。五十年來我一直關注香港舊書，可惜從未再見失去了的《道南橋下》。

直到最近，友人為我找到了久違的《道南橋下》，此書有二三九頁，收：彭歌〈道南橋下〉、郭衣洞〈夾河〉、魏希文〈小鎮上〉、公孫嬿〈炮戰〉、郭良蕙〈異鄉人〉、趙滋蕃〈被埋葬的喜劇〉、徐速〈十誡〉和劉以鬯〈土橋頭〉等八篇。此中僅後面三人是香港作家，前面的五位，都是臺灣作家，特別要提的，那位「郭衣洞」，即是後來享譽文壇的「柏楊」（一九二〇至二〇〇八）。

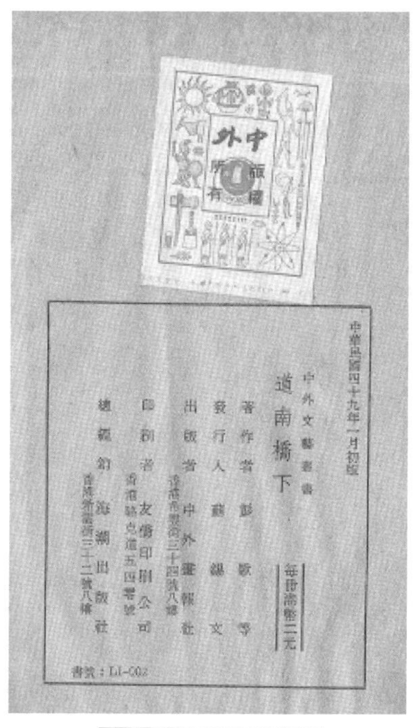

中華民國四十九年一月初版

中外文藝叢書

道南橋下

每冊港幣二元

著作者 彭歌等

發行人 蘇綠文

出版者 中外畫報社
[illegible]三十四號八樓

印刷者 友僑印刷公司
香港駱克道五四[illegible]號

總經銷 海潮出版社
[illegible]三十二號八樓

書號：LI-002

《道南橋下》版權頁

文章見報後，有朋友贈我《道南橋下》

侯榕生的《酒後》

女作家侯榕生（一九二六至一九九〇）生於榕城福州，成長於北平，後來住過臺灣，留學菲律賓，一九六四年後移居美國，長住華盛頓。她一九五〇年代初開始寫作，以小說、散文較多，主要在臺灣出版，在香港出版的有《酒後》（香港中外文化，一九六一）、《北京歸來與自我檢討》（香港文藝書屋，一九七三）和《隴西行》（香港三聯，一九八七）。

出版《酒後》的香港中外文化事業有限公司由蘇錫文主持，一九五〇年代出版中外畫報雜誌，其時住在臺北的侯榕生在此寫稿，及後收集所刊小說〈六表哥〉、〈靜安禪林的故事〉、〈寡婦〉、〈寂寞〉、〈爐邊閑話〉……等九篇結集成書。壓卷的〈酒後〉，寫已是兩個孩子母親的她，戀上了成熟穩重且英俊的他。無奈他卻熱愛妻子與家庭，男女雙方雖有情意，卻不想「喜劇開始，悲劇結尾」而臨崖勒馬。侯榕生在自序中說她的小說「不是親身經歷的，即是親眼所目睹的」；〈酒後〉中的女主角描寫細膩，心理矛盾衝突有獨到的刻劃，信焉！

《酒後》的九篇小說，每篇均附高寶的插圖一幅。高寶是流行小說家三蘇、小生姓高（高雄）的妹妹，一九五〇及六〇年代本港報刊插圖炙手可熱的人物，所繪女性尤其漂亮、性感，可惜她已退休多年，畫作難得一見了。

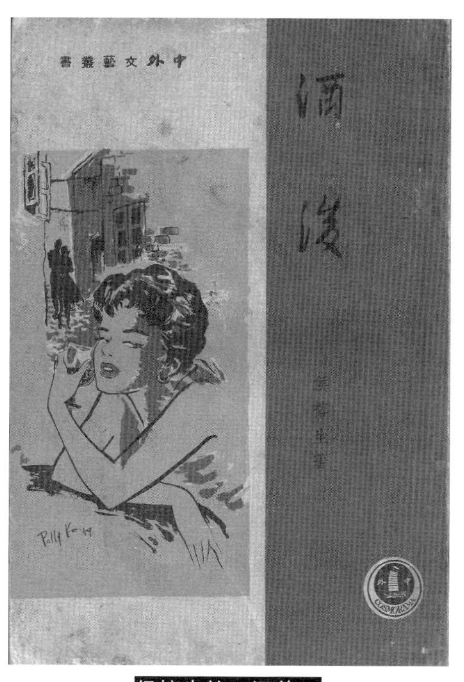

侯榕生的《酒後》

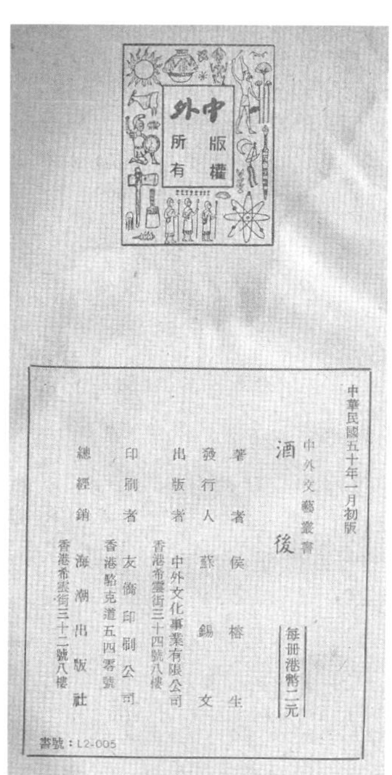
中外
版權所有

中華民國五十年一月初版

中外文藝叢書
酒後

每冊港幣二元

著者 侯榕生
發行人 蘇錫文
出版者 中外文化事業有限公司
香港希雲街三十四號八樓
印刷者 友僑印刷公司
香港駱克道五四零號
總經銷 海潮出版社
香港希雲街三十二號八樓

書號：L2-005

《酒後》版權頁

他燃燒了荊棘

一九六〇年代初，從臺灣師範大學畢業回港的文藝青年盧文敏（一九三九出生），在教學之餘決心投入香港這塊「文藝沙漠」，開墾綠洲以惠後來的文藝「發燒友」。他不單自己努力創作小說以作典範，還出版期刊《文藝沙龍》，類似《中國學生周報》的《學生生活報》，後來還加入丁平主編的《文藝》月刊任編委……，可惜幾年後即偃旗息鼓往寶島謀生。

盧文敏擅寫小說，他的短篇曾入選友聯的《新人小說選》和李輝英編的《短篇小說選》，又曾參與《靜靜的流水》和《五月花號》的出版，在《學生生活報》編過小說集《遲來的春天》……，是香港一九六〇年代青年文壇舉足輕重的人物，可惜一直沒有他的消息。近日得好友小說家柯振中引見這位回港度假的文壇前輩，三人相談甚歡，他還贈我一冊《燃燒的荊棘》（臺北縱横詩社，一九六一），超過半世紀的詩集，珍貴異常。

盧文敏告訴我，除了文學小說，為了謀生他還用多個筆名創作及出版了數十本流行小說，而《燃燒的荊棘》則是他唯一的詩集，收創作四十多首，在書裏他用青春的歲月，唱出了生命的烈火，用詩歌熔解了西伯利亞的寒流，用烈火焚燬了滿途的荊棘，展示出新一代背負着時代的十字架，是一位熱血文藝青年，「以血去呼喊黎明，以淚去凝聚痛苦，以心去點燃火炬」的記錄！

《燃燒的荊棘》書影

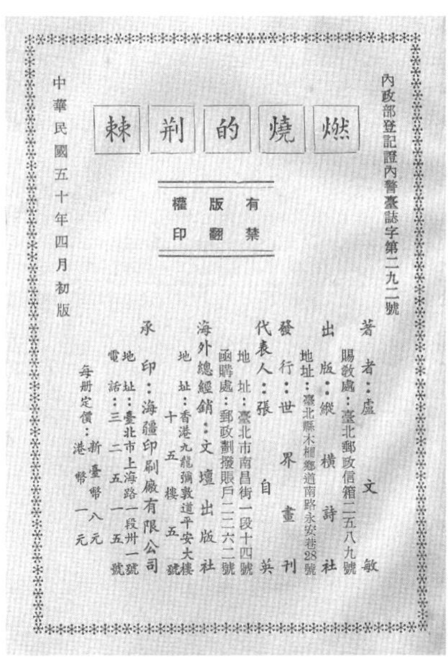
內政部登記證內警臺誌字第二九二號

燃燒的荊棘

有版權
禁翻印

著者：盧文敏
賜教處：臺北郵政信箱二五八九號
出版：縱橫詩社
地址：臺北縣木柵鄉道南路永安巷28號
發行：世界畫刊
代表人：張自英
地址：臺北市南昌街一段十四號
函購處：郵政劃撥賬戶二二六二號
海外總經銷：文壇出版社
地址：香港九龍彌敦道平安大樓十五樓五號
承印：海疆印刷廠有限公司
地址：臺北市上海路一段卅一號
電話：三二五一五號
每册定價：新臺幣八元 港幣一元

中華民國五十年四月初版

《燃燒的荊棘》版權頁

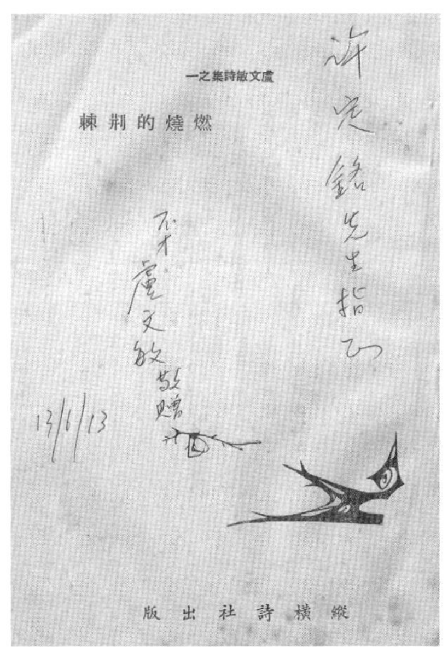
盧文敏詩集之一

燃燒的荊棘

縱橫詩社出版

盧文敏簽贈

皇甫光的小說

一九五〇年代活躍於香港的小說家皇甫光，原名黃六平，江西南昌人，一九四一年在重慶一所大學研究部工作時，受美國作家奧・亨利（O. Henry）作品的影響，開始學習寫作。一九四七年到香港後，以寫作為業，一九五〇年代初的三兩年間，寫了近百萬字的五六百篇掌中小說。這些小說均以日常生活中，因巧合而發生的事件作題材，大多輕鬆幽默兼而有之，頗受年輕人歡迎，後結集《無聲的鋼琴》與《模糊的背影》（創墾出版社，一九五四）出版。

《無聲的鋼琴》，一九五二年由創墾出版社初版，我藏的這本，是一九六一年海天文化服務社的修訂再版本，三十二開一九八頁，內收〈鏡框裡的小狗〉、〈銷貨新術〉、〈忠於藝術的演員〉、〈非賣品的少女畫像〉、〈二十個傻瓜〉……等三十五個掌中短篇，書前還有篇〈重版自序〉，記述他學習寫作的經歷及寫作態度。

《遺產》（香港南國出版社，一九五三）也是三十二開本，有一七六頁，卻只收〈買錶的故事〉、〈專家與扒手〉……等十一篇，較《無聲的鋼琴》裏的要長很多，是皇甫光小說的另一種寫法。

皇甫光還出過《伶仃曲》（虹霓出版社，一九五五）和《枯樹花》（香港友聯出版社，一九五五），但很少見。一九五〇年代末及六〇年代初，他曾兩次赴星馬教中學及大學，在那邊也寫了不少東西，有大量讀者。他還用向夏這個筆名寫過其他類型的作品，晚年定居美國。

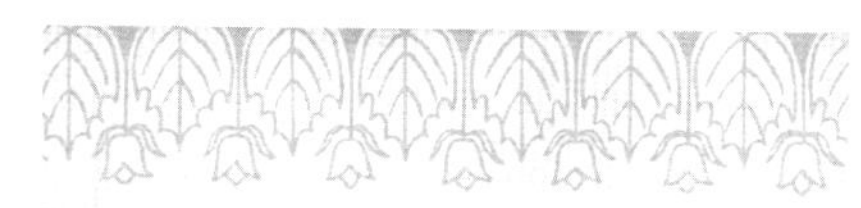

蕭逢天主編
南國文藝叢書

遺產

皇甫光著

南國出版社出版
宇宙書店發行

《遺產》

海天文藝新刊

無聲的鋼琴

皇甫光

《無聲的鋼琴》

極少見的皇甫光《伶仃曲》

《五十人集》

原名張任濤（？至一九七一）的張千帆，又名張建南，活躍於一九五〇及六〇年代的香港文壇，致力推動文化事業，當年由他主催出版的文學雜誌有《新語》、《茶點》、《鄉土》及《文藝世紀》；六人合集則有《新綠集》、《新雨集》、《紅豆集》和《南星集》。其實，還有《五十人集》和《五十又集》都是。

顧名思義《五十人集》（香港三育，一九六一）是五十位作家的合集；而《五十又集》（香港三育，一九六二），則是因為《五十人集》大受歡迎，翌年再次推出的續集。兩本文集雖然同刊五十篇散文，但作者則不盡相同，共約為七、八十人；後者還包括了部份星馬及澳門的作家。這兩本書都是由《新語》的吳其敏編輯，並由《文藝世紀》的主編詩人夏果設計封面的。

五十位作家中，有詩人、小說家、散文家、畫家、攝影家……，不同的身分，不同的專長，文章風格各異，葉靈鳳在《五十又集》的後記裏說，這是五十個人的生活、思想、愛好及不同的社會面貌，彷彿聆聽五十個朋友的談話，新鮮而親切。五十篇文章有遊記、歷史掌故、生活趣味……，以性質分成好幾輯，作者有：王季友、史復、何達、朱省齋、曹聚仁、葉靈鳳、林靄民、黃般若、高伯雨、梁羽生、高旅、李凡夫、侶倫、阮朗、史得、陳君葆、夏果……，全都是當時文壇上頂尖角色。

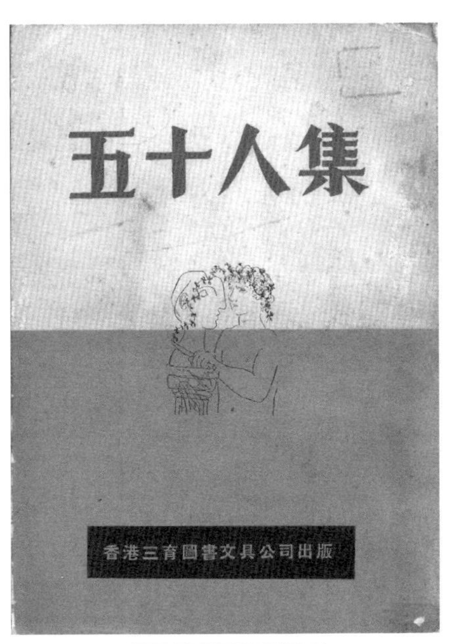

《五十人集》書影

五 十 人 集

張千帆等著

定價四元六角

出版
發行：三育圖書文具公司

香港九龍彌敦道五八〇號

印刷：中央印務館

香港西營盤荔安里十九號

一九六一年七月版 1/25 P. 358

《五十人集》版權頁

《五十又集》

娛樂他人的小說

劉以鬯把他所寫的小說分成「娛樂他人」和「娛樂自己」的兩類。「娛樂自己」指的是《酒徒》、《寺內》、《對倒》、《打錯了》……等，不理會有無讀者，用實驗方法去自我娛樂的創作。相信他自己也想不到，這些原以為少人愛讀的作品，不停再版又再版，為他贏來崇高的榮譽。反而早年為謀生而寫，數以千萬字計，「娛樂他人」的流行小說，卻漸漸隱藏在歲月背後，變成收藏家鳳毛麟角的珍品了。

劉以鬯今年奪香港書展首屆年度作家獎，在書展的「文藝廊」內展出了他數十年來不肯示人的珍藏物品，此中就有大量他一九五〇及六〇年代出版的流行小說單行本，像《第二春》、《龍女》、《雪晴》、《星加坡的故事》、《私戀》、《天堂一角》……等，都是相當罕見的。

此中有一冊《蕉風椰雨》（香港鼎足出版社，一九六一）只見封面書影，不見「書肉」，奇怪！此書是本約五萬字的中篇，寫少女花蒂瑪周旋於丈夫張乃豬和情人梁亞扁之間的悲劇。一邊是愛情，一邊是飯票，十八歲的山村少女如何抉擇？《蕉風椰雨》的故事背景是馬來西亞的偏遠山芭，馬來人對唱的情歌，當地的用語：亞答屋、甘榜、宋谷、腳車……反映出即使是寫流行小說，劉以鬯也經過資料搜集才動筆，絕不馬虎！

蕉 風 椰 雨

著作者 劉 以 鬯

出版者 鼎足出版社
發行者 南天書業公司
香港摩利臣山道五十二號二樓
電話：七六五二八八

印刷者：文風印刷出版公司
香港軒尼詩道一二五號
電話：七六四六六一

1961年8月 初版 H.K.$1.20

Printed in Hong Kong

定價港幣一元二角

《蕉風椰雨》版權頁

劉以鬯娛樂他人的小說《蕉風椰雨》書影

初版本《酒徒》

劉以鬯的《酒徒》一九六二年在《星島晚報》連載時，正是我熱衷「現代文學」的年代，每日黃昏都趕回家去看報紙。那時候在香港要看用意識流及內心獨白技巧寫的小說和散文很少，在報上連載的《酒徒》對我學習寫作影響甚大，此所以書一出版，我迅即購下珍藏，想不到書一直存到五十年後的今天。

《酒徒》（香港海濱圖書公司，一九六三）的封面設計清雅：白底，中間一塊丁方四吋的灰色，左上角有書法家王植波（寫小說時筆名王樹）紅色楷書「酒徒」，劉以鬯的署名黑色右下互相對稱。設計雖然不錯，但我和劉先生一樣，更愛書的扉頁。

劉以鬯在〈呂壽琨為《酒徒》設計的封面〉（見《暢談香港文學》）中說，當年他很欣賞被稱為「第一位中國抽象派畫家」呂壽琨水墨的畫風，及他對《酒徒》的新視角，故請呂壽琨為《酒徒》設計封面。可惜出版商對劉以鬯認為「高雅脫俗，自出心裁，將抽象畫的技法與水墨畫的特質糅合在一起」的五幅稿都不滿意，幾經交涉才選出最精采的一幅作為書的扉頁。呂壽琨稱這幅「題字」為畫，在畫家的心中：字和畫不分家，同是藝術品。

打開這本珍藏，令我感到意外的，是當年買到此書時，我竟在扉頁的書名下簽了名，此舉甚少見，好像僅此一冊。一九六四年我讀高二，那時的簽名是這樣的嗎？連自己也認不出來了！

封面題字：王植波
扉頁設計：呂壽琨

酒徒

著作者：劉以鬯
出版者：海濱圖書公司
The Seashore Publishing Co.,
香港干諾道中56號4樓
56 Connaught Rd. C. 3rd fl.
Hong Kong
印刷者：大眾印刷公司
香港英皇道九四七號
定價：港幣四元

1963年10月版 [No. 3835]

《酒徒》的版權頁

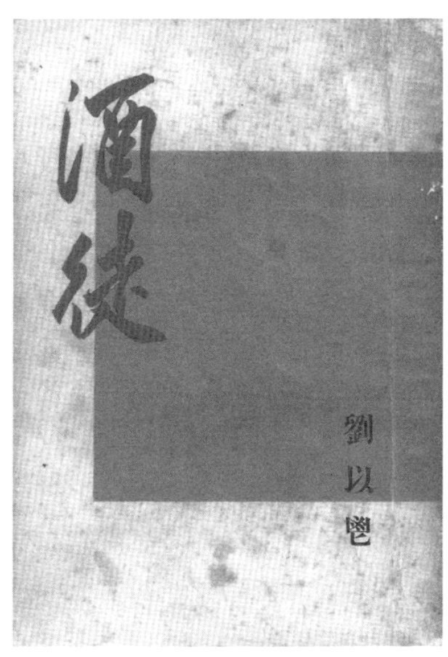

《酒徒》的封面

初版本《酒徒》扉頁

中國當代文藝叢書

一九六〇年代初的「文社潮」活動，為香港青年文壇帶來了新景象，同時也是「高原出版社」的黃金時代。除了徐速自己的創作，他還出版了幾十種以散文及小說為主的「中國當代文藝叢書」。這套叢書有劃一的封面設計：書名和作者用手寫置於左邊，右上則為一方「中國當代文藝叢書」的紅色印章。

叢書的作者多為當時的名家，隨手寫來即有：熊式一、黎錦揚、黃崖、李輝英、黃思騁、王敬羲、沙千夢、李素、思果……等。事隔五十年，「高原」的這批「中國當代文藝叢書」，除了徐速幾本特別好銷的《星星月亮太陽》、《櫻子姑娘》、《星星之火》、《第一片落葉》外，其他的已難得一見。

如今大家見到齊桓的《舊夢》，是一九六二年初版的，三十二開本，三四〇頁，收〈八排傜之戀〉、〈罌粟花〉、〈禁果〉和〈舊夢〉四個短篇。齊桓是孫述憲的筆名，寫詩的時候叫夏侯無忌，一九五〇年代活躍於香港文壇，曾主編《人人文學》。他的書不多見，初中的時候，我在圖書館裏讀到他的《八排傜之戀》，寫西南少數民族的戀愛故事，印象深刻。

「中國當代文藝叢書」中，我還有黃思騁的短篇小說集《貓蛋》、方紀谷（思果）的散文集《河漢集》、秋貞理的《心影集》和李素的詩集《遠了 · 伊甸》，都是相當罕見的。

黃思騁的《貓蛋》

版權所有
不准翻印

貓　蛋

著者　黃思騁

出版者　高原出版社

香港九龍彌敦道七三九號金輪大廈十六樓

電話：八〇〇七八八

PUBLISHED BY HIGHLAND PRESS
No.739, Nathan Rd. Kingland Apt.
15th. Fl. Kowloon HONG KONG
TEL 800788

承印者　永聯印刷所

香港北角渣華道一一〇號

經售處　港九及南洋各大書局

定價

一九六一年十一月香港初版

《貓蛋》版權頁

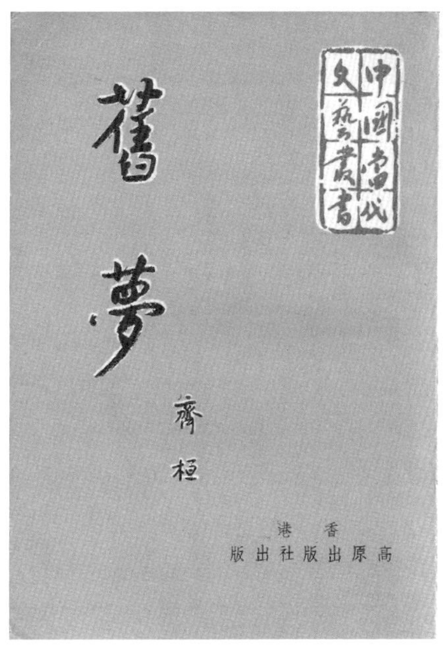

齊桓的《舊夢》

香港短篇之王

黃思騁（一九一九至一九八四）在他的短篇小說集《獵虎者》（香港高原出版社，一九六一）的自序中說：當年他已出版過十四個小說集單行本，約一百萬字，只是他創作的九分之一。換句話說，由一九五〇至一九六一的十一年間，職業創作者黃思騁，就寫過九百萬字的短篇小說。這個數字相當驚人，很多專業作家窮一生之力，也寫不出這個數量，而黃思騁不過只用了十一年，往後他的創作生涯還有二十多年，他的短篇究竟創作了多少，實在難以統計，我稱他為「香港短篇小說之王」一點也不誇張！

一九六一年黃思騁在馬來亞教書，好友徐速在高原出版社為他出了《獵虎者》和《貓蛋》兩本短篇小說集。這兩個集子合共四十多萬字，五十多個短篇，是黃思騁一九五〇年代的精選集。徐速在《獵虎者》目錄頁後寫了篇〈黃思騁與《獵虎者》〉，詳細地分析黃思騁的作品，他認為：黃思騁的短篇創作深受莫泊桑、傑克倫敦、毛姆、契可夫等人的影響，卻能跳出西洋名家的囿限而自成一格，在香港一九五〇年代的作家中是少見的。

一般都認為：黃思騁前期的小說中，《落月湖》（一九五三年曾於人人出版社結集單行本）和《獵虎者》可作代表；前者寫一個醫生為自己的不小心診症而疚悔終生，後者寫年輕獵人要殺虎為父報仇的故事，都收入這本《獵虎者》集中。

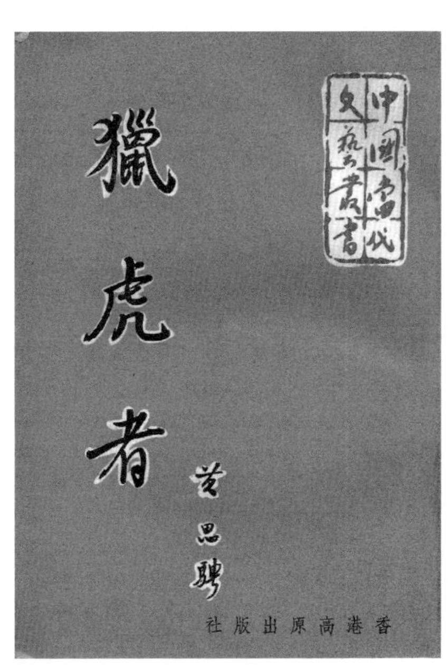

黃思騁的《獵虎者》

版權所有
不准翻印

獵虎者

著者 黃思騁

出版者 高原出版社
香港九龍彌敦道739號金輪大厦十六樓
電話：九四〇七八八

PUBLISHED BY HIGHLAND PRESS
No. 739, Nathan Rd. 15th Fl., Kowloon,
Hong Kong. TEL. 940788

承印者 永生印刷公司
香港九龍馬頭圍道二三二號

經售處 港九及南洋各大書局

一九七五年二月三版

《獵虎者》版權頁

盜版還是重印

以前和內地的愛書人或藏書家交流時，他們習慣把香港一九五〇及六〇年代出版的三十年代名家作品，一律稱為「盜版書」。當年我未深入了解，只覺得「盜版」這詞雖用得嚴厲，但，這也是事實，並無異議。後來向當年的行內人了解過後，才知道那是「一竹竿打一船人」的說法。原來當年的上海、新月、中流、建文、藝美……等大出版社所出的書，都是取得原出版社的授權重印，決非胡亂「盜版」的。

自一九五〇年代南洋各地排華，禁中國大陸出版物入境後，內地的出版社便由代理收集各類書的「紙型」運到香港，由本地代理把「紙型」租給各出版社重印。據說這些書都會按銷量付出版稅或租金，至於是否全部如此，或者有人「渾水摸魚」，就不是事隔五十年後的我們所能知道的了。

如今大家見到的《貓與短簡》（香港建文書局，一九六二），就是用原一九三七年開明書店版的「紙型」重印的。開明版的文學書有統一的叢書式封面，而建文版的《貓與短簡》，則重新設計封面，構圖清雅以外，還在版權頁內印明是一九六二年的五月版，製作認真，較開明版還要漂亮。這本一三一頁的散文集分「短簡」、「貓及其他」和「社會相」三輯，收二十一篇小品，是靳以（一九〇九至一九五九）的第一本書。

貓　與　短　簡

靳　以　著

建　文　書　局　出　版

香港永樂西街一三二號

大　衆　印　刷　公　司　承　印

香港英皇道九四七號

版　權　所　有　・　不　准　翻　印

一　九　六　二　年　五　月　版

定　價　港　幣 [illegible]

《貓與短簡》版權頁

靳以的《貓與短簡》

很「現代」的《文藝》

《文藝》是香港一九六〇年代初出版，歷史不太短的純文學期刊，由丁平（一九二二至一九九九）主編，創刊於一九六二年六月，到一九六五年一月停刊。這份刊物創刊時原稱《華僑文藝》，主銷南洋各地，因受當地政治壓力，出了十二期後改為《文藝》繼續，共出二十六期。

《文藝》以創作為主，與《文藝新潮》和《好望角》一樣，走的是「現代主義」路線，丁平與覃子豪友好，透過他的關係，供稿的臺灣作家甚多：司馬中原、墨人、管管、王平陵、辛鬱、謝冰瑩……與海外的李金髮和黃崖等，都是《文藝》的長期作者，本地的作家則有陳其滔、方蘆荻、盧文敏、張牧等人。

《文藝》的特色是每期均有「作家動態」專欄，報導海內外作者的活動情況，代替〈編後話〉的「讀者 · 作者 · 編者」欄，更有親切感，能使讀者產生歸屬感，穩定雜誌的銷數。

除了水平甚高的創作，《文藝》給我印象最深刻的是它的插圖。自第七期起，它的封面都採附圖同一形式設計：雜誌名放在上端，下面是該期的作者，中間全是如今大家見到的單線條抽象素描。雖然每期的插圖不同，卻來自同一作者：用筆名楚戈寫詩，用原名繪圖的袁德星，是《文藝》成功的功臣。除封面外，袁德星在期刊內的插圖，估計近百幅，可出本畫冊。

《文藝》

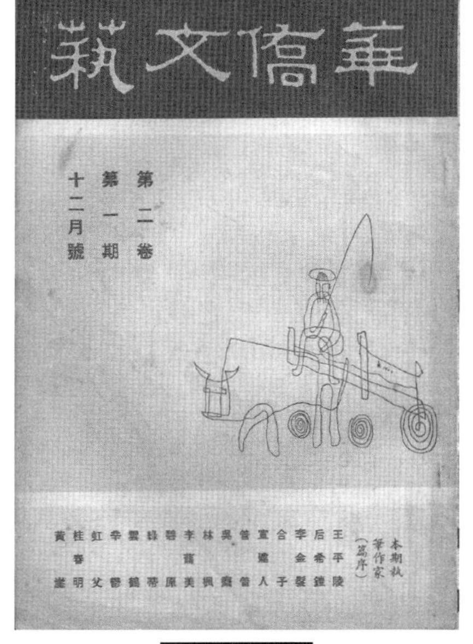

《華僑文藝》

香港舊書貴得有理

最近有某圖書館館長向我借書，借的是一九六〇年代出版的月刊《華僑文藝》和《文藝》，令我驚訝莫名。朋友任職的圖書館，是本港資料極齊備的大學圖書館，想不到居然沒有這兩套才出版幾十年的雜誌！

由丁平（一九二二至一九九九）老師主編的純文藝月刊《華僑文藝》，創刊於一九六二年六月，出了十二期後改為《文藝》繼續，到一九六五年一月停刊，共出二十六期。這套雜誌隨了本地作家的作品，還刊登了大量臺灣作家的傑作，可作為港臺兩地文化交流的一手資料。可惜的是這套雜誌極少在本地舊書市場上出現，三十年前我曾以此問過丁平老師，他告訴我，因為他不想雜誌在停刊後讓人當「廢紙」辦，故意不把存貨賣給舊書商，私自「處理」掉了。

最近聽一位年近百歲的書業老前輩講歷史，說他們一九六〇年代處理出版物存貨的手法，是租艘小火船把書運出公海傾倒，保証不會流出市面，影響書的銷路。一九八〇年代初，我的書店結束前，「詩風社」的朋友們到書店來，把寄存在我處，體積達兩三立方米的《詩風》，用貨車運到西環的焚化爐去！

香港地少人多，寸金尺土，住人都已艱難，誰肯用房子去存書？舊書之珍罕價昂，道理明顯。

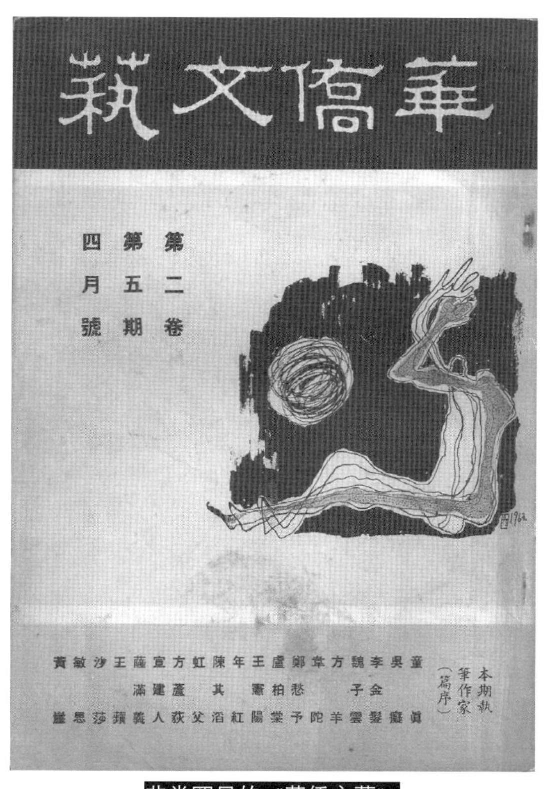
華僑文藝
第二卷
第五期
四月號
本期執筆作家
（篇序）
童真
吳癡
李金髮
魏子雲
方羊
韋陀
鄭愁予
盧柏棠
王蕙陽
年紅
陳其滔
虹父
方蘆荻
宣建人
薩滿義
王蘋
沙莎
敏思
黃巖

非常罕見的《華僑文藝》

古楚國來的戰士

原名袁德星，從「古楚國來的戰士」楚戈（一九三一至二〇一一）是湖南汨羅人，他今天已成為國際知名的藝評家和藝術家，深受藝術界的推崇。而一九六二年為《文藝》繪插圖時的楚戈，其實只是位軍中的小兵。石慢在談楚戈作品的〈邁向「現代中國繪畫」之路〉（見采詩藝術事業版《楚戈作品集》，一九九一）中說楚戈的作品深受西班牙畫家米羅（一八九三至一九八三）及保羅克利（一八七九至一九四〇）的影響：

光是最簡單的線條本身，便有充分的表現張力，放手施為，便可完足地創造出具有自我內在意義的世界……楚戈自己所着迷的克利風格時色，原來也正是他自己的藝術中最根本的要素——綿延不斷的線條。

楚戈當年的這些速寫線條畫，據說都是在軍中聽訓話或開會時隨手繪畫的，而且隨畫隨發表，大多沒留底稿，而他近年所出的畫冊中，多是色彩鮮豔斑斕的水墨，則《文藝》中所載的近百幅線條素描便更為可貴了。

我欣賞圖畫的三大要點是：色彩、構圖和動感。大家請看附文這幅畫：一位身形瘦削的男子，背握雙手垂頭喪氣的朝向落日慢走，他的失意、沮喪，盡在垂頭、彎背中表露無遺，從不斷的「之」字路中傳遞給讀者，令讀者也為他嘆息。這是袁德星為碧原的小說〈代罪的羔羊〉而繪的。

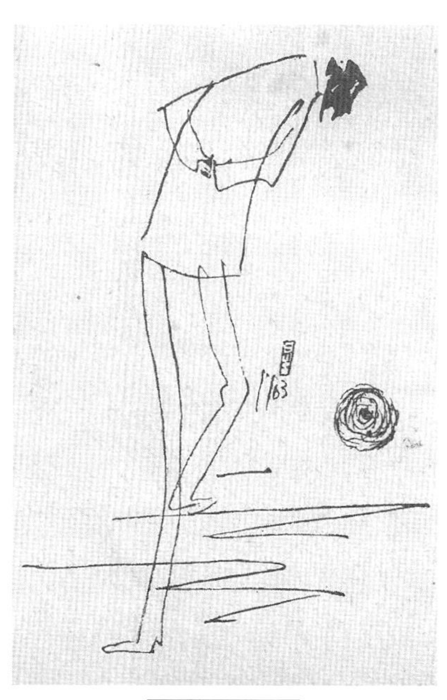

楚戈的插圖一

楚戈的插圖二

楚戈的插圖三

楚戈在香港

楚戈很早就在香港的文藝期刊上出現。一九六〇年代初期，丁平主編《華僑文藝》（後改稱《文藝》），楚戈已在此寫詩和散文，還繪了不少單線條的抽象素描插畫，估計近百幅。我就是在這本期刊上知道楚戈，並立即愛上他的詩和畫。

一九八三年楚戈病癒後，得畫家好友李錫奇之助，到香港「大一設計學院」作短期講學，住在銅鑼灣利園大廈，目的是邀請闊別三十四年的母親到港短聚，後來他還出了本散文集《如火的傳奇》（香港香江出版公司，一九八七）。

《如火的傳奇》是三十六開本袋裝書，一七六頁，收「迂迴的路」、「母親的手」、「純真的世界」、「生死之間」和「如火的傳奇」等五輯，共十九篇，大部份都是從《再生的火鳥》再選用的。其中〈生死之間〉寫他治病期間的掙扎，〈母親的手〉寫他永不能忘懷的慈母，是楚戈一生中難以釋懷的兩件事。〈如火的傳奇〉則寫陶瓷界苦行僧孫超苦學的傳奇。楚戈書最大的特色是常加入插畫，《如火的傳奇》則除了插畫外，書前還有一組楚戈與家人及友朋共攝的生活照。

出《再生的火鳥》時，楚戈以為生命已接近尾聲，此所以附錄了有總結意味的《楚戈寫作年表》，想不到他的生命力超乎尋常，再多玩二十幾年，才於二〇一一年三月大去。

《如火的傳奇》

如火的傳奇

作　者　楚戈
出版者　香江出版公司
香港英皇道二十九號凱英大厦十樓A座
電話：五一七〇四一二一
總代理　藝文圖書公司
九龍又一村達之路三十號地下後座
電話：三一八〇五八〇七　三一八〇五七〇五
印　刷　宇宙印務有限公司
香港鰂魚涌華蘭路益新工業大厦四樓B座
電話：五一六二〇二〇三
版　次　一九八七年六月香港第一版第一次印刷
國際書號　ISBN 962-301-024-9
定　價　港幣二十二元
版權所有・不准翻印

《如火的傳奇》版權頁

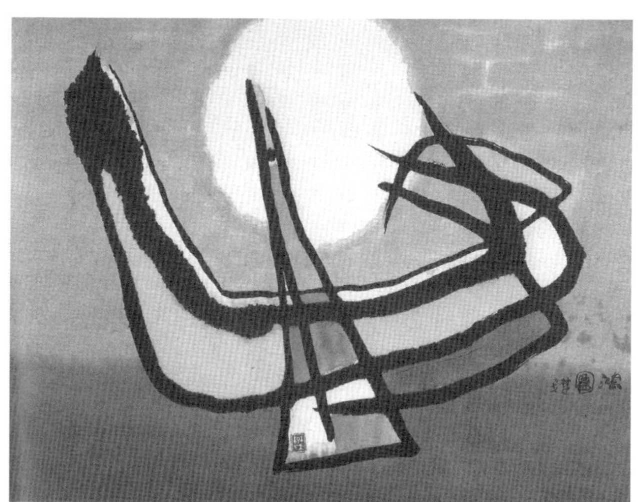

楚戈的水墨《鴻圖》

雜家高旅

愛讀報章副刊文史專欄的香港文化人，都知道雜文家高旅（一九一八至一九九七）。他最為人所知的，是自一九八一年起，在《大公報》副刊上出現的文史專欄「持故小集」。這個專欄每週一篇兩千多字的雜文，每每引古證今，發人深省，確能「持之有故，言之成理」，深得聶紺弩、柯靈、吳其敏、羅琅、邵燕祥等文友讚賞，並譽為「港中最高文」。這個專欄他一直寫了十六年，得文八百篇，後編為《持故小集》、《過年的心路》、《高旅雜文》、《高旅雜文第四集》和《高旅雜文第五集》，這些書市上多還能買到，有興趣者不妨一讀。

其實，高旅不單是雜文家，還是位雜家。他所寫的書，內容相當廣泛：電影劇本、歷史小說、社會小說、武俠小說、舊體詩，甚至測量手冊、靜坐法、修練氣功等雜書均有涉獵。像如今大家見到的這本近二十萬字的長篇小說《困》（香港上海書局，一九五八），一九五二年在《文匯報》上連載時，原名叫《孔夫子與我》，這本反封建禮教的作品，聶紺弩認為是高旅寫得最好的小說，可惜自一九六二年再版後，坊間絕跡，難得一見！

高旅寫武俠小說時叫牟松庭，《香港商報》創刊時即出現：《山東響馬傳》、《張文祥刺馬》、《紅花豪俠傳》……，都是一九五〇年代的暢銷書，可如今，連舊書拍賣會上也少見了！

困

高旅著

上海書局出版兼發行

香港德輔道中二七一號

The Shanghai Book Co.

271, Des Voeux Rd. C., H. K.

中央印務館承印

香港西營盤荔安里十九號

一九六二年九月版 文/358 P.332 32K

版權所有・不准翻印

《困》版權頁

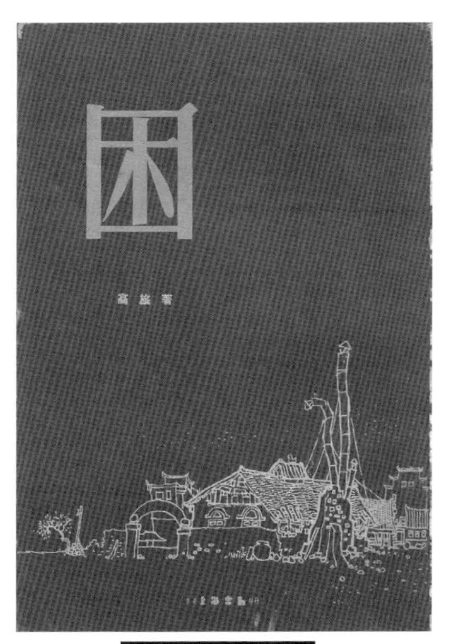

高旅的小說《困》

高旅的散文《過年的心路》

青年作家幻影

幻影原名陳克寬，一九五〇年代讀培英中學時已開始寫作。他一九六〇年入讀崇基學院化學系時，已在香港文壇初露頭角，辦太陽出版社，出版其少作散文及小說集《永恆的迷夢》和長篇創作《世紀末的幽情》。幻影擅寫長篇小說，短短的幾年間，還出版了長篇《落日之歌》（一九六二）、《彩虹上的記憶》（一九六二）、《逝水東流》（一九六三）、《遲來的鹿車》（一九六四）、《晚鐘》（一九六四）和短篇小說集《寸草心》（一九六二），是香港一九六〇年代極負盛名的青年作家。到一九六六年赴美升學、謀生，任跨國大公司的重要人物，身負重任才疏於創作。一九八〇年代中期，幻影回到香港，再次出版了小說集《別時》（香港長興書局，一九八六），可惜後來再沒寫小說了。

如今大家見到的《遲來的鹿車》（香港長興書局，一九六四）早已絕版多年。全書十多萬字，寫陳劍琳和冼幗眉的戀愛悲劇，在書的摺頁，幻影說：

人付出了血和淚所尋找幸福的結果是甚麼呢？還不是一首永恆的悲歌？一輛遲來的鹿車？于是人心底的歌聲也是鬱結的！

寫這些小說時幻影才二十出頭未幾，他的愛情故事確實是太多灰色，人生果真如此悲觀？

幻影《遲來的鹿車》

幻影《寸草心》

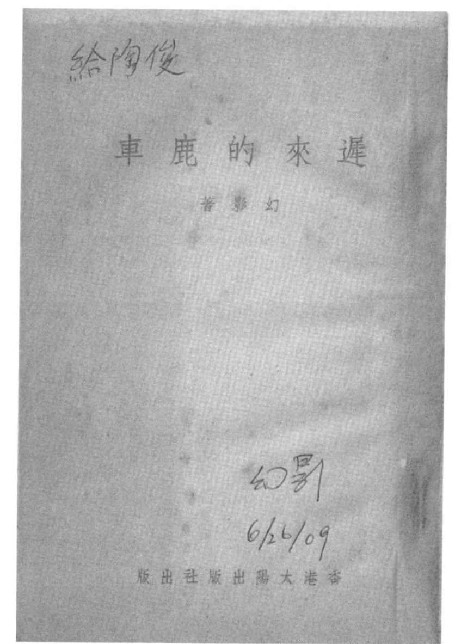

幻影簽名

《小說文藝》

幻影除了自己寫小說，還在一九六五年七月出版及主編《小說文藝》，這是本十六開，厚五十頁，份量特重，而且要賣到一元的純文藝雜誌。此刊出到一九六六年五月停刊，十個月內共出五期，勉強維持了雙月刊的頻率，事實上是斷斷續續的出版。幻影以原名陳克寬主編《小說文藝》到第四期，改由他的好友詩人徐柏雄編輯，並改為三十二開一二八頁厚的書型出版，可惜最終還是不能逃離厄運，因經濟關係停刊。

第五期《小說文藝》的封面是李沛鏜的木刻〈玫瑰願〉——斷裂的黑暗中，綻放了鮮紅的玫瑰，配以代表強烈生命力的綠葉，本來已很有吸引力；打開摺頁，原來還有垂淚少女的祈求……，用以配合本期重點連載的中篇小說〈玫瑰願〉。編者在後記中說，〈玫瑰願〉原是香港第一代新文學作家望雲（一九一〇至一九五九）的遺作，寫少女韓萊離開家庭爭取自由的故事，由長興書局主人提供連載，可惜《小說文藝》這期已是終刊號，我們只讀到故事的開端，不知原稿流落何方？

除了望雲的小說，《小說文藝》還有幻影的長篇連載〈綠色門外〉，短篇有桑白的〈那個影子〉、梓人的〈茜茜和東尼〉、綠歌的〈失落〉和張韻的〈太陽旗下〉都寫得相當不錯。此外，還有蔡炎培、夕陽和浪子菁的詩，徐柏雄的散文，頗為可觀。

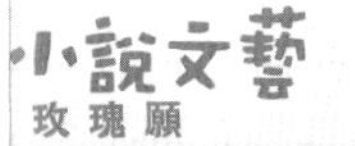

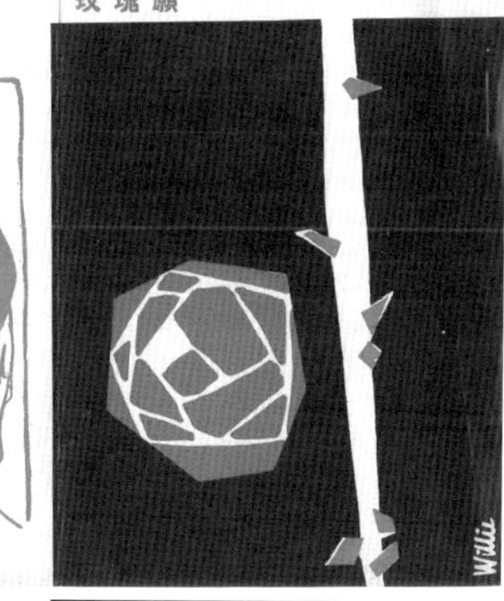

《小說文藝》終刊號

《小說文藝》創刊號

出版者：太陽出版社
香港興漢道十二號二樓
Sun Publisher,
12, Hing Hon Road, 1st Fl., H.K.
承印：大同印務公司
北角和富道九十六號
電話：七一七五四四
主編：徐柏雄
執行編輯：小說文藝編輯委員會
總代理：長興書局
香港軒尼詩道一五六至一六二號
（利榮大樓）四樓
電話：七三五五〇八
七三五七九〇
電報掛號：七九一四
Cheung Hing Book Co.,
156—162 Hennessy Rd., 3rd Fl.
HONG KONG
Tel. 735508, 735790
CABLE: 7914
星馬總經銷：東亞文化事業公司

《小說文藝》版權頁

太陽出版社

香港太陽出版社是一九六〇年代專出文藝作品的小型出版社，它出過梓人的小說集《離情》、《四個夏天》，和主持人幻影的「綠窗文藝叢書」及期刊《小說文藝》。

幻影（一九四二年出生），原名陳克寬，讀培英中學時已開始寫作，一九六〇年入讀崇基學院化學系時，已在香港文壇初露頭角，辦太陽出版社，透過長興書局發行其少作《永恆的迷夢》和《世紀末的幽情》。一九六五年起，主編《小說文藝》，共出五期，還出版了《落日之歌》、《彩虹上的記憶》、《逝水東流》、《寸草心》、《遲來的鹿車》和《晚鐘》等多部長短篇小說，是香港一九六〇年代極負盛名的青年作家。後來赴美升學、謀生，任跨國大公司的重要人物，身負重任才疏於創作，而太陽出版社也就無疾而終了。我見到幻影最後出版的書，是一九八六年長興出版的小說集《別時》，多年沒有他的消息了，不知是否還在寫作？

太陽出版社的書善於利用篇幅，經常因應版位的編排，在書後插入多頁廣告，這些廣告大多圖文並茂，像如今大家見到《永恆的迷夢》的廣告頁，不單有該書的簡介，還有詩和插圖，比一般密麻麻，排滿一行行文字的廣告頁不知要高出多少倍。幻影不單是位作家，如果他入廣告行業，肯定也相當出色！

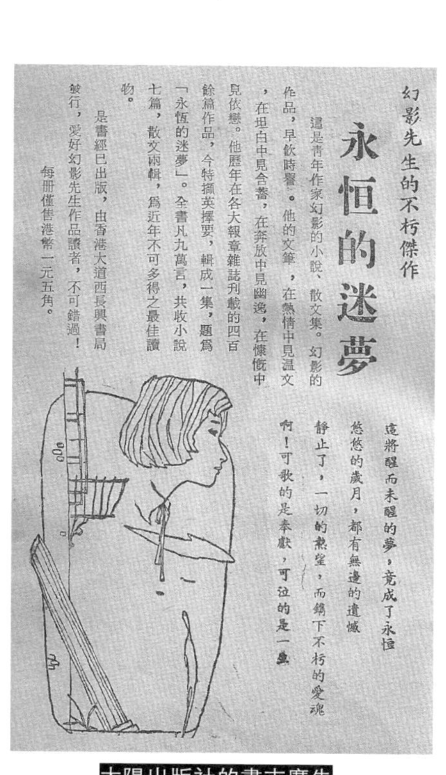

幻影先生的不朽傑作

永恒的迷夢

這是青年作家幻影的小說、散文集。幻影的作品，早飲時譽。他的文筆，在熱情中見溫文，在坦白中見含蓄，在奔放中見幽逸，在慷慨中見依戀。他歷年在各大報章雜誌刊載的四百餘篇作品，今特擷英擇要，輯成一集，題爲「永恒的迷夢」。全書凡九萬言，共收小說七篇，散文兩輯，爲近年不可多得之最佳讀物。

是書經已出版，由香港大道西長興書局發行，愛好幻影先生作品讀者，不可錯過！

每冊僅售港幣一元五角。

太陽出版社的書末廣告

幻影的封筆作《別時》
也是太陽出版社出的

兩本青年合集

一九六〇年代初，一群活躍於香港文壇的文藝青年計劃出三本合集，由李陽、海辛組稿，吳其敏主編。經過數月籌備，於一九六二年由萬里書店出版了散文集《海歌 · 夜語 · 情思》和小說集《市聲 · 淚影 · 微笑》，詩歌集則沒有面世。書後都有吳其敏的〈後記〉，書的扉頁襯紙，用的是陳球安的素描，主題是當年「東方之珠」的速寫。如今大家見到的，是一九七九的再版本，甚麼都沒改變，還在書前加上了陸如藍（陳琪）的〈再版序〉。

《市聲 · 淚影 · 微笑》，選了秦西寧（舒巷城）、甘莎（張君默）、鄭辛雄（海辛）、藝莎（譚秀牧）、谷旭（林真）……等十七人的小說二十三篇。《海歌 · 夜語 · 情思》則刊散文三十七篇，作者群還加上了陸如藍（陳琪）、羅漫（羅琅）、柯遼莎（王方）、思敏（李祖澤）……等人。

吳其敏在〈後記〉中說：

……他們用樸質的、真實的表現方法來描寫他們所聞所見、所感所受，常常叫我看到他們一顆赤熱的心，躍然紙上……往往有意無意地在我們眼前展開了現實社會一隅中一幅幅淚血淋漓的圖畫。

最令我感到詫異的是：為甚麼舒巷城屢次奪獎的短篇小說〈鯉魚門的霧〉會收在散文集《海歌 · 夜語 · 情思》中？

小說集《市聲 · 淚影 · 微笑》

散文集《海歌 · 夜語 · 情思》

很不風景的秦松

我是透過附文這幅版畫知道詩人畫家秦松的。一九六二年雲碧琳主編的純文學刊物《文藝季》創刊，封底用的就是秦松這幅題為〈沉落季〉的版畫，心裏不禁納悶：《文藝季》就等於〈沉落季〉？這句疑問和前衛的構圖，很快的深深地埋到那位「文藝少年」的心坎裏。後來知道〈沉落季〉又用作沈甸（張拓蕪）的詩集《五月狩》的插圖之一，於是又買了《五月狩》珍藏。然而，世事的滄桑豈是人所能預料，這些書已不知何時失去了，今天重獲《文藝季》，重覩〈沉落季〉，已是近半世紀後的事了！

秦松（一九三二至二〇〇七）是旅居紐約的詩人、畫家，我手邊有一冊他的《很不風景的人》（香港三聯書店，一九八五），是他畫冊和詩集以外的散文集，書分「很不風景的人」、「散記隨想印象」和「傲慢與偏見」三輯，共收七十篇抒情、記人、記事和隨想的雜記，是了解秦松最好的文集。秦松為人謙遜，他自稱「很不風景的人」，是人這種風景中最不好看的一員。但本書的推介頁卻認為「他的作品向來坦率、真誠、直抒胸臆……筆下都情韻飽滿，不受拘束，每每流露出詩人氣質」。

秦松還著有詩集《在中國的東南海上》、《唱一支共同的歌》、《無花之樹》和《秦松版畫集》、《秦松詩畫集——原始之黑》等，都是比較少見的書。

《文藝季》封底

《文藝季》封面

秦松的版畫〈沉落季〉

這也是《窮巷》

《窮巷》是侶倫（一九一一至一九八八）的第一本長篇小說，也是他的代表作。他這部長篇是一九四八年開始動筆的，隨寫隨在夏衍主編的《華商報》副刊《熱風》上連載，寫了三萬多字，因報紙人事變動，作者便把它停了。其時新民主出版社有意在《窮巷》連載後出單行本，侶倫便用心把它寫完。到一九五二年，二十萬字的《窮巷》完工，出版責任已輾轉到了文苑書店手裏。初版《窮巷》厚達四百多頁，分上下冊出版，印了兩版均很快賣完，到一九五八年合成厚厚一冊再出時，已改到文淵書店名下，其實兩個出版社都是同一機構，名字不同而已！

侶倫在他的〈說說《窮巷》〉（見三聯版《向水屋筆語》）中說：文苑書店版的《窮巷》，因主事人擔心書發到海外某些地區時會不許入口，便把書名改成《都市曲》，故此，早期的《窮巷》是以兩個不同的書名發行的。新近買到上下兩冊侶倫的《月兒彎彎照人間》，打開來一看，原來也是《窮巷》的另一版本。此書也是文淵書店版，沒有出版日期，後來翻查資料，知是一九六二年印的，侶倫在回憶的文章中完全不提這個版本，大概出版社與作者間弄得不很愉快吧！其實，最完整的《窮巷》，應該是一九八七年三聯的修訂本，侶倫不單全書仔細修訂，寫了新版本題記，還把所有版本都抽起了的序曲補上，還它本來的面目！

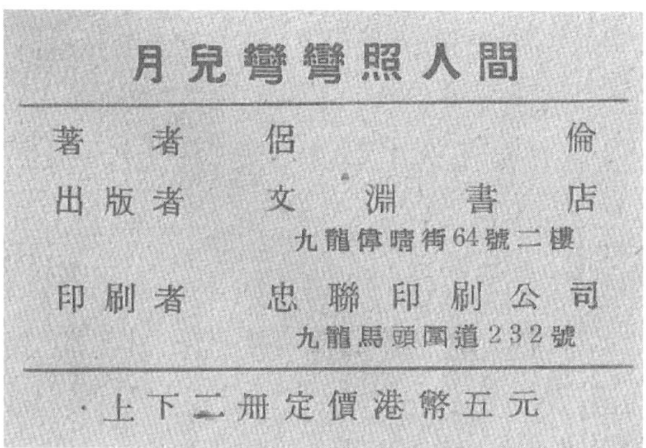

月兒彎彎照人間

著者　侶倫
出版者　文淵書店
九龍偉晴街64號二樓
印刷者　忠聯印刷公司
九龍馬頭圍道232號

·上下二冊定價港幣五元

《月兒彎彎照人間》版權頁

修訂版《窮巷》

這本《月兒彎彎照人間》是《窮巷》的改名版

《南燕》月刊

如今大家見到的這本《南燕》月刊，是一九六三年元月在本港創刊的青年文藝期刊，十六開本三十二頁。

當年我剛開始學習寫作，創作慾旺盛，到處尋找青年刊物投稿，除了《中國學生周報》、《青年樂園》、《學生生活報》、《學生時代》、《青年文友》……外，某日在旺角界限街一間忘記了叫甚麼的書店裏，以五角錢買到這本《南燕》。是四十七年前的舊事了，我常常都說：人的記憶力最靠不住，《南燕》後來出過多少期，一點印象也沒有。老作家羅琅告訴我它只出了三幾期，好友海辛也在那兒寫過稿。可能正因為它歷史短，我沒機會投稿，所以記不清楚。

《南燕》是以中學生輔導讀物的身分登場的，打開這本刊物，我只認識寫散文〈說燕〉的葉靈鳳、寫〈作家筆名趣談〉的廣州教育工作者曹思彬，和當年還是年輕作者的呂達。這麼少知名作家的刋物，當年比較少見。

《南燕》的編者兼老闆陳滿棠是畢業於武漢大學的年輕人，他的家族原是經營飲食業的，他卻熱衷文藝，曾在「佐敦」開了間紹華圖書公司，《南燕》停刊後改出另一本期刊《少男少女》。可惜像陳滿棠這樣，不需要靠文藝謀生的「文藝發燒友」不多，否則香港就不會被冠上「文藝沙漠」的外號了！

《南燕》月刊

他們的《綠夢》

一九五九年左右，一群活躍於《中國學生周報》而又熱愛寫作的年輕人，組織了「阡陌文社」互相鼓勵創作，得到《周報》的幫助，出版了一份八開四頁的刊物《阡陌》數十期。他們把社名和刊物都叫《阡陌》，是希望把荒野改造成幽美的田園，而他們創作的成果，就是那些長在阡陌與阡陌間的奇花異卉。

在「阡陌文社」成立了三年後，他們感到自己的作品已開始成熟，便合資出版了集體文集《綠夢》（香港阡陌文社，一九六三）。《綠夢》只有一一二頁，是本詩、散文和小說的合集，作者有林蔭、岑仲良、野望、童常、蘆荻、徐夜郊、李松炎……等三十多人，都是當年活躍於香港文壇的年輕人。書前還有陳虹（蕭輝楷）的序，及趙聰的封面題字。

五十年過去了，《綠夢》中的年輕人已達古稀之年，還有人在創作嗎？我知道遠居美國東岸的趙自珍還有寫專欄；曾任《中國學生周報》編輯的畢靈（吳平）也居北美，好像封筆了；從香港中文大學退休的羊城，已沒寫詩多年了；蘆荻和紅葉早已作古，我最懷念的，是今年（二〇一一）初因心臟病突然去世的林蔭，他是「阡陌」諸友中唯一的半職業小說家，著作等身以外，雖年過七十五，仍計劃寫一部以水上人生活作主題的香港地方小說，可惜我們都讀不到了！

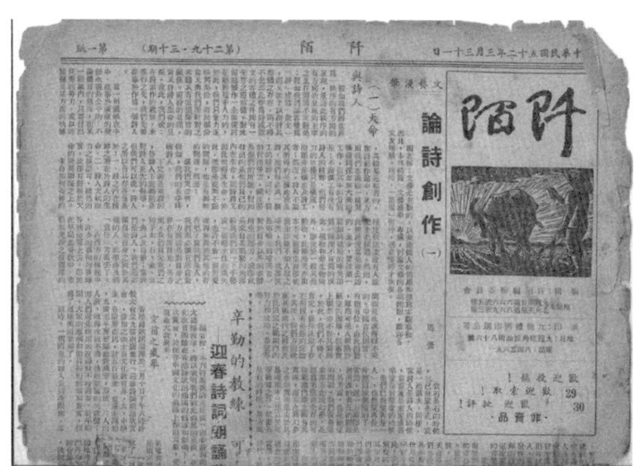

中華民國五十二年三月三十一日　阡陌　（第二十九·三十期）　第一版

阡陌

論詩創作（一）

歡迎投稿！
歡迎索取！
歡迎批評！
非賣品

《阡陌》第二十九及三十期合刊

《綠夢》的書影

中華民國五十二年一月初版

版權所有·不准翻印

阡陌文集之一

綠夢

著作者：集體創作

編輯者：阡陌文集編輯委員會

出版者：阡陌文社
九龍彌敦道666號五樓
電話：八五〇七五四

承印者：偉　興　印　刷　所
九龍荔枝角道128號
電話：八〇七九二九

發行者：友聯書報發行公司
九龍塘多實街14號

《綠夢》版權頁

《好望角》半月刊

我是透過《好望角》半月刊才知道臺灣詩刊《創世紀》的。

一九六三年三月，由現代文學與美術協會出版，崑南和李英豪主編的《好望角》半月刊創刊了，八開八頁的報紙型，是當年香港很前衛的刊物，重點在藝術推介和現代文學創作。出滿十期後，改為三十二開書型本，再出三期，至是年十二月停刊。

在創刊號《好望角》的首頁，崑南發表了代創刊詞〈夢與証物〉，說明他們以農夫的心情去開墾及耕耘《好望角》，是《詩朵》、《新思潮》、《文藝新潮》、《香港時報》文藝版後的再次出發，為現代文學藝術作出畢生的奉獻。

因為崑南、李英豪與臺灣的前衛詩人、作家熟稔，他們的來稿甚多，如：商禽、洛夫、葉珊、鄭愁予、白萩、陳映真、汶津、七等生……均有作品刊出；反而香港的僅有崑南、李英豪、尚木、梓人、炎培、金炳興、馬覺等十餘人。

《好望角》與人印象最深刻的是辦過一屆「一九六三至六四年度《好望角》文學創作獎」，由李英豪、葉維廉和崑南三人當評判，結果獲詩獎的是瘂弦和管管，其得獎作品前者是〈一九六三年詩抄〉、〈馬蒂斯〉和後者的〈四季流水〉、〈弟弟之國〉；小說獎只設一名，由陳映真的〈哦，蘇珊娜〉及〈將軍族〉奪得。

《好望角》半月刊

《好望角》合訂木

「油印」文集

和年輕朋友談一九六〇年代初期香港文社運動的歷史，談到當時青少年們出版的社刊中，有「鉛印」的和「油印」的兩種。一般是有財力的，到印刷廠付錢「鉛印」出版；財力弱的，則是自己落手落腳「油印」。

八十後記者完全不知道「油印」是甚麼，以為是「影印」。我只好找出實物給他們看，說「影印」是七、八十年代才普及的。「油印」是更早一代的人手操作印刷，當年要印幾十份的文件，像話劇的劇本，學校考試的試卷，都是「油印」的。

「油印」的工具是白紙、蠟板、蠟紙、針筆、軟膠掃和油墨。過程是：把蠟紙擺放在那塊有極幼細橫直坑紋的金屬蠟板上，然後用針筆在蠟紙上一筆一劃的寫字或繪圖。文章寫好了，把蠟紙壓在白紙上，把少量油墨傾倒到蠟紙上，用軟膠掃抹一遍，油墨便會滲透過筆劃，落到白紙上。這是人手操作一張張的印，最後把印好的單張，用釘書機裝釘成冊。

《同學文集》是我現存「油印」文集的精品，二十四開本，二十頁，內容多是散文和新詩，每篇文章都有插圖及美術標題，封面更特別用了紫色印刷。請你細心欣賞一下，此圖的一筆一劃，都是製作者親手繪在蠟紙上的，而這批寫文章的、抄蠟紙的、印刷的、設計的，都是「同學文集社」中那十來個中學生。後來他們還出了本鉛印的文集《荒原喬木》（一九六三）。

油印文集

歐陽天

整理藏書翻出來一冊「三達出版公司」的《歐陽天隨筆》，想起近年已甚少人提到他，便上互聯網查查，想不到一條有關的也沒有；即使用他的原名鄺蔭泉，也沒有甚麼有用的資料。

鄺蔭泉（一九一八至一九九五）是抗戰時期在桂林加入《掃蕩報》主編電訊的老報人，戰後到香港加入星島報系，曾任《星島晚報》和《星島周報》編輯，一九六三年《快報》創刊，即任總編輯。除了是報人，他還以筆名歐陽天寫小說，出過《銀色的誘惑》、《歸宿》、《心疚》、《菩提恨》、《心魔》……等十多部小說，其中最負盛名的，是在《星島晚報》上的《人海孤鴻》，是我第一篇追讀的連載小說，一九五八年由李晨風導演拍電影，吳楚帆和李小龍飾演父子，是當年很受好評的作品。

《歐陽天隨筆》是他唯一的散文集，沒標明出版日期，一百頁的小書，定價一元五角，憑經驗推算，應是一九六〇年代初期出版。全書收三十二篇千字左右的雜談，雖然沒分輯，但依性質看，則分為談人格修養、處世之道和談閱讀、寫作兩類。歐陽天在〈題記〉中說，這些雜文隨寫，「是緊張的生活靜下來的時節，偶然掠過心頭的一點點感想的痕跡；也就是生活漩渦裏偶然湧現，又偶然給抓住了的幾根水藻」。在這裏，我讀到小說家歐陽天的生活點滴和充滿哲理的思維。

歐陽天的隨筆

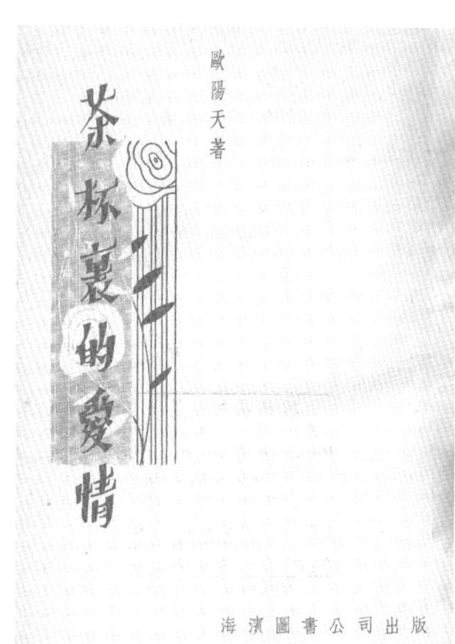

歐陽天的小說

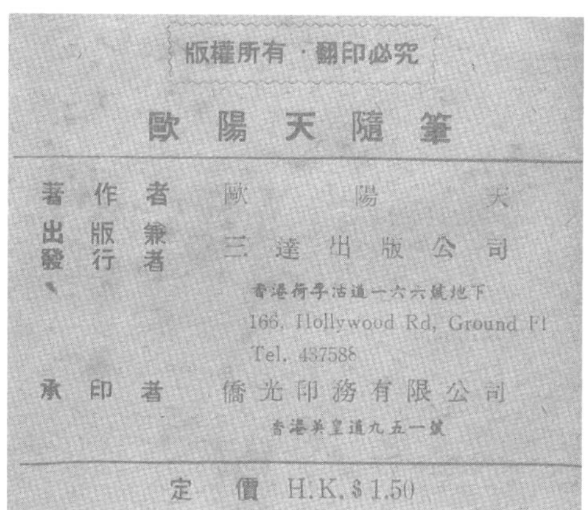
版權所有·翻印必究

歐陽天隨筆

著作者 歐陽天
出版兼發行者 三達出版公司
香港荷李活道一六六號地下
166, Hollywood Rd, Ground Fl
Tel. 437588
承印者 僑光印務有限公司
香港英皇道九五一號

定價 H.K.$1.50

《歐陽天隨筆》版權頁

盜版書也成珍本

歐陽天凡十五萬字《謊謬的愛情》，是寫「謊言＋荒謬」的愛情長篇。故事說情竇初開的十六歲少女李凱靈，在戰時的桂林愛上了大她十多歲的飛機師韋鎮遠。戰後他們在香港結婚後，才知道丈夫是個風流成性，胡天胡帝到處留情的酒鬼。李凱靈深閨寂寞，被愛情騙子孟倫乘虛而入，終於在受騙後又遭遺棄……。這樣的愛情故事，在一九六〇及七〇年代的言情小說中比比皆是，但在歐陽天（一九一八至一九九五）那代人的觀念裏，卻是「謊言＋荒謬」的組合，成為典型的小說題材。

我手邊上下兩冊的《謊謬的愛情》，沒有標準的版權頁，只註明作者是歐陽天，澳門一帆書局發行，定價一元六角，連出版日期及印刷廠都不具。憑多年進舊書的經驗，估計這是套一九六〇年代的翻版書，不印出版社，又假設由澳門的書局代理，好讓原作者無法追究而賺他一筆盆滿砵滿的。

這種無良翻印商的手段為他們完成了發財事業，卻為我們這些後來的研究者帶來了諸多不便：如果要研究歐陽天，不知道這本書是何時寫的，就無法跟他同期的作品比較，是個大缺失。不過，話得說回來，歐陽天寫小說的年代距今已超過半世紀，縱使他曾出版過多本小說，但坊間卻似鳳毛麟角，難得一見。就算是盜版書，如今也變成珍本了！

盜版書也成珍本

謊謬的愛情

作者：歐陽天
澳門一帆書局發行

定價：　1.60

《謊謬的愛情》版權頁

散文家秋貞理

一九六一年我讀中學二年級，加入《中國學生周報》通訊員組織，因在學校裏向同學推銷徵訂《周報》成績出眾，獲贈秋貞理的散文集《段老師的眼淚》（香港中國學生周報社，一九五六）和《多少夢想變成真》（香港中國學生周報社，一九五八）。秋貞理是當時很有名氣的散文家，在報刊上發表的文章甚多，除了抒情散文，多是鼓勵年輕人發憤向上的勵志散文。後來我還找到了他的《北國的春天》（香港友聯出版社，一九五九） 和《苦中苦與人上人》（香港中國學生周報社，一九六一），這幾本散文集就是我最初擁有的幾本書。

然而，這以後秋貞理好像人間蒸發了，沒有再寫甚麼，直到我找到他的第五本散文集《心影集》（香港高原出版社，一九六三）。《心影集》也是徐速編的《中國當代文藝叢書》之一，書分三輯，收散文十九篇，書前還有徐速的〈談秋貞理的散文〉和作者的〈自序〉。徐速說他欣賞秋貞理的散文，是他的風格「誠摯、樸實、熱情。最可貴的，從文字裏可以嗅到時代脈搏的跳動，以及我們親身經歷的這個苦難時代中的烙印」。

署名秋貞理的散文家出過五本書後不再出現，絕對不是放棄了寫作，他只是以另一面目示人。我和他後來成了忘年交，甚至我的處女作《港內的浮標》，也是由他寫序，他就是司馬長風！

有所權版
印翻准不

心影集

著者　秋貞理

出版及總發行　高原出版社

香港九龍彌敦道739號金輪大厦十六樓

電話：八〇〇七八八

PUBLISHED BY HIGHLAND PRESS

No. 739, Nathan Rd, Kingland Apt. 15th Fl.,
Kowloon, Hong Kong. TEL. 800788

承印者　友聯印刷廠

九龍新山道卅一號立基大厦八樓

經售處　港九及南洋各大書局

定價　港幣 2·50 元

一九六三年十二月初版

《心影集》版權頁

許定銘兄　給

一九七四年八月八日　長風

司馬長風手跡

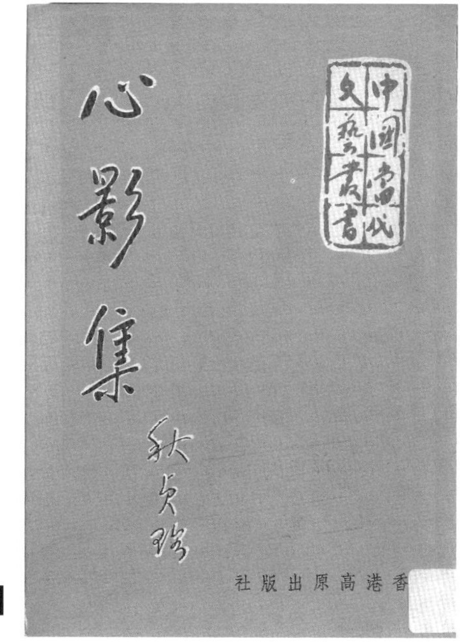

秋貞理散文集《心影集》

東方文學叢刊

一九六〇年代，香港友聯書報發行公司屬下新設的東方文學社，出過一批十餘種的「東方文學叢刊」。這批書在純創作方面有：郭良蕙《戀愛的悲喜劇》、梁園的《鬼湖的故事》、艾鳴的《淚湖》、趙之誠的《喜從天降》、童真的《黛綠的季節》、蔡文甫的《解凍的時候》、王晶心等的《古樹春藤》、王潔心等的《美蓮姐姐》……。這套書有個特殊的現象：作者多為外地的作家，如郭良蕙、童真等來自臺灣，梁園則是南洋作家。郭良蕙、童真、蔡文甫等當年已薄有名氣，應該可以贏得本地讀者，但，梁園、趙之誠和艾鳴等的書，銷量大概不會很好。

蔡文甫寫過十多本小說，後來還辦了「九歌出版社」，專門出版文學書，是著名的文化人。一九六〇年代初，他常為香港的《文壇》、《中國學生周報》等報刊寫小說，「東方文學叢刊」中的《解凍的時候》（香港東方文學社，一九六三），是他第一部小說集，收〈生命之歌〉、〈寂寞的世界〉、〈草帽、襪子與黃瓜〉、〈圓舞曲〉……等十四個短篇。蔡文甫的小說着重心理描寫，刻劃細膩以外，還很着意把主人翁的幻想訴諸筆墨，使現實與想像的畫面，在文字上交織成片段，突顯了他和她內心的矛盾。在夏濟安主編的《文學雜誌》上發表的〈小飯店裡的故事〉、〈放鳥記〉和〈解凍的時候〉，是集中最出色的幾篇。

解凍的時候

著作者：蔡文甫

出版者：東方文學社
香港九龍九龍塘多實街十四號

發行者：友聯書報發行公司
香港九龍九龍塘多實街十四號
香港德輔道中二十六號A二樓

承印者：友聯印刷廠
香港九龍新山道三十一號立基大廈八樓

《解凍的時候》版權頁

文學叢刊新書

戀愛的悲喜劇	郭良蕙等著	定價港幣二元二毫
古樹春藤	王晶心等著	定價港幣二元四毫
鬼湖的故事	梁園著	定價港幣二元四毫
波瀾	艾鳴著	定價港幣二元
世界文學名著辭典	潘壽康著	定價港幣（十二元平裝）（十五元精裝）
美蓮姐姐	王潔心著	定價港幣二元四毫
談西洋小說	鍾期榮等著	定價港幣二元四毫
喜從天降	趙之誠著	定價港幣二元
黛綠的季節	童真著	定價港幣二元二毫

東方文學叢刊書目

蔡文甫的《解凍的時候》

香江《怒濤》

一九六〇年代香港文藝青年組織的文社，大部份都出有社刊，這些刊物以針筆蠟紙油印的居多，少有像《風雨藝林》、《晨風藝圃》、《藍馬季》等鉛印的；當年還是活版印刷年代，鉛印刊物要用字粒排版，每有特別字體或圖案，又得製電版，所費不菲，印一本薄薄的小冊子，得花二三百塊，接近一個報館編輯的整份月薪。不過，熱血滿腔的文藝青年們，還是節衣省食，把他們爬格子賺得的稿費，聚沙成塔的要出本鉛印的社刊，僅出一期的《怒濤》即是其中之一。

出版《怒濤》（香港海潮文社，一九六四）的「是一群血氣方剛的青年學生，在半工半讀的艱苦環境中，本着實幹苦幹的精神」而創辦。這本十六開本，三十二頁的小刊物，刊了論文、小說、散文、詩歌等近三十篇文章。海潮文社的主幹是高鳴、上官筠兒、上官文君等人，當年他們活躍於《星島日報》的《學生園地》（後改為《青年園地》）。尤其高鳴，除了寫文章外，還經常刊登素描的草稿，《怒濤》中所有插圖均由他包辦。

我與海潮文社的文友們從未謀面，承他們贈我既是創刊又是終刊的《怒濤》，存放近半世紀，今日整理舊物，重見此刊，想到當年的文藝青年，如今全變成文藝老年，不知他們是否還留在這南方小島，有沒有繼續創作，還是已飄流他方？

怒濤（創刊號）

中華民國五十三年四月出版

出版者：海潮文社

社址：九龍豉油街十號八樓七〇五室

社長：黎志鋒

編委：高鳴 黃中堅
楊永超 胡徵樞
莊文肖

承印者：東南印務出版社

香港高士打道六四——六六號

歡迎投稿

歡迎指導

（非賣品）

《怒濤》版權頁

香江《怒濤》

羊城的《佇望》

原名楊熾均的香港詩人羊城，是「阡陌」文社的成員，與西西、馬覺、童常等，都是一九六〇年代初著名的文藝青年。其後赴臺灣升學，與盧文敏、黃懷雲、劉國全等人創辦「縱橫詩社」，出版詩集《玲瓏的佇望》（臺北縱橫詩社，一九六四）。

《玲瓏的佇望》是四十餘頁的小詩集，共輯有三十五首作品，是詩人眾多詩作中的精品。羊城的詩以自我素描，抒發內心的情感為主，尤其懷鄉的詩寫得較多。〈玲瓏的佇望〉寫的是去國十五年的赤子，無時無刻不在思念遠在千里外的故鄉，每年燕子南歸的時節，詩人不單佇望牠們啣來遠方的訊息，甚至「想攀登遠山的雲帆歸去」。

羊城是感情豐富而熱愛創作的詩人，他在本書的後記中說：

我常常覺得，寫詩的情趣，就好像在晨曦或夕暮時，獨自走上了一條長長而靜寂無人的獨木橋；陪伴自己的，永遠是一片可愛的風景，一份可喜的孤獨，和一些美麗的幻想與回憶。（頁四十七）

奇怪的是他自臺灣歸來執上教鞭，直到公元二千年後由香港中文大學教壇退休，至今未見他的第二本詩集，實感可惜。《玲瓏的佇望》封面據說是西西設計的，為文友新潮繪側影，為羊城設計封面以外，西西還有些甚麼藝術創作是未被發現的？

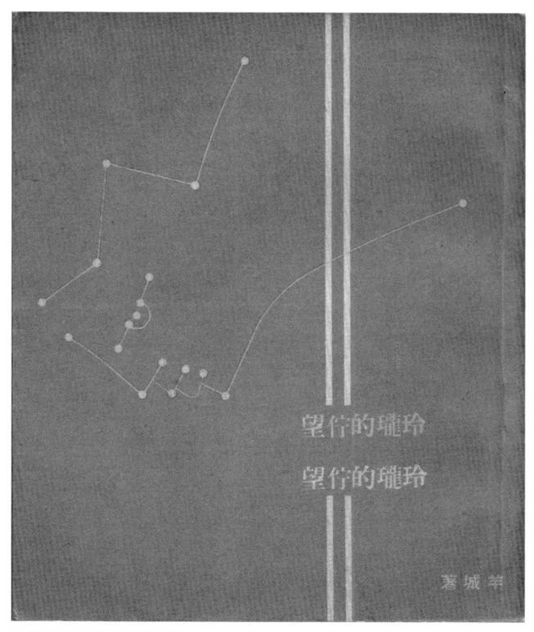

羊城的《佇望》

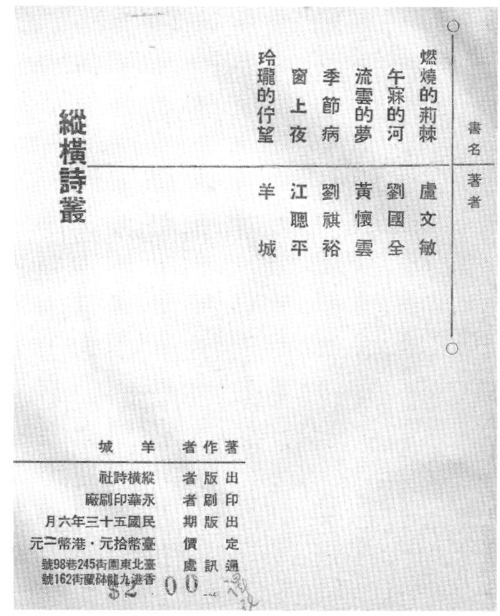

縱橫詩叢

書名	著者
燃燒的荊棘	盧文敏
午寐的河	劉國全
流雲的夢	黃懷雲
季節病	劉祺裕
窗上夜	江聰平
玲瓏的佇望	羊城

著作者 羊城
出版者 縱橫詩社
印刷者 永華印刷廠
出版期 民國五十三年六月
定價 臺幣拾元・港幣二元
通訊處 臺北東園街245巷98號
香港九龍林蔭街162號

《佇望》版權頁

長壽的《蕉風》

《蕉風》是星馬的長壽文藝期刊，一九五五年在新加坡創刊，是本小型的文藝半月刊，當時的主編是方天；後移至吉隆坡出版，姚拓、黃思騁和黃崖都曾當過主編，直出到四十三年後的第四八八期，無可奈何休刊了一段時間，後由南方文學院的馬華文學館復刊，現時據說已出到第五百期。

早年的《蕉風》在馬來西亞印刷，多是十六開薄薄的小冊子，到一九六四年九月號的第一四三期，在黃崖主編期間革新，每期擴展至七十六頁，能刊十五萬字，成為大型的文藝期刊。我藏有革新之第一四三期至一九六七年三月之第一七三期的《蕉風》，基本上風格接近，每期的欄目主要是：文藝理論、沙龍、小說、散文、新詩、傳記……等純文學內容，其最突出之處是每期均有一次過刊完的中篇小說，劉以鬯的《寺內》和當時還叫陳秀美的陳若曦，也有中篇〈湖畔〉（第一四八期）刊出。長篇連載刊過孟瑤的《太陽下》和徐訏《舞蹈家的拐杖》。我覺得可作為代表的，是傳記文學欄連載了李金髮的《浮生總記》、溫梓川的《郁達夫別傳》和黃潤岳的《熬煎》。

我手上這三十期《蕉風》的作者，來自臺灣、香港和星馬三地，包括：錢歌川、謝冰瑩、蘇雪林、李輝英、徐速、白先勇、張默、瘂弦、葉珊、洛夫……水平甚高！

十周年紀念號《蕉風》

長壽的《蕉風》

誰還有這本書

《戮象》（香港藍馬現代文學社，一九六四）是我編的第一本書，四十開袋裝，一一四頁，當年只印一千本，除了賣出的百多本外，文友們各取少許，其餘的留在我深水埗老家所租用的一間士多房裏，一場豪雨後報銷。我逛舊書攤四十多年從未見過，「醉書室」的書架上，碩果僅存一冊，誰還有這本書？

一九五〇、六〇年代的香港青年文壇流行組織文社，鼓勵寫作及出版，當時有七個少年合組「藍馬現代文學社」，由我負責編了這本小小的合集，由龍人的《鬱之花》、白勺的《昏燈集》、卡門的《伊甸園西》、羈魂的《胡言集》、易牧的《不寐題》、許定銘的《灰色的前額》和蘆葦的《突破的構成》組成。

歲月滄桑，如今蘆葦、卡門及白勺早逝，龍人遠居異域失去聯繫，易牧浮沉人海，仍在執筆的，就只有羈魂和我了！

《戮象》出版後甚少送人，印象中只送過如今仍在《新園地》裏閒逛玩古董的前輩李英豪，他在一九六四年末稍《新生晚報》的「四方談」上，曾〈向年青文友晋一言〉，說：

在這個烏煙瘴氣，狗經馬經充塞的社會中，居然還有一群「初生之犢」，不在利益上鑽，而且自己掏腰包，拿款出版乾乾淨淨的文藝習作，雖然不大成熟，但也算難得的了。

不知他還記得否？

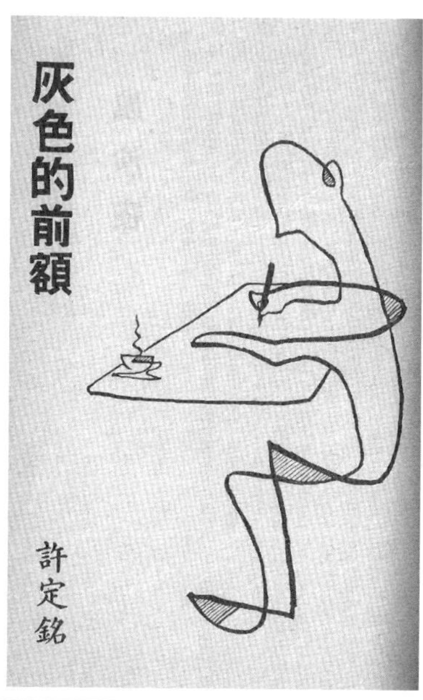

《戮象》內許定銘的那輯（宗汝明繪）

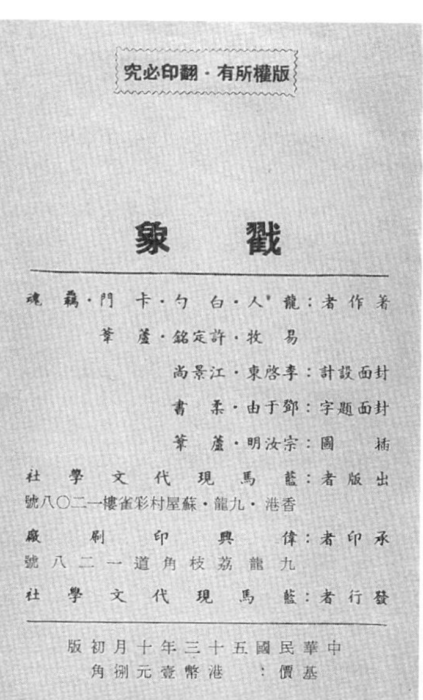

版權所有・翻印必究

戳象

著作者：龍'人・白勹・卡門・羈魂
易牧・許定銘・蘆荻

封面設計：李啓東・江景尚

封面題字：鄧于由・柔書

插圖：宗汝明・蘆荻

出版者：藍馬現代文學社
香港・九龍・蘇屋村彩雀樓一二〇八號

承印者：偉興印刷廠
九龍荔枝角道一二八號

發行者：藍馬現代文學社

中華民國五十三年十月初版
基價：港幣壹元捌角

《戮象》版權頁

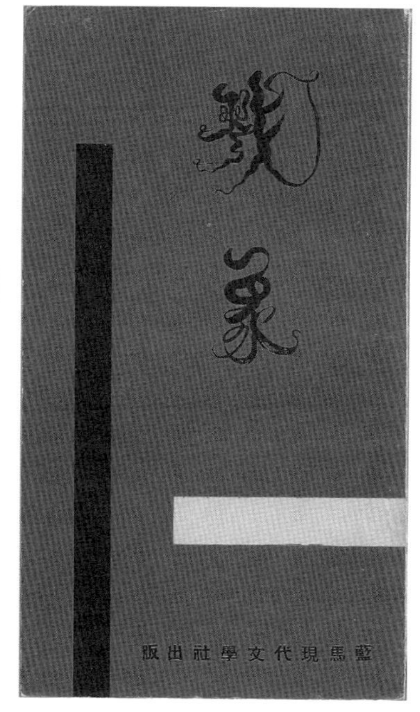

藍馬現代文學社的《戮象》

「油印」書

四五十年前，「油印」是香港最普遍的廉價印刷術，不單用來印刷「小兒科」的青年期刊，甚至有用來印書的，尤以印詩集較多，因為字數少，抄起來沒那麼辛苦。記憶中，王辛笛、卞之琳和梁文星的詩集，都出過「油印」本。新近的一次舊書拍賣會中，有一冊「油印」本的《綠原詩叢》（文聲文社、華萃文社合編，一九六七），是黃俊東的舊藏，索價三百大元，可惜流拍。此書乃吾友吳萱人抄寫的，我應該有，但要找出來再翻一遍時，卻是芳蹤杳然。這些「油印」本最多印三幾十冊，流通量低，卻是當時年輕人熱愛新詩的物證。

吳萱人是我輩中抄「油印」本的高手。這種印刷術不在於書法漂亮與否，重要的是一筆一劃都要是整齊的宋體，印出來才清晰可讀。萱人可能跟「師傅」學過，而且很有耐力，故此逢要抄「油印」，大家都推他出手。尋《綠原詩叢》不果，卻翻出來一冊《浩虔文社創社周年特刊》，此書為三十二開本，出版於一九六五年，凡五十頁，約二萬字。想想要在蠟板及蠟紙上工工整整的爬二萬字，令人咋舌！

今次的圖不用封面，用目錄頁，就是要讓大家看看他「筆耕」的功夫。在此居然發現了我的〈淺釋現代文學〉，我完全忘記了自己寫過這篇東西，人的記憶真不可靠！

油印書

浩虔文社創社周年特刊
浩然正氣
虔誠團結
中華民國五十四年公元一九六五年二月
社慶特刊籌備小組暨編輯出版小組出版

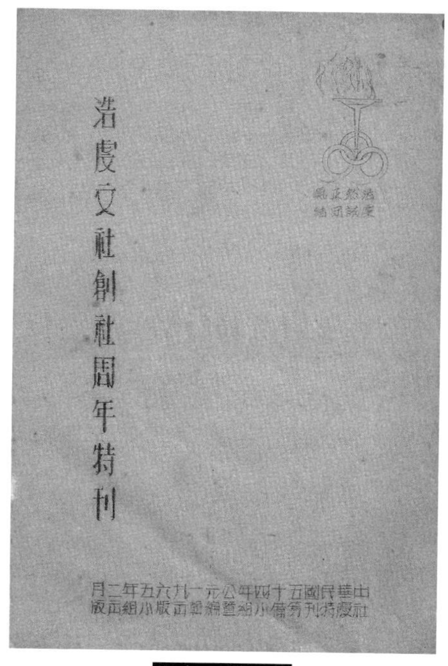

浩虔文社特刊

梓人的《四個夏天》

原名錢梓祥的梓人，是本港的小說家，他是和崑南、盧因、蔡炎培、盧文敏等，從一九五〇年代成長的文藝青年。我初學寫作的年代，就很喜歡讀梓人的小說，他的作品常見刊於《中學生》、《文藝季》、《文壇》、《文藝沙龍》、《好望角》等文藝刊物上。

梓人的小說集有《沉落的情箋》、《離情》和《四個夏天》三種。處女集《沉落的情箋》，是一九六〇年代初，由香港五月出版社出的，書前有雲碧琳的序，說梓人的小說，有淡遠的散文味，屬於藝術創造的範圍。

《四個夏天》（香港太陽出版社，一九六五），收〈願她永遠青春〉、〈高攀不到的玫瑰〉、〈我願做你的朋友〉、〈四個夏天〉、〈生辰憂愁〉、〈一朵年輕的花〉和〈表哥表妹〉等七個短篇，寫的大多是極具時代感，充滿少男少女情懷的愛戀故事。

作為書名的〈四個夏天〉，應該是他最喜歡的。梓人透過男女主角在海灘上：邂逅、分手、參加愛人的婚禮和重遇她一家，四個夏天，四個片段，寫一段失落的戀事。故事雖然平淡，但創作手法新穎、前衛，七千字的小說只有四個段落，一氣呵成的文字初看與人有壓迫感，但文字優美而富詩意，讀來像好友在你耳邊細細地訴說他一段失去的愛情……。

梓人的《四個夏天》

四　個　夏　天

定價港幣二元

著作者：梓　人

出版者：太陽出版社

香港郵政信箱四八九九號

發行者：長興書局

香港皇后大道西三〇五號

電話：四三〇五一六

電報掛號：七九一四

印刷者：福利印刷局

香港西營盤爹核里一號

電　話：四三〇七一六

版權所有・請勿翻印

一九六五年七月初版

《四個夏天》版權頁

梓人和他的書

梓人是是活躍於本港一九五〇及六〇年代的小說家，和崑南、盧因、蔡炎培、雲碧琳、桑白……等同期，年紀相若，也是好友。我初學寫作的年代，就很喜歡讀梓人的小說，當年的文藝期刊《六十年代》、《文藝季》、《文壇》、《海瀾》、《文藝沙龍》、《好望角》……都經常讀到他的小說。

梓人寫得多，但結集少。他的處女小說集應該是一九六〇年代初，由香港五月出版社出的《沉落的情箋》，雖然我曾在《文藝季》上讀過雲碧琳為他寫的序文，可惜原書一直未見，最近有機會問雲碧琳，才知道《沉落的情箋》雖已排好版、做了宣傳，最終還是因出版社的經濟有問題未出書，難怪幾十年未見。

梓人的單行本，我以前讀過小說集《四個夏天》（香港太陽出版社，一九六五），新近得太陽出版社主人陳克寬贈收集五個短篇的《離情》，是《四個夏天》同期出版的姊妹篇，相當難得。一九六六、六七年，桑白和蔡浩泉合編的「星期小說文庫」也出過梓人的四毫子小說《我不再哭泣》、《姊妹情》、《盜面的人》和《變幻》，可惜也未見。除了寫小說，因梓人任職律師樓，對香港法律認識很深，曾在報刊上開專欄為讀者解答疑難，甚受歡迎，可惜他個人生活並不愉快，幾年前自我了斷，約七十歲。聞他的好友詩人柏雄有意編一冊梓人的精選集，盼早日面世！

梓人的《離情》

離　　情

定價港幣二元

著作者：梓　　人
總編輯：幻　　影
出版者：太陽出版社
香港興漢道十二號二樓
發行者：長興書局
香港皇后大道西三〇五號
電話：四三〇五一六
印刷者：福利印刷局
香港爹核里一號

版權所有・不准翻印
一九六五年四月初版

《離情》版權頁

「南苑文叢」

香港南苑書屋在一九六五年出過一套不定期的叢書「南苑文叢」，書前〈「南苑文叢」緣起〉說出版目的是：

> 替作家們編印一些他們最有興趣寫的作品；通過作家們不同性質的著作，給讀者們介紹一些他們可能感到一定情度滿足的精神食糧。

這套叢書的計劃很大，內容很廣，他們希望按年出版若干本文學、藝術、歷史、文物、風土……等各方面的專著。可惜在出版條件不足等因素下，只出過葉靈鳳《文藝隨筆》、高伯雨《聽雨樓叢談》、曹聚仁《小說新語》、顏開（嚴慶澍）《詩人郁達夫》、柳岸《話舊談新錄》、黃蒙田《春暖花開》和吳令湄（羅孚）《西窗小品》等七種，都是香港名家的作品。《文藝隨筆》保持了葉靈鳳一貫作風，寫的都是中西書話；《春暖花開》是畫家黃蒙田充滿素描色彩的美文；《西窗小品》則是書話與散文小品的混合體，其餘大致可從書名知道寫的是甚麼。

這套三十二開本的「南苑文叢」，多是二百頁以下的小書，有劃一的封面設計：白底，以不同的花卉襯托手寫的書名，樸實、雅素。蒼勁有力的書法，不知是哪位的手筆？

「南苑文叢」出版至今近五十年，坊間已甚難見到，如果你有幸碰到，切勿失之交臂！

·南苑文叢·

西窗小品

吳令湄著

香港南苑書屋出版
香港加多近街七號五樓

大千印刷公司承印
香港英皇道六五七號五樓

1965年10月版　定價H.K.$2.80

版權所有·不准翻印

《西窗小品》版權頁

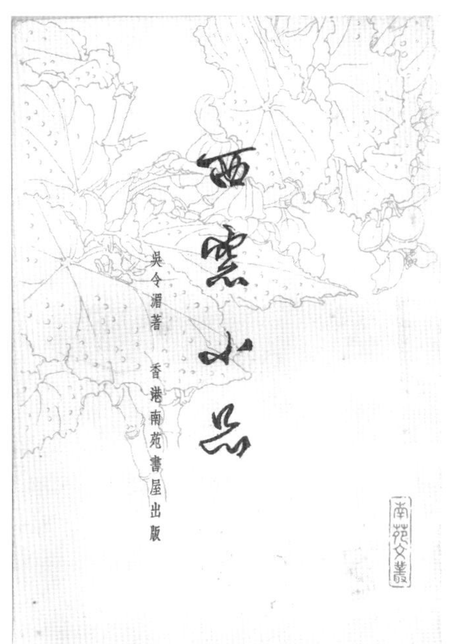

吳令媚的《西窗小品》

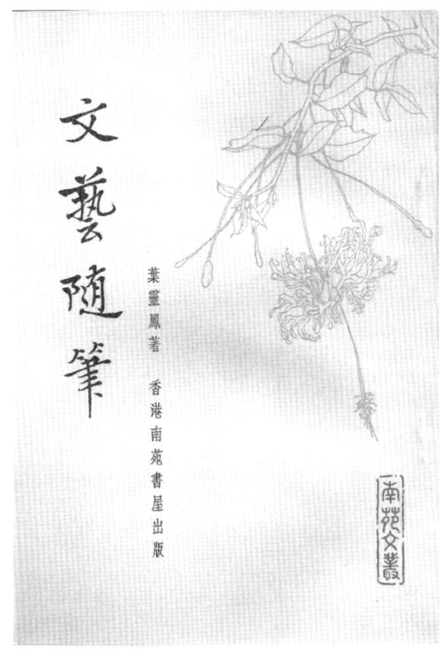

葉靈鳳的《文藝隨筆》

「高原」的雜誌

「高原出版社」是徐速創辦於一九五〇年代的，起先只用於出版他自己的作品，和他主編的文藝雜誌《海瀾》月刊。

《海瀾》是十六開本，每期約三十五頁，創刊於一九五五年十一月。徐速在〈寫在篇首〉的代發刊詞中說，《海瀾》會向「中國的」、「文學的」和「生活的」三方面充實當代的文藝青年。由於徐速交遊廣闊，一九五〇年代活躍於香港文壇的思果、黃思騁、齊桓、姚拓、黃崖、力匡……等作家均大力支持供稿。除了名家外，《海瀾》還設學生園地，區惠本、梓人、蔡炎培等都有作品見刊。可惜《海瀾》還是受制於不利的環境，出至一九五七年二月止，共十六期即停刊。

《海瀾》停刊後，「高原出版社」以出版單行本為主。及至一九六〇年代初期，香港青年學生文壇突然蓬勃起來，他們組織文社，辦講座，出版圈內刊物和集體文集，鬧哄哄的。徐速於一九六五年末乘勢推出文藝月刊《當代文藝》。

《當代文藝》是近正形的二十四開本（十四點五乘十八點五厘米），每期約一百五十頁，以創作為主的文藝月刊，名家以外並提供大量版位刊登年輕人作品。每隔一段時日即舉辦徵文比賽並結集出單行本，盛極一時，並培養了不少青年作家。直到一九七九年四月，因徐速患病身體欠佳，《當代文藝》才停刊。

「高原」的《當代文藝》

張柳涯即張君默

在最近一次新亞舊書拍賣會上有一項拍品：何行的《無軌花車》加張柳涯的《尋你到天涯》，兩本書合起來的起拍價才一百元。大家都知道何行是一九六〇至七〇年代香港的流行小說名家，擅寫奇情社會小說，但，張柳涯是誰？拍賣會上即時已有人提出這問題，但無人作答。這項拍品最終叫人以二百五十元拍得，拍者是為了何行的書，還是他早已知道張柳涯即張君默？

張君默是在《粗咖啡》（香港明窗出版社，一九七九）面世後才廣為人知的，一般「張君默作品書目」均以他的小說集《芳華》（香港春風出版社，一九六七）作為他第一部作品，事實上他一九五〇年代十多歲時已涉足文壇，而且出過多本書。像署名張柳涯的，除了上面提到的《尋你到天涯》（香港春風出版社，一九六七），還有同期的《無望之戀曲》和大家見到的署名甘莎的《青春的插曲》（香港春風出版社，一九六五再版），及一九六〇年代的「四毫子小說」：《傷心淚》、《悲劇型的女人》、《溫馨如昨》、《蛇蝎之戀》、《來吧，愛人》……等多種，只是一般作家在成名後，多隱瞞少作，尤其是「三毫子」、「四毫子」小說，他們只視為「搵食」貨色，不存、不提、不認。而事實上，這些小說中不乏精品，可惜大家以「即棄」商品視之，此所以連藏書家手中，這種流行小說也甚少，增加研究的難度！

春風文藝書叢

青春的挿曲（二版）

作　者：甘　　莎
出版者：春風出版社
香港九龍彌敦道300號
華豐大厦15樓D座
電話：853485
發行者：春風出版社
印刷者：忠聯印刷公司
九龍馬頭圍道232號

版權所有　翻印必究

Printed in Hong Kong

H.K. $2.50

《青春的插曲》版權頁

張君默的《芳華》

《青春的插曲》書影

藝術的《海光文藝》

由羅孚策劃，黃蒙田編輯，唐澤霖出版的《海光文藝》，是香港一九六〇年代重要的文藝期刊。這本月刊在一九六六年一月創刊，出至六七年一月停刊，共出十三期。

大三十二開，每期一百頁，小巧玲瓏的《海光文藝》大致分為論著、藝術、小說、散文和詩歌五輯，間中也插入人物和回憶類文章。它最具特色的是文章類型的策劃和「作者群」的結構，在未談這兩點之前，我想先談談「藝術」。黃蒙田是本地著名的文人藝術家，由他編輯的《海光文藝》雖然是文學雜誌，但他卻不時滲入了有關戲劇、音樂、繪畫、書法等各方面的文章，邀清了姚克、費明儀、周文珊、陳福善、林壟等名家執筆。

我讀書的習慣是先看圖後讀文章，《海光文藝》最吸引我的，是色彩鮮豔、引人注目的名家作品封面，此中包括了畢加索、馬諦斯、戈庚、布利斯、戴加等人的傑作，如今選給大家欣賞的，是畢加索的油畫〈對鏡〉，攬鏡自我陶醉的少女，看來是色彩比容顏更漂亮。

談《海光文藝》，絕對不能遺漏梁羽生化名佟碩之寫的〈金庸梁羽生合論〉，這篇由創刊號起連刊三期，把武俠小說搬上文學舞臺的論述，後來還引來了金庸〈一個「講故事人」的自白〉和梁羽生〈著書半為稻粱謀〉，是「金學」和「梁學」的起點！

六月號《海光文藝》用畢加索的油畫
〈對鏡〉作封面

《海光文藝》創刊號

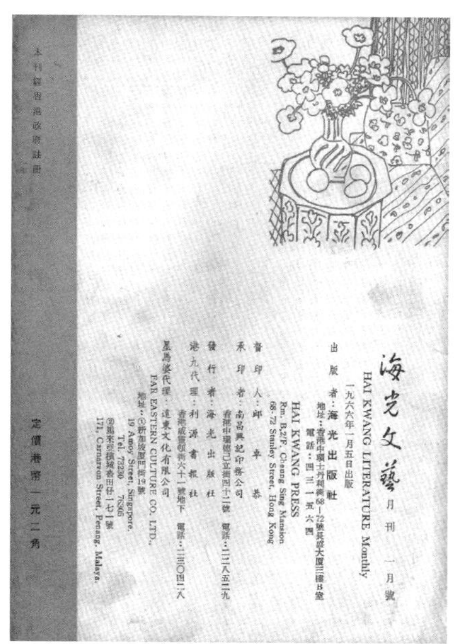

海光文藝 月刊 一月號
HAI KWANG LITERATURE Monthly

一九六六年一月五日出版

出版者：海光出版社
地址：香港中環士丹利街68－72號長盛大廈三樓B室
電話：四三一五六四
HAI KWANG PRESS
Rm. B,2/F. Cheung Sing Mansion
68-72 Stanley Street, Hong Kong

督印人：邱幸恭

承印者：南昌興記印務公司
香港中環德己立街四十二號　電話：二二八五二九

發行者：海光出版社

港九代理：利源書報社
香港威靈頓街六十一號地下　電話：二三〇四二八

星馬總代理：遠東文化有限公司
FAR EASTERN CULTURE CO. LTD.,
地址：①新加坡廈門街19號
19 Amoy Street, Singapore.
Tel. 73230　76305
②馬來亞檳城舊田仔一七一號
171, Carnarvon Street, Penang. Malaya.

本刊經香港政府註冊

定價港幣一元二角

創刊號的版權頁

《海光文藝》的作者群

一九五〇及六〇年代的香港文壇，是左右壁壘分明，各自發揮，不相往來的年代。羅孚在回憶的文章中說，創辦《海光文藝》的目的，是要開闢一塊不左不右，能容納各方的開放園地，而且想藉此打入臺灣市場。可惜此刊只出了十三期，歷史太短令羅孚的如意算盤敲不響，臺灣作者只發表了周伯乃的〈論戴蘭 · 湯瑪斯的詩〉，海外作家也只能吸引到侯榕生的小說，白先勇、瘂弦、余光中等經常在香港發表作品的作家，一篇也沒有；甚至香港本地的徐訏、徐速、司馬長風、南宮搏……也未見露面。

但，《海光文藝》在連繫本地年輕作家方面卻取得很大成效，經常在右派報刊上發表作品的蔡炎培、盧因、李英豪、亦舒、黃炤桃（香山亞黃）、白勺（黃濟泓），流行小說作家伊達、鄭慧、龍驤、孟君、簡而清、梁荔玲……都曾在此發表。

慣常在左派刊物上寫作的作家，為了使《海光文藝》看起來「不那麼紅」，都用了些不常用的筆名，如丁秀（曹聚仁）、林下風（侶倫）、秦靜聞、任訶（葉靈鳳）、夏開蘭、陶最（何達）、魯沫（海辛）……，正因為這樣，有些比較少見的名字，像馬善同、盈若思、林壑、江兼霞、容潁心……等明明是以前知道的，但因年代久遠，如今連我也想不起是誰了。研究《海光文藝》的作者群，應該是個有趣的課題。

五月號《海光文藝》

曇花一現說竹子

從一九六〇年代初開始寫小說的文社人，能在短期內出版單行本，而能與柯振中比的，是儒林文社的上官竹子（朱國能）。他們所不同的是柯振中其後不斷創作，出版單行本十多種，成為著名的海外華文作家；上官竹子結集出版其處女小說集《夢之圓舞曲》（臺北儒林文社，一九六六）後，卻似曇花一現人間蒸發。後來上網一查，才知道他不做作家，卻成了學者。

上官竹子自十六歲開始，即在本港從事寫作，其作品散見於《星島日報》、《華僑日報》、《文藝線》和《文壇》等報刊。一九六二至六三年間，他寫作甚勤。其後，上官竹子加入《文藝線》團體，鼓吹「中國風」文學。一九六三年竹子赴臺大升學，入中國文學系，學習之餘仍不斷努力創作。不久在臺灣出版小說集《夢之圓舞曲》。此書共收十一個短篇創作，據說都是他赴臺以後的作品，至於在香港的創作，不知是他覺得稚嫩，還是因為沒有剪存而不選？上官竹子此書的小說題材，大致可分成談愛情的和社會性較強的兩類，我比較欣賞他早期寫的〈耶和華的眼淚〉。故事寫就讀教會中學的孝全，因家裏太窮困，無錢購買學校為擴建校舍而推出的換物券；為了不想在同學面前太難堪，終於從父親的錢包裏，偷了三十塊，以滿足班主任的最低要求。竹子在這個小說裏灌注了真切的感情，為它賦與了生命！

上官竹子《夢之圓舞曲》

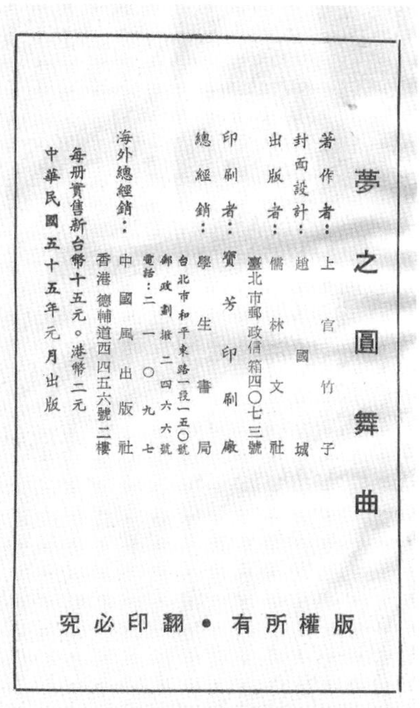

夢之圓舞曲

著作者：上官竹子
封面設計：趙國城
出版者：儒林文社
臺北市郵政信箱四〇七三號
印刷者：寶芳印刷廠
台北市和平東路一段一五〇號
郵政劃撥二四六六號
電話：二一〇九七
總經銷：學生書局
海外總經銷：中國風出版社
香港德輔道西四五六號二樓
每冊實售新台幣十五元。港幣二元
中華民國五十五年元月出版

版權所有・翻印必究

《夢之圓舞曲》版權頁

「羅亭」是誰

《羅亭》是俄國著名作家屠格涅夫（一八一八至一八八三）舉世知名的長篇小說，趙景深和陸蠡都曾譯過；但，你可知道香港的流行小說作家「羅亭」是誰嗎？

初見這本似「磚頭」般厚，四百多頁，三十多萬字羅亭的《碧玉千金》（香港志誠出版社，一九六六），完全沒有購買的意思，翻開自序看看，據說曾在《明報》連載，發表期間且有一百八十七封讀者來信，要求作者出單行本。雖然不知道作者是誰，受自序內容吸引，便買回來看看。

《碧玉千金》是本愛情小說，說的是在出入口貿易公司任營業主任的田誠，和小家碧玉阿華、豪門千金安妮的三角戀愛。田誠兩個都愛，無法取捨；兩個女的先是爭風吃醋，其後安妮讓愛遠走他方，阿華卻病重……。小說結構普通，敍述還算有條理，視為流行小說勉強合格，和文學作品比，是差了一大截。

翻了一些工具書，才知道這位我完全不知道的「羅亭」，竟然是大名鼎鼎的「楊天成」！

江蘇人楊天成（一九一九至一九六九）原名楊世英，是本港一九五〇及六〇年代著名的流行小說作家，是環球出版社最重要的「生產者」，由「三毫子小說」到「四毫子小說」到單行本流行小說，創作近百種，有不少還被拍成電影。署名羅亭的較少。

寫《碧玉千金》的「羅亭」是誰

碧玉千金

著作者：羅　亭

出版者：志誠出版社
香港官塘宜安街
四號八樓

印刷者：友邦印刷廠
香港船街三號

代理者：吳興記書報社
香港租庇利街
十一號二樓
電話：二三九九七二

《碧玉千金》版權頁

楊天成的小說

楊天成是香港流行小說的多產作家，據我手邊的一份書目，單是一九五〇年代的「三毫子小說」，即有《生死戀》、《鄰家女》、《紫丁香》、《淚灑情天》、《歡喜寃家》、《自作多情》……等近二十種。後來我在《日落正黃昏》（香港金剛出版社，一九六六）後的廣告頁中，又見三十餘種。至於沒收進這兩份資料中的，我也見過不少。楊天成從一九四九年抵港，到一九六九年去世的二十年間，究竟出過多少種書，實在難以計算。

楊天成的小說因比較通俗，內容貼近普羅大眾的生活環境，且帶「鹹味」而極受小市民歡迎，除了銷量大，還受影業公司青睞，拍過電影的即有《難兄難弟》、《歡喜寃家》、《一后三王》……等多種，有時還親自登臺客串。不過，即使他受歡迎，書多，印量大，但近年坊間楊天成的舊書卻少之又少，成了拍賣市場上的天之驕子，代表作全套三十冊的《二世祖手記》，拍出價為六千元，即是平均二百一本。單本的小說更厲害，多為三百元左右，每次出現均見升值。

流行書何以會少見？百思不得其解。後來有楊天成的資深讀者告訴我，正因為他書中的「鹹味」，讀者們多不想別人知道他讀這類書，讀完即棄，全到堆填區去了。雖然楊天成水平不高，但他擁有大量讀者，在研究通俗流行小說時，絕對不能遺漏他。

楊天成的小說

日　落　正　黃　昏

著作者：楊　　天　　成

出版者：金　剛　出　版　社

香港上環新街一號二樓

印刷者：環　球　印　刷　所

定　價：每册港幣三元三角

版權所有・翻印必究1966年3月出版

Printed in Hong Kong

H.K.$ 3.30 PER COPY

《日落正黃昏》版權頁

文史期刊《大華》

近年內地讀書人對本港的文史掌故期刊情有獨鍾，一九六〇及七〇年代的《大成》、《大人》、《大大》、《掌故》……都奇貨可居，這些當年無人問津，三、五塊即能買到的舊期刊，突然售價急升，如今大概搶到近五十塊一冊，最近在某拍賣會上，由創刊號起連續一百期，記不起是《大成》還是《大人》，居然叫人以近萬塊拍走，即是近百元一冊，令人咋舌！

如今大家見到的同性質期刊《大華》，比先前所說的更罕見。論美觀，《大華》沒有刊中加插的畫頁，較《大成》、《大人》略遜，若論內容，應有過之而無不及。《大華》由本港著名文史掌故專家高伯雨（一九〇六至一九九二）主編，署筆名林熙，在一九六六年三月創辦的半月刊，出至一九六八年三月的第四十二期停刊；休刊兩年後，至一九七〇年七月復刊，改為月刊，不知再出了多少期，我見到的最後一期是一九七一年六月的第十二期，前後共五十餘冊。

高伯雨原名高貞白，是本港少數以搖筆桿謀生的文人，與本地文化人深交，曹聚仁、李輝英、簡又文、徐復觀、陳泰來……等均大力支持。黃秋岳的《花隨人聖盦摭憶補篇》、包天笑的《釧影樓回憶錄》、劉成禹的《洪憲紀事詩本事簿注》、張謇的《柳西草堂日記》均是在《大華》連載的。

林熙主編

大華

半月刊 第一期

本期要目

一九六六年三月十五日出版

《大華》創刊號

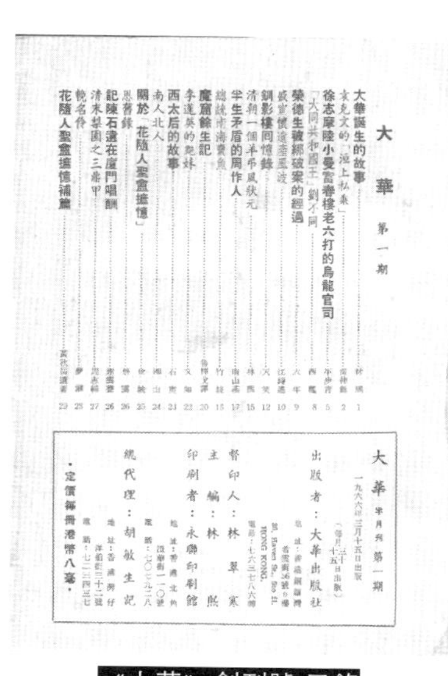

大華 第一期

篇目	頁
大華誕生的故事	1
袁克文的「洹上私乘」	2
徐志摩陸小曼當眷樓老六打的烏龍官司	5
「大同共和國王」劉不同	8
榮德生被綁破案的經過	9
威尼懷遼壺風波	10
釧影樓回憶錄	12
清朝一個半吊風狀元	15
半生矛盾的周作人	17
總統府海賣魚	15
魔窟餘生記	20
李蓮英的兩妹	22
西太后的故事	23
南人北人	24
關於「花隨人聖盦摭憶」	25
思舊錄	26
記陳石遺在廈門唱酬	26
清末梨園之三鼎甲	27
悼名伶	28
花隨人聖盦摭憶補篇	29

大華 半月刊 第一期

一九六六年三月十五日出版（每月一日、十五日出版）

出版者：大華出版社

督印人：林翠寒

主編：林熙

印刷者：永聯印刷館

總代理：胡敏生記

・定價每冊港幣八毫・

《大華》創刊號 目錄

《大華》復刊號

《文藝伴侶》

一九六〇年代初，文藝青年吳炎連、王鷹夫婦及李怡、雙翼（吳羊璧）四人合力籌劃出版綜合性雜誌，由吳炎連負責出版社事務，雙翼、李怡組稿，畫家王鷹插畫；一九六三年一月，《伴侶》雜誌正式創刊。這份一般性的通俗半月刊很快贏得大量讀者的信任，銷量甚佳，高峰期超過萬本。熱愛文藝的年輕人充滿信心，着手再編一種以文藝為主的期刊，以《伴侶》副刊的形式附刊發行，一九六六年四月，《文藝伴侶》面世了！

正方形二十開本（十九乘二十一厘米）每期約七十多頁的《文藝伴侶》是本側重創作的純文藝期刊，每期均以大量篇幅發表小說、散文及新詩外，還有不少涉及畫壇、電影和文學的專論，比較特別的，是他們大量接受讀者投稿，為新人提供培植的園地。重要的長篇小說是三蘇以筆名史得連載的《不及格的人》，還有舒巷城、亦舒、盧因、盧文敏、林磊……等人的短篇小說，和柳木下、何達、蔡炎培、游社煖、聞江……等的新詩，在八月份的第四期，還辦了個《新詩特輯》，刊了二三十首創作，並由陶融（何達）寫了篇評論性的讀後感〈一個好夢〉。

和《文藝伴侶》同期而性質非常接近的文學期刊是《海光文藝》，此刊水平更高，可惜僅出十三期，於六七年一月停刊；想不到《文藝伴侶》比它更短命，才出了四期即夭折。

《文藝伴侶》終刊號

《文藝伴侶》四期齊

《風格》詩頁

一九七〇年代是香港新詩發展的黃金時代，一些名氣較大，歷史較長的詩刊，如《秋螢》、《詩風》、《羅盤》及《新穗》等，均是此時期創刊的。其實，早在一九五〇及六〇年代，已有不少初生之犢，無視前途之艱苦而出版詩刊，最值得一記的，是戴天的《風格》和崑南的《詩朵》。

型格極具特色的《風格》只有八點五乘十九點五厘米，像一份書簽大少，是屏風型的詩刊，拉開後底面共十二頁，據說如此創新的型格乃藝術家王無邪所設計。《風格》的編者是戴天和胡菊人，一九六六年十一月創刊，共出三期，後歸納入他們所編的文學期刊《盤古》內繼續。如今大家見到的，是一九六七年一月的第二期。

這期《風格》共收舒明、羈魂、尚木、江詩呂、馬覺、戴天、羅少文、金炳興、李縱橫、劉梗、蔡炎培和維奧拉等人的詩作。此中戴天、蔡炎培不必介紹，馬覺和金炳興是一九五〇年代開始創作的詩人，金炳興於一九六四年，以詩作〈齊〉及〈橫〉奪臺灣《創世紀》發刊十週年詩創作獎，現居多倫多。羈魂和羅少文是一九六〇年代文社的中堅份子，羈魂的處女詩集《藍色獸》（臺灣環宇出版社，一九七〇），是香港詩人較少在臺灣出版的詩集之一。尚木多才多藝，寫文藝小說時是伊曲，寫流行小說時是安宇，寫武俠小說時是南宮宇。李縱橫即是哲學家李天命。劉梗是劉天賜。

風格

第二期（一月號）

會　址：九龍太子道230號6C

編輯者：風格編輯委員會

代售處：友聯書報發行公司。香港灣仔道九十七號三樓B座。九龍花園街七十三號

零售價：港幣二角（函購另加郵費五分）台幣二元美金一角。十二期訂費兩元。

河洛印刷廠承印（九龍土瓜灣鳳儀街二十號。電話：六三五一三八）

《風格》詩頁

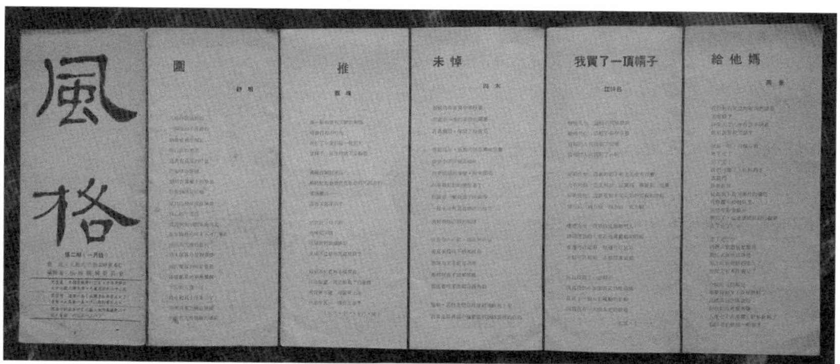

展開後的《風格》詩頁

伍聯德和《良友》

《良友》畫報的創辦人伍聯德（一九〇〇至一九七二）是白手興家的出版人，除了一股勇往直前的熱誠，他還知人善任，此所以能聘得趙家璧、梁得所、馬國亮等人才，使《良友》及良友圖書公司得享盛名。

上海版的《良友》停刊後，伍聯德心有不甘，一九五四年在香港復刊了《良友》，稱為「海外版《良友》畫報」，斷斷續續出到一九六八年，伍聯德正式退休才停刊；如今市面上好像還有《良友》，是伍聯德的後人在一九八四年復刊的。

談《良友》，大多數人都會提到馬國亮的《良友憶舊》，卻甚少人知道如今大家見到的這本，伍聯德的《良友・回憶・漫談》（香港良友畫報出版社，一九六六）。伍聯德在香港復刊《良友》後，每期都在此寫專欄，或涉《良友》的歷史，或述個人的奮鬥，或記舊日文友文事，或與讀者通訊，談人生目標，先後共得文五十篇，分上下兩編出版。

馬國亮的《良友憶舊》，是以編輯的身分記《良友》；伍聯德的《良友・回憶・漫談》，則是以出版人的身分看《良友》。以不同的身分，不同的角度去記述《良友》，雖然史實上出入不大，但，所記的內容及感受則各異。這兩本書都是當事人留下的一手材料，要研究《良友》畫報，缺一不可！

伍聯德談《良友》

馬國亮談《良友》

他們的子夜

一九六〇年代中後期，五個「沙煲兄弟」：蔡浩泉、蔡炎培、周石、沙里和桑白在北角錦屏街合租一層樓共住方便工作。其時桑白和蔡浩泉共同主編明明出版社的「星期小說文庫」，這個文庫出的是當年最流行的「四毫子小說」，三十二開約五十頁的小書能刊四萬字的中篇，他們出了百多種，西西、亦舒、馬婁（盧因）、雨季（蔡浩泉）、杜紅（蔡炎培）、張柳涯（張君默）、梓人、桑白、周石……都是「文庫」的作者。

新近借得桑白的《子夜》（一九六七），封面已磨損得千瘡百孔不能見人，可幸首頁有詩（桑白詩）有畫（蔡浩泉畫），還有桑白馮兆榮的簽名及日期，實在難得。

《子夜》以「馬和可可」及「秦和娣娣」兩對男女的愛情故事，帶出了「馬」（馮）和「秦」（泉）的友情。「秦」是從臺灣回來的新進畫家，想開畫展展示實力，「馬」是他的詩人好友，不單全力支持他，見他的畫無人問津，便請女友幫助，暗中買了以光和影展示作者心靈的抽象畫《子夜》，為一張畫也賣不出的畫家帶來了希望，帶來了曙光，帶來了子夜後的黎明……。

蔡浩泉從臺灣回港後不久也開過畫展，我也去參觀過，雖然我很喜歡，但當年畫作是否受大眾歡迎則不知道。無論如何，中篇小說《子夜》，見証了蔡浩泉和馮兆榮深厚的手足情！

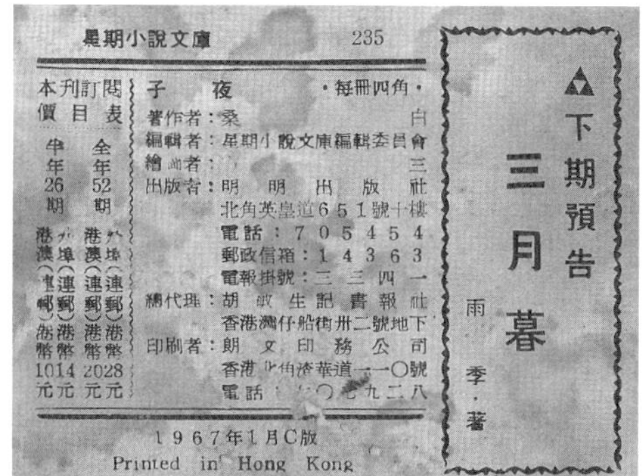

星期小說文庫　235

子夜　·每冊四角·

著作者：桑白
編輯者：星期小說文庫編輯委員會
繪畫者：三
出版者：明明出版社
北角英皇道651號十樓
電話：705454
郵政信箱：14363
電報掛號：三三四一
總代理：胡敏生記書報社
香港灣仔船街卅二號地下
印刷者：朗文印務公司
香港北角渣華道一一〇號
電話：[illegible]〇七九二八

本刊訂閱價目表

	港澳（連郵）	外埠（連郵）
半年26期	港幣10元	港幣14元
全年52期	港幣20元	港幣28元

1967年1月C版
Printed in Hong Kong

▲下期預告
三月暮
雨季·著

《子夜》版權頁

馮兆榮簽名於蔡浩泉的插畫中

《子夜》書影

從三毫到四毫

我手邊有本呂嘉謨「環球小說叢」的三毫子小說《不了緣》，出版於一九六〇年十二月十九日，書內有一廣告頁，說由一九六一年起，每十日會推出一種三十二開本的「環球文庫」流行小說，每冊四角。這意味着「三毫子小說」的年代結束，代替它的，是後來的「四毫子小說」。《不了緣》是「環球小說叢」的第一七九號，最後的一冊是二十九日出版，羅蘭的《兄妹奇緣》。至此，出版歷時三年多的「環球」三毫子小說劃上句號。

「環球」是流行小說的龍頭大哥，它轉變方向，其他的出版社立即跟風，我特別留意到的，是一九六〇年代中期崛起的「明明出版社」。他們所出的「星期文庫」，作者陣容鼎盛，執筆的多是當時的年輕作家：西西、亦舒、梓人、馬婁（盧因）、杜紅（蔡炎培）、雨季（蔡浩泉）等，均有不少作品在此，難得的是這套《文庫》無論封面及內文插圖，均由畫家蔡浩泉執筆，因為他正是這套叢書的編者。

這種三十二開本，五十頁的四毫子小說，像三毫子小說一樣，也能刊四萬字，稿酬則漲至三、四百元一本，是「窮作家」主要的生活來源。事隔半世紀，有緣的愛書人，或許還可以在舊書店中偶然碰到四毫子小說，十六開本的三毫子小說，恐怕要到拍賣場去叫到臉紅耳赤了！

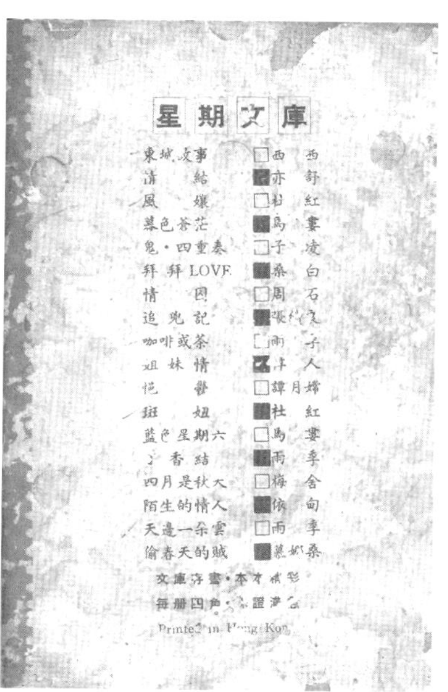

星期文庫

東城故事	西西
情結	亦舒
風蝶	[illegible]紅
暮色蒼茫	馬婁
鬼・四重奏	子凌
拜拜 LOVE	桑白
情困	周石
追兇記	張[illegible]
咖啡或茶	雨子
姐妹情	[illegible]人
悒鬱	譚月嫦
斑姐	杜紅
藍色星期六	馬婁
[illegible]香結	雨季
四月是秋天	梅含
陌生的情人	依甸
天邊一朵雲	雨季
偷春天的賊	[illegible]桑

文庫[illegible]・本[illegible]

每冊四角・[illegible]

Printed in Hong Kong

星期文庫

亦舒的書

杜紅的書

沙煲兄弟們的書

因蔡邊村（蔡浩泉與亦舒的兒子）的紀錄片《尋母記》在德國奪獎，詩人蔡炎培近日發表文章，憶及一九六〇年代後期，他與一眾沙煲兄弟同住北角錦屏街的舊事。

大約一九六六至六七年間，蔡浩泉、蔡炎培、周石、桑白（馮兆榮）和沙里，五個文藝青年每人各科六十元，合租北角一單位共住。其時蔡浩泉任「明明出版社」編輯，主要編每星期出版的四毫子小說「星期文庫」。這種小書為三十二開本，連封面底裏約五十二頁，載一篇約四萬字的小說。字數少、價錢便宜，讀完隨手丟掉，亦不覺可惜，深受年輕人歡迎。

當年文藝青年大多生活艱苦，五位沙煲兄弟在主職以外，經常為「星期文庫」撰稿，賺每本二百元稿費，使生活過得好些。在當年的「星期文庫」中，詩人蔡炎培寫了《斑妞》、《鵑血》、《迴夢曲》、《萊茵夜喚》……等七本；桑白寫了《日落時分》、《二分一的愛情》和《拜拜LOVE》；周石有《情囚》，沙里有《科西嘉之手》。連主編雨季（蔡浩泉）也有《喋啡或茶》、《天邊一朵雲》、《丁香結》和《成年人的神話》。除了他們，《星期文庫》的作者還有西西、亦舒、張柳涯（張君默）、梓人、馬婁（盧因）、張續良……。如果有人要研究本港一九六〇年代的文藝，不能漏了「星期文庫」。

舊版《天邊一朵雲》

舊版《咖啡或茶》

杜紅的四毫子小說

葉輝在〈風的「心象」與「重象」——蔡炎培的兩本「四毫子小說」〉一文中說：

……其時蔡炎培寫得極勤快，適逢好友蔡浩泉主理「星期文庫」，他一口氣寫了六本：《日落的玫瑰》以外，還有《風孃》、《萊茵夜喚》、《斑妞》、《鵑血》和《心魔》，出版時間為一九六六年一月至一九六七年七月，那是說，一年半左右，他就寫了二十四萬字（每本約四萬字）。（見二〇一〇年十一月六日《明報 · 世紀版》）

這是葉輝為《日落的玫瑰》復刻版所寫的後記，他提到蔡炎培以筆名杜紅所寫的「四毫子小說」六本。事實上我手邊還有第七本《迴夢曲》，這也是蔡浩泉所編的「星期文庫」之一，出版於一九六七年三月，是文庫的第二三九號。老蔡沒替葉輝更正，人老啦，善忘，說不定將來還會出現第八本、第九本……。

《迴夢曲》不是方三（蔡浩泉），也不是王司馬插圖，是我不知道的「黃鳳簫」。杜紅小說的開首招式是「以詩開頭」，本書的開頭詩：「乘沒遮攔的煙波遠去／頂蒼天而蹴白日……」引的是周夢蝶的詩，卻沒說是哪首。《迴夢曲》寫的是村女竊碧和她丈夫沙城的故事，這裏有傳統「無後為大」的思想，有工業入侵農村的史實，小說反映了舊社會中女性的悲哀！

杜紅的第七本四毫子小說《迴夢曲》

杜紅的《萊茵夜喚》

水禾田的少作

水禾田是香港著名的藝術家，在攝影和繪畫上都有傑出的成就，出過不少畫冊及攝影集，但他少年時代曾辦過文社，寫過詩和散文，編過文社刊物的事，知道的人恐怕不多，其少作則更難得見。如今大家見到這幅《晨風》的書影，即是水禾田於一九六七年的少作。

一九六〇年代的香港，曾湧現過數百個由青少年人組成的文社，閱讀和寫作的風氣極盛，到一九七〇年代風雲流散以後，這群文藝青年，大多寫作熱潮冷卻，只有少數仍在文藝圈子中默默耕耘，到世紀末由吳萱人寫了《香港文社史集》和《香港六七十年代文社運動整理及研究》作總結。

在眾多的文社中，有一個成立於一九六三年，前期叫「晨風文社」，後期叫「晨風文藝社」的組織，其成員中如今還活躍的是香港作家協會主席、《百家》雜誌的主編黃仲鳴和水禾田。當年他們的社刊是珍貴的鉛印刊物《晨風藝圃》。這本《晨風》是大三十二開本，三十四頁，出版於一九六七年二月，是「晨風」四周年社慶的紀念版，版權頁上列出當年的名家徐速、黃思騁、司馬長風和沙千夢作顧問。

紀念版封面《晨風》以雪白的「晨風」，襯托初出的紅日，作者的寓意是以朝氣活躍的色彩和空間構成詩意的藝圃。

水禾田的少作《晨風》

晨風文社
Morning Wind Arts Association

晨風藝圃　　一九六四年六月二十日　　第一版

晨風藝圃
徐速

歡迎
批評
索閱
投稿

第二期
（非賣品）

什麼是阿飛

正視阿飛問題
本社

這是晨風文社的社刊，右圖之右下角有「烱」字，此乃水禾田之少作

柯振中早年的小說

旅居加州洛杉磯的柯振中，是香港一九六〇年代初文社運動時期的中堅人物，他不但把所屬的風雨文社搞得有聲有色，出版多期報型社刊《風雨藝林》，後來還辦過文學期刊《文學報》。

柯振中讀中學時已開始發表小說，他寫作相當勤快，出書很早，單在一九六〇年代已出過長篇小說《愛在虛無縹緲間》（香港風雨文社，一九六七）、《心靈的醫院》（一九六八），短篇小說集《月亮的性格》（一九六七）和《未戀》（一九六九）。

初版《月亮的性格》是四十開的袋型書，收〈淚灑天鵝灣〉、〈孤燈伴淒影〉、〈聲帶的旋律〉、〈人命的代價〉、〈風雨過後〉、〈千年國〉……等十六篇小說。柯振中在自序中說他特別喜歡〈月亮的性格〉，因為它記錄了一段他難忘的感情，希望藉着這篇小說解開兩代間的結，故用作書名。

〈月亮的性格〉寫「我」每日騎單車上學，在一條可愛的街道上，認識了從外國回來的可愛的她……故事主要寫兩代之間的悲劇：放蕩不羈的富家子，在傾家盪產後無面目回家。女兒成為孤兒被外國人收養，成長後回來尋父……。柯振中在此要表達的是：月亮的生命雖然是從太陽來的，但月亮應該有自己的性格。藉此顯示兩代人可以有不同的思想與路向，這正是一九六〇年代香港年輕人踏進社會前感到徬徨的問題！

《在原來的地方》

《月亮的性格》（一九六七）

一九六七年十月初版

著作者：柯振中
出版者：香港風雨文社
香港灣仔譚臣道74號3樓
74, Thomson Road,2ndfl.
香話：六七六三九六
發行者：香港風雨文社
承印者：大同印務公司
香港和富道九十六號

定價
港幣：三元八角
叻幣：一元六角

版權頁

探討港人心靈

一九八〇年代末，香港三聯書店出了一套數十種的「海外文叢」，選刊海外華文作家的作品，其中葉維廉、張錯、柯振中、蓬草、綠騎士和袁則難，都是從香港本土出發的作家。葉維廉是我的前輩，曾到過小書店增光，拍照留念。張錯還叫翱翱的時候有過一段交往。蓬草是我師範學院的師姊，綠騎士和我前後編過「慈幼會」的《青年良友》，與鄭樹森同學的袁則難，我都未見過。而柯振中，則是五十年前已認識的搞文社運動的文友。

柯振中在「文叢」中收的是包含十個短篇的小說集《龍傷》（香港三聯書店，一九九〇），編者在推介中說「這些作品沒有停留在對生活表象的直接反映上，而是深入人生內層有所挖掘。作者筆下的人物……為情慾重壓下被扭曲了的人性尋找復原之路」。

十個短篇中，差不多全以香港人的生活為藍圖，副題為「港人素顏」，表面上是輕描淡寫，實則寫的都是港人在尋找生活，追求理想過程中，人性的多面體。可作為代表的〈龍傷〉，寫一名神學院的學生，表面上循規蹈矩侍奉上主，到聖壇上講主日學，但在內心深處，卻無法抑制青春澎湃的情慾：看黃色報刊、任意自瀆，借故親近女同學，甚至搭巴士也妄想結交異性……。柯振中的小說很重視意象，很難從命題去推敲小說的演變，像〈龍傷〉、〈白虎〉、〈茶壺〉等，都是要細意咀嚼的。

書　　名・龍傷——港人素顏（海外文叢）
作　　者・柯振中
出版發行・三聯書店（香港）有限公司
香港域多利皇后街九號
JOINT PUBLISHING (H.K.) CO., LTD.
9 Queen Victoria Street, Hongkong
印　　刷・亨泰印刷公司
香港柴灣利衆街二十七號十樓
版　　次・一九九〇年四月香港第一版第一次印刷
規　　格・大三十二開（137×210mm）一九二面
國際書號・ISBN 962・04・0794・6
© 1990 Joint Publishing (H.K.) Co., Ltd.
Published & Printed in Hongkong

《龍傷》版權頁

柯振中的《龍傷》

柯振中還墨

柯振中是本地成長的香港作家，十六歲時的一九六一年，以筆名「小清江」及原名投稿本地各大報刊成名。其後香港學生文壇掀起組織文社運動，柯振中所屬的「風雨文社」是最負盛名的大社，身為主幹的他還與社友創辦八開報刊《風雨藝林》。一九六五年伯特利中學畢業的柯振中，不單埋首創作，出版長篇小說《愛在虛無縹緲間》、《心靈的醫院》和短篇小說集《月亮的性格》、《末戀》外，還與友人合資出版十六開文學期刊《文學報》凡十五期。

一九七〇年代移居美國，並進入靈頓學院修讀工商管理，長期往來中、港、美，從事貿易生意的柯振中，幾十年來從未放棄過寫作，先後出版小說、散文及詩歌共十九冊，超過二百萬字。這些書最特別的地方是全在香港出版，故此，已被人視為海外華人作家的柯振中，皮囊包裹的完完全全是一顆「香港心」，筆下的題材亦以香港為主，他「香港作家」的名銜是永遠不變的。

作為小說家的柯振中，散文寫得較少，散文集當以如今大家見到的《還墨賦》（香港司諾機構有限公司，二〇〇三）為主，全書十八萬字，分「念記」、「示述」和「思論」三輯，六十多篇文章，記錄着這位行走於香港與洛杉磯之間，從事文學創作五十年的學人，所見、所思、所述，比小說來得更真！

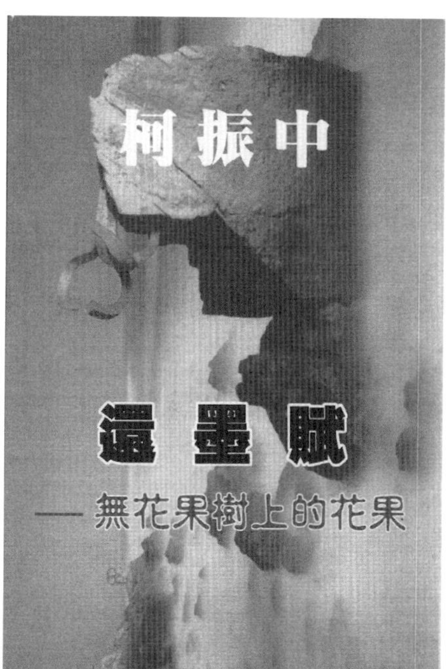

柯振中《還墨賦》

還墨賦——無花果樹上的花果

ISBN 962・278・210・8

作　者：柯振中
出　版：司諾機構有限公司
　　　　香港九龍中央郵政局郵箱七四五九三號
製　作：當代文藝出版社
　　地址：香港新界沙田火炭坳背灣街
　　　　　金豪工業大廈二座八樓H室
　　電話：二六九四一五七六
發　行：利通圖書有限公司
　　地址：香港九龍紅磡民裕街
　　　　　凱旋工商中心八樓C座
　　電話：二三〇三一〇一〇
印　刷：三和印刷廠有限公司
版　次：二〇〇三年四月第一版
定　價：港幣六十八元正

《還墨賦》版權頁

一九六八年四月　　風雨藝林　　第一版

出版者：香港風雨文社
社長：梁永棠
編輯者：香港風雨文社編輯委員會
通訊處：香港灣仔譚臣道七十四號三樓 九龍大埔道三十八號五樓
承印者：大同印務公司 北角和富道96號電話七一七五四四
創社於一九六三年三月十二日
創刊於一九六四年三月十二日

風雨藝林

第八號——創社五周年紀念

我們是一隊堅貞的戰士，揮舞着我們的刀槍——筆桿，向時代挑戰，向環境挑戰，向殘虐者挑戰！我們要謳歌人生的真諦，我們要揭發社會的瘡惡；我們要為正義、自由、真理奮鬥至最後一口呼吸！我們更要扶掖青年們，從衰敗、淪落、洩氣、頹喪中挺起翅膀，與我們聯環結隊，跟暴風雨在一起，在天空中翱翔，翱翔……

一個波浪的曲綫

年輕的柯振中是風雨文社的重要人物

從週刊到月刊

由李金嘩主持的《中報週刊》是繼《中國學生周報》和《青年樂園》後，給我印象深刻的同性質青年期刊。但它的知名度卻遠遜上述兩報，除了因它的歷史不長外，主要是缺少了報刊與讀者間的連繫，沒有歸屬感。

《中報週刊》創刊於一九六七年九月，究竟辦了多少期？因手中已無報，實在想不起來。不過，據剪存的散稿，我一九七〇年九月，用筆名陶俊在「中華兒女」版，「五人隨筆」的專欄上發表了散文〈走上回憶的道路〉，報頭上註明是第「一五三」期，可以證明《中報週刊》起碼存在不少於三年。一份八開，每期出紙十版，有兩三版純文藝創作的青年刊物，能「捱」三年，在那些年算是相當不錯的了。

好友吳萱人、黃濟泓（黃韶生、白勺）與《中報週刊》關係密切，經常約稿，還讓我們幾位年輕文友：邢少蘿、羈魂、陶俊、君實、爾城合寫「五人隨筆」，使我們在交流以外，還可藉此磨利筆鋒。 由一九六〇年代熱心「文社」運動的年輕人所組成的《文社綫》，一九六八年起，也在《中報週刊》闢了專版，直到一九七〇年後期才脫離獨立出版，確實熱鬧過好一陣子。

《中報週刊》正確的停刊日期我不知道，只知道同一班文化人在《中報週刊》後，又出版了如今大家見到的《中流》月刊。

從周刊到月刊

《中流月刊》

創刊號《中流月刊》的版權頁，註明是「《中報週刊》副刊」，也是由李金曄督印的，編輯者不具名，只說是「中報週刊編輯部」。第一期出版於一九七一年二月的《中流月刊》，究竟出過多少期？事隔四十年，它留下的足跡一點也沒有，我手邊只剩下最初的兩期，只能粗略的寫寫。

《中流》這個名號原是《中報週刊》其中的一版，發展成月刊，是十六開四十頁的文化期刊，他們在簡短的〈中流的基本精神〉中說：人類生存的意義是與自然和人的鬥爭，他們要發揚愛與和平的精神，並把這種精神貫通到歷史文化中去……。

《中流》的內容以文化、歷史的評論和創作為主，作者群基本來自《中報週刊》原來的班底。我仔細的翻了翻，發現蕭輝楷（一九二六至一九九二）先生的文章甚多。他曾就讀於西南聯大、北京大學、臺灣大學及東京大學研究所，專研哲學，也曾受業於沈從文及李廣田門下。他在此以蕭輝楷發表了〈中華之道與中流之道〉和〈從靈犀一點到億萬化身〉，又以方皞點評了李廣田的〈到橘子林去〉和沈從文的〈蕭蕭〉，以陳虹寫生活小簡〈當我們面對吹毛求疵者時〉和〈挑剔即是罪惡〉等。

其他的作者還有李金曄、章群、路雅、龍戰……等，當時遠在愛奧華修讀寫作的古蒼梧也在此發表了詩創作〈眾神園中〉。

《中流》月刊

閉關重出的馬覺

香港現代詩壇上具五十年詩齡而仍在創作的詩人不多，隨意數數只有不老的頑童蔡炎培，還不斷在報刊上吟哦着；少年時已開着燦爛《詩朵》的崑南，以「藍子」揚名的西西，食鵝肝飲紅酒的戴天，沉醉電影的金炳興，佇望「玲瓏」的羊城，很婪很藍的《藍色獸》羈魂，似乎都冬眠去了。然而，近日卻經常見到閉關重出的馬覺不斷發表久別的詩作，真是高興！

馬覺（一九四三至二〇一八）是一九五〇年代開始寫詩的，我一九六〇年代初涉足香港文壇，《中國學生周報》、《阡陌》、《好望角》、《盤古》、《風格》……上都常讀到馬覺的詩篇，不知何故，自一九九〇年代起，馬覺卻似從人間蒸發，不再創作，直到去歲末，馬覺竟又重掌謬司的靈氣，默默的回來了。

一九六七年，他為紀念創作十年，自費出了本《馬覺詩選》，全書僅七十八頁，書分兩輯，收短詩三十五首和長詩六首。他在編後話中曾說「我難以想像假如我的生命和世界沒有了詩，那將會是如何枯躁暗淡！」又說：「死亡後的新生和黑夜之後的復旦是生命中最重要的事，我需要生命的真正光彩和振奮……」馬覺停筆二十多年後，從閉關的洞穴中出來，重踏人生的旅途，雖然今年已屆七十高齡，不過，人生另有光彩的一頁，除了埋首創作，寫寫他這二十年的閉關心得也是很有意義的！

馬覺詩選

《馬覺詩選》

馬覺詩選

著作者：馬覺

承印者：特信印務公司

地址：依利近街十一號

定價每本港幣二元

中華民國五十六年（一九六七）

九月初版

《馬覺詩選》版權頁

香港中國筆會

成立於一九五五年的「香港中國筆會」，是「國際筆會」的分支，香港受國際承認的文化團體之一。此會第一屆至第十屆的會長，都是黃天石（傑克），第十一屆（一九六六）起則由羅香林主持。我對羅教授以後的「香港中國筆會」所知甚少，好像現在還存在，不過，其活動似乎大不如前了。

「香港中國筆會」成立之始很重視出版，一九五六年起出版《文學世界》季刊，出了三十四期後，改為《文學天地》雙週刊，與《星島日報》合作，附於該報刊行。在一九六八年還由李輝英和黃思騁合編了四十多萬字的《短篇小說選》，多年來每月舉辦文學講座，對香港文化界貢獻良多。

在「香港中國筆會」出版的書刊中，我最有興趣的，是由黃天石和徐東濱合編的這本《香港中國筆會通訊錄》（香港中國筆會，一九六七）。這種通訊錄的目的是羅列會員資料，供會員間互相認識、交往，沒想到幾十年後竟成為撰寫香港文學史一份重要文獻。「香港中國筆會」有約二百名會員，都是一九五〇、六〇年代香港右翼文壇上的中堅份子，他們的原名、籍貫、住址，及在香港出版的書目均一覽無遺，而且均為本人提供，十分可靠。

此外，冊子內還刊出了三十四期《文學世界》的分類目錄，查閱極方便，是研究者不應忽略的重要資料。

香港中國筆會通訊錄

編印：
香港中國筆會
The Chinese P. E. N. Centre
of Hong Kong

通訊處：
香港百德新街維德大廈
十五樓A座
（九龍城郵局信箱第9306號）
Victoria Park Mansion,
15th Floor, Flat A,
Paterson Street, Hong Kong.
Kowloon City
P. O. Box No. 9306

印刷：
東南印務出版社

版權頁

巨型的小說選

由香港中國筆會於一九六八年出版，李輝英和黃思騁合編的《短篇小說選》，是香港最巨型的單一小說選集。全書六三四頁，二十五開本，收一九六〇年代活躍於香港文壇的作家五十二人的短篇小說各一篇，凡四十餘萬字，厚達三厘米，書前有羅香林的序，書後有編者的後記，對編選目的及經過有詳實的記述。

集中的作家，除了誤選的蔡文甫、司馬桑敦、廖汀等幾位臺灣作家外，其餘的都是本港文壇的精英，是老中青三代的混合傑作。老一輩的作家有：黃思騁、李輝英、司馬長風、張贛萍、岳騫、盧森、沙千夢和慕容羽軍等；中年作家最多，有王敬羲、張愛倫（西西）、陳其滔、費立、朱韻成、欒復（蔡炎培）、雲碧琳、梓人、雨萍、盛紫娟……；年輕一代的新進有江詩呂、亦舒、陳炳藻、藍山居（古蒼梧）、盧文敏、蓬草和林琵琶等人。

從這張名單很容易知道編選者是由當年的「綠背文學」：《文學世界》、《中國學生週報》、《大學生活》、《海瀾》及《文壇》等報刊選出來的作品。從政治立場看，沒選侶倫、舒巷城、阮朗、夏易、海辛……是一點不奇的。不過，沒選劉以鬯、徐訏、路易士（李雨生）、徐速、盧因、林蔭，就是缺失！

雖然《短篇小說選》並不完善，卻是如今了解一九六〇年代「綠背文壇」小說的最佳選本。

李輝英和黃思騁合編的《短篇小說選》

公元一九六八年
中華民國五十七年 六月出版

版權所有 不准翻印

封面設計：伍尚鈞

短篇小說選

每冊訂價
精裝本 港幣三十元 英鎊二鎊二先令 美金五元
平裝本 港幣十八元 英鎊一鎊四先令 美金三元

編輯者：香港中國筆會 香港文選編輯組

出版者：香港中國筆會 香港九龍城第九三〇六號郵箱

印刷者：東南印務出版社 香港高士打道六四—六六號

《短篇小說選》版權頁

李維陵

旅加香港小說家盧因從溫哥華來，對談時我問他：香港小說家中最佩服誰？李維陵！盧因毫不猶疑回答，並說他的小說對人性有深入的探討。

李維陵（一九二〇至二〇〇九）是廣東增城人，原名李國樑，以字行，是著名的畫家。他一九三五年起在本港居住，一九五九至一九七七年，任教於葛量洪教育學院；退休後，一九八二年移居加拿大直至離世。李維陵一九五〇年代開始寫作，是馬朗主編《文藝新潮》的主要作者，作品結集有《獵及其他》（香港文光書局，一九五八）、《荊棘集》（香港華英出版社，一九六八）和雜文《隔閡集》（香港素葉出版社，一九七九）。

《荊棘集》含〈現代人．現代生活．現代文藝〉、〈文學藝術本質、起源、發展諸問題〉和〈詩的跡向〉三篇論文及小說八篇。其中特別值得注意的是第一組小說〈魔道〉、〈兩夫婦〉和〈荊棘〉三篇。這三篇小說都用第一身「我」來寫，「我」分別是畫家、音樂家和文學家，但，「我」卻不是故事的主人翁，「我」只是用來突顯作為主人翁的「那人」的藝術成就。李維陵在這三篇代表作裏，探討了人性中的神道、魔道、迷茫、失落與悲哀，在一九五〇年代的香港小說中，確實是不可多得的傑作。他在後記中說偏愛〈荊棘〉用作書名，此篇用五十節組成，比較鬆散，我覺得那應該是個長篇的縮影，可惜後來並未重寫。

荊　棘　集

李維陵

華英出版社出版

九龍鑽石山聖堂路155號B

一九六八年一月

東南印務出版社印刷

香港高士打道六四號

定價：港幣叁　元
　　　叻幣一元六角

《荊棘集》版權頁

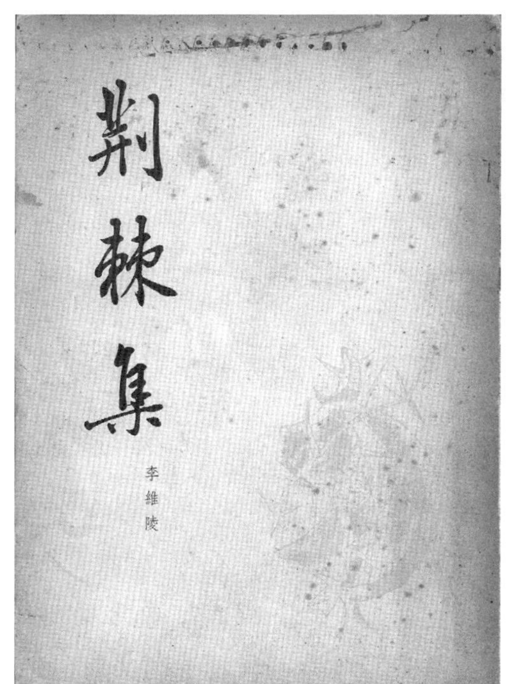

李維陵的《荊棘集》

貝娜苔・楊際光

在一九五〇年代香港的文學期刊及報紙副刊上，我們經常見到李維陵和貝娜苔的名字是連在一起的。那時候，貝娜苔寫詩，李維陵插畫，時常結合一起發表。不知者會以為這兩個筆名是同一個人，又或者是一對情侶，而事實上，他們倆是香港文壇上一對互相影響深遠的摯友作家。李維陵在一九八八年第四十一期的《香港文學》上曾發表過一篇〈懷楊際光〉（「楊際光」是貝娜苔的原名），就清楚地記述了他們交往的經過。

出版李維陵《荊棘集》的香港華英出版社，同時（一九六八）也出版了楊際光的詩集《雨天集》，此書收他以筆名「貝娜苔」發表的詩作八十二首，書前有詩人的前記，謙稱他的詩只是個人「情感與思想生活的記錄」，說他「常像別人寫日記那樣」寫他的詩。但，鍾文苓和李維陵卻在詩集後給他高度的評價。鍾文苓稱他的詩是「真正的詩，動聽的聲音，富於誘惑的色彩，強烈的情感和美麗的思想」；李維陵則認為他詩中「那種強烈的感情，新鮮的風格和豐富的形象」是第一流的好詩。

楊際光（一九二五至二〇〇一）是江蘇無錫人，上海聖約翰大學畢業，一九五〇年代活躍於香港文壇，後移居吉隆坡再轉美國，晚年定居於華盛頓州埃佛萊市，直至離世。他逝世後，有晚年文集《純境可求》（馬來西亞燧人氏事業有限公司，二〇〇三）面世。

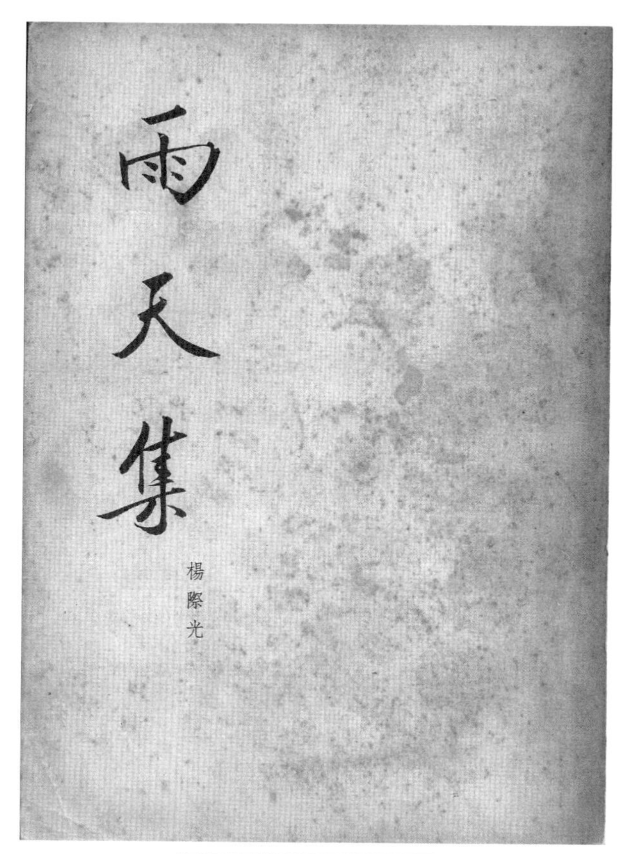

楊際光的詩集《雨天集》

《坐井集》

胡菊人（一九三三出生）一九五五年走進香港文化界，加入友聯出版社工作後，先後曾任《大學生活》、《中國學生周報》、《今日世界》、《明報月刊》、《中報》、《中報月刊》、《百姓》……等報刊的編輯及社長等職。不單負責編輯工作，還要寫大量文稿，但他出版的著述卻不多，只有《旅遊閑筆》、《紅樓、水滸與小說藝術》、《文學的視野》和《小說技巧》等幾種。如今大家見到的《坐井集》（香港正文出版社，一九六八），是他的第一部單行本。封面是文樓的絲版畫，封面與封底通版，這位枕手半躺的「坐井者」，是冷眼觀天還是思考人生不同際遇？

《坐井集》是四十開本的袋裝書，一七二頁，約十萬字，收雜文五十一篇，大多屬讀書筆記類，以談文化、思想、文學、藝術的為主，差不多全是當年《星島晚報 · 文化周刊》中「坐井集」所發表的文章。其中有一篇〈馬場贏來的稿費〉，寫某詩人在馬場贏了錢，回家交給母親時，卻說是「賣了一部劇本」的收入，企圖改變母親認為「作家必窮死一世」的觀念。可悲！

《坐井集》一九六八年初版一千七百本，一九七〇年再版，我的這冊是一九七二年的三版。胡菊人在〈再版序〉中說，此書在當年來說，已是值得一再提及的文學暢銷書，但比起武俠小說和「老夫子」卻望塵未及。無奈！誰叫你選擇了文學？

胡菊人《坐井集》

純文學叢書7

坐井集

定價港[illegible]角

著者：胡菊人
編輯者：純文學月刊社 香港九龍郵箱六三〇六號
出版者：正文出版社 香港九龍郵箱六三〇六號
印刷者：東南印務出版社 香港高士打道六四號

一九六八年六月初版
一九七〇年十一月再版
一九七二年十二月三版

《坐井集》版權頁

「上海」的「現代文叢」

「上海書局」是一九五〇至七〇年代香港著名的出版社，出版文學書籍數以百計，此中有一套出版於一九六九至七〇年代初的「現代文叢」，約二十種，由羅琅主編，三十六開本，二百頁上下，叢書形式封面的過膠本，作者有雙翼（羊璧）、羅隼（羅琅）、霜崖（葉靈鳳）、容穎（卓琳清）……等，全部都是本地名家的作品。如今存我手邊的有：阮朗的《她還活着》和《黑裙》、霜崖的《北窗讀書錄》、夏易的《決不演悲劇》、吳其敏的《書邊掇拾》、凌源的《又綠集》、黃蒙田的《畫廊隨筆》、梁慧如的《古今漫話》和洛美等的《洛美十友詩集》。

這套書以小說為主，雜文、隨筆、小品為次，最少的是新詩，好像只有《洛美十友詩集》（香港上海書局，一九六九）。此書作者十一人：洛美、邵侖、夏早、林願、黎望、林千峰、凌紫韻、舒克、時中再、歐陽洛、陶最和寫序的陶融，其實都是詩人何達的筆名。這些詩都是他發表於《文藝世紀》時期的作品，難得的是書後還附錄了他一九四〇年代的詩作〈老鞋匠〉等十首。

葉靈鳳、吳其敏、黃蒙田、羊璧、羅琅和夏易都是名家，不必介紹；阮朗即是另有筆名唐人、江杏雨和洛風的嚴慶澍。寫雜文《又綠集》的凌源，也是多產的詩人何達，寫《古今漫話》的梁慧如，則是「武俠大師」梁羽生！

洛美十友詩集

洛　美等著

每冊售價港幣三元六角

香港上海書局印行

香港德輔道中二七一號

The Shanghai Book Co.

271, Des Voeux Rd. C., H. K.

新華印刷股份公司承印

香港西營盤荔安里17號

1969年9月初版　文/803 總/1637　P.290　36K

版權所有 * 翻印必究

《洛美十友詩集》版權頁

「上海」的「現代文叢」：《洛美十友詩集》

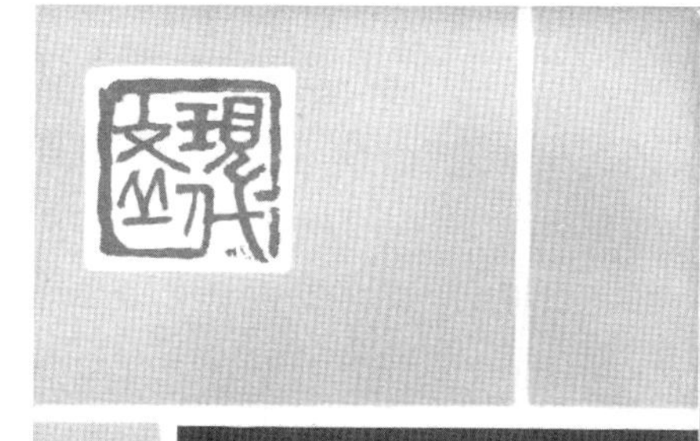

「上海」的「現代文叢」：《北窗讀書錄》

梁羽生的雜文

香港的專業作家寫稿甚多，礙於各種社會因素，常要化多個筆名以適應。但，日子一久，較少用的筆名就會為大眾忘掉，後來的研究者，亦因此遇到重重困難。

一九六〇及七〇年代，香港上海書局專門出版純文學創作。他們出版有二三十種的「現代文叢」，常會出現一些甚少見的作者，如雙翼的《頂嘴》、呂殷的《水滴篇》、容穎的《偶像與夢》、凌源的《又綠集》……等即是。後向編者羅琅請教後，才知道雙翼和呂殷都是羊璧、容穎是卓琳清、凌源是何達。

叢書中還有本梁慧如的《古今漫話》（香港上海書局，一九六九），此書收三十五篇談文學與人物的雜文：〈珍妃之死的真相〉、〈名士見錢就開眼〉、〈觀世音不是女人〉、〈「公案俠義」小說〉、〈魯迅對章太炎的態度〉、〈閑話〈滿江紅〉〉、〈聞一多論詩鄙胡適〉、〈也說「蘇堤」與「白堤」〉、〈書名也是武器〉……，單從這些題目，已可看出執筆者份量甚重，後來知道梁慧如即是梁羽生，此書更是非讀不可。

此中我特別欣賞的是〈中國武俠小說略談〉。梁羽生用四千多字談他最熟悉的「武俠小說」，確認《虬髯客傳》和《紅線傳》是中國武俠小說的鼻祖，並論述中國之「俠客」遠高於西方的「騎士」。武俠小說名家談武俠，高招！

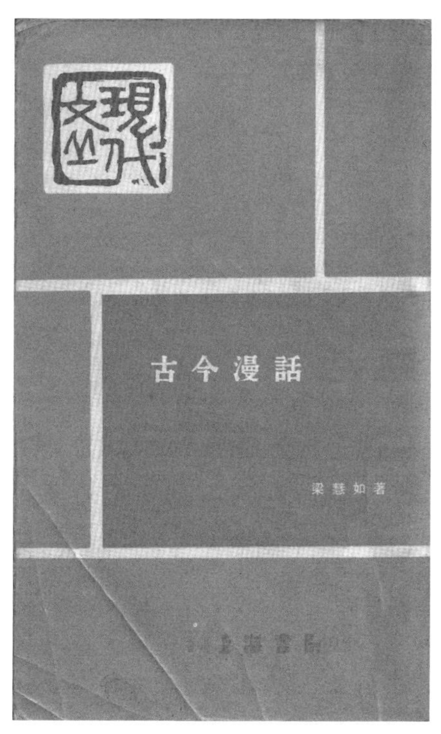

梁羽生的《古今漫話》

古今漫話

梁慧如著

每冊售價港幣一元九角

香港上海書局印行

香港德輔道中二七一號

The Shanghai Book Co.

271, Des Voeux Rd. C., H. K.

新華印刷股份公司承印

香港西營盤茘安里17號

1969年10月初版　文/808 總/1646　P.161　36K

版權所有 * 翻印必究

《古今漫話》版權頁

第二輯

一九七〇年以後

悲情「無風樓」

生於北京的作家蕭銅（一九二九至一九九五）一九四九年留下父母弟妹等人在上海，隻身赴臺。在臺灣生活十二年，曾任《自立晚報》及《大華晚報》編輯，以筆名祥子及慕容鐘寫小說、話劇及編電影劇本，還得過青年小說獎。因思念家人及熱愛京劇，一九六一年他轉到香港謀生，方便北上探望家人及看戲，一住幾十年，成為香港的專業作家。一九九五年十月，蕭銅在一邊抽煙一邊爬格子的深夜裏，倦極睡着了，煙蒂燒着了稿子和一屋舊書，陷身火海，救出來送進急症室去，就一直沒出過來了。

《無風樓隨筆》（香港大光出版社，一九七〇）是蕭銅在香港生活了九年後才出版的第一本書，收雜文四十多篇，全是一九六七至六九年間發表於《新晚報》上的文章。蕭銅居港九年，生活不得意，住在油麻地附近，常逛的是廟街，見的多是低下層的市民生活情況，除了寫稿、讀書和看京劇外，無時無刻不惦記着孕育他成長的北京，日常生活所見、所思，全與二三十年前的北京連線。我總覺得：一個長期活在過去，經常陷入回憶而滿紙悲情的人，是個不快樂的靈魂。

蕭銅在〈後記〉中說，集名《無風樓隨筆》，不單單指所租住的小屋連風也沒有，代表的是「無風不起浪」，因所寫的全是平淡的日子。正因為「平淡」，我們才讀到他的無奈！

無風樓隨筆

蕭　銅著

蕭銅的《無風樓隨筆》

蕭銅的長篇小說《風塵》

無風樓隨筆	蕭　銅著
大光出版社出版	香港馬寶道六十四號
新華印刷股份公司承印	香港西營盤荔安里15號
一九七〇年八月版	H. K. $ 2.20

版權所有・翻印必究

《無風樓隨筆》版權頁

舊京情未了

蕭銅一生在北京住了十三年，上海、開封與南京之間七年，臺灣十二年，香港三十四年，但他筆下的題材卻以舊京為主，香港為次，可以反映這些城市在作家心中的地位。

蕭銅移居香港目的之一是方便回國見家人，他一九七二年到廣州，與闊別二十三年的家人團聚；一九七三年家人遷回上海後，他又回家了，而且轉到他日夜思念的北京。離京三十年的遊子，重回生於斯長於斯的「母親城」，感慨萬千而激動，回來後即寫了《上京記》（香港文豐出版社，一九七三）記下愁情離緒。才不過兩年的一九七五，蕭銅二次上京了，回港後又有了《二次上京記》（香港南通圖書公司，一九七七）；一九七八年，三次上京的蕭銅又以《京華探訪錄》（香港明報出版社，一九八〇）和讀者見面。五年內三次上京的蕭銅，何以沒有返京定居的衝動，而選擇在香港終老？一定有說不出的苦衷。而我亦深信，他的心一直夢縈舊京，很想回去。但，一場無情大火，不單燒了他的書，還燒了遊子的夢，燒斷了他的萬縷思鄉未了情！

蕭銅寫了三本上京記，我選擇提供《京華探訪錄》的書影，因此書份量最重，全書十五萬字，除了以日記體寫成的《三次上京記》外，還有他以「《明報月刊》特約記者」身分，在北京訪問了侯寶林、夏衍、端木蕻良……等人，是蕭銅的重要的文稿。

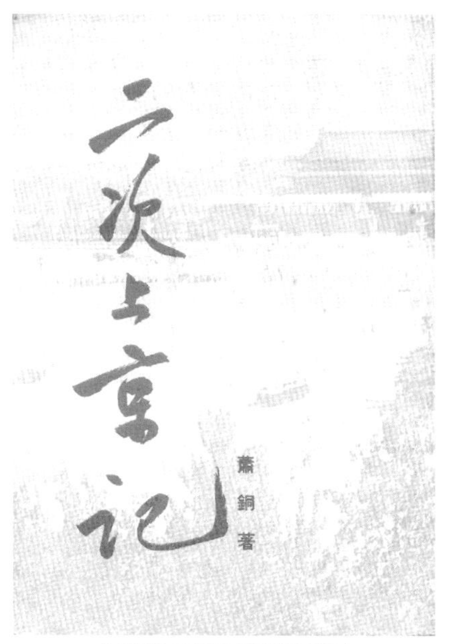

蕭銅的《二次上京記》

蕭銅的《京華探訪錄》

京華探訪錄

作者：蕭　銅
封面：哈　公
編校：吳志標
出版：明窗出版社
發行：明報有限公司出版部
香港英皇道651號九樓
印刷：建明印刷有限公司
香港英皇道651號二樓

書號：79CW15　　1980年元月初版
印數：1——3,000冊　　字數：150,000字
開本：1/32
定價：港幣八元（U.S.$2.50）

版權所有・翻印必究

■如有缺頁、倒裝、損毀，請向經銷書店調換。

《京華探訪錄》版權頁

《藍色獸》羈魂

原名胡國賢的羈魂，是我一九六〇年代初涉足香港文壇認識的第一批文友。當年我們都是中學生，在組織「藍馬現代文學社」，出版《戮象》和《藍馬季》之前，羈魂早已與也斯等人組織「文秀文社」，從事文學活動。幾十年來，羈魂熱愛他的詩人身分，辦《詩風》、《詩雙月刊》、《詩網絡》；出版詩集《三面》、《折戟》、《趁風未起時》……，直到最近，還以新集《這一個晌午》（香港紙藝軒出版社，二〇一一）和大家見面。但，很多人都不知道，羈魂的第一本詩集，是如今大家見到的這本《藍色獸》（臺北環宇出版社，一九七〇）。

羈魂中學畢業後讀香港大學，《藍色獸》是我輩詩人中，不到臺灣升學而能在臺北出版的第一本詩集。此書收現代詩三十餘首，是他十八至二十三歲間的選集，以天干地支的配合，分為「澱藍的構思」、「天真的押票」、「廣額的徘徊」、「剝落的感性」、「鏜鎝的鬼雨」和「鹽焗的熱鬧」六輯，這種編年體的結集，最能顯示出詩人成長的歷程。

羈魂早期的詩，愛用「近音字」展示複雜的意象與心念，作為書名的長詩《藍色獸》是一九六五的作品，末句「只因我是一頭很秀很瘦的獸／亦是個很藍很婪的男」可作代表。蔡炎培在代序〈幾句話〉中說，當年羈魂的詩「很諷刺」、「很洛夫」！

《藍色獸》書影

香港近五十年新詩創作選

羈魂編的《香港近五十年新詩創作選》

羈魂近作

《詩風》創刊號

《詩風》是香港的長壽詩刊，由黃國彬、羈魂、陸健鴻、譚福基等人創辦於一九七二年六月；王偉明、胡燕青和溫明不久加入，一直出版到一九八四年六月，共出一一六期。其後他們繼續出版《詩雙月刊》、《詩網絡》，為香港的詩世界支撐幾十年。

《詩風》的創刊號是四開（五十五乘四十厘米）的單張報紙，就像現時打開的免費報紙般大小，一直出了四十八期，到第四十九期才改為三十二開的書型。最初的幾十期曾出過硬皮精裝的合訂本，據說只製作了幾十本。十多年前，記不起是誰要了我的藏本，不知是送到中央圖書館，還是市政局的圖書館去了；想不到今日整理舊藏，竟翻出份創刊號來。創刊號《詩風》以粉藍色網底印了米開羅基羅的畫，發刊詞和創作則以黑色印在畫上。全份只有底面兩頁，發表了羈魂、野農、楚狂生、路雅、黃翔、舒文和李啟發的詩作，余子賢的〈詩餘偶記〉和懿言譯〈詩的藝術〉。他們在發刊詞中說：

從事現代詩創作的詩人，一方面要繼往——繼承中國文學的優良傳統，一方面要開來——向那無垠的將來。……還要虛心地吸收外國大詩人……的優點，然後創出中國現代詩自己的面目。

就是這些「詩風社」精神，讓他們在香港詩壇發出了光和熱！

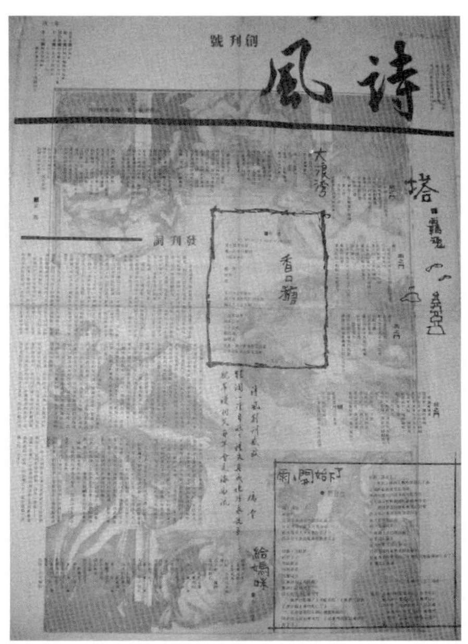

詩風
創刊號
發刊詞

《詩風》創刊號

《詩風》背頁

製作認真的「重印本」

《漢園集》（上海商務印書館，一九三六）是「漢園三友」何其芳（一九一二至一九七七）、李廣田（一九〇六至一九六八）和卞之琳（一九一〇至二〇〇〇）合著的詩集，由何其芳的《燕泥集》、李廣田的《行雲集》和卞之琳的《數行集》組成，活像三本詩集合裝一起出售，共收新詩六十多首。此書為「文學研究會叢書」之一，初版是布面精裝本，出版至今已七十多年，不易得見；惟香港一九七〇年代有「重印本」，大型圖書館中還能見到。

我稱此香港版為「重印本」，而不稱之為「翻印本」，是因為製作者的一翻苦心，不想沾污他的功勞而蒙不白之冤。一般盜印的書商，目的在圖利；翻印文學書肯定不能賺錢，翻印詩集更是「傻上加傻」，一開始即註定蝕本。像這本《漢園集》，在一九七〇年代的香港，他們還不是名家，又不是以情節取勝的小說，印出來能賣多少？我翻開書內的資料頁看，才定價三元，以我的專業眼光看，一千本的成本價約為九百，以當年五折的批發價算，要賣到近六百本才能歸本。這樣的蠅頭小利，誰幹？

這本香港「重印本」《漢園集》，不單內文印得清晰，封面設計不落俗套以外，難得的是書前還附了篇新寫不署名，近四千字的〈《漢園集》在新詩發展上的意義〉，對中國早期新詩的演變及「漢園三友」的詩風，有獨特的見解，水平甚高，佳作也！

「漢園三友」的《漢園集》

《文社綫》

一九六〇年代中後期，香港青年文社運動由高潮回落，有一群來自各文社的文藝青年，不甘心自此湮沒無聞，在熱心的吳萱人多番奔走之下，連繫了洪朝宗、周卓豪、黎廷瑤、陳翹英、吳錫興、葉左肇、龐繼民……等人，組成了既是團體名稱，又是期刊的《文社綫》。據吳萱人的解說：《文社綫》是「文學與社會聯成一綫」之意。

《文社綫》最初以雙週刊的形式，一九六八年九月開始，附於《中報週刊》內創刊，內容以文學創作為主，學生社會運動為副，每期佔《中報週刊》一版。在此附刋兩年，到一九七〇年十月《週刊》結束，共出五十四期。其後自費出版了六期半月刊，每期六頁八開的小報，至一九七一年四月的第六十期，改為十六開雜誌型，及七月的第六十一期出版後，終於停刊。

《文社綫》第六十期「保衛釣魚臺專號」是最重要的一期。僅三十頁的雜誌，竟用了十四頁，囊括了一九七一年初，港臺、內地及海外文人，為「保衛釣魚臺」而寫的文章及報導二十三篇組成的專輯，應該是同類專輯的代表作。

專輯以外，本期還有由國際讀書會主編的〈國際書訊〉，粵劇藝術研究社提供的〈粵劇源流概況〉和焚風詩社主編的同人園地〈焚風詩頁〉，保持了一貫文學與社會的混合體。

《文社綫》第六十期

《文社綫》第六十一期

「波臣」的上菜

古人確信天地萬物均有神、有王，此所以大山、老樹、石頭都有人膜拜；有些熱愛大海，或在海上謀生的人，會臣服大海而自稱「波臣」。我今次介紹的是香港作家「波臣」。

我見到「波臣」首次出現香港文壇，是他於一九五七年參加《文藝新潮》舉辦的小說獎金比賽，以短篇〈颪〉得第三名。〈颪〉寫大海上水手們的生活故事，他們的賭局、爭執、血拼，在遇到大風浪時卻齊心和大自然搏鬥……，每一個細節都描寫得細膩而真實，如非真正在大輪上工作過的人，絕對寫不出來。

自〈颪〉以後，我從未再讀到過波臣的其他作品，直到我買到了這本《翠珍》（香港周記行，一九七一）。從枕流的序及他自己的後記中得知：波臣出身於山東的貧農家，他只讀過幾年書，做過工人，當過兵，最後以航海作為終生的職業，到過墨西哥灣、澳洲邊的大洋、新加坡，環遊過全世界。《翠珍》集內二三十萬字的作品，就是他一九五一至六一年間在大海上航行時所寫的，每篇都註明寫作日期，遺憾的是沒告訴我們在哪發表。

《翠珍》是三十二開本，近四百頁，是本小說、小品、土話、史話、相聲和獨幕劇合集的「炒雜錦」。經驗告訴我，凡出版「炒雜錦」的，都是水平不高的一書作者。不過，波臣的這本「炒雜錦」，卻是一道色香味俱全的「上菜」！

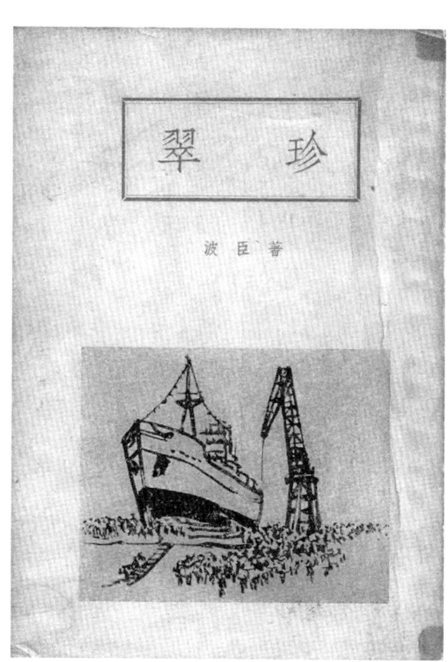

波臣的《翠珍》

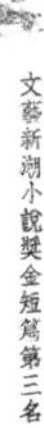
英國 Alistair Grant：大比港之雨

文藝新潮小說獎金短篇第三名：

風

香港 波臣

五點半鐘，剛開過了晚飯，我們的「頭」——渾號「臘梨頭」——就在喊了：

「阿房，把麻將桌子擺下！」

我洗淸碗盤之後，趕着去做了這樁要事，在後尾篷布下安好了桌子和座位，馬將牌也提來了，臘梨頭首先坐下，跟着叫我去給他喊「搭子」，人手齊了，我忙了一會拿烟，開啤酒。偶爾向遠處一望，火紅的太陽已經粘在海皮上，一會兒化成了指頭大的一條小金魚，吱溜的望深水裡鑽下去。一絲絲的風掠過來，有了點涼意，不再是白天的熱風了。臘梨頭的牌風也順，他喊着：

「碰，單釣東風，辣子！」

在他推倒牌的時候，風更大了些，好像風是被他喊來的。他的酒槽鼻子和永遠凛着的薄片唇，都點上了點笑意，後來竟然笑得露出了那口黃牙：這樣笑，是他和外國人講話的時候常看得到的。這回，自然是那張東風引起的，這陣涼風也助了把

波臣的得獎作品

翠　珍

著　作：波　　臣
出　版：周記行 1971 年6月
荃灣郵箱 31 號
電話：N.T. 405729
印　刷：新雅印務有限公司
香港洛克道 494 號

定　價：港　幣　四　圓

《翠珍》版權頁。「周記行」的書發行不廣，此書較罕見

香港的《文學報》

香港《文學報》是本以創作為主的十六開純文學月刊，連封面底約三十二至三十六頁。一九七〇年創刊時，主編的是曾在《當代文藝》任編輯的非夢和梁從斌，出完第六期，加入柯振中及賴漢初作編委。《文學報》因銷路欠佳，到第十期，原出版者香港新文學出版社無法支持，柯振中的樂加傳播公司接手，由第十一期起任主編，革新出版，如今大家見到的這個書影，是藝術家水禾田的傑作。儘管《文學報》內容充實，版面漂亮，可惜香港不是個出版純文學的好地方，出至第十五期，未見起色，且柯振中赴笈美國，月刊遂於一九七一年十月停刊。

《文學報》原是非夢、梁從斌、柯振中、李文耀、杜良媞、尹懷文……等一班文壇新秀的園地，由於他們拼勁十足，人際網絡甚廣，邀得慕容羽軍、雲碧琳、雨萍、林真、翁靈文、黃俊東、陳文受……等名家坐陣。《文學報》最值得一提的重點是他們曾用十三至十五期，辦了個「色情文學」特輯，組合了黃俊東的〈風流小說肉蒲團〉、林真的〈曹聚仁筆下的色情文學〉、戈爾的〈郭良蕙的《心鎖》是色情小說嗎？〉……水平甚高，還引得曹聚仁自動投來了有關的文章九篇，可惜稿來得太遲，未刊。這幾篇未刊的手稿，還存在柯振中的手中。

《文學報》第七期

香港的《文學報》

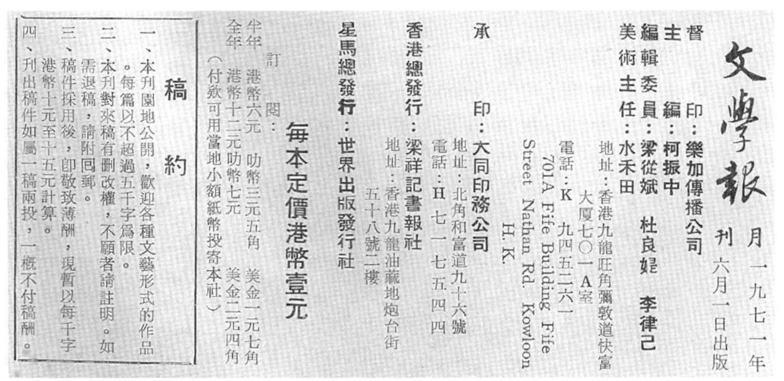
文學報
月刊
一九七一年六月一日出版

督印：樂加傳播公司
主編：柯振中
編輯委員：梁從斌　杜良媞　李律己
美術主任：水禾田
地址：香港九龍旺角彌敦道快富大廈七〇一A室
電話：K九四五二六一
701A Fife Building Fife Street Nathan Rd. Kowloon H. K.

承印：大同印務公司
地址：北角和富道九十六號
電話：H七一七五四四

香港總發行：梁祥記書報社
地址：香港九龍油蔴地炮台街五十八號二樓

星馬總發行：世界出版發行社

每本定價港幣壹元

訂閱：
半年　港幣六元　叻幣三元五角　美金一元七角
全年　港幣十二元叻幣七元　美金三元四角
（付欵可用當地小額紙幣投寄本社）

稿約

一、本刊園地公開，歡迎各種文藝形式的作品。每篇以不超過五千字爲限。
二、本刊對來稿有刪改權，不願者請註明。如需退稿，請附回郵。
三、稿件採用後，即敬致薄酬，現暫以每千字港幣十元至十五元計算。
四、刊出稿件如屬一稿兩投，一概不付稿酬。

《文學報》版權頁

《艱苦的行程》

舒巷城（一九二一至一九九九）是本港著名的小說家，他膾炙人口的短篇小說〈鯉魚門的霧〉曾多次被人抄襲參加徵文比賽均能奪魁，其實，他寫得最好的，是長篇小說《太陽下山了》（香港南洋出版社，一九六二）。舒巷城不單很會寫小說，散文、新詩、舊詩詞也寫得相當好；此外，他還懂音律，唱粵曲、擅對聯、能翻譯、繪畫……，是創作藝術的多面手。舒巷城用過的筆名及創作均很多，此中最容易為人忽略的，是署名邱江海的報告文學《艱苦的行程》（香港七十年代雜誌社，一九七一）。此書約十萬字，是他戰時生活的紀實。

一九四一年末梢，日軍入侵本港，二十歲的舒巷城目睹獸軍暴行，忍無可忍之下，終於在一九四二年辭別了寡母及弟妹，收拾細軟，背起行囊到內地逃難。他從大鵬灣輾轉到了桂林，在印刷廠裏謀到一份差事；其後遇到「湘桂大撤退」，徒步攀山涉水走了近月才抵達貴陽，之後要轉到昆明才安頓下來。舒巷城在昆明任美軍翻譯員，戰後到過越南、東北、臺灣、上海……等地，到一九四八年底才返港與家人團聚。

《艱苦的行程》以九章敍述香港淪陷後，他偷渡回內地直到往昆明之間的逃難紀實，途中奔波、患病，路有餓死骨，及賣故衣謀生的影像，是大時代中頁頁苦痛的經歷！

《艱苦的行程》初版

要認識舒巷城，請閱《舒巷城卷》

《行程》的紀念版

邱江海《艱苦的行程》一九七〇至七一年間初見於《七十年代》月刊，一九七一年末由該雜誌社出版單行本，可惜印量不多，坊間一直難以得見。至舒巷城一九九九年去世後，新成立的花千樹出版有限公司邀作者太太王陳月明女士校正，首次署作者名「舒巷城」，編入《舒巷城小說集》系列，很受讀者歡迎。

近年「花千樹」推出好幾種舒巷城作品的紀念版，喜見《艱苦的行程》（香港花千樹，二〇〇九）收入其中。此一版本的《艱苦的行程》比前兩版更完善，更具收藏價值。

紀念版《艱苦的行程》除了原書外，書前還增加了作者戰時在桂林和一九七〇年代在本港寫作本書時的生活照，初版和再版的書影，讓讀者印證了書和人在不同年代留下的痕跡；最難得的，是書後附錄了〈行程中寫的詩〉和〈硬皮本子的筆記〉。

讀《艱苦的行程》，舒巷城在文中不只一次提到，說此書能寫成，完全得助於他一直帶在身邊，並珍藏了幾十年的那本「硬皮本子的筆記」。幾年前，「巷城嫂」已告訴我他的遺物中有那麼一本小冊子，本來想把它影印成單行本，可惜遲遲未見，至今終於在《艱苦的行程》附錄中見到兩頁，難得！

〈行程中寫的詩〉有七首，寫的都是途中所見，無論灕江也好，昆明也好，風景是美好的，但，人與情卻是悲慘的！

《行程》的紀念版

舒巷城花開千樹

如果把一九二〇年代開始在本港以白話文寫作的侶倫、望雲及平可等，視為香港第一代新文學作家，則一九三〇年代末開始創作的舒巷城（一九二一至一九九九）就是香港新文學作家第二代的頂尖級人物。舒巷城不單很會寫小說，散文、新詩、舊詩詞也寫得相當好；此外，他還懂音律，唱粵曲、擅對聯、能翻譯、繪畫……，是創作藝術的多面手。

一九九九年舒巷城因心臟病突然辭世後，他的好友成立了「花千樹出版社」，由巷城嫂默默地整理丈夫生前的著述，不單把他舊日已出版的作品數十種重排出版，還搜集了在報上連載，未曾結集的小說、雜文等編成《無拘界》、《都市場景》及《劫後春歸》等多種，為這位本港土生土長的名作家留下等身的巨著。近年更編了套代表作的「紀念版」，收入傑作外，還收入不少評論史料，更方便「粉絲」及研究者使用。

《太陽下山了》是舒巷城長篇的代表作，十多萬字寫小人物林江接觸到的戰後西灣河一帶低下層市民的生活苦況，論者以為「這裏有鮮明的地方色彩，濃厚的生活氣息，深摯溫暖的人情」，是香港新文學史上不可多得的傑作。「紀念版」內還附錄了與作者的訪談紀錄，蕭鳴、袁良駿和袁勇麟的評論及報刊上各家的評論摘要等多項資料，是最完善的版本。

舒巷城花開千樹

從「粉絲」到專家

香港中文大學新亞書院錢穆圖書館主任馬輝洪先生是研究舒巷城的專家，而他的研究，是從當「粉絲」起步的。

馬輝洪原本是學數學的，不知何時對文學產生了興趣，轉到圖書館任職，潛心研究新文學，修了個圖書館學碩士後，即以《舒巷城成長小說研究》為題，於二〇〇九年取得哲學碩士。在寫碩士論文時，他發現舒巷城的「文學生命中許多空白之處」，便決心鑽研下去。他搜集了舒巷城不同時期出版的作品，剪存了報刊上所有舒巷城的紀念特輯，評論文章，互相印證、比對、研究，又訪問了不少他生前的好友……，經過多年的努力，終於整理出版了這本《回憶舒巷城》（香港花千樹，二〇一二）。

《回憶舒巷城》書分上下兩篇，上篇收舒巷城生前接受的訪問四篇，主要談他的文學觀和創作心得。其實書的重點在下篇，馬輝洪選定了舒巷城的至親好友，進行了十一次訪談記錄，從不同的角度去研究這位「行事低調內斂，但成就備受肯定的文學家」。這些訪問對象包括了舒巷城夫人王陳月明女士，好友張五常教授，還有李怡、譚秀牧、羅琅、陶然……等，都是舒巷城的多年好友，對他有深切的了解。難得的是這些受訪者中，如韓牧在加拿大，英培安、林臻等在新加坡，馬輝洪都親往拜訪，其認真可見。

《回憶舒巷城》是現今想了解舒巷城最具份量的專著。

馬輝洪編的《回憶舒巷城》

萬葉的「南斗叢書」

讀羅隼的〈《文壇》、《青知》與《南斗》〉（見天地版《香港文化腳印》，一九九四），說是《文藝世紀》停刊前，一群圍繞該刊的作家：葉靈鳳、羅孚、嚴慶澍、黃蒙田、蕭銅……等計劃出一本仝人雜誌《南斗》，後來事不成，不了了之；反而在「萬葉出版社」任職的李陽約他們出了一套「南斗叢書」。

「南斗叢書」是三十六開本，叢書形式設計的封面，白底配以雙色，全部軟皮精裝，雅緻大方，極得愛書人歡心。這套叢書出版已超過三十五年，絕版多時，坊間甚少見。據資料顯示，有：葉靈鳳譯的《故事的花束》、黃蒙田的《山水人物集》、柳岸（黃永剛）的《海隅雜記》、龍韻（源克平）的《閑步集》、蕭銅的《馬路集》、陶融（何達）的《書與橋》、阮朗的《泥海泛濫》、夏果的《石魚集》和舒巷城的《燈下拾零》等九本，但前輩羅隼告訴我應該是十本的，不知欠了哪本？此中特別要提的是龍韻和夏果，都是詩人、畫家兼《文藝世紀》主編源克平的筆名，源克平只出過這兩本書，可惜未見。

這套叢書現時我手上只有阮朗的《泥海泛濫》，和黃蒙田的《山水人物集》。前者約十四萬字，是本以一九七二年六月十八日旭龢道因山坭傾瀉引致塌樓作引子的長篇小說，後者則是本以遊記及畫事為主的散文小品，收文三十餘篇。

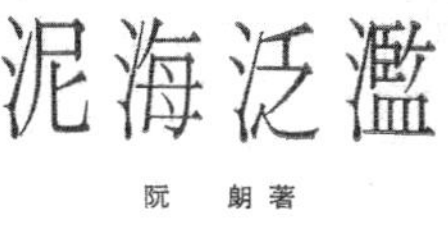

阮朗著

萬葉出版社出版

萬葉的《南斗叢書》

山水人物集

黃蒙田著

萬葉出版社出版

黃蒙田的《山水人物集》

夏果的書

作為一個詩人及美術設計師，夏果要到一九五七年主持《文藝世紀》後才得以充分發揮。一百五十一期《文藝世紀》，他甚少寫編後話卻寫詩及散文填補刊物的不足，特別是每期的封面，夏果從不假手他人而親自操刀，保持刊物的藝術性及個人風格。

一九六〇年代本港文壇流行出版合集，此中水平甚高且銷量不錯，由葉靈鳳、羅孚、侶倫、阮朗、張千帆、高旅……等人「扯頭纜」的《五十人集》（香港三育，一九六一）、《五十又集》（香港三育，一九六二）、《新雨集》（香港上海書局，一九六一）、《新綠集》（香港新綠出版社，一九六一）、《紅豆集》（香港新綠出版社，一九六二）和《南星集》（香港上海書局，一九六二）等，均由夏果設計封面，而且大部份都收入他的作品，至於個人的專集則只有散文《石魚集》和《閑步集》。

近日有幸買到夏果的《石魚集》和他署名龍韻的《閑步集》，這兩本書都是香港萬葉出版社的南斗叢書，可惜版權頁內沒有出版日期，只知是一九七〇年代中的出版物。兩本書都是約一八〇頁的三十六開本，合共收散文超過一百，此中有抒情小品，詩、畫和文學作品的讀後，記錄了詩人畫家的心聲。

諷刺的是，很想當詩人的夏果，竟沒有一冊詩集傳世，有的只是六人合集《新雨集》的那輯，收錄了他的詩作十三首。

夏果的《石魚集》

《石魚集》扉頁

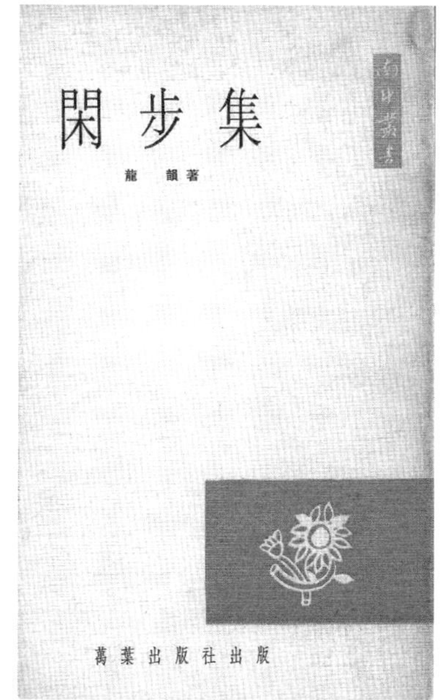

龍韻的《閑步集》

編輯夏果

《文藝世紀》是香港一份很重要的文學雜誌，它創刊於一九五七年六月，出至一九六九年末，出了超過十二年，凡一五一期。在香港這個「文化沙漠」，一份純文學雜誌能出版十多年，而且對那一代的文學青年有極大的影響，主要是歸功於由創刊至結束，都任社長和總編輯，筆名「夏果」的源克平。

詩人夏果（一九一五至一九八五）是廣東鶴山人，一九三七年畢業於廣州市立美術專科學校。他的好友黃蒙田在〈回憶詩人夏果〉（見天地版《黃蒙田散文回憶篇》）中說：夏果雖然在學校裏主修美術設計，但他由始至終都熱愛詩創作，由深受戰時話劇《越獄》的影響，半夜爬起來創作了第一首詩起，直到生命的盡頭，他都不忘詩創作。

《文藝世紀》第一年的十月份有「魯迅先生逝世廿一周年紀念特輯」，專輯中和魯迅有關的文章共十五篇，佔了全刊的半數，除了本土作家所提供的稿件外，還有鷗閣譯增田涉的〈心隨東棹憶年華〉，乃係《魯迅與日本》的第一章，荒烟的木刻〈魯迅北京故居〉和知堂的〈魯迅的文學修養〉等。在一九五〇年代，香港能約得周作人撰稿的雜誌只有極少數，而《文藝世紀》中卻經常可讀到知堂老人的文章。這個紀念魯迅的專輯，相信是當年港產雜誌中水平最高，足可與內地一流文學刊物相比的。

《文藝世紀》創刊號

荒烟的木刻〈魯迅北京故居〉

《四季》

《四季》是香港一九七〇年代水平相當高的一份文學期刊，可惜總共只出了兩期。創刊號出版於一九七二年十一月，大三十二開本，二〇七頁，像本很有份量的書，頗有氣勢。看出版者的意圖，《四季》當然希望是季刊，但第二期已推至兩年半後的一九七五年五月才能面世，改成十六開本，只有七十二頁，無論開度、內容、編輯手法，差距都相當大，除了名字相同，給人兩本不同期刊的感覺。

創刊號《四季》分成創作、穆時英專輯、書話、加西亞 · 馬蓋斯專輯、外國文壇消息和電影六類。書話談的是臺灣作家黃春明、七等生、施叔青和詩人白萩的書。我最喜歡的當然是穆時英專輯，有劉以鬯和黃俊東訪問葉靈鳳，關於穆時英的談話錄，有劉以鬯撰寫，談穆時英小說的〈雙重人格：矛盾的來源〉，黃俊東執筆的〈穆時英和他的作品〉外，還選刊了穆時英的〈南北極〉和〈上海的狐步舞〉，單單這個專輯已很超值。

《四季》第二期主要分為小說和散文類，還有一個「何豈 · 路易士 · 波希士」的小輯。作者有吳煦斌、梁秉鈞、李國威、蓬草、張灼祥、何福仁、鍾玲玲、康夫、淮遠……等人的作品。劉以鬯把長篇《對倒》改成短篇即首見刊於此。雖然創刊號《四季》比第二期高很多，我故意用第二期的封面插圖，因這期較少見。

《四季》創刊號

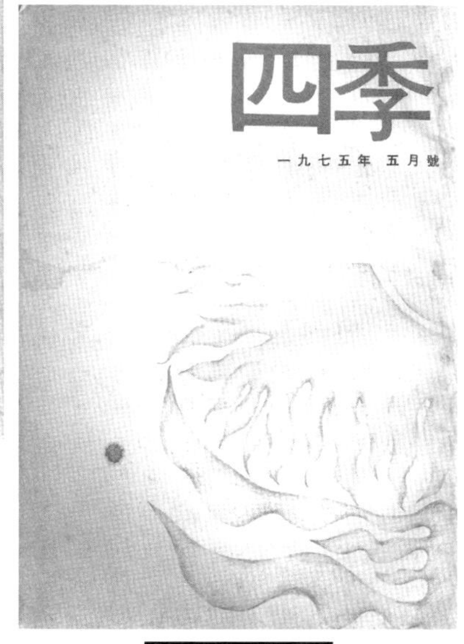

《四季》第二期

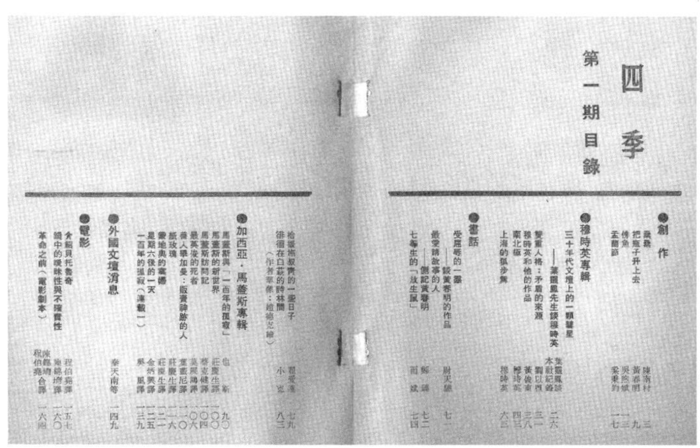

四季

第一期目錄

《四季》創刊號目錄

讀評論集憶司馬

讀林曼叔編的《司馬長風作品評論集》（香港文學評論出版社，二〇〇九）勾起不少回憶。司馬長風（一九二〇至一九八〇）是一九五〇至七〇年代活躍於香港，很有史識及分析力甚強的學者，除了史學著述，他以筆名秋貞理寫散文極受香港文壇重視。我一九七〇年代常到繼園台他的家去催稿，每次到訪，他都吩咐我先坐坐，然後自己坐到書桌前伏案疾筆，看着他龐大的背影，忽而仰望沉思，忽而筆落蠶聲，往往十來分鐘，千多字的散文已完成，送到字房，真是墨都未乾，文思敏捷，令人佩服。不過，司馬的字寫得急，是出了名潦草難懂的。幸好每個字房總有一個執字專家能看懂他的字，不會弄錯。翻《文藝風雲》，扉頁有他的題字，倒也端正清楚，可作手跡留念。

司馬長風散文集甚多，雜文則以《捋龍鬚的人》（香港文藝書屋，一九六九）及《文藝風雲》（臺北時報，一九七七）可作代表。《文藝風雲》約十四萬字，收雜寫四十篇，書分四輯，大致可分兩類：一是有關外國文學家如索忍尼辛、三島由紀夫、史坦培克、福樓拜……的雜寫；一是他開始着手寫《中國新文學史》初時的散篇，這些散篇多是由香港昭明版的《新文學叢談》選出來的。司馬的《中國新文學史》雖然在資料上有不少錯誤，但他在評論上確實下過不少深思與苦功，也有可取之道。

《文藝風雲》封面

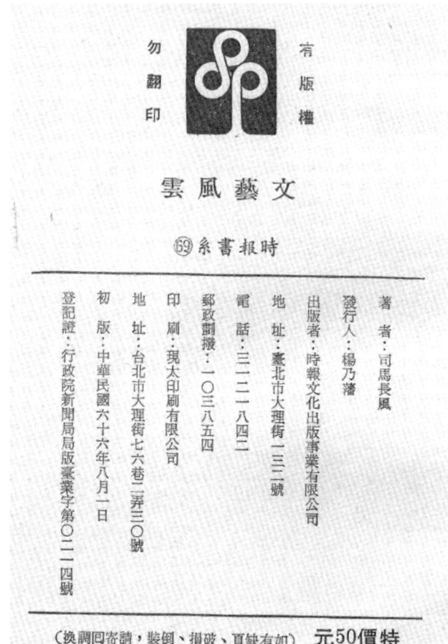

有版權
勿翻印

文藝風雲

時報書系 69

著者：司馬長風
發行人：楊乃藩
出版者：時報文化出版事業有限公司
地址：臺北市大理街一三二號
電話：三一二一八四二
郵政劃撥：一〇三八五四
印刷：現太印刷有限公司
地址：台北市大理街七六巷二弄三〇號
初版：中華民國六十六年八月一日
登記證：行政院新聞局局版臺業字第〇二一一四號

特價50元 （如有缺頁、破損、倒裝，請寄回調換）

《文藝風雲》版權頁

司馬長風手跡

劉以鬯的翻譯

劉以鬯（一九一八至二〇一八）是本港著名的學人，他著作等身，小說以《酒徒》和《對倒》為代表，論述中我最喜歡的是《論端木蕻良》。他的著述極受推崇，卻甚少人提到他的翻譯；而事實上，他翻譯的書也不多，好像只有喬也斯 · 卡洛兒 · 奧茨的《人間樂園》（一九七四）、積琦蓮 · 蘇珊的《娃娃谷》（一九八〇）和以撒 · 辛格的《莊園》（一九八二）等三種。

喬也斯 · 卡洛兒 · 奧茨（Joyce Carol Oates, 1938~）是美國現代著名的作家，加拿大溫莎大學的副教授，她的小說寫得相當出色，曾多次獲獎。《人間樂園》是她第一部長篇小說，出版於一九六七年，寫一九二〇年代誕生在一輛卡車裏，流動工人的女兒克蕾拉一生的故事，反映了那年代的生活。書後的推介頁說「作者用凝鍊筆觸刻劃人類的痛苦以及隱藏在這些痛苦裏邊的慾望，獲致很高的成就，使這部小說充滿文學的華美」。

這本劉譯的《人間樂園》有三十多萬字，經詩人戴天約稿，一九七四年由香港的今日世界出版社出版，不知何故竟要在馬尼拉的「中菲文化出版社」承印，然後運回本港發售。封面的構圖以粗獷的筆調，刻劃一對男女在種滿花卉和植物的園地起舞……，這是作家兼畫家蔡浩泉的作品。不知是他酒後還是醉醒時的傑作。這就是他的「樂園」？

一九一八年出生的劉公，在劉太的陪同下，於二〇一六年切生日蛋糕。

劉以鬯翻譯的《人間樂園》

劉以鬯編的叢書

劉以鬯一九四八年末從上海來到香港，寫稿、編雜誌、做學術研究，既娛樂他人，又娛樂自己超過六十年，著作等身，使香港愛文藝的後輩得益不少。如果我沒有記錯，他做得最少的，是編叢書。除了一九四〇年代在上海辦懷正文化社時編的「懷正文藝叢書」外，在香港，他只為香港文學研究社編過一套兩輯的「中國新文學叢書」十六種。

劉以鬯編的「中國新文學叢書」選稿甚嚴，他把約稿的作者分成海外、臺灣、本港和內地四組。海外他選了夏志清、葉維廉和葛浩文，臺灣選的是白先勇和陳映真，本港選的是西西和也斯，內地選的最多，有羅洪、王西彥、師陀、唐弢、楊絳、周而復、端木蕻良、許廣平、徐昌霖、蕭軍、蕭紅。劉以鬯相識滿天下，如果他要約寫叢書，對象多的是，而他特意約的這群，可以反映這些作者水平甚高，是足以代表海內外中國現代文學的。

這批作家中，港臺、內地的大家都很熟悉，特意提提的，是海外的幾位：夏志清是舉世知名的學者，最重要的學術著作是《中國現代小說史》。葉維廉是從香港往臺灣升學，後長居美國的比較文學博士。葛浩文是可用中文寫作的美國老外，研究蕭紅的專家。「中國新文學叢書」有個小小瑕疵：沒印出版日期。據易明善的《劉以鬯傳》說，是一九八一至八二年出齊的。

夏志清的《印象的組合》

羅洪的《踐踏的喜悅》

陳映真的《唐倩的喜劇》

劉以鬯的《看樹看林》

《看樹看林》（香港書畫屋圖書公司，一九八二）是劉以鬯第一部中國新文學研究專集，他在〈後記〉中提出了他研究中國新文學的觀點：要還新文學原來的面目，不應該將猜想當作事實，必須求真，求確。不能以記憶寫憶舊文字，因為記憶最不可靠。研究者還得要儘可能掌握第一手資料，「看樹看林」，即是巨細無遺，要宏觀地去看，細心地研究。

《看樹看林》中收文二十五篇，以性質分成四輯，記人的如豐子愷、陸晶清、葉靈鳳、趙清閣均為他的舊交，所記均以交往書信之複印本支持，其真確性非常可靠；記事者如〈關於《雪垠創作集》〉、〈約靳以寫長篇〉、〈關於《歸舟返舊京》〉、〈葉紫與「無名文學會」〉……等篇，都是劉以鬯親身接觸的事，可見《看樹看林》是部極重視史實的新文學文獻。

劉以鬯在《看樹看林》中如此強調史實的真確，是因為一九七〇年代香港和臺灣的文字工作者在研究新文學時太不認真，錯誤的資料經常相互引用，貽笑大方以外，遺禍甚大。最大的「胡鬧」是當年有人肯定孫毓棠的《寶馬》曾獲一九三六年《大公報》的文藝詩獎。此事雖經劉以鬯一九七八年寫〈《寶馬》未獲大公報文藝獎金〉（《看樹看林》的首篇文章）証實了，想不到三十多年後的今天，還有人出書，談《寶馬》之得獎。唉！

劉以鬯的《看樹看林》

看樹看林

著作者　劉以鬯

出版者　書畫屋圖書公司
香港九龍彌敦道四六六號恩佳大廈五樓C座
電話：三～八四九○七九

香港發行　昭明出版社有限公司
香港灣仔莊士敦道五十一至五十三號兆豐大廈十三樓至十四樓

印刷者　永利印務公司

定　價　每本港幣十二元正

一九八二年四月初版

印行量壹仟本

《看樹看林》版權頁

慈父之痛

文筆辛辣的萬人傑曾在本港辦《萬人雜誌》和《萬人日報》，是著名的文化鬥士；流行小說家俊人曾在《大光報》、《工商日報》、《星島晚報》《華僑日報》……任職，是著名的報人，據劉以鬯的《香港文學作家傳略》說，他曾創作並出版言情小說二百三十種，若以每冊平均八萬字算，爬格子近二千萬字，不知是三蘇、倪匡、亦舒厲害，還是他寫得更多？

其實，萬人傑和俊人都是香港文化名人陳子雋（？至一九八九）的筆名，他一九四六年自曲江來港，一直在文化界謀生，是個慈父，育女陳孝晶、子陳孝昌，均畢業美國大學的專業人士。

人生傷痛之事莫過於「白頭人送黑頭人」，萬人傑獨子陳孝昌一九六九年赴美深造，修電機工程，豈料僅七個月即患重病，幾年來一面與病魔搏鬥，一面苦讀，只花兩年半便修完學士課程，繼續向碩士、博士目標奮鬥，盼能出人頭地，為華人爭光，豈料掙扎至一九七三年，終為病魔所攫，客死異鄉！

萬人傑喪子後哀痛莫名，在《星島晚報》專欄「牛馬集」中，以「悼亡兒」為題，長文連載二十餘天，慈父一字一淚訴心聲，讀者及同行文友均感染其哀傷，紛紛撰文安慰。一九七四年，萬人傑把那些信件及「悼亡兒」，連同兒子與家人的生活照，編成這本紀念集《永不死亡的愛》！

萬人傑的《永不死亡的愛》

李輝英的《三言兩語》

李輝英在香港中文大學授中國現代文學史後，喜愛新文學的人愈來愈多。為了輔助教學，他一九七〇年代初在《星島晚報》開了個每周見報的千字專欄，寫有關現代文學的專題，內容涉及文壇掌故、讀書札記、書話、文人軼事、書信往來、書店歷史……，甚至當年坊間重印的新文學絕版舊書均有談及。由於李輝英本身就是那個時代的作家，很多人物他交往過，很多事件也親歷過，寫得很有吸引力，大受歡迎，我每篇均有剪存。後來他收錄這些文章一百篇，結集《三言兩語》（香港文學研究社，一九七五）出版，是香港較早期的中國現代文學書話專集。

一九七〇年代初，李輝英已超過六十歲，《三言兩語》中的隨筆，可以說是斷章的回憶錄。他在中國現代文壇活動幾十年，談到的人、書不少，隨手翻翻即見有：馮至、汪敬熙、蕭紅、郁達夫、王統照、許傑、張資平……數不勝數。我認為《三言兩語》中最值得提的，是一些和香港本地有關的書人書事，比如當年有人把善秉仁的《當代中國小說戲劇一千五百種提要》中，蘇雪林用英文寫的序言譯成中文，題為〈烽火歲月裏的小說作品〉在報上刊登，李輝英即為該文寫了評論及補遺三篇。又有人在報上提到「蕭紅的墓還在淺水灣畔」的謬誤，便勾起李輝英寫他與蕭紅交往的舊事及遷葬的史實，都是很有價值的。

李輝英的《三言兩語》

慕容的喬木

與慕容羽軍（一九二五至二〇一三）閒談，甚少見他提到一九五〇年來香港前的舊事；讀他的作品，我是小說多於散文，因此，對他的往昔總覺得陌生，直到在洛杉磯的小城哈崗買到了這本散文集《喬木青青》（香港高原出版社，一九七六），才對年輕的慕容羽軍多了解些。

《喬木青青》約十二萬字，書分三輯，收散文二十餘篇。這些文章多是一九七〇年代初期，在徐速編的《當代文藝》發表的，第一輯收〈記下一節哀傷〉、〈我與文藝的自白書〉等八篇，寫的是他的家世和文藝因緣；第二輯收〈古城青春夢〉、〈石油城水軟山溫〉和〈南路的方言〉等七篇，寫的是一九三〇及四〇年代，他在廣州、茂名及海南島一帶流浪的生活記錄；第三輯的幾篇，則是他一九六〇年代在香港對新詩有關的論述與探討。

讀《喬木青青》，知道慕容羽軍出生於書香世家，父親是北伐時孫中山先生大本營的參謀，文告的撰稿者，母親是中國歷史上有名的六二三「沙基慘案」的主角之一。十二歲小學畢業時，抗戰已蔓延全國，他小小年紀即離家，邊逃難邊讀書，六年中學讀了七間學校，後來也進過軍旅，在廣州、海南等地當過報刊編輯，最後從海南轉到南洋，一九五〇年才踏足香江。

他的抗戰歷程正是一九四〇年代成長一代的典型！

慕容羽軍（攝於二〇〇九年）

慕容羽軍的《喬木青青》

版權所有
不准翻印

喬木青青

著者 慕 容 羽 軍

出版者 高 原 出 版 社
香港九龍彌敦道739號金輪大厦十六樓
電話：九四〇七八八

PUBLISHED BY HIGHLAND PRESS
No. 739, Nathan Rd. 15th Fl., Kowloon,
Hong Kong. TEL. 3-940788

承印者 永 生 印 刷 公 司
香港九龍馬頭圍道二三二號

經售處 港九及南洋各大書局

一九七六年六月初版

《喬木青青》版權頁

《四人集》擲地有聲

一九七六年，王敬羲主持的「文藝書屋」出版了一冊厚三八三頁，近二十三萬字的短篇小說《四人集》。編者在序中說：近十年來，短篇小說在臺灣、香港和南洋都交上了厄運，不單不受歡迎，有南洋的代理商甚至拒絕代賣名家或非名家的短篇小說集。出版社「明知山有虎，偏向虎山行」，毅然投資出版《四人集》，是作出要為短篇小說平反的「獻身工作」。

《四人集》的四位名家是：王敬羲、朱西寧、黃思騁和費立。此書分四輯編排，收短篇小說三十篇，實際上是四本短篇的合集，目的是強調「短篇小說」的重要性，讓讀者選擇：一是多讀點，一是乾脆不買！朱西寧是臺灣著名的軍中作家，著作等身；黃思騁是本港與徐速、司馬長風等齊名的小說家；王敬羲是香港一九五〇年代成長的小說家、編輯和出版人，早已是眾所皆知的，只有費立較少人知道。

「費立」是學者孫述宇（一九三四出生）寫小說時的筆名。孫述宇是美國耶魯大學英國文學博士，長期任教於美國、臺灣及香港各大學，是馳譽國際的中國舊小說專家。他出版的小說有《解救》（香港友聯出版社，一九五八）和《鮭》（臺北允晨出版公司，一九八七），都相當罕見。《四人集》中所收〈吉利〉、〈補償〉、〈旅程〉……等六篇，不容錯過！

《四人集》書影

但我還是要和時間競步
沒有氣餒更沒有絲毫怯意
我要在身後留下
一些些腳步的印痕
並且不讓風和沙
在一夜間把它們抹平——

書舊作同競步[?]片斷[?]
寒[?]烈兄共勉

王敬羲 九九年
十月、香港

王敬羲手跡

四　人　集

著　　者	王敬羲　朱西寧 黃思騁　費　立
出版者	文　藝　書　屋 香港九龍漢口道 4 號 5 A
印刷者	立信印刷公司 九龍新蒲崗伍芳街 23 號 11 樓
每冊定價	港幣十二元
再　　版	一九七六年九月

版權所有・翻印必究

《四人集》版權頁

徐訏的《七藝》

小說家徐訏（一九〇八至一九八〇）一九五〇來港，至一九八〇年逝世，居港三十年著述頗豐，出單行本數十種，但，由他主編的期刊卻不多，《幽默》、《論語》、《筆端》和《七藝》不單少人提及，而且都像流星，轉瞬即逝。《七藝》月刊創辦於一九七六年十一月，據手邊資料，如今大家見到一九七七年二月號的第四期，就是它的終刊號。

《七藝》是大三十二開本，每期有一六〇頁，像單行本。徐訏是主編，實際執行編輯工作的是翁靈文和林曼叔。徐訏是一九四〇年代成名的浪漫主義作家，文壇地位崇高，《七藝》創刊，支持者甚眾，創刊號即有司馬長風、劉紹銘、黃思騁、陳香梅、成仲恩、林太乙……等人供稿，而徐訏自己，也寫了〈看戲〉和〈屬於夜〉兩篇。

《七藝》不是本純文學期刊，縱觀僅有的四期，我們可以看到主持者的心意向：繪畫、戲劇、電影、翻譯、攝影、文藝和評論多方面發展，每期的封面及內頁刊繪畫、木刻及油畫甚多，並着意推介新藝術家，用意在營造一份高水平的「藝術品」。《七藝》由文華出版社出版，據說編輯部即設於文華印刷公司內，後臺老闆是公司東主黃洽，經濟上應該無問題，可惜徐訏應巴黎大學之邀，前往講學半年，無暇兼顧，《七藝》遂匆匆停刊！

《七藝》創刊號

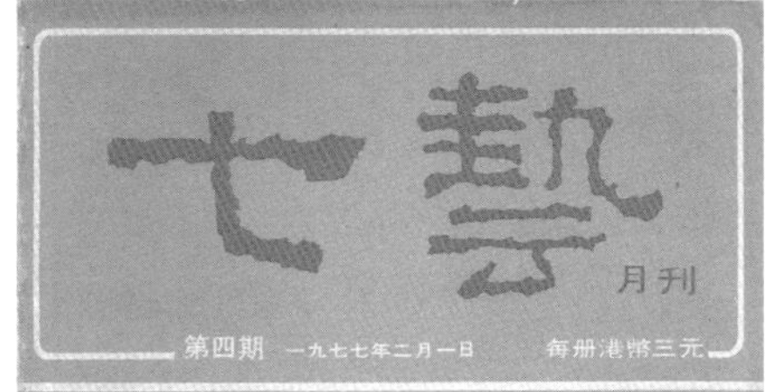

《七藝》終刊號

何達的詩集

何達（一九一五至一九九四）是少數由一九三〇年代即開始寫詩，到移居香港後，仍一直創作至終老的香港詩人。

據他在〈學詩四十五年〉中說：一九三〇年，他十五歲時的某夜，在北京的大街上見到了月蝕，見到無知的市民用鑼鼓聲來驅趕吞月的天狗，產生強烈的創作慾，寫下了第一首詩。此後詩潮泉湧，創作的詩篇數以百計，但一直沒出過詩集。直到朱自清欣賞他的朗誦詩可激發人心，能激起抗日的熱情，稱他的詩是「新詩中的新詩」，並為他編了第一本詩集《我們開會》（上海中興出版社，一九四九），可惜此書非常罕見，我至今未見，只能從現代文學的辭典中，知道收集了五十多首詩，是他早年的代表。

如今大家見到的這本《何達詩選》（香港文學與美術社，一九七六）書分七輯，收一九四〇至七〇年代的詩作四十餘首，是三十年的精選集，難得的是還附錄了何達寫的〈令人醉的詩和令人醒的詩〉及〈學詩四十五年〉，是了解何達詩論及創作歷程的一手資料。此外，何達的詩集還有《洛美十友詩集》、《長跑者之歌》、《興高采烈的人生》和《生命的升騰》。

《何達詩選》的編者「尹肇池」是個「愛詩三人組」，那是取「溫」健騮、古「兆」申和黃繼「持」姓名中三個字的諧音組成的。除了本書外，他們同時還編了本《中國新詩選》。

何達的詩集

何達詩選

尹肇池編

文學與美術社出版

大千印刷公司承印

香港英皇道芬尼街二號D

1976年12月初版　定價港幣五元

封面設計：文　樓

《何達詩選》版權頁

出書附玉照

不知從何時開始，作家出書習慣附作者玉照及簡單的個人介紹。在新書中附作者介紹可視作推廣手段，讀者捧讀一本新書，先了解作者個人的背景才決定是否購買，作者簡介的確起到刺激讀者購買慾的作用；至於附作者玉照，則是毫無意義的無聊行為，難道你決定買一本書，會受作者是否俊男美女的影響？

在很多作者以三十年前的玉照來蒙騙讀者的潮流中，有極少數有性格的作家從不肯以真臉目示人，像李碧華，在香港流行文藝作品榜享譽二三十年，好像未見過她在新書中附玉照吸引讀者；又如「長青樹」亦舒，她「天地」版的作品可以放滿一書櫃，我沒仔細查清楚，附玉照的，即使有，也不多。

如今大家見到的《五人話集》（香港新週刊，一九七六）是附玉照書的典型代表，這是本僅一二八頁的散文集，書前居然用了十四頁來附作者玉照及目錄，此書的組合也很怪，三個流行小說作家，加一個藝人和現代主義文學家，他們的表達方式各有不同： 崑南已經是夠高的了，還要站在「哈哈鏡」前來一張誇大的拉長版全身像，嚇鬼！甘國亮不脫藝人本色，玉照兩幀：一是「粉糕」的閱稿半身，一是指手劃腳的導演相。海滴是反光的窗前側頭相，只見黑白，不肯見人。林燕妮是一貫作風的闊帽貴婦相。亦舒則是含情脈脈的短髮少女大頭相，最是難得！

亦舒

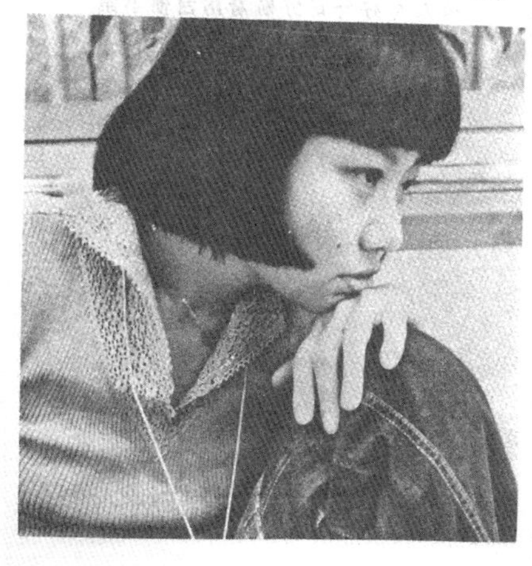

亦舒

附作者玉照的《五人話集》

杜漸也愛推理

退休後移居加拿大多倫多密西沙迦市的「書癡」杜漸（一九三四出生），現時除了讀書、寫作及翻譯以外，還自學水墨畫，並進入當地的藝術學院，修習油畫，自得其樂，安享晚年。他的《書海夜航》（北京三聯，一九八〇）和《書海夜航》二集（北京三聯，一九八四）蜚聲內地的讀書界；一九七八年自資創辦讀書雜誌《開卷》，一九八四年任三聯書店出版之《讀者良友》總編輯，是他愛書生涯的巔峰之作，可是很多人都不知道他熱愛文學以外，尤愛科幻及推理，曾出過《世界科幻文壇大觀》（香港現代教育，一九九一）和《偵探推理小說談趣》（香港三聯，一九九四），還用筆名李芃翻譯及創作過十多本驚險小說。

《偵探推理小說談趣》凡二〇五頁，收有關推理小說雜文二十一篇，不同於日前所介紹的推理專著，這是本由淺入深的入門之作，即使你不是推理迷，也很容易接受，且看以下的標題：〈為甚麼推理小說吸引人〉、〈誰是偵探小說的鼻祖〉、〈追尋福爾摩斯〉、〈罪案小說的女王克莉斯蒂〉、〈日本推理小說之父——江戶川亂步〉、〈兩條美國硬漢〉、〈西歐偵探小說兩大家〉、〈從猛犬特魯蒙德到鐵金剛占士邦〉……全面性介紹了世界各國的推理小說，此書好在出版不算太久，圖書館應能借到。

杜漸主編的科幻書選

杜漸有關推理的著述

杜漸和他的書庫

書癡的驚險小說

「書癡」杜漸一九七〇至九〇年代活躍於香港文壇，他曾主編本地讀書雜誌《開卷》、《讀者良友》和《讀者良友文庫》，重要的作品是《書海夜航》、《書海夜航》二集和《書癡書話》。其實，他除了當編輯，寫書話外，還寫過、翻譯過不少推理及驚險小說。較少人知道的筆名，是在報刊寫連載小說時用的「潘侶」和出版驚險小說時的「李芃」。

如今大家見到的「驚險小說叢書」有《成吉思汗之寶藏》、《黑色美洲豹》、《冰雪驚魂》、《魔島》、《人蟻戰爭》和《音波飛碟》等六種，都是四十開本，香港中外出版社於一九七七出版的，百來二百頁的袋裝書，方便携帶閱讀。

這套「驚險小說叢書」大多是翻譯的，原作者有柯南道爾、麥克尼利、梅里、戴維斯、斯提芬遜、哈姆利……等國際著名作家，小說都是具推理、科幻、探險等趣味性的小說。此中特別值得一提的，是中篇《成吉思汗之寶藏》，因為這是李芃的創作，不是封面標明的翻譯小說。

《成吉思汗之寶藏》是本六萬字的中篇，寫主人翁王劍無意中發現了成吉思汗搜掠各方所得的寶藏地圖，便聯同歷史及考古學家到新疆去尋寶，希望能找到記載在金塊上的歷史文獻……。這是李芃寫於一九六〇年代的小說，很有《奪寶奇兵》風味！

紀銘兄留念
這是我六十年代
寫的東西
杜漸

杜漸手跡

驚險小說叢書

成吉思汗之寶藏

李芃譯

中外出版社

書癡杜漸的驚險小說

成吉思汗之寶藏

著　者：李　芃

出版者：中　外　出　版　社

發行者：時代圖書有限公司

香港九龍彌敦道500號一樓

電話：3-308884　3-308932

印刷者：天虹印刷有限公司

九龍新蒲崗大有街26號地下

電話：3-210047　3-207082

一九七七年四月

《成吉思汗之寶藏》版權頁

我出版的暢銷書

我出版的書中，最暢銷的是司馬長風（一九二〇至一九八〇）的《中國近代史輯要》，一九七七年十二月初版兩千冊，才半個月已全部售罄，隨即再版，但因印刷廠放農曆新年假，到書印好時，已是七八年三月的事，前後兩印共四千冊。

一九七七年，司馬長風在樹仁學院教近現代史，因坊間現成的這類書籍甚少，他便着手自編教材成書。此書為十四篇獨立的紀事，以史評及史論的形式，寫辛亥革命後之數十年史實。其後更附四組相關的史論：《近代史通論》、《近代人物簡論》、《蘇俄與近代中國》和《北伐及其它》。

司馬長風是位很有史識及分析力甚強的學者，《中國近代史輯要》一出，好評如潮，作家沙翁（倪匡）在他報刊上的專欄連評多日，能在半個月內銷完初版，也不算奇事！

一九八〇年，司馬長風赴美，不幸逝世，小店亦因業主迫遷結業，未賣完的《中國近代史輯要》以賤價售給某同業，我亦隱居三年，不問書事。新近買到這本由蕭輝楷（陳虹）題籤的《中國近代史輯要》，外觀與我印的二版無異，但書脊連書名都印漏了，如此粗製濫造，肯定是盜印本。一九九〇年代，我從北美回港旅遊，曾見過一版封面大紅大綠，花斑斑而庸俗不堪的《中國近代史輯要》，當是另一盜印本。無可奈何！

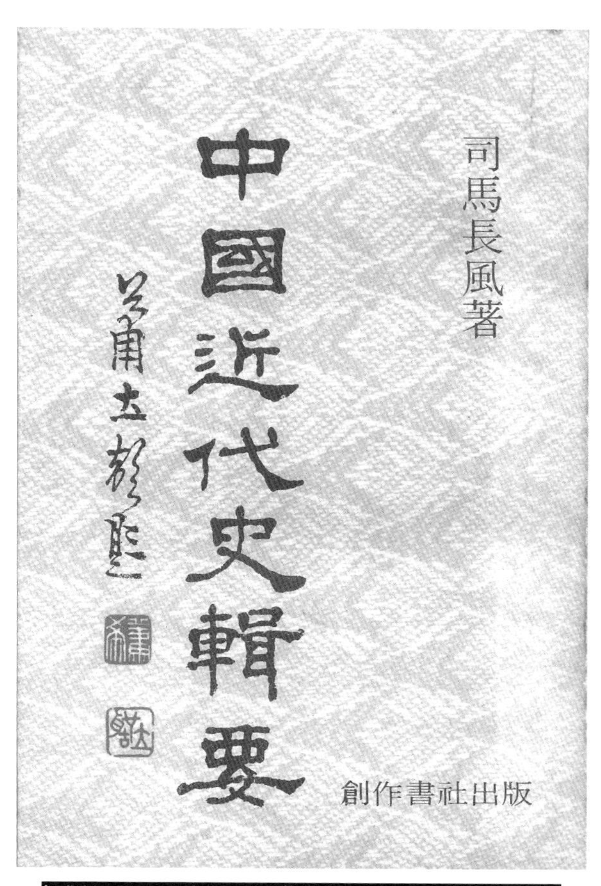

初版二千冊，半個月即售罄的《中國近代史輯要》

兩岸三地同醉書

二〇一一年六月，臺北秀威資訊科技股份有限公司為我出版了書話集《醉書札記》，連同香港三聯書店一九九〇年的《醉書閑話》和山東畫報出版社二〇〇六年版的《醉書隨筆》，終於完成了我兩岸三地同「醉書」的夢想。

一九八〇年代，好友書痴杜漸在香港出版專門談書的雜誌《開卷》和《讀者良友》。在他的鼓勵和推動下，即使我忙甚，資料貧乏，還是寫了不少有關中國新文學的書話和作家研究。後來，他為三聯書店編了套「讀者良友文庫」，我敬陪末座，以《醉書閑話》濫竽充數，排在名家趙家璧、吳其敏、黃繼持、杜漸、古蒼梧……等背後叨光，是我的第一本書話集。

二〇〇六年，華東師範大學陳子善告訴我，山東畫報出版社想出一套「書虫系列」的叢書。對內地讀書人的口味我不大了解，給他們寄去了我的書話集《醉書閑話》、《書人書事》和《醉書室談書論人》，最後由徐峙立編輯選編了排版相當美觀的《醉書隨筆》。

二〇一〇年十月，臺北書友秦賢次和蔡登山過港，為「秀威」約出有關人物的選集，於是從過去出版的書中選了二十多篇，加上交稿近年多仍未出版的《舊書刊摭拾》中選了十來篇，定名《醉書札記》交稿。想不到《醉書札記》後發先至，六月已經面世，而《舊書刊摭拾》則要遲至八月末杪才出。

一九九〇《醉書閑話》港版

二〇一一《醉書札記》臺版

二〇〇六《醉書隨筆》國內版

千金難求的《雙城》

自從柳蘇（羅孚）在一九八九年的《讀書》上發表了散文〈你一定要看董橋〉，陳子善編了本董橋的評論集《你一定要看董橋》（上海文匯出版社，一九九七）後，董橋的文名在內地聲名大噪，散文集一本接着一本面世，時至今日總有幾十冊了，他的簽名鈐印本，在拍賣會上拍到過千元一本也是常有的事。如今董橋已是內地讀書界無人不知的香港名家，陳子善說：

> 如果把臺港和海外眾多散文名家比作武林高手，董橋無疑是其中身懷絕技，出招奇特，格外引人注目的一位。（見《你一定要看董橋》編後記）

董橋的散文集雖然隨時都可買到，但如今大家見到的，他這本處女集《雙城雜筆》，今天已是千金難求的了。《雙城雜筆》（香港文化・生活出版社，一九七七）收散文五十餘篇，書分「在倫敦寫的」和「在香港寫的」兩輯，收的都是他一九七〇年代初期的作品。慣讀董橋散文的朋友都深愛他「深遠如哲學之天地，高華如藝術之境界」的文風，而《雙城雜筆》中的散文和他後來散文不同之處在於多變，如：〈春日戲筆〉全文三頁不分段；〈有這樣一則廣告〉句句分行似詩；〈不是書話之一〉幾乎不用逗號，全部用句號分隔；〈那天晚上〉用括號跳接過去和現在……，年輕的董橋是很「意識流」、很「現代」的！

董橋的《雙城雜筆》

陳子善編《你一定要看董橋》

《香港文學》雙月刊

提起《香港文學》，一般讀者會立即想到劉以鬯創辦於一九八五年元月，到如今連續出了三十多年，已有幾百期面世的《香港文學》月刊。不過，我們要談的這種《香港文學》是本雙月刊，一九七九年五月創刊，至八〇年五月，整整一年才出了四期，第五期似無法延續了。

《香港文學》雙月刊是大三十二開本，每期六十四頁，第四期增刊至八十三頁，可惜無以為繼。這本期刊是年輕人集資出版文學期刊的表表者，由「香港文學編輯委員會」主編，據說主持人是蔡振興，看集稿來源，似乎王仁芸、陳德錦、唐大江、陳昌敏……等，一九七〇年代的文藝青年精英都有參與。

《香港文學》是「評介和創作」並重的，但我特別喜歡他們每期組織的特輯，創刊號以劉以鬯配迅清，第三期舒巷城配曹捷，第四期司馬長風配王曉堤。這種「老嫩」雙配結合的專輯，有專文介紹作者並選刊代表作，訪問及年表……佔去每期近半篇幅，份量重而質高，不僅能達到「以老帶嫩」的目的，還可作為研究者參考的一手資料。最近唐大江送我第二期，沒有了老少配，取而代之的是「選介香港青年作者專輯」。

迅清是《大拇指》的中堅份子，港大畢業後不久，即任中學校長，如今在澳洲生活。曹捷即今日的名作家陶傑。王曉堤一九七九年以〈凶室〉奪香港第一屆中文文學獎小說組首名。

《香港文學》雙月刊創刊號

第三期

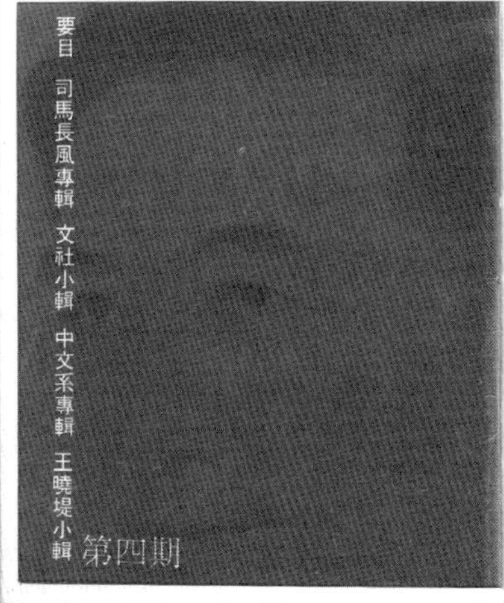

第四期

《素葉文學》

《素葉文學》是「素葉出版社」出的期刊，創刊號出版於一九八〇年六月，那是「素葉叢書」出版第一、二輯後的事。一般讀者習慣把文學期刊稱為「月刊」，甚至本刊由第三至十五期也自稱為「月刊」，事實上《素葉文學》出版二十年，也僅有六十八期，和「月刊」一點也沾不上邊。

創刊號一年後的一九八一年六月，我們才見到第二期，此後斷斷續續到一九八四年八月，出了第二十四及二十五期的合刊後，完成了第一階段。許廸鏘〈在流行與不流行之間抉擇〉中說此時期的「素葉」陷於停頓。記不起是誰穿針引線，他們把貨倉中的存貨全搬到我的書店來堆了座小山，那期間的「創作書社」成了買「素葉」最方便的地方。直到一九九二年，小店要結業了，他們才把書和雜誌搬回去，有了新的發展。

我愛前期的《素葉文學》，那是大十六開本，基本三十二頁的純文學期刊，以創作為主，小說和詩較多，翻譯及評論為副，出過「加西亞 · 馬爾克斯」和「巴爾加斯 · 略薩」的專號。最特別的是出版於一九八二年六月的第九 · 十期合刊，厚厚的一巨冊，把《蔡浩泉 '82 展》的場刊全收了進去。

早期的《素葉文學》用黃色牛皮紙印刷，外形樸素，內容充實以外，每期均有大量蔡浩泉的插畫，簡直是本藝術品！

素葉文學・素葉文學・素葉文學・素葉文學・ 1

北飛的人

蓬草

她決定要去那一處遙遠的地方之後，心中充滿了歡喜。

這還是她一生中，第一次孤獨地，決然地檢拾了一袋小小的行李，離開她住的房子。她告訴每一個人：她要到北部的，某處美麗的地方，為了聆聽那兒八月特殊的聲响，主要還是為了那一個她從來未曾與之交談的人，她是如斯熱切地愛慕着。她決定跟隨他的足跡，看他如何把手一揚，便能使她的宇宙，迸發千萬光華，便能使她的雙目，有異乎尋常的明亮，而她的心，將滿溢熱情，她再次感到某種甜潤的溫暖……。

她在收拾那一小袋單薄的物件時，竟和空洞的、寂寞的房子說話了。她告訴房子：她實在厭倦了留在這兒守候，才決定離開。「當然，」她急着保證，「四星期後，我便回來的。」隨着，她略感抱歉地嘆了一口氣，「不是我願意把你丟下一段時間的，誰叫你不能替我把窗外的陽光，多多地引進來呢？」這些話語，雖然說得輕輕，但顯然有責怪的成份。房子蒼白了臉，自覺內疚萬分，便不敢回話了。本來，這是一座相當可

1

《素葉文學》創刊號

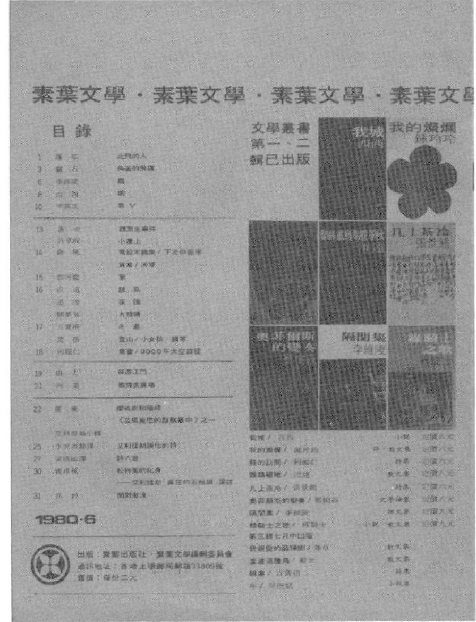

封底

紀念號《素葉》

《素葉文學》總第二十六期在停刊七年後的一九九一年七月復刊，仍然是不定期出版，由每年出版六至八期，縮至後來的一兩期。二〇〇〇年十二月出版「二十周年紀念號」的第六十八期，為目前最後的一期，以後還會不會復刊？天曉得！

復刊後的《素葉文學》，最特別的是取消了牛皮紙而改用新聞紙印刷，同時也沒有了蔡浩泉的插畫，非常可惜！初期二十四頁，後來回復三十二頁，自一九九五年的五十六及五十七期合刊起，愈出愈厚，如今所見的「紀念號」厚達二四〇頁，是名副其實的「巨著」。

蔡浩泉在二千年九月因病離世，「二十周年紀念號」除了是《素葉文學》的「句號」，同時也是《懷念蔡浩泉》專輯。由「素葉出版社」創社起，蔡浩泉一直是他們的美術編輯，為叢書設計封面，為期刊畫版及插圖，「素葉」有今天的成就，「蔡頭」功勞至大，在最後一期《素葉文學》為他弄個專輯，實有需要。和當時各期刊《懷念蔡浩泉》特輯所不同的，是本期《素葉文學》用了很多他的舊插畫，還有他兒子蔡邊村在老蔡彌留前的一組素描。老蔡後繼有人，走得安心！

三十年來在香港成長的作者，大部份都曾在此發表過創作，《素葉文學》是值得懷念的！

素葉文學
Su Yeh Literature

2000年12月（第68期）

出版／承印：素葉出版社
編　　輯：素葉文學編輯委員會
執　　行：方沙、許迪鏘、羅華業
地　　址：九龍土瓜灣郵局郵政信箱87045
發　　行：樂文書店發行部
九龍大角咀洋松街64-78號
長發工業大廈7樓5室
電話：2397 8873

定價：港幣 $35.00
20周年紀念專號，擴大篇幅，
謝謝讀友，售價仍舊

紀念號《素葉》

素葉文學

68

懷念蔡浩泉

《素葉》第六十八期

素葉叢書

三十多年來一直是「素葉出版社」主幹的許廸鏘，在談及創社過程的〈在流行與不流行之間抉擇〉（見《素葉文學》五十九期）中說，他們辦出版社的目的是出版香港作者的書。在這許多年中，他們出版過六十多種叢書和《素葉文學》期刊。在香港這個商業主導的國際大都會，「文學」一向是極小的「微塵」，素葉仝人默默耕耘幾十年，不接受任何資助，自掏腰包，自發的奉獻，不得不提提他們：西西、張灼祥、何福仁、許廸鏘、鍾玲玲、辛其氏……這群「文學發燒友」。

「素葉」是先有《文學叢書》才有《素葉文學》的。第一輯出於一九七九年第一季，只出西西的《我城》、鍾玲玲《我的燦爛》、何福仁《龍的訪問》和淮遠的《鸚鵡韆鞦》四種，小說、詩和散文都有；後來才有鄭樹森《奧菲爾斯的變奏》、李維陵的《隔閡集》、戴天的《渡渡這種鳥》、馬博良《焚琴的浪子》、董橋《在馬克思的鬍鬚叢中和鬍鬚叢外》……。這些叢書如今大多絕版，有些在拍賣會上還被搶到數千元以上。早期這批叢書的封面設計大多出自蔡浩泉手筆，「蔡頭」騎鶴西去十年有多，如此可愛的構圖已成絕響。

《我城》是叢書的第一種，出版時我在灣仔開書店，西西間中來，簽名贈我，珍藏至今。幾十年未見，近況可好？

素葉叢書

我城

給許定銘

西西
八〇年十二月十八日

西西

西西簽名

奧菲爾斯的變奏
鄭樹森

鄭樹森《奧菲爾斯的變奏》

通俗以外的三蘇

三蘇在香港寫作近四十年，日產萬言，算一算是超過千萬字，實在驚人。不過，不知何故單行本不多，據說有很多在報上的連載，至今還未出書，實在可惜。希望在熊志琴編的《經紀日記》後，有心人會把高雄的著作陸續出版，功德無量！

除了通俗小說，三蘇還寫些甚麼呢？

在他回答劉紹銘的訪問中，三蘇說過「你寫通俗小說可以賣錢，寫文學作品卻只有餓死」的話，所以，他雖然愛周作人兄弟、沈從文、白先勇、余光中，卻從來不肯寫文學作品。他寫過很多類型的小說，連武俠小說也寫過一次。我手邊的資料顯示，他以筆名史得及許德寫過的三毫子小說即有《偷情》、《喜相逢》、《笑聲淚痕》、《賊美人》等。

三蘇最嚴肅的文字，就是如今大家見到的《給女兒的信》（高黃舜然編，一九八一），這是三蘇死後，他太太黃舜然收集他一九六九年起，在《幸福家庭》雜誌上專欄「給女兒的信」百多篇組成的。這些信件都是三蘇指導兩位女兒成長的教導，跟她們談做人做事的道理，充分顯露出三蘇作為慈父的另一面。

一九八〇年代中的某天，小思告訴我三蘇太太要搬家了，帶我到她家去搬書。除了大量的文學書外，還有一套二十冊十六開精裝的英文版百科全書，可見三蘇在通俗以外還是很「博」的。

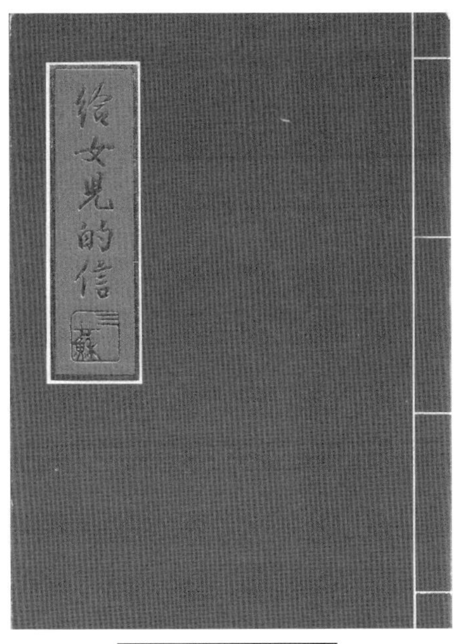

三蘇《給女兒的信》

三蘇用筆名「史得」寫的《大戶人家》

給女兒的信

作　　者：三　蘇（高雄）
出 版 者：高黃舜然
總 發 行：吳興記
香港租卑利街12號二樓
封面印刷：新昌印刷有限公司
香港英皇道655號五樓
內文印刷：建明印刷有限公司
香港英皇道651號二樓

1981年11月初版　開本：1/32
印數：1——3,000册　字數：120,000字
定價：港幣十五元

《給女兒的信》版權頁

陳炳藻的小說

一九七〇年代初，在威斯康辛大學得文學博士，一直在美國各大學任教的陳炳藻，是香港的留學生。雖然他以英文著述《電腦紅學：論紅樓夢作者》（香港三聯，一九八六）一書廣為人知，其實他早在香港中文大學讀書的一九六四年已開始小說創作，並出版過短篇小說集《投影》（香港山邊社，一九八三）和《就那麼一點黯紅》（臺北新地文學出版社，一九九四）。

《投影》是他的處女集，收〈膿〉、〈狗種〉、〈拒〉、〈相煎〉、〈面譜以外〉……等十二個短篇，差不多全是一九六〇年代發表於香港的少作。不過，水平已相當高，此中寫於一九六五年的〈潮的旋律〉，在《中國學生周報》的徵文比賽中得過獎；寫流落香港白俄生活的〈籬邊的音樂〉，被收入與西西、亦舒、欒復（蔡炎培）等人合著的《新人小說選》（香港友聯，一九六八）中；而他自己最喜歡的，則是寫他大哥的〈投影〉。

我手上有份出版於一九六五年十二月的《芷蘭季刊》第三期，是我們「芷蘭文藝社」的社刊，陳炳藻以筆名「丙早」，在此發表了五千字的短篇〈裡外流〉，寫大學剛畢業的孟嘉麗思想流的矛盾：留在大學裏當助教好呢？還是到她嚮往的西方留學好？這是陳炳藻早期創作的成功作品之一，描寫細膩以外，矛盾與抉擇之間的忐忑不安尤其恰到好處，何以不選進《投影》裏？

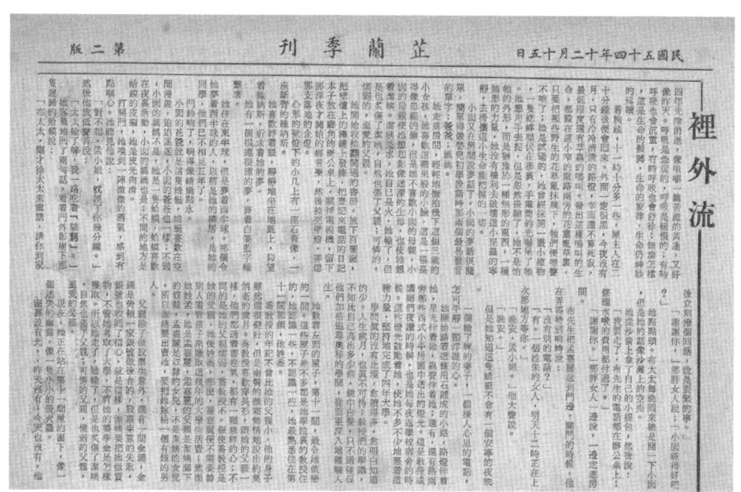

民國五十四年十二月十五日　芷蘭季刊　第二版

裡外流

一九六五年《芷蘭季刊》上丙早的《裡外流》

陳炳藻的短篇小說集《投影》

小說叢刊①

投　影

著作者：陳炳藻

出版者：山邊社

發行所：山邊公司
香港般含道十七號
電話：⑤482243

承印者：藝城印刷廠
香港柴灣富城工業大廈
十六樓A4

定　價：港幣十四元

一九八三年十月第一版

《投影》版權頁

林真愛書如命

寫〈六人合著的《新綠集》〉時，我曾說過「堪輿學大師林真愛書如命」的話，如果不細細道來，大家會以為我言過其實。

林真（一九三一至二〇一四）原名李國柱，廣東台山人，受學校的正規教育不多，是少數我尊敬的，自學成才的前輩之一。他和我同樣熱愛新文學，搜藏民國原版新文學創作的熱誠遠超於我。一九七〇年代我開書店時，他是我的大主顧，只要是新文學絕版的好書，包好送過去，他從不議價，我要多少就多少。

林真那二三百方呎的「會客室」，四面都是「頂天立地」的書架以外，最特別的是書枱角擺了一臺「閉路電視」的熒光幕，不停轉動的畫面，是一排排擠得滿滿的書架，原來那是他辦公室低兩層有一處千多呎的私人圖書館。在一九七〇年代已日日坐擁書城的林真，是香港極少數財力雄厚的藏書家。

林真除了愛藏書，愛讀書，還愛書法和寫書話，出過《林真說書》（香港林真文化事業公司，一九八四）和《文學隨想錄》（香港林真文化事業公司，一九八六）。從這兩本共厚五百頁以上的書話看，林真熱愛中外文學，對泰戈爾、川端康城、方敬、繆崇群、師陀、《儒林外史》等頗有研究，《林真說書》更得唐弢及師陀兩位名家寫序，十分難得！

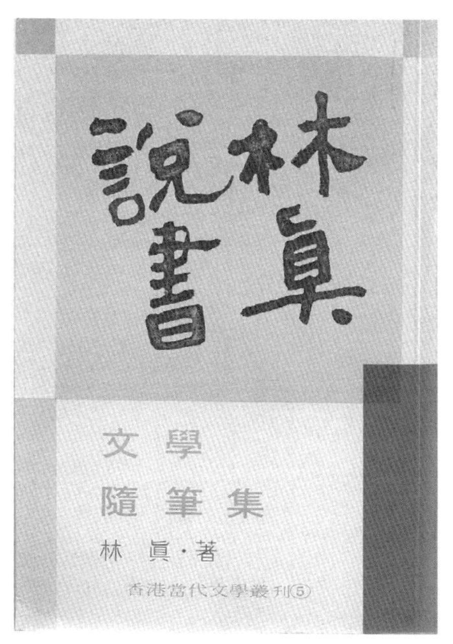

《林真說書》

林真的《文學隨想錄》

《文學家》雙月刊

林真在一九八七年還編過三本《文學家》雙月刊，這本期刊是純文學雜誌，大三十二開本，一七六頁。它給人的第一印象是：漂亮！書用七十磅道林紙雙色印刷，除了插圖多，版面設計多樣化且吸引外，難得的是編者善於利用雙色的技巧，原色當然是黑色，另外的一色則是每手紙轉換：黑＋紅、黑＋綠、黑＋藍⋯⋯，在編輯的巧手裏，原本是雙色的書就變成彩色的了！

除了外觀漂亮，《文學家》的作者群也是陣容鼎盛的，據說這本期刊是由艾蕪提議創辦的，他自然成了內地的集稿人，再加上林真和杜漸等愛書人的號召力，海外及本地作者供稿佳作如林，且看其鳴謝作者欄：唐弢、卞之琳、蕭乾、柯靈、王辛笛、姜德明、蘇晨⋯⋯，單是內地的名家也數十人。

《文學家》喜用「特別企劃」作號召，三期的企劃有「怪味小說家祖慰特輯」、「香港文學史上一場二百多位文化人參加的文學大辯論」、「被遺忘的作家和作品」、「香港詩選」、「香港女作家散文選」、「北京作家散文選」、「廣東作家散文選」和「海辛特輯」等專題。

這本色彩鮮豔，內容充實的純文學期刊只出了三期，我比較喜歡終刊號的封面，那是李錦萍的〈咖啡室的早晨〉。

《文學家》創刊號

《文學家》第二期

《文學家》第三期

愛書家贈的筆記簿

一九八六年末，林真參加「第三屆全國臺港及海外華文文學學術討論會」，還把發言稿《香港文學研究的過去式、現在式、未來式》，印成十六開本的筆記簿送給與會者。

這本九十八頁的筆記簿，分講稿與附錄兩部份，製作非常講究：講稿部份選用米黃色書紙，這種紙質在燈光下不會反光，閱讀良久也不感刺眼，是愛閱讀者的良伴。附錄的內容是《林真所藏香港新文學史料》，細目有：一、文學家、藝術家的照片的一部份；二、香港出版的小說集的一部份書目，附：金依對香港文學研究的信；三、香港出版的期刊的一部份；四、《文學家》的約稿信和《文學家》徵稿簡約。這部份則用粉紙印製，用以配合附錄三的彩色期刊書影五十餘幀。

這本筆記簿最漂亮的是書影，有些期刊我至今未見；最有用的是香港小說書目，一九四〇至五〇年代的收得頗齊，是寫香港文學史的史家首備的參考資料。

我一直稱這本東西為「筆記簿」而不稱為書，因為它是單面印刷的，每頁的背面均留空，而特印成表格形式，並在右上角設計了〈札記〉的圖案，供閱讀者在聆聽及翻閱之時作筆記用，如此大製作，只有林真肯花錢贈閱！

愛書家贈的筆記簿

筆記簿的附錄

黃思騁的足跡

畢業於復旦大學的浙江諸暨人黃思騁（一九一九至一九八四），是香港著名的小說家。他一九五〇年移居香港後，一直以教書、寫作、編輯謀生，一九五二年創辦及主編《人人文學》，一九六〇年赴馬來西亞教書及主編《蕉風》，一九六三年返港，專業寫作，並到樹仁學院教書，一九八四年病逝。

黃思騁以寫小說為主，由處女作《靜靜的嫩溪》（臺灣環球合記書店，一九五〇）到《漩渦》共十八種長短篇，均由港臺著名出版社出版。他的小說我讀過不少，一九六二至六三年，我晚晚在李鄭屋村圖書館呆兩三小時，遍讀了徐訏、徐速、齊桓、黃思騁等人的小說，印象較深刻的是黃思騁的《落月湖》和齊桓的《八排傜之戀》，都是人人出版社的。

劉以鬯的《香港文學作家傳略》及王景山的《臺港澳暨海外華文作家辭典》，把黃思騁的作品按年表列甚詳，但均欠他唯一的散文集《我的足跡》（臺北林白出版社，一九八五）。

《我的足跡》是黃思騁的遺著，幾經波折，並得柏楊全力支持，在他過世後一年才能出版，書前有柏楊及作者的自序，慨嘆出散文集之悲情。此書收散文四十一篇，分「蝶夢集」、「物情集」、「短歌集」及「心影集」四輯。黃思騁的散文平淡而具深意，似一杯淡茶，必須細細品味，才能嚐到茶味的甘香！

黃思騁的足跡

本社法律顧問：許文彬律師

有著作權　翻印必究

島嶼文庫21

我的足跡

著作者：黃思騁
發行人：林佛兒
發行所：林白出版社有限公司
地址：臺北市復興北路四一九號五樓
電話：(02)713-3344-5
全省免費郵撥0014980—9號
行政院新聞局局版臺業字883號
營業部：林白出版社
臺北市復興北路四一九號五樓
排版者：中實印刷事業有限公司
三重市成功路四一巷一一弄八號
印刷：文裕印刷公司
實價新臺幣80元
七十四年十二月二十五日初版

倘有倒裝、缺頁、污損請寄回調換

《我的足跡》版權頁

移居海外的香港作家

一九八〇年代，香港三聯書店出過一套由潘耀明主編的「海外文叢」，收世界各地華人作家的作品數十種，包括聶華苓、陳若曦、施叔青、鄭愁予、於梨華、趙淑俠、錢歌川……等名家的詩、散文、小說集。這套書與別不同的地方，是除了名家以外，一些較少港人認識的作家如木令耆、非馬、誠然谷、葉子、洪素麗、伊犁、許達然等也有作品被收進。

我特別注意到的是劉紹銘（唯一回流了）、葉維廉、張錯、蓬草、綠騎士、柯振中和袁則難諸位，因為他們都是早在移居海外之前已開始寫作的香港作家，只是在港時名氣不大，為人忽略而已。葉維廉和劉紹銘是三十後，近八十的名學者。他們到臺灣升學前已在本港開始寫作，有趣的是：這兩位著作等身的大作家底處女作，葉維廉的《賦格》（臺北現代文學社，一九六三）和劉紹銘的《空門》（臺北大學圖書供應社，一九五七），都不是香港出版的。除了這兩位，其餘的都是四十後，柯振中離港前已出過多本小說集，頗有名氣；年紀最輕的袁則難，雖然六十年代已開始在《中國學生周報》寫稿，但知道他的人不多，到臺灣升學後才正式加入創作的行列，出過《煙花印象》、《凡夫俗子》、《不枉此生》、《飛鳴宿食圖》等書，只有如今大家見到的《不見不散》（香港三聯書店，一九八五）是香港版書。

袁則難《不見不散》

《苦瓜散人自傳》

某日想讀錢歌川的《苦瓜散人自傳》（香港香江出版社，一九八六），遍尋不獲，不知何時失去了。於是動身到各大書店去買，可惜書蹤杳然。最後出動人脈關係，才在某著名舊書店的倉庫中以雙倍價求得。

香江出版社在一九七〇、八〇年代的香港，是專出高水平原創好書的大出版社，出過戴厚英、李輝英、杜漸……等人的好書不少，我開書店的一九七〇至九〇年代，他們的書也賣的不錯，想不到出版社不過停業十年八載，書即從市面隱形。有句老話：「人一走，茶就涼」，想不到「書命」也如此。唉！

錢歌川是現代著名學者、散文家和翻譯家，在教授學習英語上有卓越成就，出過不少有關專著，其《翻譯的技巧》一書，一九八〇年代的統計，在國內已行銷四十萬部。

錢歌川自稱「苦瓜散人」，因為他是湖南湘潭市郊苦瓜原出生的，又愛它「味苦而品高，自苦而不苦人」，正好配合他「一生辛苦，勞碌奔波，但與世無爭，從未使別人苦惱過」的性格。

我翻過徐瑞岳・徐榮街的《中國現代文學辭典》（徐州中國礦業大學，一九八八）、陸耀東的《中國現代文學辭典》（北京高等教育，一九九八）和王景山的《臺港澳暨海外華文作家辭典》（北京人民文學，二〇〇三），均不見有錢歌川的條目，《苦瓜散人自傳》是研究錢歌川最好的工具書。

《流外集》

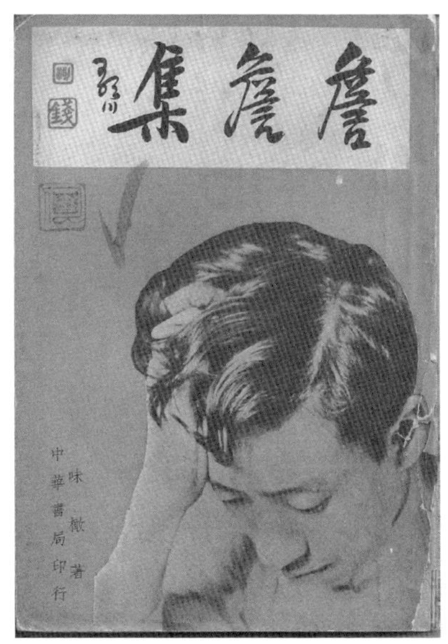

《詹詹集》

《苦瓜散人自傳》

香港《讀書人》

香港最為人熟知的「讀書」雜誌，是杜漸編的《開卷》（一九七八）和《讀者良友》（一九八四）。這兩套雜誌前後出版歷時八、九年，共出數十期，影響不少。其實，一九八七年還有一種《讀書人》也相當有份量，可惜只出了九期，歷史短，發行不夠廣，才為人忽略。《讀書人》的編者馮偉才是本地成長的學人，他愛書、寫書，當過報刊編輯，開過書店，現時在大學裏教書，對推動讀書風氣極具熱忱。

《讀書人》創刊於一九八七年五月，大三十二開本，創刊號只有六十四頁，「騎馬釘」；後來增至八十頁，才有「書脊」，插在書架上才似一本書，容易尋找。《讀書人》的最大特色是封面、封底均用同一構圖，直到後來復刊的二十多期《讀書人》，都用此設計。一九八七年版的《讀書人》僅出九期，我現存一、四、六、八、九等數冊，發現它着重書訊、評介和書摘以外，還有專題、焦點人物及座談會等欄目。像如今大家見到的創刊號，專題是「香港常見英漢字典優點與缺點」，專題座談則是由尊子、馬龍、楊維邦……等人談蔡志忠的漫畫，水平相當不錯。

翻第四期《讀書人》，竟發現我的〈淺介今年上半年的推理作品〉，談的是一九八七年臺灣出版的日本推理小說單行本，此文一直沒有剪存，偶然得之，驚喜！

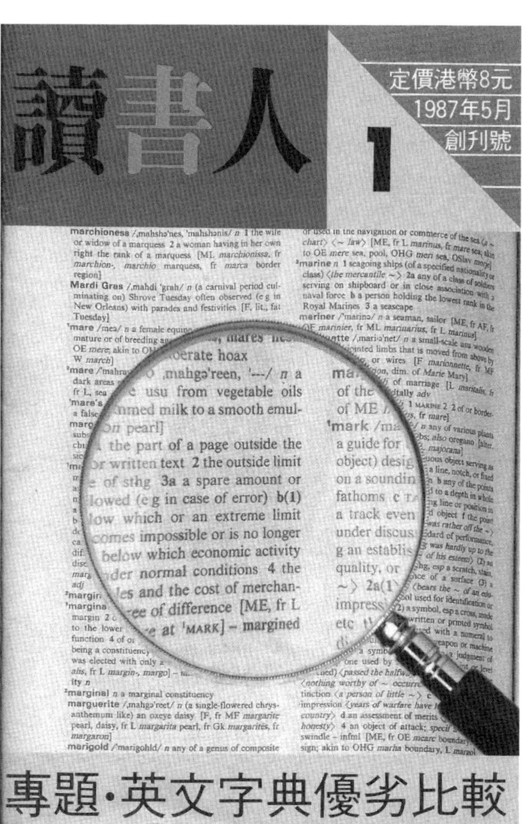

香港《讀書人》

復刊的《讀書人》

前期的《讀書人》月刊於一九八八年初停刊後，到一九九五年三月，得「香港藝術發展局」資助復刊，同為藝文社出版，仍以馮偉才作總編，甄幗徽為執行編輯，並以周蜜蜜（香港）、吳興文（臺北）和陳子善（上海）為特約編輯，邀小思、也斯、古兆申、冼玉儀、雷競旋、戴天和羅孚為顧問，陣容強大。

復刊《讀書人》保留了一貫特色：底面同一構圖，兩面都見得人，大三十二開本，達一百三十頁，無論外型及內容都極具份量。由於有幕後資助，《讀書人》可放心發揮，最特別的是第一手紙即前三十二頁，用四色印刷，每期的重頭文章均見於此，對讀者有莫大的吸引力。

此時期的《讀書人》月刊出至一九九七年七月止，共出二十九期二十七冊，因每年的七、八月均為合刊。內容全以評介、資料、書目、世界書事觀察為主，重要的欄目為：書海縱橫、書人書事和介紹作家書房的特稿，寫過羅孚、也斯、西西、蔡瀾、翁靈文等人的藏書，組織過香港二樓書店和電子書店……的專輯；黃俊東以筆名新園和克亮寫書話，羅琅（羅隼）寫香港書鋪的出版史，葉積奇寫他書架上的愛書，也斯、阿濃、吳興文、陳子善……等人均撰寫不少有關書事的文章。在出版《讀書人》的同時，馮偉才還在屯門開過「讀書人書屋」，掀起一股讀書熱潮。

復刊的《讀書人》

終刊號《讀書人》

《博益月刊》

由黃子程主編的《博益月刊》，是一九八〇年代質和量都非常厚重的文學期刊。一九八七年九月創刊，至八九年九月停刊，共出二十三期。

《博益月刊》為大三十二開本，近二百四十頁，每期能容近十萬字。這是本以文學創作為主，文化評論為副的期刊。當時海內外及香港的名家：白先勇、西西、絲韋、亦舒、舒巷城、侶倫、戴天……均曾為該刊執筆。創刊號上有個「當年佳作」的特輯，選刊了亦舒一九六〇年代發表於《海光文藝》的傑作〈滿院落花簾不捲〉，並由陸離撰文〈每次重讀，都有淚意〉點評，單看題目已叫人動容。後來的期號裏，還選刊了舒巷城〈鯉魚門的霧〉、陳炳藻的〈裡外流〉、綠騎士的〈綠騎士之歌〉……，這些作品最早都發表於銷量不多、不受重視的文學刊物上，在《博益月刊》上重刊，能以「博益」的地位爭取得更多讀者。

他們還在一九八八年辦過一次「《博益月刊》小說創作獎」得獎順序是裴立平的〈黃梅天〉、陳文貴的〈雞屁股風波〉、柯達群的〈盲女〉，連同幾篇優異獎，都在月刊上發表，為文學新進開墾了一塊新園地。

香港是個商業社會，辦純文學刊物是政府及大企業家回饋社會的責任，然而，我如今還在懷念二十多年前的《博益月刊》。

《博益月刊》創刊號

主　編：	黃子程	總編輯：	李國威
編　輯：	梁嘉麒	營業經理：	陳錦榮
	張玿于	出版經理：	關永圻
美術設計：	洪育慶	督印人：	梁業昌
	黃慧雯		
	江志强		

出　版：博益出版集團有限公司
© Publications (Holdings) Limited. 1987.
香港禮頓道一號
電話：5-8319111
電傳：62770 TVE HX
圖文傳眞：5－8330067

廣告/訂閱：香港電視出版有限公司
香港禮頓道一號
電話：5-8319111

發　行：香港電視出版有限公司
香港禮頓道一號
電話：5-8319111

印　刷：雅聯印刷有限公司
柴灣利衆街泗興工業大厦一樓
電話：5-586441

《博益月刊》版權頁

香港「雙葉」

把夫婦合著的書稱為「雙葉」，是最富詩意的比喻。香港的「夫妻檔」作家不多，能出版「雙葉」的就更少，印象深刻的是蔡炎培和朱珺一九八七年出版的《結髮集》，想不到的是近二十年後，他們又出版了《上下卷》（瑋業出版社，二○○六）。

《結髮集》是水禾田主持專業出版社時的叢書，全部由水禾田設計，封面是他所拍的澳門觀音堂，兩張平排擺放的舊坐椅，不分高低上下，喻意深遠。書中還有他分別為夫婦倆所拍的頭像大特寫，捕捉作家寫作時的神韻，拿捏恰到好處。

蔡炎培是一九五○年代開始創作的詩人，其實他經常用不同的筆名發表小說，甚至出版過好幾冊「三毫子」小說。他在《結髮集》上卷中收〈殢香人〉、〈送君一朵花〉等短篇小說八篇，多是一九六○年代的傑作，尤其以筆名孌復發表，曾被選入《新人小說選》中，寫貧苦煤礦工生涯的〈煤生〉最為出色。

蔡炎培夫人朱璽輝，一九六○年代以筆名朱珺登上青年文壇。為《結髮集》寫序〈璽璽和炎培〉的戴天，頗欣賞朱珺的作品，認為她很有才華，說她的創作形式是創新的，尤其善於捕捉情調，很有女性的纖巧和細緻，風格突出。她在本集中收過往發表過的作品十九篇，包括曾奪《中國學生周報》青年組徵文第三名的短篇〈泊〉。炎培則可惜她的代表作〈廢船〉丟失了。

結髮集

Selected Articles by a Couple

著　者・蔡炎培／朱珺

主　編・水禾田

香港九龍尖沙咀郵政信箱九六一二七號

出版人・陳達强

出　版・專業出版社

香港中環雲咸街六十五號二樓

印　刷・專業柯式印刷廠

香港九龍官塘工業中心第四期四字樓

發　行・專業出版社

香港中環雲咸街六十五號二樓

(五)二一〇一九五

Author • Tsai Yim Pui/Chu Sai Fai, Sally

Publisher • Douglas Chan

Published by • Professional Publishinng Company
65 Wyndham Street, 1/F.,
Central, Hong Kong.

Printed by • Professional Offset Printing Factory
Kwun Tong Industrial Centre, 4/F, Phase 4,
Kowloon, Hong Kong.

Distribution • Professional Publishing Company
65 Wyndham Street, 1/F.,
Central, Hong Kong.
Tel. 5-210195

ISBN 962-315-005-9

一九八七年十二月出版・第一次印刷/1st Edition in Dec. 1987

版權所有・不得翻印/Copyright Reserved

定價港幣二十元正 /Price HK$20.00

《結髮集》版權頁

蔡炎培、朱珺的《結髮集》

夫唱婦隨《上下卷》

當年沒有好好保存《結髮集》，到要讀時是遍尋不獲，如今的那冊是從舊書商那裏買來的，回來一對，除了朱珺的〈童謠〉，其他全收進《上下集》裏，那一百大元花得不值。

炎培的上卷，除了《結髮集》的那幾篇小說，還有十幾篇散文。他的詩結集了好幾本，散文好像只能在報上和期刊上讀到。選在這兒的，是炎培「私詩」生活的片斷，充滿詩意的回憶，流着詩人年輕的血，是生活香港超過半世紀詩人的寫真。那兒記錄着詩人抄馬經及搏殺的思維，有午夜來去的奔波……，最吸引我的，是他用詩的視角與思維去評介李金髮、洛夫和無名氏。他在香港詩圈「磨爛蓆」的玩了六十年，這些文章輕重自有公論。

朱珺的下卷，二十幾篇中只有四篇是《結髮集》以外的，可幸收了炎培最愛的〈荷花燈〉，他只說這篇是「用電影手法寫的」，卻沒有說篇內包含了他永不磨滅的愛！

炎培在《結髮集》序中，除喜孜孜的敍述他追朱珺的經過，在談到為他們夫婦倆的合集取名時，炎培要叫《上下集》，朱珺則屬意《結髮集》，最後他尊重了妻子的意願；直到近二十年後，他們再來的這本合集，終於是《上下卷》了。炎培寫詩愛用俚語甚至不文語，《離鳩譜》（風雅出版社，二〇一一）只是玩音，《上下卷》卻是「形象」化了，七十幾歲的詩人玩心未減！

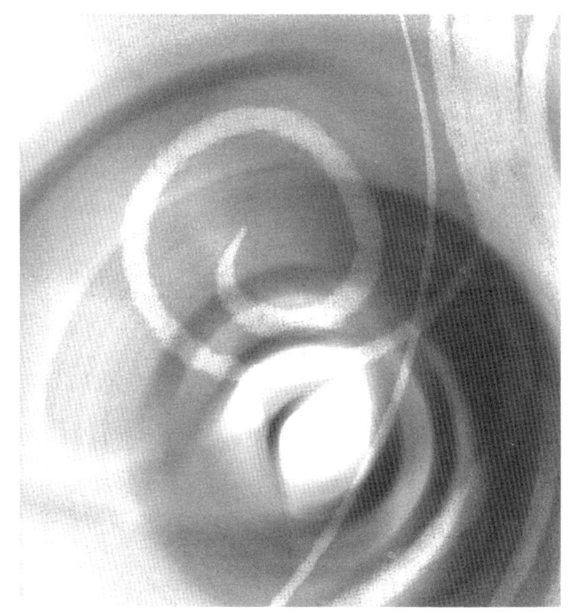

上下卷

蔡炎培
朱　珺　著

瑋業出版社

夫唱婦隨《上下卷》

復刻本兩種

一九六六至六七年的「星期文庫」出版至今已四十多年，當然不容易見到，可幸有些熱愛當年文藝的「發燒友」，重排出版了復刻本，特別要提的，是蔡浩泉的《天邊一朵雲》和蔡炎培的《日落的玫瑰》。

蔡浩泉（一九三九至二〇〇〇）是著名的畫家、封面裝幀家和作家。他公元二千年去世後，朋友為他舉行了追悼會，出版紀念冊，還出版了文集《天邊一朵雲》（香港素葉出版社，二〇〇一）。此書的重點是「星期文庫」中的兩個中篇創作：《天邊一朵雲》和《咖啡或茶》。此外，還收了他中學時期的詩作及散文，由他生命中最後一個女人格格寫序，讓大家記着這位又叫：雨季、方三、石頭、王兌、蔡爾……的文藝家。

蔡炎培的七本四毫子小說中，他最喜歡的是《日落的玫瑰》和《風孃》，近年也由朋友們合刊出版了復刻本《日落的玫瑰》（香港唯美生活，二〇一〇），此書除了正文小說外，還有董啟章的序，葉輝的編後記，和李洛霞訪問蔡炎培談三毫子小說的附記，對讀者了解蔡炎培的心象小說很有幫助。

《日落的玫瑰》是本故事性很弱的小說，以詩意及心象抒情式鋪陳許星堤及江二瘋的愛情故事。此書其實是蔡炎培的情史，大家不妨把主角的名字和他生命中的八個女人印證一下即知。

唯美生活
日落的玫瑰

著　　者：蔡炎培
編輯顧問：葉輝
責任編輯：鄭雨希
封面設計：Felicity Cheng
插圖：蔡浩泉
出　　版：唯美生活
地　　址：九龍觀塘道484號觀塘工業中心第一期3D
電話：36940471
傳真：23437340
E-mail：info@aestheticismhk.com
Website：www.aestheticismhk.com
發　　行：至高圖書有限公司
地　　址：新界葵涌葵豐街1-15號盈業大廈14樓13室
電話：29509190
傳真：29509192
初　　版：2010年11月
印　　刷：陳湘記

國際書號：978-988-19340-2-4

售　　價：HK$ 78

版權所有　翻印必究
如有缺頁、破損、釘裝錯漏，請寄回本公司更換

《日落的玫瑰》版權頁

復刻本《日落的玫瑰》

新版《天邊一朵雲》

懷念蔡浩泉

知道《人間樂園》的封面是蔡浩泉（一九三九至二〇〇〇）設計時，頗有點感觸，因為他是我朋友中最「不快樂」的人，即使他真的到了「人間樂園」，恐怕也不會快樂。二〇〇〇年蔡浩泉因肺癌病逝，《作家》月刊在是年十月的第七期有悼念蔡浩泉的特輯，徐行在〈我和蔡頭飲酒打機的日子〉中，記述了蔡浩泉用煙、酒、打機來麻醉自己的日子。醉了酒，隨意的倒睡在街頭、樓梯角的人怎會快樂！

蔡浩泉一九六〇年代畢業於臺灣師大藝術系，回港後一直在報界及出版社擔任插畫、設計封面、寫專欄、編輯等工作，筆名有雨季、王兌、辛一……等一大堆。有人說他曾為今日世界出版社設計過百多張封面，可能有點跨張，除了劉以鬯譯的《人間樂園》，我還見過張愛玲譯海明威的《老人與海》也是他畫的。

除了寫專欄，他還舉辦過「蔡浩泉八二展」的畫展。他死後不久，朋友即為他出了本薄薄的紀念集《蔡浩泉作品小輯》，封面用的是他後期醉心的「金銀紙」塑彩畫。我未見過原件，不知是否用塑膠彩繪在那種「燒衣」用的「金銀紙」上的？

二〇〇一年他去世後一周年，朋友們還為他在素葉出版社出了本《重訪蔡家山》的紀念畫冊，編了本選集《天邊一朵雲》，包括他年輕時代的詩文及一九六〇年代寫的兩本流行小說。

《重訪蔡家山》

用作紀念冊封面的「金銀紙」塑膠彩

江思蓓是男作家

「江思蓓」名字中有個「蓓」字，不少讀者喜歡把他與蓓蕾連在一起，主觀認定他是女作家，出版社也因女作家的小說較有銷路，因此在宣傳廣告上就有：女作家江思蓓新作面世的字樣。事實上 江思蓓擺明是：老江思念他底蓓蕾之意，當然是男的！

江思蓓也叫江思岸和新潮，他原名龔森泉，一九五〇年代的少年時期已熱愛寫作，頻向報刊投稿，與盧因、金炳興、崑南、西西、王無邪……等人交往，是集體文集《向日葵》（香港向日葵出版社，一九六〇）的十四個作者之一。他一九八〇年代的那二十多種流行小說是先連載於《新報》，其後由星馬的友報轉載才出單行本的，是少有一稿能收三份稿酬的作家。

除了寫流行小說，龔森泉還有多方面的才華，相熟作家想放假，報上的專欄多請他代筆，續得頭頭是道，讀者多看不出來。此外他還有倚馬可待之急才，認識新朋友總喜歡立即用對方的姓名作對，我初次見他，才三分鐘，他即贈我金句「許諾一言定，銘記九鼎金」。退休後的龔森泉專研甲骨文及佛學，所有這類專書多有收藏，要用六七百呎的一層樓二十多個書櫃來藏書。

他的那些小說中，除了《蝴蝶》，他最喜歡是如今大家見到的《夜未央》（香港環球，一九八八），這本二十萬字的長篇，寫幾個人生軌跡不同的人互訴心聲，說出他們一生所追尋的……

江思蓓的《夜未央》，是二十多本創作之一

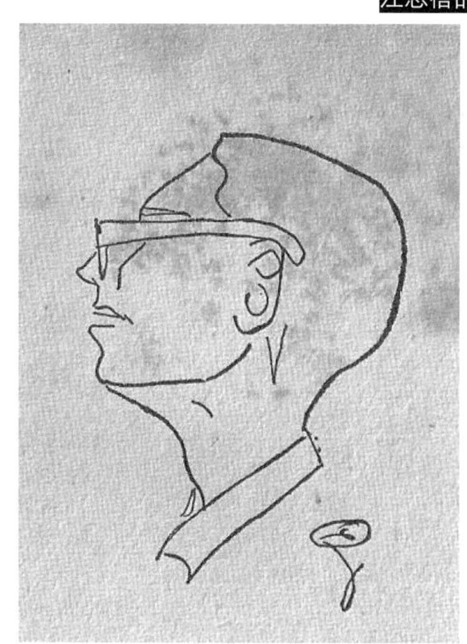

西西為江思蓓（新潮）繪的側像

言情而不色情

香港的流行書中，我最不喜歡讀的是鬼故事和借科學為名的所謂科幻小說，這些東西多為憑空想像，天馬行空的自由發揮，只要符合讀者需求，即可暢銷有顧客，可是賺不到我的錢。我喜歡讀的是構思慎密，佈局精彩的推理小說，可惜香港這類書的水平遠遜日本，還未見到出色的作品。此中易寫難精的，當推言情小說，一般作者，一涉情愛，很容易就不知不覺地陷入色情，要寫到言情而不色情頗有難度。

「江思蓓」是香港環球出版社一九八〇年代的重要作家，他在那年代寫了《雲想衣裳花想容》、《夜未央》、《錯愛》、《琴緣》、《嚴冬》、《霧裡情》、《留在心間》……等二十多種流行小說，他自己說很喜歡《蝴蝶》。

《蝴蝶》是個約八萬字的中篇：江柳外號「蝴蝶」，是個既有學問又擅長運動的帥哥，是大學裏到處採花的蝴蝶，經常出入眾美女同學的感情生活中。周見冰是冷豔而高傲的富家才女，她彈琴、繪畫、雕塑……還是蝴蝶標本專家和醫科生。他把她作一般美女般玩弄，她卻把他騙到私人古老別墅的地下室裏用鐵鍊鎖着，變成活的標本，佔有他一生一世。他們的愛情是私慾的無限擴張，至生命終結仍不肯放手的。雖然是「禁室培慾」式的故事，但江思蓓在結構上花了心思，達到言情而不色情的高境。

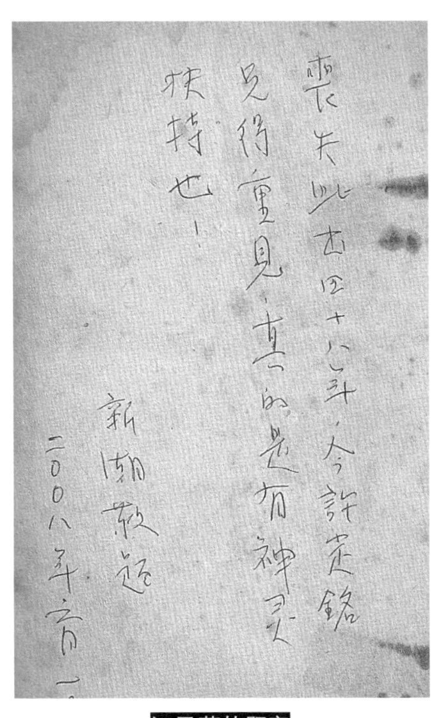
喪失此書四十八年，今許定銘兄得重見，真的是有神靈扶持也！
新湖敬題
二〇〇八年六月一

江思蓓的題字

言情而不色情的江思蓓

《鍍金鳥》飛走了

林蔭（一九三六至二〇一一）一九五七年從廣州來香港，從事建築行業工作，餘暇開始寫作，用筆名林蔭及雪山櫻發表作品，年輕人出版的單行本合集《向日葵》、《綠夢》、《荒原喬木》和《軌跡》，他均有參與。後因工作忙輟筆，至一九八〇年代東山再起，在各報刊撰社會性小小說，大受歡迎，並在本港及內地出版小說三十餘種，有不少還被編成播音劇及電視劇，迷哥迷姐不少。近年埋首力作的香港故事長篇《九龍城寨煙雲》、《日落調景嶺》和《硝煙歲月》是其代表作。

林蔭的個人單行本，除了一九六〇年代「環球文庫」中的「三毫子小說」：《昨夜的星辰》、《能言鳥》、《晴朗的一天》外，要數如今大家見到的這冊《鍍金鳥》（香港藝苑出版社，一九八九）出得最早。

《鍍金鳥》是約八萬字的短篇小說集，收〈錯愛〉、〈我曾漂亮過〉、〈黑寡婦〉、〈美的雕塑〉、〈未亡人〉……等社會小說四十四篇，都是我們接觸過的社會故事。林蔭把這些生活中的小故事收集起來，賦與藝術生命，讀起來與人似曾相識又具娛樂性的感覺，是上等的消閒精品。最有趣的是本書初稿時選稿較多，超出了預算，臨出版前刪去幾篇，套句老話：無巧不成書，用作書名的〈鍍金鳥〉竟被刪掉，飛走了！

《鍍金鳥》飛走了

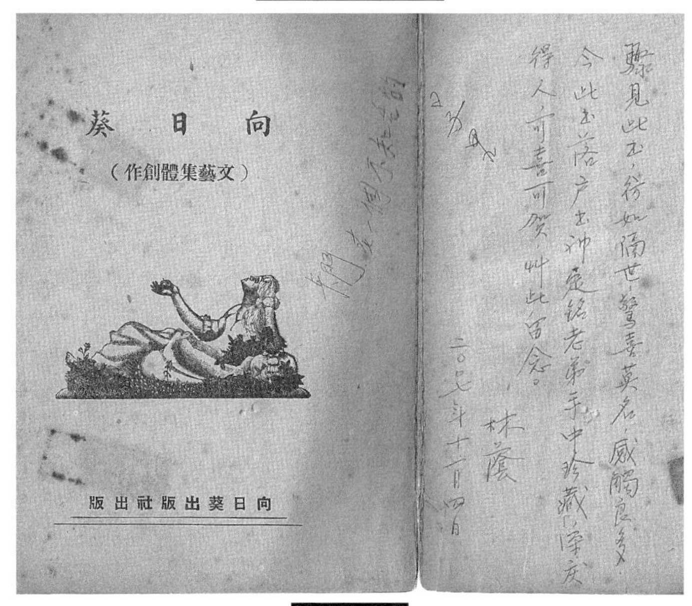

林蔭的題字

樹生七葉花滿枝

一九八九年底《詩雙月刊》創刊後不久，一班文友為鞏固詩刊的經濟，徵得《星島日報 · 星辰版》編者的同意，在該版開專欄「雜思瑣語」，由羈魂、路雅、譚福基、王偉明、胡燕青、溫明和吳美筠七人輪流執筆每日見報，並把稿費注入詩社作基金。這個專欄維持了半年多，終因各人本身事忙，又要兼顧《詩雙月刊》的編務，最後無疾而終。其後他們把專欄的稿件精挑細選，出版了散文集《七葉樹》（香港詩雙月刊出版社，一九九一）。

《七葉樹》的幾位作者，都是活躍於香港的詩人，是詩刊：《詩風》、《詩雙月刊》和《詩網絡》的主幹。詩齡最老的是羈魂和路雅，由一九六〇年代初寫詩至今不輟，每人均有詩集好幾冊；以作育英才為目標的中學校長譚福基和溫明，為人比較低調，詩和文都寫得不錯；王偉明寫詩不多，但前後幾種詩刊，都由他執行編輯；胡燕青和吳美筠則是洶湧的後浪。這群詩人的詩作你可能讀過不少，但，合著的散文集，應該僅此一冊。羈魂在序中說：集中的幾十篇文章，是他們「探源於『詩』的理想國與『生活』的現實世界之間，種種深切的感受和體驗」！

詩人本來就是觸覺特別敏銳的靈魂，他們用詩引領讀者進入另一度空間，往往又能用散文傳遞內心深處的激情。《七葉樹》雖只是長出七葉的奇樹，卻開了滿樹不同的花卉！

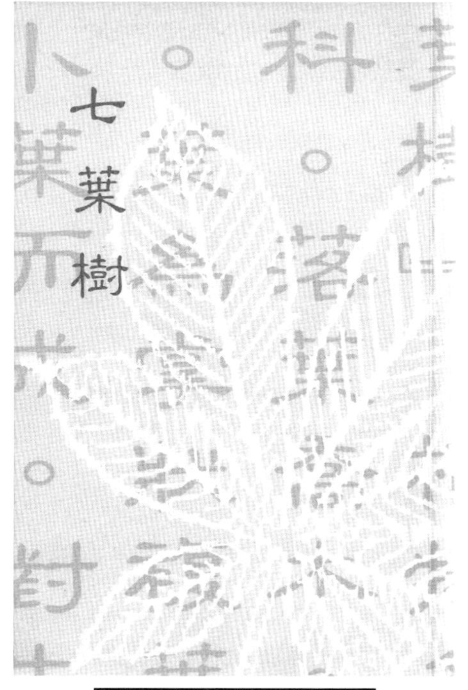

他們用心栽種的《七葉樹》

詩雙月刊叢書④
作者 羈魂/路雅
譚福基/王偉明/胡燕青
溫明/吳美筠
書名 七葉樹
Aesculus Chinensis

編輯 羈魂
封面設計 周文威
裝幀 吳國基
承印 特藝印務有限公司
香港英皇道1065號東達中心706室

出版 詩雙月刊出版社
香港西營盤郵政信箱50431號

出版日期 一九九一年六月初版
定價 港幣三十圓
US$6
ISBN 962-7446-04-1

《七葉樹》版權頁

老報人講故事

香港第一代食神「特級校對」陳夢因一九五〇年代初所撰《食經》和有關談食的書，近年由他的子媳吳瑞卿整理後，陸續由商務印書館出版，賣得火紅。上互聯網走一趟，「特級校對」、吳瑞卿和《食經》的條目多得很，但，有關陳夢因在報界的成就卻少人談及。

陳夢因（一九一〇至一九九七）是香港早年著名的報人。一九三六年，日軍入侵綏遠，年輕記者陳夢因由香港直奔塞外，在槍林彈雨之中採訪，寫成《綏遠紀行》而聲名大噪。抗戰勝利後，他在廣州、香港兩地參與《星島日報》的復刊工作，後曾任該報總編輯，因要晚晚看「大樣」，乃自嘲為「特級校對」。

陳夢因除了策劃報紙方向的走勢，還親自登場，為娛樂版寫食經，還以筆名「大天二」為體育版寫評論專欄「水皮漫筆」，因批評球王李惠堂而引來六報圍攻的盛事。

如今大家見到的這冊《記者故事》（香港永翔印務，一九九二），是特級校對自傳式的雜寫，一九八九年起，連載於香港《大成》雜誌，兩年下來發表十多萬字，近三十個分題，所記全是一九三〇至六〇年代，幾十年間香港報界、政界的舊聞盛事。「特級校對」是過來人，所記全是親身經歷的一手資料，對那些以訛傳訛的雜記以當頭棒喝，是香港報業的一份側影。

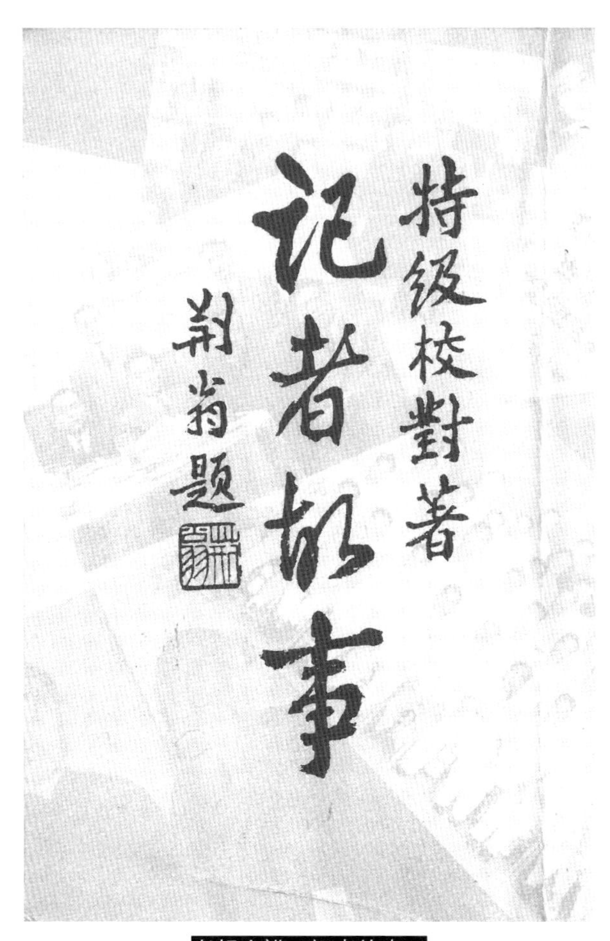

老報人講《記者故事》

羅隼的《腳印》

香港老文化人羅琅，一九五〇年起，在香港參加出版和貿易工作，並開始寫作。他曾任出版社發行主任、編輯、經理等職。其後創辦宏圖出版社、宏圖圖書文具公司，至一九八八年結束，業餘為《文匯報》、《大公報》、《海洋文藝》、《香港作家》……等報刊寫專欄，是一九五九年成立的「鑪峰雅集」創辦人，歷任會長達半世紀，近年還邀得文化界前輩藍真任榮譽會長、車越喬任名譽會長，是「雅集」的靈魂人物，他已出版作品自《兩葉集》到《香港文學記憶》凡十多種。

羅琅的作品以抒情散文及雜文為主，又因他在香港文化界經歷超過一甲子，對各階層及人物有深入的了解，我每有疑難，向他查詢，總有滿意的答案，是一部活的「香港文學史」。他的著述中，我特別喜愛的是署名羅隼的《香港文化腳印》（香港天地出版有限公司 一九九四）和《香港文化腳印二集》（香港天地出版有限公司 ，一九九七）。兩本書合起來有十五萬字，內容以近六十年來香港的出版社、書店與文化人的掌故為主。因為他本身即為過來人，對香港「書業」的內幕及出版人的甘苦知之甚詳，除了資料翔實，難得的是趣味盎然，讀之絕不會枯燥無味。尤其「香港書林趣憶」、「舊書鋪」、「早期的香港刊物」幾輯，很多資料都是難得的香港文獻。

羅隼的《腳印》

「鑪峰雅集」

「鑪峰雅集」是香港歷史悠久的文學團體之一。

一九五九年，一群經常在報刊寫稿，互有往來的文藝青年常聯絡見面，談文說藝以增進友誼。日子久了，終於發展成「鑪峰雅集」這個小小的文學團體，逢星期日午間，相約在茶樓品茗，擺龍門陣歡聚數小時；每年年初還擺春茗聯歡，廣邀全港文化人及親友參加，忽爾半世紀，難得的是，幾個已達古稀，當日的「文藝青年」，今天的「文藝老年」，不畏風雨，仍每週在北角新都會茶聚，每年春會，實在難得！

「鑪峰雅集」的文友們寫作甚勤，除了早有文名的舒巷城、海辛、黃蒙田、羅琅、譚秀牧……等本身出有大量專集外，他們還喜歡出版集體文集。除了一九六〇年代由吳其敏主編的《海歌．夜語．情思》和《市聲．淚影．微笑》外，二〇〇〇年由香港藝術發展局資助、譚秀牧主編了五期《鑪峰文藝》雙月刊，自二〇〇六年起，每年由羅琅主編出版一冊二、三十萬字的集體文集《鑪峰文集》，至今已出五冊。

二〇〇九年，是「鑪峰雅集」成立五十周年，他們出版了這本三十二開六十四頁的小冊子，收錄了文友們的書法、畫頁、歷史圖片及有關半世紀來的紀錄，為一向被稱為「文化沙漠」的香港，展示了一群默默地埋首耕耘者的心聲。

鑪峰雅集五十年紀念集

黃蒙田的回憶

黃蒙田（一九一六至一九九七）抗戰勝利後即長期居港，繪畫、寫評論、小說，編文藝雜誌……，他一生寫了三十九本書，最後的兩本：《黃蒙田散文回憶篇》和《黃蒙田序跋集》都是天地圖書公司出版的「鑪峰文叢」，前者出版於一九九六，是他一手一腳整理的。在後記中，他還哀痛地說「整理這本小書是一次痛苦的經歷，由於這些文章接觸到的朋友都不在了」；想不到的是，一年後當他編好《黃蒙田序跋集》要出版時，連後記也來不及寫就撒手西去，還要羅琅代筆及校對出書，人生何其無奈！

黃蒙田在香港文化界活動半世紀，《黃蒙田散文回憶篇》中二十多篇回憶性質文章所涉及的，像葉靈鳳、新波、侶倫、鷗外鷗、余所亞、夏果、李凡夫……，都是本地重要的文化工作者，由和他們交往多年的黃蒙田親述，資料尤其翔實可靠，特別是〈小記葉苗秀〉，更是文壇上唯一談苗秀的文章。

苗秀原是侶倫、望雲、平可那一代的文人，後來改變風格，替報紙副刊寫雜文謀生，自認是稿匠或寫稿佬，每日早上工作，用幾小時寫了幾千字後，即到高陞茶樓與朋友擺龍門陣。他用花菴、藏園、吉金、鷗閣、澹生……十多個筆名寫稿，主要從日文雜誌選材重寫，葉靈鳳年代的《星島 · 星座》一天會登他幾篇。活躍於五六十年代的苗秀，是神話式的寫字人。

黃蒙田的回憶文集

盧因和他的書

盧因（一九三五出生）原名盧昭靈，是香港土生土長的作家，他一九五二年起向《華僑日報》、《星島日報》及各文學刊物的學生園地投稿。一九五七年參加《文藝新潮》的小說獎金比賽，以〈私生子〉勇奪第二而一舉成名。其後與崑南、王無邪等人辦「現代文學美術協會」，出版純文學雜誌《新思潮》；為劉以鬯主編的著名文學副刊《淺水灣》撰寫介紹西方前衛文學的文章，在《新生晚報》和《中國學生周報》寫專欄，編《南國電影》、《四海周報》……是半個職業作家。

盧因寫小說，寫詩，也寫過不少雜文和影評，筆名甚多，隨意寫來即有：洛保羅、何森、陳寧實、唐山客、馬婁……一大堆，寫過的東西自然不少，可是，結集的卻只有《溫哥華寫真》（香港日月出版社，一九八八）和《一指禪》（香港華漢文化事業公司，一九九九）兩種。前者是他為劉以鬯編《快報》時，介紹溫哥華實況專欄的結集，後者則是他自選的散文、小說集。

盧因一九七三年移民加拿大，在香港「寫字界」活動二十年，對當時香港文化界實況知之甚詳，在《一指禪》有關「印象・回憶」一輯中，盧因以過來人身分，寫〈香港文壇印象〉、〈記詩人鄭力匡〉和〈回憶《淺水灣》〉三篇，資料豐富而親切，對研究香港文學很有幫助。

「文藝新潮」小說獎金入選作品：

第一名：獄　高陽（台灣）

第二名：私生子　盧因（香港）、

第三名：風　波臣（香港）

評選人

徐訏　丁文淵　新潮社

《文藝新潮》徵文比賽揭曉

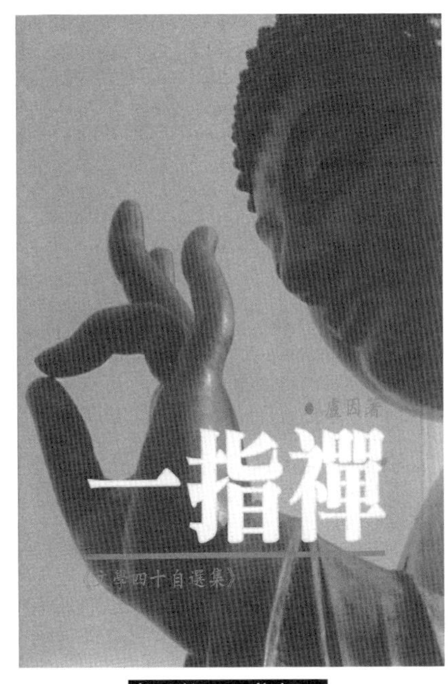

盧因的《一指禪》

盧因手跡

想讀自己的悼文

方詩人寬烈患癌後，自覺來日無多，開始埋首整理一生著述，忽發奇想：寫信給諸友好，希望他們為他寫篇「悼文」，因為他很想在死前讀到友好們對他的看法。

其實此舉並非老方首創：一九七八年九月，著名報人卜少夫（一九〇九至二〇〇〇）將年滿七十，自覺已到古稀之年，便發信給友好們，要求他們寫一篇「關於卜少夫」的文章，要「直率地、無顧忌地、無保留地、沒有半點虛偽客套地、痛痛快快地寫出你印象中、心目中的卜少夫」。（見代序〈此書之由來〉）

卜少夫的徵稿信發出後，朋友們的來信似雪片飄來，一年後他把徵集所得文章八十九篇，詩聯等十五篇，交劉紹唐編輯整理，出版了《卜少夫這個人》（臺北遠景出版社，一九八〇）。此書洋洋大觀，厚達三百多頁三十餘萬字，內容集中寫他們與卜少夫的交往。而卜少夫在新聞界活動超過半世紀，是《新聞天地》與《旅行雜誌》的創辦人，所接觸及採訪的人事與現代史關係密切，此書也就成了一部中國現代史的縮影。

豈料他交遊廣闊而連出四集，這四冊書都叫《卜少夫這個人》，封面不同，你千萬別以為是同一本書的不同版本，內容是完全不同的，有興趣者不可錯失。

他死後，其六弟卜幼夫即於十二月編印出版了第五集《卜少夫這個人》（臺北新聞天地出版社，二〇〇〇），可惜這一冊他讀不到了。

卜少夫想讀自己的悼文

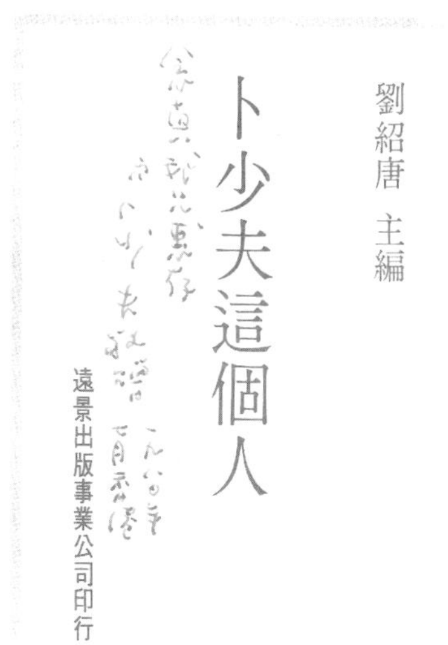

卜少夫手跡

卜少夫這個人（第五集）

編　者	卜　幼　夫
發行人	新聞天地社
出版者	新聞天地社
發行所	新聞天地社　臺北辦事處 臺北市復興北路 207 號十樓 電　話：(02) 27139668
印刷所	台彩文化事業股份有限公司 新店市中正路 501 號之 11 電　話：(02) 22185582 傳　眞：(02) 22197941

中華民國 89 年 12 月初版

行政院新聞局登記證局版僑台誌字第 0019 號

第五冊版權

戴天的紀事

一九八〇、九〇年代，戴天在《信報》副刊上有個連載多年的專欄，叫「鑿空談」、「乘游錄」、「一周紀事」……不知道以後還有沒有改過名？我比較少看《信報》，沒有追讀；不過，有不少朋友卻有「星期天看戴天」之語，可見這個以個人交友錄和平常生活為主題的日記式專欄當時是相當受歡迎的。

我不知道這個專欄寫了多少年，只知道專欄的文章後來出過四本書：《矮人看戲》、《人鳥哲學》、《群鬼跳牆》和《囉哩哩囉》（臺灣遠景出版社，二〇〇一），大三十二開本，加起來超過一千頁，疊在枱上頗有氣勢。這套六十萬字的巨著，單是分題已近五百，最初以為要花很長時間才能讀完，豈料翻開讀讀，趣味盎然，醉在書頁裏不過幾天，悠然而醒。

戴天這些紀事每篇千餘字，多以一星期內與朋友見面、茶敍、灌酒為主。白先勇、陳映真、金炳興、黃子程、黃維樑、李國柱、周良沛……，本地及海內外的作家、文化人，都是他筆下的人物。他們所談、所記，都是飲食、閱讀、文化趨向……之類。一般讀者如果對書中人物一無所知，絕對不會有興趣讀。但，他所提的人，大都是我尊敬的作家或朋友，他們在聚會中談了些甚麼？有甚麼寫作及出版大計？……都能抓著同路人的好奇心追讀，就像影迷追讀娛樂版的心態一樣興奮。

《人鳥哲學》

《矮人看戲》

《囉哩哩囉》

《一筆橫跨五十年》

《一筆橫跨五十年》這個書名很豪氣且具霸氣，誰有這個能耐？告訴你：是羅斌！

羅斌（一九二三至二〇一二）是出版家，一九四〇年代在上海與馮葆善合辦環球出版社，出過《藍皮書》、《宇宙》、《春秋》、《西點》、《上海灘》、《環球電影》等雜誌。一九五〇年到香港，再辦環球出版社，復刊《藍皮書》、《環球電影》和《西點》，出版《武俠世界》、《新文摘》、《黑白》、《文藝新潮》……等十多種期刊，創辦《新星日報》、《新報》，還辦過仙鶴港聯電影公司，出品電影不少。羅斌是香港出版界的奇人，提拔過魏力、馬雲、杜寧、伊達……等作家，貢獻頗大。

幾年前已聽說羅斌出過本傳記，市面上完全不見出售，輾轉託人尋找，終於得到這本由羅斌口述，陳國燊執筆編寫的《一筆橫跨五十年》（溫哥華 9297 Enterprise Inc. 2006），書為十六開彩色精裝本，僅印五百冊的非賣品，一百三十多頁，分「傳媒王國現香江」、「豹隱蛟龍臥楓林」和「羅斌剪影話當年」三部份，敘述羅斌的成功史，雖然多是歌功頌德的記錄，不過，羅斌一九五〇至八〇年代，對香港文化發展的功蹟是絕對不能輕視的，尤其若有誰要編寫香港流行文學史的話，此書「傳媒王國現香江」的那部份，記錄相當詳盡，是非常重要的一手資料！

羅斌的《一筆橫跨五十年》

豪華版《作家巴金》

余思牧（一九二五至二〇〇八）是香港的「巴金專家」，他的《作家巴金》初版（香港南國出版社，一九六四），到一九七六年已印了二十一次，共計三萬三千冊，是極暢銷的傳記文學著述。當二〇〇五年，他把全書增訂重寫，正準備出新版的時候，突然噩耗傳來：巴老去世了！

余思牧與巴老相交數十年，傷痛之餘重新整理，出版了這套豪華版的《作家巴金》（香港利文出版社，二〇〇六），此書為十六開本，厚九〇二頁，布面燙金精裝本，分上下兩冊，外加封套，上冊用巴金年輕時的照片作主體，下冊則是老年的肖像，表明此書說的是「巴金的一生」，很有心思！

全書用十一編述說並評論了巴金的一生及其著述，書前有巴老由年青到老去的彩色照片及書影數十幀，及陳思和的〈《作家巴金》序〉、古遠清的〈開創性的研究成果〉和吳泰昌的〈一位難得的巴金研究者〉三篇序文。

先別說書的內文，且看書後的幾篇附錄：一是余思牧的〈巴金致余思牧的二十七封信〉，二是余思牧的〈永難磨滅的身影——六次會晤巴金先生的記略〉，三是邵寧寧的〈巴金研究：現狀與思考——第七屆巴金國際學術研討會側記〉和附錄四坂井洋史的〈對於今後巴金研究的期待〉，已顯示本書的水平！

豪華版《作家巴金》上卷

《作家巴金》下卷

香港的文化身世

單看書名，楊國雄的《香港身世文字本拼圖》（香港各界文化促進會，二〇〇九）相當隱晦，令人摸不着頭腦，不知他葫蘆裏賣甚麼藥；正因為如此，卻也使人有好奇心翻書深究一下。原來此書要告訴我們的是：用文章書刊來組織出的香港文化史。

楊國雄一九七〇至九〇年代是香港大學孔安道圖書館的館長。直到今天，孔安道圖書館還是儲存香港文獻史料最完整的書庫，完全是他早在四十多年前已不計辛勞，努力鑽舊書店，聯繫先輩文人及藏書家搜尋的所得，居功奇偉。他一面搜尋絕版書刊，又不停埋首苦讀，孜孜不倦筆耕多年，在報刊上發表不少晚清以來與香港文化有關的鴻文，終於結集成這本《香港身世文字本拼圖》，是有興趣研究香港社會文化者絕對不能錯過的。

全書十五篇長文分「專著」、「報紙」和「期刊」三輯。「專著」以《香港雜記》、《香江酬酢集》、《香港市政考察記》……等文獻研究了香港的歷史、古廟、百貨及蓄婢等社會史實。又以《華字日報》、《有所謂報》和《香江晚報》探討了香港的報業史。我最有興趣的是佔去近半本書的「期刊」部份，尤其長文〈清末至七七事變的香港文藝期刊〉，評介了「舊文藝期刊」和「新文藝期刊」近三十種，而且多附期刊封面說明，比一般文學史更詳盡、更精彩，完全可以獨立成專業史書！

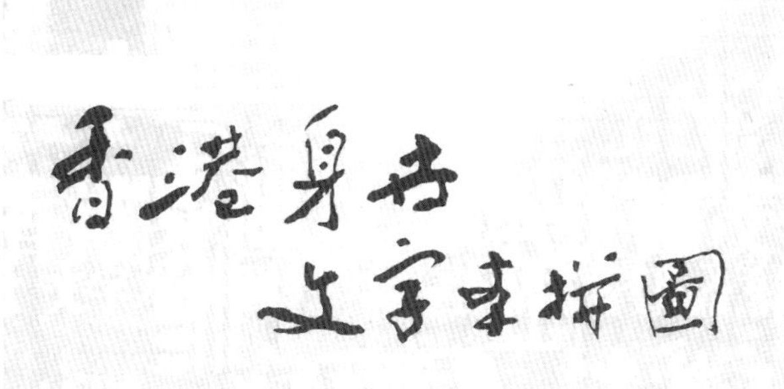

|楊國雄 編著|

《香港身世文字本拼圖》

手感的古意

「手感的古意」是指用手的觸覺去領略一種含古意的風味。

要了解這種觸感，得從印刷業的歷史講起：當今色彩鮮豔、構圖複雜的印刷品，是採用「柯式」印刷而成的，這種平面印刷製成品很漂亮，摸上去也相當平滑。而在「柯式印刷」以前，用的是要執字粒、製電版的「活版印刷」，那種印刷品摸上去時，則有凹凸的感覺。

我一九七〇年代活躍於書業時，「活版印刷」已逐漸式微，最終全為「柯式印刷」替代。因此，觸摸一本書的封面及內文的字粒，往往就能知道它是否具四十年歷史以上的「古物」，還是新印刷品。藏書家有時也會用這種觸摸的手感，去判定一本舊書是原來的正宗舊版，還是新近用「柯式」印刷而成的重印本。

楊國雄的《香港戰前報業》（香港三聯書店，二〇一三）是今年十月份的新書，封面的圖案當然用柯式印，但書名卻是用執字粒印的，摸上去有凹凸感，古意盎然！這裏的「戰前」，是指一九四一年香港淪陷以前。十多萬字的專書以「史料篇」、「報人篇」及「報紙篇」三部份詳述了香港七十至一百年前的報業史。除了封面凹字的古意，內文起新段不低兩格，每頁排列不用一般的「天大地小」，而創新排印成「天小地大」，方便讀者一面閱讀，一面在下邊寫札記，既古而又創新，編輯應記首功！

楊國雄的《香港戰前報業》

回憶的方式

據說老年人很喜歡回憶，如果你到公園裏散步，總會見到一些老人茫然地呆坐在長椅上，沉醉在他自己的世界裏，如老僧入定般，緬懷逝去的日子。如果是老夫婦漫步走過，你可能聽到他們嘩啦嘩啦，喋喋不休地談着往昔的苦楚和歡樂……，每個人都有他自己的回憶方式。

霍北泉不過四十多歲，未到回憶的年齡，可他卻在回憶了，因為他有兩個十多歲，充滿好奇心的女兒。每次見到父親，除了巴巴的報告自己日常的學校生活外，還央求爸爸也把童年的生活說給她們聽。於是，霍北泉選擇了用文字寫出了往昔生活的片斷……，讓女兒知道六十後的父親是怎樣成長的。

霍北泉一九六〇年代在澳門出生，七歲時遷居大嶼山大澳，讀小學及中學，然後踏出社會工作。他的回憶錄最初面世的，是二〇〇九年出版的《北記簿 2》，記錄着一九七〇年代初，在大澳這個小漁村中六年小學生活的片斷。難得的是他沒有食言，新近又追記出版了《北記簿 1》（香港科華圖書出版公司，二〇一〇），是他遷居大澳前，在澳門生活的回憶。這兩本書記錄着他一九六〇及七〇年代走過的路，而最大的特色是霍北泉是水上人家，他所記的題材是一般人未接觸過的，是漁民生活的記錄，水上人的風俗，生活上的見聞……是這類書籍中少見的。

霍北泉後來還出了《我的水鄉大澳》，是《北記簿 3》。

先出《北記簿 2》：回到三十年前的水鄉

霍北全 著

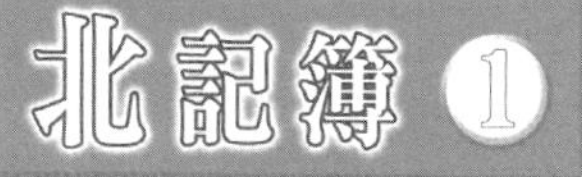

（澳門篇）

回憶的翅膀盡情地翱翔
回到六、七十年代的澳門街

後出《北記簿 1》：澳門篇

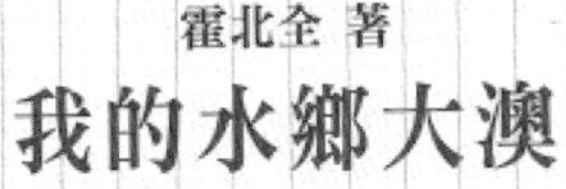

北記簿 3 中學篇
再也不是大澳人

最後出《我的水鄉大澳》

聞吳昊逝

我雖然人不在香港，卻仍十分關懷香港的人事，每日清晨起來，第一件事是開電腦讀香港新聞。今日的頭條是：《上海灘》編劇吳昊病逝，不禁愕然！今年香港文學界走的朋友不少：先是也斯，然後是方寬烈、慕容羽軍，如今則是吳昊，唉！方寬烈和慕容羽軍是老人家，一個九十，一個八十八，要走，是無可奈何的事；也斯和吳昊卻是初老，在男性年齡平均八十的今天，六十四和六十六還未算老，走得匆忙，確實可惜！

香港一九六〇年代初期，青少年文友流行組合文社，結友交流寫作心得，辦文學講座，出版同人刊物。當年也斯屬文秀文社，創辦者詩人羈魂後來與我結盟，辦「藍馬現代文學社」，出版合集《戮象》及《藍馬季》期刊。也斯既是朋友的朋友，間中會見見面，但幾十年下來，也僅聚會十來次，不算深交，倒是個人對他淵博的學識，文采風流，相當佩服。

《藍馬季》一九六五年六月創刊，僅出一期即財困，未能繼續。當年還在大學攻讀的文友，筆名藍雨的古兆申（即古蒼梧）說他的同學吳振明及吳振邦兄弟有意資助《藍馬季》出版的部份費用，因此，刊物得以再出兩期。吳振明以震鳴寫了〈論意識流〉，吳振邦則以筆名吳昊發表了〈達達主義〉。《藍馬季》年代久遠，發行不廣，此事應少人知，記上一筆。

《藍馬季》第二期

《藍馬季》第三期